Des Lebens dornige Pfade

I0661168

Phillip Kordes wuchs im Hochsauerland auf. Er studierte in Dortmund Pädagogik und war bis 2001 Lehrer an der Realschule. Bisher sind vier Kriminalromane von ihm erschienen. »Mord in acht Tagen« und »Windvögel« spielen im Hochsauerland. »Maske des Schweigens« und »time - Zeit der Sühne« sind im Ruhrgebiet angesiedelt. Seine historischen Romane »Dunkler Rauch am Horizont« und »Des Lebens dornige Pfade« sind der 1. und 2. Band einer Trilogie aus dem Sauerland. Darüber hinaus veröffentlichte Phillip Kordes nahezu 400 Kurzkrimis bzw. Kurzromane sowie zwei Fortsetzungsromane.

Das Leben ist nicht zu Ende,
nur weil ein Traum nicht in Erfüllung geht.

Unbekannter Autor

Phillip Kordes

DES LEBENS
DORNIGE PFADE

Historischer Roman
aus dem Sauerland

Bibliografische Information der Deutschen Nationalbibliothek
Die Deutsche Nationalbibliothek verzeichnet diese Publikation in der
Deutschen Nationalbibliografie, detaillierte bibliografische Daten sind
im Internet über dnb.dnb.de abrufbar.

TWENTYSIX – Der Self-Publishing-Verlag
Eine Kooperation zwischen der Verlagsgruppe Random House und
BoD– Books on Demand

© 2018 Kordes Phillip

Herstellung und Verlag
BoD – Books on Demand, Norderstedt

ISBN 9 783740 747312

1

Einen störrischen Bullen erkannte Benedikt Halbach schon von weitem. Dieser aber wirkte besonders gefährlich. Irgendwie mussten die Tiere ein Gespür dafür haben, wenn sie zur Schlachtbank getrieben wurden. Ein großer, starker Mann wartete ungeduldig an der Stalltür. Er trug eine weiße Schürze und Gummistiefel. Drei erwachsene Männer hatten Mühe, die Seile festzuhalten, mit denen der Bulle in die Knie gezwungen werden sollte. Immer wieder trat er nach allen Seiten, aber die Männer wichen den harten Hufen geschickt aus. Dem Bullen stand der Schaum vor dem Mund.

»Wirst du wohl stillhalten, verdammt!«

Inzwischen hatten sich zahlreiche Dorfbewohner versammelt, um dem Schauspiel zuzusehen. Ein Bulle wurde selten geschlachtet, und schon gar nicht auf dem Hofplatz in aller Öffentlichkeit. Aber das Schlachthaus war durch einen Brand vorübergehend nicht zu benutzen, und die Schlachtung war seit Tagen angesetzt gewesen. Termin war Termin. Vor allem Jakob Halbach bestand darauf. Ihm gehörte der Bulle, ihm stand das zum Verkauf stehende Fleisch zu. Die Männer fluchten und zerrten an den Seilen. Der Bulle knickte mit den Vorderbeinen ein.

»Jetzt haben wir ihn«, rief Jakob. Er war breitschultrig und groß gewachsen, mindestens eins achtzig, mit Muskeln, die seine Hemdsärmel zum Reißen bringen konnten. Sein Backenbart war schweißnass. Jakob hielt das kürzeste Seil.

Benedikt zügelte seinen Zweispänner, sprang vom Bock und lief auf ihn zu. Jakob war Benedikts Cousin. Die beiden besprachen fast immer, was getan werden sollte. Das Schlachten des Bullen war jedoch nicht abgesprochen worden.

»Warum hast du mich nicht informiert?«, rief Benedikt wütend.

Die Männer lockerten unverhofft ihre Griffe. Als habe der Bulle nur darauf gewartet, warf er seinen mächtigen Kopf zurück. Dadurch verlor einer der Männer das Seil. Das Ende schlängelte sich um die Beine des Bullen. Er brach nach links aus, aber das Seil verhedderte sich, und er stürzte zu Boden.

Sofort war der Schlachter bei ihm.

Neben Benedikt tauchte Bruno Seibert auf. Der stämmige junge Mann trug eine Plastikschürze und ein gestreiftes Hemd. In seiner Rechten blitzte ein scharfes Messer.

»Was soll das Gerede?«, rief Bruno. »Ist das dein Bulle? Er gehört Jakob. Er kann entscheiden, was gemacht wird. Ins Schlachthaus können wir jedenfalls nicht.«

»Benedikt.« Sein Cousin legte ihm eine Hand auf die Schulter. »Wir müssen den Plan einhalten.«

»Plan, Plan, Plan! Was für einen Plan denn?«

»Es stehen weitere Tiere zur Schlachtung bereit.«

»Richtig«, mischte sich jetzt der Schlachter ein, dem der Zwischenfall nicht gefiel. Er war aus seinem Rhythmus gekommen.

Benedikt sah von einem zum anderen. Jakob und Bruno Seibert unterschieden sich von der Statur her nur dadurch, dass Jakob einen halben Kopf kleiner als Bruno war. Seit einem Jahr half Bruno dem Schlachter bei der Arbeit. Er musste sich immer wieder neue Arbeit suchen, denn als Beilieger hatte er im Dorf nur die Möglichkeit, Land zu pachten. Die neununddreißig Solstätter bestimmten die Geschicke des Dorfes. Sie waren an die Solstätte, das Grundstück, gebunden und die Erben ihrer Väter, die das Land von den Herren von Winter erworben hatten. Ein Solstätter war stets der erstgeborene Sohn. Beilieger konnten entweder die nachfolgenden Söhne sein oder Männer, die in den Ort gezogen waren. Sie standen in der sozialen Hierarchie ganz unten und von jedem wurde erwartet, dass er seinen Platz akzeptierte. Brunos Vater Lorenz Seibert war von Berlin nach Züschen ins Hochsauerland gezogen und seit Jahr und Tag Beilieger.

Bruno war hauptsächlich als Gehilfe des Försters angestellt. Aber beim Schlachten konnte er so richtig seine Kraft und seinen angestauten Zorn den Solstättern gegenüber austoben.

Benedikt sah, dass die Leute ringsum das Schauspiel kaum noch erwarten konnten. Schließlich wandte er sich ab. Resigniert nahm er sein Pferd an den Zügeln und zog es mit in Richtung seines Hauses.

Plötzlich hörte er ein Schluchzen. Erst dachte Benedikt, er habe sich getäuscht, aber als er sich umdrehte, erblickte er den

Jungen. Er hockte an der Stalltür halb hinter einer Schubkarre verborgen. Er war kaum älter als dreizehn Jahre. Benedikt kannte ihn natürlich. Er hieß Anton und war der Sohn eines Solstätters. Anton blutete an der Stirn und hielt sich den rechten Oberschenkel.

»Was ist mit dir?«, rief Benedikt.

»Nichts. Es ist nichts.«

»Du bist verletzt.«

»Nur eine Schramme.«

»Und dein Bein?«

Der Junge zuckte die Schultern.

Benedikt ließ die Zügel seines Pferdes los und ging näher. Er bückte sich zu Anton hin. Die Wunde an der Stirn sah nicht sehr gefährlich aus.

»Zieh mal die Hose runter.«

Anton zögerte, aber nach einem aufmunternden Nicken Benedikts ließ er die Hosenträger von den Schultern gleiten und zog die Hose bis zum Knie herab. Der gesamte Oberschenkelmuskel war rot unterlaufen und begann sich bereits blau zu verfärben.

»Was ist das? Wo hast du dir die Verletzung zugezogen?«

Anton schwieg.

»Von dem Bullen?«

Der Junge nickte knapp. »Es war meine Schuld. Ich bin ihm zu nahegekommen.«

»Hat dich denn niemand zurückgehalten?«

»Nein. Sie haben mich noch angefeuert.«

»Wer?«

»Bruno und … Jakob.«

Benedikt konnte seine Wut kaum bezähmen. Er hob den Kopf und schaute zurück zum Vorplatz. Von dort erklang mit einem Mal lauter Jubel.

Anton stöhnte. Sein Gesicht war bleich wie Schnee. Er musste große Schmerzen haben.

Ich muss dringend mit Onkel Ludwig reden, nahm Benedikt sich vor. Er ist der Bürgermeister, und er muss diesem Schauspiel ein Ende bereiten. Zumindest dürfen keine Kinder und Jugendliche mehr Zeuge des Schlachtens werden oder gar dabei mithelfen.

Benedikt nahm ein altes Tuch von seinem Wagen, riss es in mehrere Stücke und wickelte eines davon um Antons Bein. Allein diese Maßnahme schien dem Jungen bereits zu helfen. Er entspannte sich, und auch in sein Gesicht kam wieder etwas Farbe.

»Kannst du gehen?«, fragte Benedikt.

»Ich denke schon.«

»Dann mach, dass du nach Hause kommst. Überleg dir eine gute Erklärung für deine Eltern, woher du die Verletzung hast.«

Anton nickte.

Benedikt wartete nicht mehr, bis der Junge sich erhoben hatte. Er ergriff wieder die Zügel seines Pferdes und war wenig später zu Hause.

2

Natürlich brauchten die Menschen Fleisch zum Leben, und natürlich ließ auch Benedikt seine Schweine, Rinder und Hühner schlachten, aber er selbst half dabei nicht mit. Er suchte immer einen Vorwand, um sich davonzustehlen. Erst wenn die Schweine aufgeschnitten an der Leiter vor seinem Haus hingen, sah er sie sich an.

Vermutlich war es das, was ihn abstieß. Musste man die toten Tiere so darstellen? Gab es keine andere Möglichkeit, das Fleisch zu trocknen und den Fleischbeschauer seine Arbeit tun zu lassen? Im Frühjahr und Herbst hingen vor fast jedem Haus tote Schweine. Manchmal vergaßen die Bauern, sie am Abend in die Keller zu stellen, sodass am nächsten Morgen nicht selten Spuren von Hunden- oder Katzenbissen an dem Fleisch zu sehen waren. Das wurde einfach abgeschnitten.

Gerade deswegen hatte Benedikt in der Gemeindeversammlung den Bau eines Schlachthauses angeregt. Zunächst war er auf großen Widerstand gestoßen, doch in der dritten und vierten Sitzung waren die meisten der Gemeindevertreter einverstanden.

Von der Hauptstraße gegenüber hörte er laute Stimmen. Ein paar Männer, die offenbar genug vom Zuschauen beim Schlachten hatten, gingen in die neue Kneipe. Man wollte offenbar vor den anderen einen guten Platz ergattern.

Seit ein paar Monaten gab es die zweite Gastwirtschaft Lamers in Züschen. Das war gar nicht nach Benedikts Geschmack. Seine Knechte und Tagelöhner, die er beschäftigen wollte, waren nun schon teilweise am frühen Nachmittag betrunken. Auch August Grafenau, der Besitzer der anderen Gaststätte, sah die Konkurrenz zunächst mit sehr gemischten Gefühlen, bis er merkte, dass für beide Gasthäuser genug Geld zu verdienen war.

Vom Haus seines Cousins Jakob erklangen plötzlich Entsetzensschreie, dann laute Worte, die sich überschlugen und deshalb nicht zu verstehen waren. Die Stimmen verstummten für Sekunden, um dann in einem wahren Durcheinander wieder aufzuflammen.

Benedikt zögerte nicht. Er rannte so schnell er konnte zum Haus seines Cousins. In weniger als zwei Minuten hatte er den Vorplatz erreicht. Die Menschen ringsum standen wie erstarrt. Die wenigen Frauen hielten sich die Hände vors Gesicht, manche weinten. Benedikt sah eine dichte Traube von Personen in der Mitte des Platzes. Sie beugten sich über jemanden, der offenbar am Boden lag. Benedikt drängte sich rücksichtslos durch die Menge.

»Was ist los? Was ist passiert?«

Ein junger Mann drehte sich um. »Es hat Edi erwischt, Edgar Gansheim.«

»Wer hat ihn erwischt?«

»Na, der Bulle. Das Tier hat Edi voll gegen die Brust getreten. O Gott, ich glaube, er ist tot.«

Benedikt kniete sich neben Edgar Gansheim. Der Mann war Anfang dreißig, hatte vor einem dreiviertel Jahr nach Züschen geheiratet und die kleine Landwirtschaft seiner Frau übernommen. Seine Frau Inge war im siebten Monat schwanger.

Edgar war nicht tot, wie sich Benedikt überzeugen konnte. Er war bewusstlos und atmete röchelnd.

»Einen Arzt«, rief Benedikt. »Jemand muss zum Arzt nach Winterberg.«

»Ist schon unterwegs«, sagte Jakob neben ihm.

Benedikt sah ihn an. »Wie konnte das passieren?«

Jakob zuckte mit verzweifeltem Gesichtsausdruck die Schultern. »Wir wissen es nicht. Es ging alles so verdammt schnell. Der Bulle hatte den ersten Schuss überlebt, ist ausgeschert und trat um sich. Dabei traf er Edi. Wir sind alle noch geschockt.«

Auf dem Vorplatz, etwa drei Meter entfernt, lag der tote Bulle. Unter seinem Kopf hatte sich eine große Blutlache gebildet. Jemand, vermutlich der Schlachter, hatte ihm die Kehle durchgeschnitten.

»Holen wir doch Hermine«, rief einer. »Sie kann sich solange um Edi kümmern, bis der Arzt kommt.«

»Bruno, hol deine Mutter«, befahl Jakob. »Wir tragen Edgar ins Haus. Hier draußen können wir ihn nicht liegen lassen.«

Mit vereinten Kräften trugen sie Edgar Gansheim in die Stube. Dort betteten sie ihn auf die Couch.

Bruno Seiberts Mutter Hermine war die Hebamme des Dorfes und hatte als Einzige ein wenig Ahnung von Verletzungen, denn oft genug assistierte sie Doktor Kluse aus Winterberg. Hermine kam fünf Minuten später. Sie ließ kalte Umschläge machen, die sie Edgar auf die Brust legte. Mehr konnte sie nicht tun.

Die Aufregung legte sich, sobald der Verletzte nicht mehr zu sehen war. Die Frauen eilten nach Hause, und die Männer gingen in eines der beiden Wirtshäuser. Aber das Gesprächsthema Nummer eins blieb Edgar Gansheim.

3

Der Sonntag war der schönste Tag der Woche. An den Sonntagen ruhte die schwere Arbeit auf den Höfen. Nur die Kühe wurden wie immer regelmäßig gemolken und das übrige Vieh versorgt.

Der Sonntagmorgen stand ganz im Zeichen des Kirchganges. Während des Gottesdienstes saß Benedikt Halbach auf seinem angestammten Platz in der zweiten Bank, neben ihm Onkel Ludwig mit Jakob. Vor ihnen hatten sich Benedikts Bruder Johannes und Paul und sein Schwager Lutz Saalfeld niedergelassen. Diese beiden Reihen besetzten die Halbachs stets, wenn sie früh genug zur Messe gingen. Auf der anderen Seite der Kirche saßen Benedikts Frau Sophia, Tante Lydia, sowie seine Schwestern Magdalena und Helene. Johannes verfolgte wie immer aufmerksam das Geschehen. Es war sein sehnlichster Wunsch, Priester zu werden. Seine Mutter wäre stolz auf ihn gewesen.

Vor einem Jahr war der Pastor gestorben und durch einen neuen ersetzt worden. Er hieß Adam Fricke. Im Gegensatz zum alten Pastor ließ Fricke sich aber nicht mit seinem Namen anreden, sondern verlangte von den Züschenern, dass sie ihn »Hochwürden« nannten oder »Herr Pfarrer«. Ein Pfarrer darf predigen, taufen und das Abendmahl austeilen, pflegte er zu sagen. Aber das Wichtigste sei, dass ein Pfarrer auch eine Gemeinde leite, da das Wort von »Pfarrherr« komme.

Für Benedikt war Fricke ein unangenehmer Mann. Was ihn störte, waren die unerbittlichen Predigten von Strafe und Vergeltung. Von Gnade oder Vergebung sprach Fricke nie.

An diesem Sonntag beherrschte der Tod den Gottesdienst. Edgar Gansheim war seiner schweren Verletzung erlegen. Als Doktor Kluse aus Winterberg endlich gekommen war, hatte er nichts mehr für ihn tun können. Adam Fricke predigte über das schreckliche Ende des Ehemannes, der eine junge Frau und ein ungeborenes Kind zurückgelassen hatte.

Pfarrer Fricke hatte sich schon wenige Wochen nach seiner Amtseinführung unbeliebt gemacht. Am Ende seiner ersten Predigt hatte Fricke den Bauern eine gute Heuernte gewünscht, ihnen aber nicht erlaubt, am heiligen Sonntag das Heu einzufahren. Es war ein schöner Tag, die Sonne schien, und es war seit Tagen zum ersten Mal richtig warm. Frickes Vorgänger hatte bei einem solchen Wetter den Bauern die Arbeit auf den Feldern erlaubt. Wer wusste denn schon genau, was der nächste Tag bringen würde? Aber Adam Fricke war unerbittlich. Der Sonntag war und blieb heilig und unantastbar für die Arbeit. Niemand widersprach.

Jeden Sonntagnachmittag nutzten die Menschen in Züschen, um Besuche zu machen und über den neuesten Klatsch zu tratschen, den die Tagelöhner und Handlungsreisenden mitbrachten.

Einmal im Monat kamen auch Sophias Eltern zum Mittagessen. Die Hände ihres Vaters, mit denen er Sophia kurz tätschelte, waren rau und rissig, Arbeiterhände, Bauernhände. Sein Gang war ein wenig gebeugt von der Last der Jahre und der schweren Arbeit. Obwohl sein Gesicht alt aussah, hatte er immer einen fröhlichen Gesichtsausdruck in seinen blauen Augen.

Walter Bertram brachte eine große Tüte Fleisch mit.

»Schweinebraten«, sagte er stolz.

Sophia nahm ihm den Braten aus der Hand und küsste seine Wange.

»Wie geht es dir?«, fragte er wie immer. »Was hast du heute gemacht? Geputzt und aufgeräumt?«

»Es ist Sonntag, Papa«, antwortete Sophia.

»Ach so, ja.«

Das war alles. Wahrscheinlich fragt er auch nur aus Höflichkeit, dachte Sophia wieder, denn sie lockte ihm auch sonst kaum eine Silbe aus dem Mund.

Walter Bertram humpelte zu der Eckbank, auf die er sich immer setzte.

Aus den Augenwinkeln beobachtete Sophia ihn. Ihr Vater war in den letzten Jahren sehr gealtert. Nur die Augen altern nie, dachte Sophia.

Er brauchte einen Stock beim Gehen. Manchmal, wenn er sich unbeobachtet glaubte, blieb er an einem Zaun stehen, stützte sich auf einen Pfosten und rang nach Luft. Er hatte Schmerzen in der Brust, aber er sagte es niemandem. Sophias Mutter kam sich immer nutzloser vor. Sie vernachlässigte ihren Haushalt und wartete nur auf die Sonntage, an denen sie sich von Sophia und Magdalena bedienen lassen konnte.

Am Mittag gab es Fleisch, Kartoffeln und frisches Gemüse. Fleisch war ein Zeichen dafür, dass es einem gutging. In den meisten Familien gab es höchstens einmal in der Woche Fleisch, wenn überhaupt.

Sophia bereitete stets mit ihrer Schwägerin Magdalena das Essen zu. Magdalena wohnte selbstverständlich im Haus von Benedikt. Obwohl sie viel älter war als er, ordnete sie sich klaglos dem Bruder unter. Am Anfang waren Magdalena und Sophia ein Herz und eine Seele. Erst als Magdalena in einem Anflug von Unbeherrschtheit und Nervosität Sophia an den Kopf geworfen hatte, dass Benedikt sie nur auf Wunsch seines Vaters geheiratet hatte, waren die Fronten verhärtet. Inzwischen hatten sie beschlossen, freundlich und harmonisch miteinander umzugehen. Sie stritten nie, aber sie sprachen nur das Notwendigste miteinander. Es herrschte eine kühle Distanz zwischen ihnen, die glücklicherweise nicht auf die anderen Familienmitglieder abstrahlte.

Seit einiger Zeit schon hatte Johannes das Tischgebet übernommen. Er betete inzwischen so lange, dass Benedikt sich nicht mehr darauf konzentrierte, sondern an die Arbeit dachte. Er wollte seinem Bruder aber auch nicht sagen, dass er seine Gebete kürzer fassen sollte. Es hätte ihn beleidigt.

Danach füllten Sophia und Magdalena das Essen auf.

»Mir auch«, bettelte Franziska. Niemand nahm ihr übel, dass sie sich vorlaut meldete. Franziska war zwei Jahre alt und der ganze Stolz Benedikts. Er strich zärtlich über den Kopf seiner Tochter.

»Gleich mein Schatz. Zuerst kommen die Erwachsenen.«

Franziska zog einen Schmollmund, fügte sich aber. Sie rutschte nur unruhig auf ihrem Stuhl hin und her. Sie wusste genau, wie sie sich zu benehmen hatte, aber es fiel ihr schwer, sich den Tischsitten anzupassen.

Nach dem Mittagessen gingen Walter und Anna Bertram wieder.

»Wir müssen uns etwas hinlegen«, meinte Anna mit einem verlegenen Lächeln. »Das können wir nur zu Hause, nirgends sonst.«

»Warum versucht ihr nicht, euch in der Stube auszuruhen?«, fragte Sophia. »Dann seid ihr zum Kuchen wieder fit.«

Anna winkte nur ab. »Danke. Kuchen bekommt deinem Vater nicht mehr so gut.«

Als die beiden das Haus verlassen hatten, trafen Onkel Ludwig und seine Frau Lydia ein. Tante Lydia hatte Kuchen mitgebracht. Sie liebte Franzi wie ihr eigenes Enkelkind, und obwohl der lieben Großtante bald Schweißperlen auf der Stirn standen, ließ sie nicht nach, mit Franzi zu spielen.

Da schönes Wetter war, setzten sich Benedikt und Ludwig

nach draußen. Jeder zündete sich eine Pfeife an, und bald qualmten sie genussvoll vor sich hin. Sie sahen über den Bach Sonneborn. Die späten Herbstgewitter hatten den kleinen Fluss gewaltig ansteigen lassen. Abgestorbene Äste und Grasbüschel trieben auf der Wasseroberfläche.

Plötzlich wurde die Tür aufgestoßen und Franziska erschien.

»Papa, Papa«, rief sie. Beinahe wäre sie in ihrem langen Kleid gestolpert, so schnell lief sie auf ihn zu. Sie kletterte auf seinen Schoß. Ohne auf die Pfeife zu achten, fiel sie ihm um den Hals und drückte ihm einen feuchten Kuss auf die Wange.

Benedikt schmunzelte. »Na, meine Süße. Bist du satt? Willst du nicht ein bisschen schlafen?«

»Nee, ich bin gar nicht müde.«

Um es zu beweisen, rutschte sie wieder von Benedikts Schoß und lief zum Wasser.

»Nicht so nah, Franzi.«

Ob sie ihn gehört hatte, konnte er nicht sehen. Auf jeden Fall blieb sie brav am Ufer, weit genug vom Wasser entfernt hocken.

»Du hast eine wunderbare Tochter«, sagte Ludwig Halbach.

»Ja«, nickte Benedikt. »Ich liebe sie sehr.«

»Und deine Frau?«

Benedikt drehte den Kopf zu ihm hin. »Was meinst du?«

»Sei mir nicht böse, Benedikt, aber du liebst Sophia nicht. Jedenfalls nicht so, wie es sein sollte. Ich meine …« Da er sich verhaspelte, suchte er einen Moment lang nach Worten. »Du respektierst sie, und das weiß sie. Es ist keine himmelhochjauchzende Liebe, die euch verbindet. Es ist mehr eine Vernunftehe.«

Benedikt schmunzelte amüsiert. »Willst du dich jetzt als Seelenklempner aufspielen?«

»Nein, nein. Ganz und gar nicht. An deinem fünfundzwanzigsten Geburtstag habe ich lange mit Sophia gesprochen. Sie ist mit ihrem Leben mehr als zufrieden, sie ist geachtet im ganzen Dorf, und das genügt ihr.«

Benedikt schwieg. Es stimmte, was sein Onkel sagte, aber so direkt hatte er noch nie darüber nachgedacht. Er sah zum Haus. Durch das Küchenfenster konnte er Sophia nur ahnen. Aber ein Leben ohne sie wollte er sich nicht mehr vorstellen.

Er räusperte sich. »Ich hätte zu meinem Geburtstag gerne

Karl mit dabei gehabt«, wechselte er abrupt das Thema.

Ludwig nickte. »Das glaube ich. Er fehlt uns allen.«

So lange Benedikt denken konnte, war Karl Knecht auf ihrem Hof gewesen. Er war mehr als das. Karl gehörte fast schon zur Familie. Benedikt fiel ein, dass er nicht einmal seinen Nachnamen wusste. Er hieß einfach nur Karl. Der alte Knecht war eines Morgens einfach nicht mehr aufgestanden. Als man ihn fand, war er schon seit Stunden tot.

»Altersschwäche«, hatte der Arzt diagnostiziert.

Karl wurde unter großer Anteilnahme beerdigt, und Benedikt kaufte ihm das schönste Holzkreuz, das sein Schwager, der Schreiner Lutz Saalfeld, schnitzen konnte.

Franziska kam zurück. »Wann kaufst du mir denn das neue Bett, Papa?«

Benedikt zuckte regelrecht zusammen. Das hatte er doch total vergessen. »Bald mein Schatz. Ich spreche heute noch mit Onkel Lutz.«

Damit gab sich Franziska zufrieden. Sie lief wieder ins Haus. Sie hatte keine Ruhe. Immer war sie in Bewegung.

Benedikt blickte hinüber zum Stall. Seit Karl nicht mehr da war, blieb es seine vordringliche Aufgabe, sich um das Vieh zu kümmern. Benedikt hatte zwar mehrere Knechte getestet, aber niemand war ihm gut genug gewesen. Jetzt versah sein vierzehnjähriger Bruder Paul die Aufgabe, aber er ging noch zur Schule. Erst wenn Paul entlassen war, konnte sich Benedikt etwas zurücklehnen, das hoffte er jedenfalls.

»Ich muss mit dir reden, Onkel Ludwig«, sagte Benedikt. »Es sind jetzt drei Wochen seit dem Unglück mit Edgar vergangen. Ich bin der Meinung, dass wir das öffentliche Schlachten nicht mehr zulassen sollten. Nicht nur wegen der Katastrophe mit Edgar, so etwas kann im Schlachthaus auch passieren, nein, ich möchte nicht mehr miterleben, wie die Menschen wie Schaulustige am Straßenrand stehen.«

Ludwig riss vor Überraschung die Augen auf.

»Warum haben wir das Schlachthaus überhaupt gebaut«, kam Benedikt seiner Antwort zuvor, »wenn es nicht genutzt wird?«

»Hast du es dir mal angesehen? Genauer angesehen, meine ich. Deine Scheune an der Ahre ist sauberer und moderner als das Schlachthaus. Weißt du was? Ich bin froh, dass es fast abgebrannt ist.«

»Dann befürwortest du wieder die Hausschlachtung?«

Ludwig wiegelte mit dem Kopf. »Seit Menschengedenken wird das so gehandhabt, Benedikt. Das Schlachthaus wurde nie von den Bauern angenommen. Ich habe deiner Idee auch nur zugestimmt, weil ich glaubte, dass das eine vernünftige Entscheidung sei. Hast du mal gezählt, wie viele Tiere in den letzten zwei Jahren dort geschlachtet wurden?«

Benedikt schüttelte den Kopf.

»Neun.«

»Oh.« Das waren wirklich wenige.

»Lass es gut sein, Benedikt. Es tut mir sehr leid wegen Edgar, aber wie du schon sagtest, kann das auch im Schlachthaus passieren. Lass uns wieder zur alten, ehrwürdigen Hausschlachtung zurückkehren.«

»Aber dann versprich mir, dass wenigstens keine Kinder zusehen dürfen und niemand unter vierzehn Jahren hilft.«

»Darüber kann man nachdenken«, antwortete Ludwig Halbach.

4

Auf der Straße wurde es lauter. Einige Handlungsreisende waren eingetroffen. Sie wollten sich im Gasthaus Lamers für die Weiterreise nach Winterberg und ins Münsterland stärken.

»Ob Michels dabei ist?«, fragte Benedikt.

»Glaube ich nicht. Dann wäre er zuerst zu dir gekommen.«

Das war wohl wahr.

Der in Züschen beliebte Handlungsreisende Michels war ein gern gesehener Gast im Hause Halbach. Vor vielen Jahren war Michels zusammen mit Jonathan Thoma in Züschen mehr aus Zufall eingetroffen. Jonathan war ein baumlanger Mann, mit einem markanten Gesicht und Augen, die jeden in seinen Bann ziehen konnten. Eva hatte sich sofort in ihn verliebt, als er mit seinem Kumpel Michels zum ersten Mal in der Scheune von Benedikts Vater übernachtet hatte. Eva war drei Jahre älter als

Benedikt, aber die jüngste seiner Schwestern. Jon, wie er genannt wurde, war sehr schüchtern gewesen. Ein armer Handlungsreisender und die Tochter eines reichen Landwirts passten doch nicht zusammen. Es dauerte lange, bis Jon den Mut fand, um Evas Hand anzuhalten. Im Jahre 1871 hatten sie geheiratet und waren in Jons Heimat nach Witten gezogen.

Michels hielt die Dorfbewohner stets mit Meldungen aus dem neuen Deutschen Kaiserreich auf dem Laufenden. So wusste man, dass der Staat Preußen kein eigener Staat mehr war, sondern ein Teil des Deutschen Kaiserreiches. Kaiser Wilhelm I. wollte jedoch die Selbstständigkeit Preußens nicht aufgeben, aber damit machte er sich gerade in Bayern unbeliebt. Die Bayern mochten es von Anfang an nicht, dass Deutschland von einem Preußen regiert wurde. Deshalb feierten sie auch nicht des Kaisers Geburtstag und lehnten es ab, dass Mädchen an diesem Tag Gedichte aufsagen mussten.

»Die Bayern fügen sich zwar, Einwohner des neuen Deutschlands zu sein, aber im Untergrund rumort es gewaltig«, hatte Michels erzählt.

»Warum eigentlich?«, hatte Benedikt gefragt.

»Weil der preußische Kaiser auch rechtliches Oberhaupt der protestantischen Landeskirche ist und die Bayern katholisch sind. Somit fühlt sich die Bevölkerung in Bayern keineswegs preußisch.«

Aber da Bayern weit weg von Züschen war, kümmerte sich niemand darum. Im Hochsauerland war ohnehin so gut wie jeder katholisch, römisch-katholisch. Ob ihr Kaiser Protestant oder Katholik war, war ihnen ziemlich gleichgültig. Für sie gab es nur eine Konfession, und zwar die richtige.

»Unterhalb des Hackelbergs haben sie kürzlich eine Schlange gesehen«, platzte Onkel Ludwig in Benedikts Gedanken. Der Hackelberg war der bekannteste Berg in Züschen.

»Was für eine?«

»So genau wussten sie das nicht, aber Walter Bertram meint, es sei eine Kreuzotter.«

Die waren giftig.

»Wir sollten auf jeden Fall vorsichtig sein, wenn wir mit unserem Vieh dort vorbeiziehen und unsere Kinder nicht allein dahin lassen. Bei einem so milden Winter wie der letzte wird das Biest überleben. Nur an insgesamt vier Tagen gab es klirrenden Frost.«

»Du warst doch froh darüber«, schmunzelte Benedikt.

»Ja«, nickte Ludwig. »Auf der einen Seite schon, aber die Schädlinge, die unsere Saat auffressen, wurden nicht abgetötet.«

»Du machst dir Sorgen, nicht?«

»Ich bin immer noch der Bürgermeister. Ich muss auch an die anderen Solstätter denken und an die Beilieger. Das ist meine Pflicht.«

Benedikt strich sich durch seinen Vollbart. Seit seiner Hochzeit mit Sophia hatte er sich den Bart wachsen lassen. Wer etwas auf sich hielt, legte sich einen Vollbart zu oder trug gespreizte Hüte. Es war ein Unglück in dieser Zeit, jung auszusehen. Auch ein langsamer, gemütlicher Gang war typisch geworden. Damit konnte sich Benedikt allerdings nicht anfreunden. Er schritt immer zügig voran.

Einen Moment überlegte er ernsthaft, ob er Onkel Ludwig von den Papieren seines Vaters erzählen sollte. In einigen stillen Stunden hatte er die vergilbten Blätter aus der Anrichte in der Stube gezogen. Er hatte alles mehrmals lesen müssen, um zu begreifen, was da stand. Benedikts Vorfahren hatten es verstanden, ihr Gut immer mehr zu vergrößern und ihren Reichtum geschickt getarnt, indem sie einen Teil des Landes an die Gemeinde verpachteten. Sein Großvater und sein Vater hatten es sich weiterhin leisten können, die Länder der anderen Bauern aufzukaufen. Sie sorgten somit dafür, dass diese wenigstens ein paar Jahre sorgenfrei leben konnten. Die meisten von ihnen hatten Züschen und das Sauerland gleich nach dem Verkauf verlassen.

Benedikt Halbach war klar geworden, dass er der reichste und vermögendste Mann in Züschen war, vermutlich sogar im ganzen Sauerland.

Er beschloss, seinem Onkel nichts davon zu sagen. Er wusste, dass Onkel Ludwig sich seit dem Tod seines Bruders Roberts verantwortlich für seine Nichten und Neffen fühlte, obwohl die alt genug waren, um selbst für sich und ihre Familie zu sorgen, aber Onkel Ludwig war klug genug, sich nicht einzumischen.

Meistens gab er nur zurückhaltende Ratschläge.

Von drinnen erklang ein Aufschrei, dann eine helle Kinderstimme.

»Du bist nicht meine Mutter, du hast mir nichts zu sagen«, hörten sie Paul schreien.

Benedikt erhob sich rasch und ging ins Haus. Sein Bruder Paul stand mit hochrotem Gesicht in der Mitte der Küche. Magdalena hatte seine Hände ergriffen und versuchte ihn festzuhalten, aber der Junge zog aus Leibeskräften.

»Was gibt es?«, fragte Benedikt.

Magdalena deutete auf den Fußboden. »Sieh dir das an, Benedikt.« Vor ihr waren vier dreckige Flecken auf dem Holz. »Ich habe ihm schon tausendmal gesagt, dass er sich die Schuhe abputzen soll, wenn er aus dem Stall kommt. Aber er hört einfach nicht. Sophia und ich haben gestern stundenlang das Haus geschrubbt, und er macht alles wieder schmutzig.« Dabei deutete sie mit der ausgestreckten Hand auf Paul. Der Junge stand an der Tür zur Stube und machte ein trotziges Gesicht.

»Ich wollte ja gerade die Schuhe ausziehen«, schrie er seine älteste Schwester an. »Aber du hast mich ja sofort ausgeschimpft.«

»Weil ich weiß, dass du nicht gehorchst. Er soll sich auch die Hände waschen, bevor er was anfasst. Mehr will ich ja gar nicht. Und er soll mir nicht immer vorhalten, dass ich nicht seine Mutter bin.«

»Das ist richtig«, nickte Benedikt. Er sah Paul streng an. »Du tust genau das, was Magdalena dir sagt. Hörst du? Nicht nur jetzt, sondern immer. Ist das klar?«

Paul kniff die Augen zusammen, aber er nickte langsam. Er wusste, dass Widerspruch zwecklos war. Was Benedikt sagte, musste getan werden. Seit ihre Mutter gestorben war, hatte Magdalena als Älteste ihre Stelle in der Familie angenommen. Dass sie dabei oft auf Widerstand ihrer Brüder stieß, war nur verständlich.

»Und er soll nicht immer in meinem Gemüsegarten herumtrampeln«, schimpfte Magdalena weiter. Wenn sie einmal in Fahrt war, hörte sie nur schwer wieder auf. »Er ruiniert mir alles.«

Magdalena hatte einen Garten neben dem Haus angelegt, in dem sie Tomaten, Gurken, Erbsen, Wachsbohnen und Salat anpflanzte. Sie verschenkte auch viel von ihrer Ernte, wenn andere sie um Hilfe baten.

»Warum baut ihr nicht selbst Gemüse an?«, hatte sie versucht, die Menschen zu überzeugen.

Daraufhin hatten diese nur die Achseln gezuckt, sich bedankt und waren stumm wieder gegangen. Es waren vor allem die Beilieger, die kaum über die Runden kamen.

Gehorsam zog Paul seine Schuhe aus, trabte dann zum Waschbecken, nahm Seife und Bürste und rieb seine Hände, bis die Haut rot wurde.

Benedikt nickte Magdalena aufmunternd zu und ging wieder hinaus auf die Veranda. Lydia und Ludwig hatten die ganze Auseinandersetzung mitbekommen, sagten aber nichts dazu. Lydia hatte ein ganz neues Thema parat.

»Was Jakob nur so treibt?«, sagte sie. »Ich mache mir manchmal Sorgen um ihn.

Benedikt sah auf. »Gibt es einen Grund dafür, Tante Lydia?«

»Nein, eigentlich nicht. Aber ich möchte wissen, was er macht.«

»Er ist vierundzwanzig.«

Jakob war immer noch unverheiratet. Benedikt hatte ihn in letzter Zeit des Öfteren mit Rose zusammen gesehen, der netten Tochter eines Solstätters. Sie wäre genau die richtige Frau für Jakob, aber ob es etwas Ernstes war, wusste niemand.

Ludwig sprach nach drei Stunden endlich vom Aufbruch. So lange waren sie selten geblieben, und es dauerte noch eine halbe Stunde, bis sie wirklich gingen.

Kaum waren sie verschwunden, als Jakob auftauchte. Seine kurzen, blonden Haare glänzten in der Abendsonne, sein Backenbart ließ sein Gesicht noch breiter aussehen, als es in Wirklichkeit war.

»Ich habe gewartet, bis Papa und Mama weg sind«, sagte Jakob.

»Warum?«

Jakob sah sich um. Sophia war mit Franzi und Magdalena im Haus, die Kleine wurde gewaschen. Johannes hatte sich gar nicht blicken lassen, und was Paul trieb, wusste Benedikt nicht. Sie waren allein auf der Terrasse.

»Rose ist schwanger. Im vierten Monat. Papa ist ein altmodischer, konservativer Mann, der jeden Sonntag in die Kirche geht und den Pastor immer großzügig unterstützt. Papa glaubt an Gott, ich auch, so ist es nicht. Aber für Papa und für Mama ist es eine Sünde, wenn man vor der Ehe … na, du weißt schon, was ich meine.« Jakob lachte auf. »Ich müsste längst verheiratet sein. Ich will es ja auch. Rose will mich auch, aber immer kam was dazwischen, wenn ich mit Papa reden wollte.«

»Dann tu es jetzt. Warte nicht länger. Geh zu deinem Vater, sag ihm, dass du heiraten willst und alles andere bringt die Zeit. Es kann eine Frühgeburt werden und selbst dann, wenn er nachrechnet, was ich nicht mal glaube, wird er stolz auf seinen Enkel sein.«

»Meinst du wirklich?«, fragte Jakob unsicher.

»Bestimmt. Sieh dir nur an, wie deine Mutter Franzi liebt. Ein eigener Enkel wird sie versöhnen.«

Jakob atmete tief ein. »Vielleicht hast du recht. Ach, verdammt, ich werde es ihnen noch heute sagen.« Er sah sich um. »Hast du was zu trinken? Einen Selbstgebrannten?«

So etwas hatte jeder im Haus. Benedikt zog seine Taschenuhr heraus. »Es ist gerade mal sechs.«

Jakob winkte ab. »Bei August saufen sie seit dem Morgen und bei Lamers auch.«

»Willst du dich mit den Tagelöhnern und Hausierern auf eine Stufe stellen?«

»Nee, das nicht, aber ich brauche jetzt einen.«

Benedikt zögerte. »Gut. Aber nur einen.«

5

Gegen Abend ging Benedikt zu seiner Schwester Helene. Sie war die Zweitälteste der Familie Halbach und hatte Lutz Saalfeld, den Schreiner aus Züschen, geheiratet. Er war ein fleißiger Mann, der sich vor Aufträgen nicht retten konnte. Benedikt hatte schon mit Lutz über ein neues Bett für Franziska gesprochen, wollte aber nicht, dass Lutz seinen Auftrag bevorzugte.

Helene war allein zu Hause. Das verwunderte ihn.

»Wo ist Lutz?«

Sie drehte ihm den Rücken zu. »Wo er seit einiger Zeit immer ist. Bei Lamers.«

»Er trinkt und lässt dich allein?«

Sie antwortete nicht. Benedikt betrachtete sie. Helene sah nicht gut aus. Ihr Hals und ihre Unterarme waren von roten Flecken übersät. Benedikt hatte ein Gespür dafür, wenn sich Menschen in seiner näheren Umgebung veränderten oder Sorgen hatten.

Er setzte sich auf einen Stuhl und wartete, bis Helene ihm eine Tasse Tee reichte.

»Du hast dich verändert, Helene«, sagte Benedikt leise. »Was ist los? Stimmt eure Ehe nicht mehr?«

»Doch. Das ist es nicht ...« Sie brach ab.

»Was denn?«

Helene hob in einer verzweifelten Geste die Schultern. Tränen traten in ihre Augen. »Ich weiß es nicht, Benedikt.« Jetzt schluchzte sie. »Wir wünschen uns so sehr ein Kind, egal ob Tochter oder Sohn, nur ein Kind, aber sieh mich doch an.« Sie streckte ihre Arme aus und reckte den Hals. »Kann ich es Lutz verdenken, dass er mich nicht mehr mag. Überall diese Flecken. Ich habe schon alles versucht, Milch, Schmalz, sogar Schweinekot, wie mir jemand riet. Aber es nützt alles nichts.«

»Seit wann hast du den Ausschlag?«

Sie überlegte kurz. »Angefangen hat es vor ein paar Wochen. Erst waren die Flecken kaum zu sehen, dann kamen sie immer öfter und jetzt gehen sie fast gar nicht mehr weg.«

»Liegt es daran, weil Lutz sich so häufig in der Kneipe aufhält?«

Helene schüttelte den Kopf. »Das macht er ja erst, seit ich diese Flecken habe.«

»Lass uns mal überlegen, Helene. Was hat sich in letzter Zeit bei euch geändert?«

Sie sah ihn verständnislos an.

»Irgendetwas muss anders geworden sein.« Er räusperte sich. »Sei mir nicht böse, aber ... wäscht sich Lutz regelmäßig?«

Sie fuhr fast aus dem Sessel. »Darauf achte ich schon. Darauf kannst du dich verlassen. Er wäscht sich täglich und einmal in der Woche nimmt er ein Bad.«

»Das ist gut. Von dir nehme ich das selbstverständlich auch an. Darüber brauchen wir nicht zu reden. Ist das Wasser sauber?«

»Wir haben eine eigene Quelle.«

»Was ist mit dem Holz, das er verarbeitet?«

»Was soll damit sein?«

»Spürst du eine Abneigung dagegen. Ich nehme an, Lutz riecht nach Holz, wenn er nach Hause kommt.«

»Das lässt sich nicht vermeiden«, sagte Helene. »Nein, ich mag den Geruch. Das kann es nicht sein, Benedikt.«

Er blickte zum Fenster hinüber. Draußen stritten sich zwei Katzen, ein Hund bellte.

»Genau wie unsere Katzen«, sagte Helene. »Sie mögen und hassen sich. Immer ist was los mit den Tieren. Wir haben jetzt vier Hunde und drei Katzen. Es stört mich nur, dass sie im Haus herumlaufen. Sie springen sogar in die Betten. Wenn ich nicht aufpasse, lege ich mich auf eine Katze drauf.«

Benedikt griff in seine Westentasche und holte seine Uhr hervor. »Wie lange bleibt Lutz in der Regel im Gasthaus?«

»Bis es dunkel ist, manchmal länger. Ich glaube … ich glaube, er will mich nicht mehr bei Tageslicht ansehen.« Sie wurde wieder traurig. »Verstehen kann ich es sogar.«

»Vielleicht liegt es an den Tieren«, sagte Benedikt nachdenklich. »Sprich mit Lutz. Irgendeinen Grund muss es für deinen Ausschlag geben.«

6

Zwei Tage später, an einem Sonntag, bot sich die Gelegenheit. Lutz war mal nicht in der Kneipe. Helene bat ihn, mit ihr spazieren zu gehen. Vor ihrer Ehe hatten sie das häufig getan. Lutz war zu ihrer Freude einverstanden. Sie schlenderten über die schmale unebene Brücke der Nuhne. Der Weg war steinig und ging nach wenigen Metern etwas steil bergauf, bevor sie an eine

Abzweigung kamen. Sie schritten Hand in Hand wie ein junges Paar.

Lutz blieb stehen. »Geradeaus oder nach rechts?«

»Mir egal.«

»Also geradeaus?«

»Hm.«

Ihre unscheinbare Art, ihre Zurückhaltung hatte ihn bereits fasziniert, als sie noch Jugendliche waren. Mit sechzehn wusste er schon, dass Helene die richtige Frau für ihn sein würde. Nur ihre Unschlüssigkeit hasste er manchmal.

Irgendwo raschelte es. Helene zuckte zusammen.

Lutz lachte und nahm sie in den Arm. »Ratten.«

»Was?«

»Das sind Ratten oder Mäuse.«

Er genoss es, wenn sie erschauerte und Schutz bei ihm suchte. Aber übertreiben wollte er es auch nicht.

»Ist nur halb so schlimm«, sagte er. »Komm, wir gehen weiter.«

Sie liefen ein wenig, bis Helene sich ins Gras setzte, weil sie etwas außer Atem war. Sie musste jetzt bald anfangen, ihn auf das Problem anzusprechen. Lutz stand ein paar Meter von ihr entfernt und beobachtete den Berg und die grünen Tannen.

Plötzlich stieß sie einen Schrei aus. Noch nie im Leben hatte sie so laut losgekreischt, doch es war auch für sie das erste Mal, dass sie sich einem Schlangenkopf mit offenem Maul gegenübersah. Das Tier bewegte sich nicht. Helene saß wie erstarrt.

Lutz kam herbeigelaufen. »Was ist los?«

»Eine Schlange«, flüsterte Helene atemlos.

»Wo?«

Sie streckte leicht die Hand aus, aber da war nichts mehr.

»Wie sah sie aus?«

»Wie eine Schlange.«

»Grün, groß, braun, schwarz. Hatte sie Kreuze auf dem Rücken?«

»Kreuze? Ja, genau, so komische, dunkle Kreuze.«

Lutz nickte verkniffen. »Kreuzotter.« Er zog sie hoch auf den sicheren Weg. »Hat sie dich gebissen?«

»Nein.«

»Wirklich nicht?«

»Nein, das müsste ich wissen.«

»Lass trotzdem deinen Arm und Hände sehen.«

Sie gehorchte wie ein kleines Kind. Aber da war nichts außer den hässlichen roten Flecken.

»Ist es also doch wahr, was man sich erzählt. Es haben schon mehrere hier eine Kreuzotter gesehen. Sie sind giftig.« Er wollte es eigentlich nicht sagen, aber nun war es heraus, und er merkte, wie sie erzitterte.

Er tröstete sie. »Lass uns nach Hause gehen.« Er ließ seinen Blick über den Abhang schweifen. »Wir müssen sie fangen.«

»Wie willst du in dem Dickicht eine Schlange fangen?«

»Uns wird schon was einfallen.«

Helene blickte auf ihre Arme. Sie hatte die Ärmel noch nicht wieder heruntergestreift und so leuchteten die roten Flecke jetzt in der Sonne.

»Lutz, ich muss mit dir reden.«

Er war noch in Gedanken bei der Kreuzotter und sah sie unwillig und verwirrt an. »Ja?«

»Es geht um meine Arme.«

»Was ist damit?«

Helene suchte nach den richtigen Worten. »Ich glaube, die Flecken sind von deinen Tieren.«

Zuerst starrte er sie an, als habe sie den Verstand verloren, dann lachte er laut auf.

»Hör auf!«, schrie Helene und hielt sich die Ohren zu. »Hör sofort auf! Es stimmt. Ich habe die Flecken erst, seit die Tiere ins Haus kommen und sogar in unserem Bett schlafen.«

Lutz hörte auf zu lachen, aber seine Augen zeigten, dass er alles für einen Scherz hielt.

»Wer sagt so etwas?«

»Benedikt.«

»Dein Bruder?« Er schüttelte ärgerlich den Kopf. »Benedikt, Benedikt, Benedikt. Immer wieder dein Bruder. Ich bin dein Mann, Helene. Hast du das vergessen? Wir sind eine eigene Familie.«

»Aber ohne Kinder. Warum haben wir noch keine? Kannst du mir das sagen? Warum treibst du dich immer in der Kneipe herum, statt bei mir zu sein? Du ekelst dich vor mir. Ich wundere mich, warum du heute überhaupt mit mir spazieren gegangen bist. War es das schlechte Gewissen, das dich dazu trieb? Lutz!« Sie klammerte sich an seinem Hemd fest und war ihm ganz nahe. »Ich habe so viel versucht, aber es hat alles nichts geholfen. Warum machen wir nicht diesen einen Versuch? Ich liebe deine Hunde, deine Katzen doch auch, aber wenn es wirklich daran liegt, dann ...« Sie sah ihn bittend an.

Sein Gesicht wurde nachdenklich. »Wie stellst du dir das vor, Helene? Soll ich die Hunde erschießen, die Katzen ersäufen?«

»Nein! Natürlich nicht. Aber sie sollten nicht im Haus sein, nicht in meiner Nähe. Bitte Lutz, lass die Hunde und Katzen im Keller. Wenn die Flecken dann nicht weggehen, dürfen sie wieder ins Haus.«

Er war einverstanden.

Helenes Flecken verschwanden. Eines Morgens war nur noch etwas Schorf auf ihrer Haut. Lutz baute für seine Hunde mehrere große Hundehütten, in denen sich die Tiere richtig wohlzufühlen schienen. Auch für die Katzen wurde ein Verschlag auf der Wiese hinter der Schreinerei aufgestellt. Da aber Katzen Haustiere waren, kamen sie manchmal durch eine Luke ins Haus. Helene ließ sie gewähren, vor allem auch, weil sie keinen neuen Ausschlag bekam. Es hatte wohl nur an den Hunden gelegen.

7

Der Winter kam in diesem Jahr schon Ende November. Der Wind trieb große Flocken vor sich her. Das Land erstarrte in Weiß. Im Januar sank die Temperatur teilweise bis auf minus fünfundzwanzig Grad. Dann blieben auch die Kinder im Hause. Überall war nur ein Zimmer geheizt. Das Holz knisterte in den Öfen, und die Herdplatte glühte. Um sich die Zeit zu vertreiben, saßen die Kinder an den zugefrorenen Fenstern und beobachteten die Eisblumen an den Scheiben. Paul entdeckte in diesen Tagen eine neue Leidenschaft, er formte Figuren aus Schnee.

Benedikt schien nichts davon zu halten. Wenn Paul ihm seine Kunstwerke zeigte, winkte er nur ab.

Man sah kaum einen Menschen auf den Straßen, alle blieben in ihren warmen Stuben, hüllten sich in Decken ein und warteten, dass die kalte Jahreszeit endlich vorüber war.

Johannes arbeitete seit geraumer Zeit beim Bäcker. Aber er wurde mit seiner Arbeit immer unzufriedener. Sein Wunsch, Priester zu werden, war in weite Ferne gerückt.

»Ich brauche jemanden, der mich in Paderborn empfiehlt, damit ich dort zur Schule gehen kann«, erklärte er Benedikt. »Aber der Pfarrer lacht nur darüber.«

Im Februar kam Paul aus der Schule und verkündete: »Ich geh nicht mehr dahin. Nie mehr im Leben.«

Er pfefferte seine Schultasche in die Ecke und lief die Stufen hinauf in sein Zimmer. Benedikt, Sophia und Magdalena sahen sich perplex an.

»Was hat er denn?«, fragte Benedikt.

»Ich weiß es nicht so genau«, antwortete seine Schwester. »Seit Tagen kommt er brummend nach Hause und verzieht sich in sein Zimmer. Vermutlich kriegt er schlechte Noten.«

Benedikt wurde nachdenklich. Er war neben dem Pfarrer, dem Bürgermeister und dem Solstätter Georg Auer verantwortlich für Fragen, die die Schule betrafen, und es schickte sich nicht, dass ein Verwandter die Schule boykottierte. Benedikt stand auf und ging nach oben. Paul lag auf seinem Bett. Er hatte die Augen geschlossen.

Benedikt setzte sich neben ihn und ergriff seine Schulter. Fast hätte er ihm über das Haar gestreichelt, aber Paul war vierzehn Jahre alt. In diesem Alter waren Zärtlichkeiten oder nur Andeutungen davon verpönt. Mehrmals hatte er sich gegen Magdalenas schwesterliche Küsse auf die Wange heftig gewehrt.

»Was ist los, Paul? Komm, erzähl es mir. Vielleicht kann ich dir helfen.«

Paul drehte den Kopf zur anderen Seite. »Keiner kann mir helfen. Was willst du denn machen? Er ist doch der Pfarrer.«

»Du sprichst von Pfarrer Fricke?«

»Ja.«

»Was ist denn mit ihm?«

»Er … er ist böse.«

»Paul, Junge. So etwas sagt man nicht vom Pfarrer.«

»Doch«, entgegnete Paul trotzig. »Keiner in der Klasse mag ihn.«

Benedikt ergriff Pauls Arm und zog ihn hoch. »Nun mal raus mit der Sprache. Was ist passiert?«

Paul hielt den Kopf gesenkt. Seine Wangen waren rot angelaufen, sein Kinn und seine Lippen zuckten. Fast sah es so aus, als würde er jeden Augenblick anfangen zu weinen, aber er schluckte die Tränen tapfer hinunter. Schließlich legte er den Kopf ganz weit in den Nacken. Am Hals des Jungen schimmerte ein dunkelroter Fleck, so groß wie ein kleiner Apfel. Er befand sich dort, wo die Haut am dünnsten war.

»Was ist das? Woher hast du das?«

»Das? Vom Pfarrer natürlich.«

Benedikt lachte. »Das glaube ich nicht.«

Paul schlug wütend mit der Faust auf sein Bett. »Ich wusste es. Genauso wie ich es mir gedacht habe. Deshalb wollte ich es dir auch nicht zeigen.«

Benedikt wurde ernster. »Tut mir leid. Entschuldige. Sag mir bitte, was passiert ist.«

Langsam beruhigte sich Paul. Zuerst leise, dann immer lauter und schneller, begann er zu erzählen.

»Pfarrer Fricke kommt jeden Tag zum Religionsunterricht, und jedes Mal gibt er uns etwas aus der Bibel zu lernen auf. Das ist ja auch nicht schlimm. Wir lernen das ja, aber meistens ist es so viel, dass wir nicht alles behalten können. Dann schimpft er mit uns. Heute hatte ich einen ganzen Satz vergessen. Ich habe ihn nur überschlagen. Aber der Pfarrer wurde richtig böse. Er war schon wütend, als er die Klasse betrat. Das ist er oft. Du kennst ihn nur als frommen Mann. Aber er kann ganz anders sein. Er hat mich nach vorne geholt und vor der ganzen Klasse bestraft. So!«

Mit Daumen und Zeigefinger ergriff Paul die gerötete Haut am Hals. Dann drückte er seinen eigenen Kopf so weit in den Nacken, wie es ihm möglich war. Die Haut am Kinn hielt er dabei zwischen Daumen und Zeigefinger fest.

»Er kneift ganz fest in die Haut und zieht einen immer höher, bis wir auf Zehenspitzen stehen müssen. Er sieht uns in die Augen und befiehlt uns, noch einmal alles aufzusagen, was wir lernen sollten. Erst wenn wir es ohne Fehler daher sagen, lässt er los.«

Benedikt war fassungslos.

»Bisher habe ich es nur bei den anderen mit ansehen müssen, aber heute war ich dran. Oh, ich hasse ihn.«

Benedikt rieb ihm über den Kopf. »Ich verstehe deinen Zorn, mein Junge. Ja, das verstehe ich sehr gut. Was sagt denn Lehrer Sandmann? Er ist doch der Schuldirektor.«

Seit der alte Lehrer Obermann vor Jahren aus dem Schuldienst ausgeschieden war, war ein neuer Lehrer eingestellt worden. Man hatte ihm von höherer Stelle aus sogar den Titel »Schuldirektor« verliehen.

»Lehrer Sandmann weiß nichts davon. Glaubst du, jemand würde es wagen, ihm davon zu erzählen? Sandmann ist noch neu an der Schule. Der kuscht sogar vor dem Pfarrer.«

Benedikt stand auf.

»Was willst du machen?«, fragte Paul. »Kannst du überhaupt etwas tun?«

»Ich werde mir was überlegen.«

Paul nahm natürlich weiterhin am Unterricht teil. Er lernte die Stellen aus der Bibel auswendig und sagte sie jeden Abend Benedikt und Magdalena auf, bis er nachts davon träumte.

Am Montag der folgenden Woche ließ Benedikt sich einen Termin bei Pfarrer Fricke geben.

Die Kirchenuhr schlug elf Mal, als Benedikt das Pfarrhaus erreichte. Er kam also rechtzeitig. Der Pfarrer hasste es, wenn jemand unpünktlich war, und Benedikt wollte ihn nicht gleich verärgern.

Auf sein Klopfen öffnete ihm die Haushälterin Walburga.

»Er wartet schon auf dich«, sagte sie ohne Begrüßung und mit mürrischem Gesichtsausdruck, so wie er es von ihr gewohnt war.

Sie führte ihn durch einen Flur auf eine Tür zu, die im Dunkeln lag. Dort klopfte sie und auf ein leises »Herein« nickte sie ihm zu, entfernte sich sofort, ohne sich weiter um ihn zu kümmern.

Er trat ein. Pfarrer Fricke saß hinter seinem Schreibtisch.

Benedikt machte zwei Schritte in den Raum hinein und blieb erwartungsvoll stehen. »Gelobt sei Jesus Christus.«

»In Ewigkeit, Amen«, antwortete der Pfarrer. »Setz dich«, forderte er Benedikt auf, ohne ihn anzusehen. Schließlich hob Fricke den Kopf. »Was kann ich für dich tun? Warum wolltest du mich sprechen?«

Benedikts Herz schlug bis zum Hals. Er wusste, dass das, was er sagen wollte, den Pfarrer erzürnen konnte. Adam Fricke war trotz seines etwas negativen Rufes eine Person, der man Achtung und Respekt entgegenbrachte. Aber Benedikt hatte genau das Gegenteil vor.

»Mein Bruder Paul kam vor ein paar Tagen sehr, wie soll ich sagen, niedergeschlagen aus der Schule«, begann Benedikt langsam. »Sie kennen ihn, Sie wissen, dass er sehr empfindlich ist, vermutlich, weil ihm die Mutter und der Vater fehlen. Meine Frau Sophia, meine Schwester Magdalena und ich geben ihm zwar so viel Zuneigung und Wärme wie möglich, aber wir sind eben doch nicht seine Eltern …«

»Komm zur Sache, Benedikt«, unterbrach ihn der Pfarrer.

»Sie haben Paul im Unterricht vor allen anderen Kindern gemaßregelt.«

Fricke nickte. »Das ist richtig. Er hatte seine Hausaufgaben nicht vollständig gelernt.«

»Was sicher nicht zu entschuldigen ist. Aber ich glaube meinem Bruder, wenn er sagt, dass er alles auswendig gelernt hat und nur aus Nervosität einen Satz überschlug.«

»Ein Satz zu viel. Man kann sich keine Nachlässigkeiten erlauben. Das müsstest du am besten wissen. Gehorsam, Fleiß und Ordnung sind Tugenden, die den Kindern in der Schule beigebracht werden, und wenn sie sich nicht daran halten auch durch harte Strafen. Die Erziehung der Jungen und Mädchen in Pauls Alter ist äußerst wichtig. So etwas prägt sich bei ihnen ein, das stählt sie für die Zukunft und für ihr Alter. Ich verstehe nicht, warum du deswegen zu mir kommst.«

Benedikt war überrascht über die Reaktion des Pfarrers. Fricke war sich keiner Schuld bewusst.

»Ich habe nichts gegen eine Bestrafung. Eine Rüge, eine Ohrfeige, ja sogar Schläge mit der Gerte waren zu meiner Schulzeit auch üblich. Ich weiß, dass die Schüler auf jeden Wink zu gehorchen haben und jeden Befehl rasch, sicher und geräuschlos ausführen müssen. Das tun sie auch, und das werden sie immer tun. Aber ich habe etwas gegen das Kneifen an der empfindlichsten Stelle unter dem Kinn. Wissen Sie eigentlich, was Sie da anrichten?«

Benedikt spürte, dass sein Gesicht glühte, und am liebsten wäre er aufgestanden und hinausgerannt. Er versuchte, seine weiteren Worte wohlweislich zu überlegen. »Die Jungen haben Schmerzen dabei, ganz abgesehen von den Qualen, die sie erleiden, weil sie sich vor der ganzen Klasse blamiert fühlen. Ich weiß, dass Paul nicht der Einzige ist, den Sie so behandeln. Vermutlich hatte noch niemand den Mut, Sie daraufhin anzusprechen. Dass zu einem reibungslosen und guten Unterricht auch Strafen gehören, sagte ich bereits, aber keine Quälerei.«

Eine lange Zeit blieb es still. Benedikt wagte kaum, sich zu bewegen. Um mehr Sicherheit zu erhalten, schlug er das rechte Bein über das linke und legte seine Hände in den Schoß.

»Ich habe bisher geglaubt, dass Sie ein Mann Gottes sind, der den Menschen die Frohe Botschaft verkündet und ihnen die Liebe Jesu übermittelt. Aber ich habe mich offensichtlich getäuscht.«

»Wie kannst du so mit mir reden …?«, brach es über Frickes Lippen. »Wer gibt dir das Recht dazu?«

Benedikt nahm seinen ganzen Mut zusammen. »Die Fürsorge für meinen Bruder und all die anderen Schüler. Wir haben Sie hierhergeholt und wir können Sie auch wieder fortjagen.«

Fricke lachte auf. »Das kann nur das Erzbistum Paderborn.«

»Da irren Sie sich«, entgegnete Benedikt. »Ich werde dem Erzbischof einen Brief schreiben und ihm darin schildern, mit welchen Methoden Sie den katholischen Glauben vermitteln.«

»Das wagst du nicht.«

»Oh doch. Notfalls überbringe ich den Brief dem Bischof persönlich.«

Benedikt sah Pfarrer Fricke an, dass er angestrengt nachdachte. Da sein Gesicht im Schatten lag, konnte Benedikt nicht sehen, dass er bleich geworden war.

Vielleicht dachte auch Pfarrer Adam Fricke in diesem Moment an ein Ereignis, dass sich im Jahre 1753 ereignet hatte und über die Grenzen des Sauerlandes bekannt geworden war. Wie ein Lauffeuer hatte sich die Geschichte verbreitet.

Damals wurde der Priester Jakob Schulze für die Pfarrstelle in Züschen bestimmt. Aber man wollte ihn nicht. Der Ruf, der ihm vorauseilte, war, dass er ein harter Verfechter der erzkonservativen Kirche war. Jeder Katholik musste seiner Meinung nach jeden Tag zur heiligen Messe gehen, jede Woche beichten und der Kirche eine großzügige Kollekte zukommen lassen. Er wachte über die Einhaltung der Gebote mit Argusaugen, ließ die Gläubigen stundenlang in der kalten Kirche stehen, während er auf der Kanzel saß und seine provozierenden Predigten hielt. Die Züschener Bürger hatten Schulze mit Hohn und Spott aus dem Dorf getrieben. Mit Dreschflegeln und Mistgabeln wurde er durch das Sonneborntal gejagt. Die kirchlichen Zeremonien wurden für Wochen von nicht geweihten Personen vorgenommen.

Es war ein Frevel, eine Schande für das Dorf. Alle beteiligten Personen mussten Jahre später, 1756, empfindliche Strafen zahlen.

Plötzlich erhob sich Fricke und wanderte mit hinter dem Rücken verschränkten Händen durch den Raum. Benedikt beobachtete ihn argwöhnisch.

Schließlich blieb der Pfarrer stehen und schaute Benedikt an. »Du bist ein mutiger Mann, Benedikt Halbach. Niemand aus Züschen würde es wagen, so mit mir zu sprechen. Vielleicht hast du recht. Ein Mann Gottes sollte seine Nerven in Zaum halten. Ich bin offenbar ein wenig über das Ziel hinausgeschossen. Ich will mich nicht auf den salomonischen Spruch berufen, der da lautet: >Wer seine Rute schont, der hasst seinen Sohn, wer ihn liebt, der züchtigt ihn<. In jedem Haus wird geprügelt. Wenn man die Rute spart, so kommt Schande über die Kinder, hieß es schon im alten Ägypten. Wird bei euch nicht geschlagen?«

»Nein«, antwortete Benedikt.

»Wie alt ist dein Bruder?«

»Vierzehn. Er wird im Herbst fünfzehn.«

»Dann darf er sowieso nicht mehr geschlagen werden. Das Gesetz schreibt vor, dass Jungen ab fünfzehn von jeder körperlichen Züchtigung ausgenommen sind. Außerdem wird er in diesem Jahr aus der Schule entlassen.«

»Noch ein Grund, warum ich Ihre Maßnahme nicht für richtig halte«, warf Benedikt ein. »Daran hätten Sie denken sollen, Hochwürden.« Es war das erste Mal, dass Benedikt ihn so anredete.

Adam Fricke ließ sich schwer hinter seinem Schreibtisch nieder. Er stützte seine Arme auf die Tischplatte und faltete die Hände wie zum Gebet. »Ich werde deine Worte beherzigen, Benedikt. Genügt das?«

»Ja. Vielen Dank. Da ist noch etwas, Herr Pfarrer. Sie wissen, dass mein Bruder Johannes den Wunsch hat, Priester zu werden. Dazu benötigt er jedoch die Fürsprache einer angesehenen Persönlichkeit.«

»Du denkst dabei an mich?«

»Ja.«

»Auch darüber werde ich nachdenken. Ich gebe dir Bescheid.«

»Danke.«

Benedikt wartete noch, ob der Pfarrer ihm die Hand zum Abschied reichen würde, aber Adam Fricke hatte den Blick auf seine Schreibtischplatte gerichtet und einen Bogen Papier ergriffen. Für ihn war Benedikt Halbach bereits gegangen.

Vier Tage später kam Paul freudestrahlend aus der Schule. »Pfarrer Fricke ist ganz anders als bisher. Hermann Weilheim konnte heute einen ganzen Absatz nicht auswendig, aber der Pfarrer hat nur gesagt, dass das schon mal vorkommen könne, und morgen solle Hermann das Ganze noch einmal aufsagen. Was hast du mit dem Pfarrer gemacht?«, fragte er Benedikt.

»Nur mit ihm gesprochen.«

Auch Johannes war ganz aufgeregt. Der Pfarrer hatte ihm ein Empfehlungsschreiben ausgestellt. Die Antwort ließ nicht lange auf sich warten. Johannes würde ab August 1883, sobald er fünfundzwanzig Jahre alt war, die katholische erzbischöfliche

Schule in Paderborn besuchen dürfen.

Benedikt aber war weit davon entfernt, sich als Gewinner oder gar Sieger zu fühlen. Er machte sich sogar Vorwürfe, weil er den Pfarrer mit harschen Worten angegriffen hatte. Aber dann sagte er sich, dass jemand mal Klartext reden musste und er offenbar der einzige war, der den Mut dazu aufbrachte.

Auch die Entscheidung des Gemeinderats, das Schlachthaus abzureißen und wieder zur alten Hausschlachtung zurückzukehren, machte ihm zu schaffen.

8

Wenn die Heuernte nahte, stand Züschen Kopf. Der Geruch des frisch gemähten und trockenen Grases breitete sich über das ganze Tal, und jeder hatte es in der Nase. Gerade die Kinder freuten sich schon tagelang darauf, denn hierbei konnten sie nach Herzenslust mitwirken.

Schon als Kind hatte Benedikt jedes Jahr die Ernte mit Freude und Spannung erwartet. Er hatte sich immer gewundert, wie gelassen sein Vater Robert mit den Arbeitern gewesen war. Benedikt selbst war kein geduldiger Mensch. Die Tagelöhner und Knechte arbeiteten ihm zu langsam, und die Kinder hinderten ihn nur. Aber da alle Bauern Halbwüchsige helfen ließen, willigte auch er notgedrungen ein.

Klare, trockene Abschnitte waren jetzt selten, so dass jeder Tag genutzt werden musste, an dem die Sonne schien.

In dieser Zeit stand Benedikt um halb fünf auf und weckte kurz nach fünf die Knechte. Die Tagelöhner, die erst um sieben eintrudelten, wurden nicht genommen. Sie wussten, dass sie spätestens um sechs bei Benedikt sein mussten, wollten sie eine Anstellung für ein paar Tage erhalten.

Magdalena und Sophia schmierten Brote, machten ein paar Salate und packten alles zusammen mit viel Bier in kleine Holzkisten, die auf den Pferdewagen verstaut wurden. Benedikt sorgte dafür, dass sie gut versteckt waren und erst auf seinen Befehl hin an die Arbeiter ausgegeben wurden. Er bestimmte, wann Pausen eingelegt wurden und jeder hielt sich daran.

An manchen Tagen gab es erst etwas zu essen und zu trinken, wenn die Tagelöhner auch noch Walter Bertram geholfen hatten. Benedikts Schwiegervater hatte die Hilfe nötig. Er selbst konnte nicht mehr auf seinem Feld arbeiten, und irgendwann würde Benedikt natürlich die Länder übernehmen. Aber noch wollte er dem alten Mann das Gefühl vermitteln, gebraucht zu werden.

Es gab keinen Leerlauf auf den Feldern. Es schien so, als kenne jeder seinen Arbeitsablauf. Benedikt selbst harkte den Boden ab und warf das Heu auf die Leiterwagen, wo es von Halbwüchsigen oder Kindern festgetreten wurde. Manchmal standen bis zu zehn Personen auf der Ladefläche. Sie jauchzten dabei, sangen Lieder und waren mit hochroten Gesichtern bei der Sache. Die jungen Leute warfen sich im Übermut mit ihrem Körper auf die Heuhaufen, und oft verfehlten sie die Abgrenzung, landeten auf dem harten Feldboden oder schlugen mit den Köpfen gegen die Holzplanken. Eine Beule oder eine blutende Wunde wurde mit einem kurzen Schmerzenslaut registriert und dann weggesteckt, als gäbe es sie nicht.

Zu Lebzeiten von Benedikts Vater waren nur Männer zur Heuernte zugelassen, nun konnten auch Frauen das Heu mit einbringen. Pfarrer Fricke hatte gewettert, dass es ungehörig sei, Frauen bei der Heuernte mithelfen zu lassen. Er meinte damit natürlich die Tatsache, dass die Frauen beim Festtreten des Heus ihre Kleider bis zu den Knien hochziehen mussten und dabei zu viel Haut zeigten. Ausgesprochen hatte er das nicht. Aber seitdem nahmen sie nur junge Mädchen, nicht älter als zwölf. Man wollte den Pfarrer nicht zu sehr provozieren.

Das Heu wurde auf den Leiterwagen mit dicken Seilen festgebunden, damit es bei der Heimfahrt vom Wind nicht heruntergeweht werden konnte. Manche benutzten auch Planen, die eigentlich zum Schutz gegen Regen verwendet wurden, nun aber sehr nützlich waren.

Erst als die Sonne bereits tief im Westen stand und die Wagen beladen waren, machten sie eine größere Pause. Die Brote wurden verzehrt und das Bier floss in Strömen. Benedikt achtete darauf, dass wenigstens die Fahrer nüchtern blieben.

Erschöpft kamen sie in der Dunkelheit nach Hause.

Drei Wochen später kam ein Brief von Matthäus Roth. Matthäus war Benedikts bester Freund. Als Matthäus 1870 in den Krieg eingezogen wurde, hatten sie sich aus den Augen verloren. Erst Monate später erfuhr Benedikt von Viktor Roth, dem Schäfer und Matthäus´ Vater, dass Matthäus in Berlin das Gymnasium besuchte und dortbleiben wollte. Benedikt beneidete seinen Freund, aber er vermisste ihn auch sehr. Da seine Mutter gestorben und sein Vater wieder mit den Schafen irgendwo in Hessen unterwegs war, gab man den Brief Benedikt. Dieser legte ihn ungeöffnet in den Küchenschrank.

»Du musst ihn lesen«, drängte ihn Sophia. »Vielleicht schreibt er etwas sehr Wichtiges. Du kannst nicht warten, bis Viktor Roth zurückkommt. Was ist, wenn Matthäus Hilfe braucht?«

Benedikt schüttelte den Kopf. »Ich kann das nicht. Der Brief ist an seine Eltern gerichtet, nicht an mich. Ich habe so lange auf eine Nachricht von ihm gewartet, dass es jetzt auf ein paar Tage länger auch nicht ankommt. Wenn Viktor bis zum Herbst nicht erscheint, öffne ich ihn.«

9

»Die Zigeuner sind da!«

Es war Jakob, der bei Benedikt am Nachmittag auftauchte. »Sie lagern auf der Helle.«

Benedikts Blick verfinsterte sich. Sein Zwirbelbart zuckte ein paar Mal auf und nieder.

Den Ruf »Die Zigeuner sind hier« hatte er zuletzt gehört, als er acht oder neun Jahre alt war. So genau wusste er es nicht mehr, und es hatte ihn nicht sonderlich geschockt. Sein Vater hatte die Zigeuner schnell vom Land gejagt. Damals lagerten die Zigeuner auf der Ebenau. Die Helle, oder genauer gesagt, der Hellenkopf, war ebenfalls ein guter Platz für ein Campinglager. Weit genug entfernt vom Dorf, um den Dorffrieden nicht zu stören, aber dennoch nahe, um schnell die notwendigen Lebensmittel einkaufen zu können. Die Helle war eines der ersten Felder, die von Benedikt abgeerntet wurden, das Land lag schon brach. Dennoch durfte dort niemand ohne zu fragen sein Lager aufschlagen.

»Was willst du unternehmen?«, fragte Jakob. »Du musst die Zigeuner vertreiben.«

Benedikt spielte mit den Enden seines Schnurrbartes. »Was tun sie?«

Jakob sah ihn verständnislos an.

»Stören sie jemanden, suchen sie Streit, schlagen sie unsere Kinder, unsere Knechte, halten sie die Tagelöhner von der Arbeit ab?«

Jakob verzog den Mund. »Nein. Nichts dergleichen.«

»Dann habe ich keinen Grund, sie davonzujagen.«

»Aber sie werden uns Schwierigkeiten machen. Sie machen uns immer Schwierigkeiten.«

»Das sagt jeder. Ich erinnere mich nicht mehr, warum mein Vater sie vor zwanzig Jahren vertrieben hat.«

»Er wird schon seinen Grund gehabt haben.«

»Sicher. Den hatte er immer.«

»Bei August Grafenau ist der Teufel los«, meinte Jakob. »Wir sollten mal dahin gehen.«

Benedikt zog seine Jacke an und folgte Jakob hinaus. Vor dem Gasthaus Grafenau hatte sich inzwischen eine Menschenmenge angesammelt. Bruno Seibert hatte das Wort übernommen und wiegelte alle gegen das »Lumpenpack«, wie er die Zigeuner nannte, auf. Als er Benedikt und Jakob kommen sah, hielt er inne.

»Endlich. Wurde aber auch Zeit. Wo treibst du dich herum?«, herrschte er Benedikt an.

Jemand hatte einen Holzpflock aufgestellt, auf dem Bruno seine Rede geschwungen hatte. Benedikt betrat ihn. Er war nicht groß und auch jetzt konnte er kaum über die Menschen blicken. Aber sie wurden sofort still.

»Ich weiß nicht, warum ihr euch so aufregt«, begann Benedikt so ruhig wie möglich. »Die Zigeuner tun uns nichts. Sie sind Menschen wie wir alle, sie bleiben vielleicht nur ein paar Tage, und dann verschwinden sie wieder. Warum lassen wir sie nicht in Ruhe?«

»Weil sie Unglück bringen«, rief jemand. »Hast du noch nie davon gehört?«

»Er ist zu jung«, antwortete eine zweite Stimme. »Wo ist überhaupt der Bürgermeister?«

Sie sahen sich um, aber Ludwig Halbach war nirgends zu sehen. Das Murren in der Menge wurde lauter. Benedikt stieß Jakob an. »Hol deinen Vater.«

Jakob verschwand.

Benedikt reckte sich wieder. »Sie lagern auf meinem Grund, nicht wahr?«, rief er in die Menge hinein.

»Ja. Haben sie dich um Erlaubnis gefragt?«

»Nein, das haben sie nicht. Aber denkt doch mal nach, Leute, die Helle liegt brach. Alles ist abgeerntet. Nur Rehe, Hasen und Füchse fressen jetzt den Klee und das Gras. Sind die Zigeuner weniger wert als diese Tiere?«

Darauf antwortete niemand.

»Also seid vernünftig. Was haltet ihr davon, wenn wir uns erst mal anhören, was sie hier wollen und wie lange sie bleiben?«

Das war ein guter Vorschlag, der sofort von allen angenommen wurde.

Die meisten gingen zu Fuß, andere spannten ihre Zweispänner ein, ein paar Jüngere schwangen sich sogar auf die Rücken einiger Ackergäule.

Benedikt schritt voran. Er ging zügig. Auf der Höhe der Kirche tauchte Jakob wieder auf.

»Wo bleibt denn dein Vater?«, raunte Benedikt seinem Cousin zu.

Der zuckte die Achseln. »Was weiß ich, verdammt. Ich hab´s Mama gesagt, die will ihn suchen.«

Sie marschierten schweigend weiter. Benedikt verlangsamte sein Tempo auch bergan nicht.

Die Zigeuner hatten ihr Lager am Rande eines kleinen Wäldchens aufgestellt. Breite Zelte, spitze Zelte und kleine Ein-Mann-Zelte. Auf der freien Fläche brannte ein Feuer, gar nicht weit entfernt von einem Holzhaus, das Lutz Saalfeld vor einem Jahr gebaut hatte. Im Sommer wurde es von Händlern genutzt, die über die Berge von Hessen ins Münsterland oder Ruhrgebiet zogen und vom Regen überrascht wurden. Im Frühjahr und Herbst diente die Hütte Waldarbeitern als Übernachtungsmöglichkeit.

Dann hörte Benedikt die Musik. Es war eine für ihn fremde Musik. Hauptsächlich Geigen. Die Menschen waren schwarzhaarig mit langen Haaren. Auch den Männern hingen ihre Mähnen bis auf die Schultern.

Einige tanzten im Gras. Am grünen Hang im Hintergrund hüpften ein paar Kinder. Eine junge Frau von Anfang zwanzig stand am Feuer in einem Wasserfass. Ihre Beine waren nackt bis zu den Oberschenkeln. Als sie die Menschen kommen sah, ließ sie die Beinbekleidung fallen, sodass sie ins Wasser klatschte und nass wurde. Ihr Gesichtsausdruck sagte allen, dass sie über die Störung sehr ärgerlich war. Unsicher griff sie zu dem Medaillon, das um ihren Hals hing, spielte nervös damit und drehte den Kopf zu einem der Zelte. Wie auf Kommando traten dort drei Männer heraus, zwei jüngere und ein älterer, dessen Haar nicht mehr so dicht war und an den Schläfen grau wurde. Dieser Mann war offensichtlich das Oberhaupt der Sippe. Die beiden jüngeren flankierten ihn, blieben aber etwa einen Schritt hinter ihm.

Sie kamen bis auf eine Distanz von etwa drei Metern näher.

»Was macht ihr hier?«, schrie Bruno als Erster. Er stand plötzlich neben Benedikt. »Ihr habt hier nichts zu suchen.«

Der Alte bedachte ihn mit einem Blick, in dem Verachtung aber auch leichte Furcht lag. Aus der Menschenmenge tauchte unverhofft Ludwig Halbach auf. Sein Atem rasselte. Er hatte mit den Schritten der anderen nicht mithalten können und drängte sich erst jetzt nach vorn.

»Ich bin Ludwig Halbach«, stellte er sich vor, nachdem sich sein Pulsschlag wieder einigermaßen beruhigt hatte. »Ich bin der Bürgermeister des Dorfes.«

Der Alte senkte in leichter Ehrfurcht den Kopf. »Man nennt mich Milosh.«

»Sie befinden sich auf unserem Land.«

»Ich weiß«, antwortete der Alte.

Ludwig hatte mit Widerworten gerechnet, diese Zustimmung verunsicherte ihn etwas.

»Sie hätten vorher um Erlaubnis fragen sollen«, sprach er weiter. »Es ist nicht üblich, ein Grundstück ohne Genehmigung zu besetzen.«

»Besetzen! Welch schreckliches Wort!« Die Stimme des Zigeuners klang überraschend klar und ohne Akzent. »Wenn wir Sie oder die anderen Ihres Dorfes behelligt haben, dann bitte ich um Entschuldigung. Wir haben uns nicht auf einem Feld niedergelassen, das bearbeitet wird. Wir haben lange gesucht, aber dieser Platz liegt brach. Warum lassen Sie uns hier nicht ausruhen? Wir haben einen weiten Weg hinter uns, und wir sind noch lange nicht am Ziel. Aber wir können nicht weiter.«

»Warum nicht?«

Der Alte gab einem seiner Begleiter ein Zeichen, worauf dieser in das Zelt zurückging und kurz darauf mit vier Frauen wieder herauskam. Sie waren von unterschiedlichem Alter, aber alle hochschwanger.

»Wir erwarten jeden Augenblick die Geburt unserer Kinder«, erklärte der alte Zigeuner. »Eine weitere Reise mit unseren Wagen würde ihnen nur schaden.«

Der ältere Mann sah Ludwig Halbach leicht unsicher an. Er hatte sich zwar forsch vorgewagt, eben weil er seine Rolle innerhalb der Sippe beweisen wollte, aber er wusste auch, dass er die schlechteren Karten hatte. Zigeuner oder andere wie Nomaden lebende Völker waren in keinem Teil der westlichen Welt gern gesehen.

Aus dem Zelt kam ein weiterer Mann. Er schwitzte und war nervös, offensichtlich einer der Väter. Benedikt wusste, wie es war, wenn jemand schwanger war. Bei Franziskas Geburt hatte er es hautnah mitbekommen.

Benedikt sah sich um. Niemand erhob Widerstand. Selbst Bruno Seibert, der noch vor einer halben Stunde lautstark die Verjagung der Zigeuner verlangt hatte, blieb ruhig.

Die Zigeuner wirkten schüchtern und keineswegs feindselig. Die jüngeren Männer zeigten vielleicht einen entschlossenen Gesichtsausdruck, aber eine wirkliche Gefahr ging nicht von ihnen aus. Drei, vier Kinder, höchstens fünf Jahre alt, kauerten an den Zeltseiten und starrten mit großen braunen Kulleraugen zu ihnen hin.

Benedikt wusste, dass die Zigeuner regelmäßig von Nordwesten nach Südosten zogen, und dass sie dabei das Sauerland durchqueren mussten, wenn sie nach Hessen weiterziehen wollten. In den letzten Jahren waren sie aber nicht durch Züschen gekommen. Vermutlich hatten sie ihre Wanderung für einige Zeit eingestellt oder waren den weiten Umweg über die Rhön gegangen. Benedikt erinnerte sich nicht daran, dass sie jemals Schwierigkeiten gemacht hatten. Natürlich gab es damals lange nach dem Besuch der Zigeuner ein tot geborenes Kalb oder eine verendete Kuh, aber dies auf den Aufenthalt der Zigeuner zu schieben, wäre schon kühn gewesen.

»Gut«, mischte er sich ein. »Ich bin einverstanden. Sie können bleiben.«

»Wer sind Sie?«, fragte der alte Zigeuner.

»Mir gehört das Land, auf dem Sie sich befinden.«

Ein Lächeln huschte über die zerfurchten Lippen des Alten. Er sagte etwas in einer fremden Sprache zu den vier Frauen, worauf die so gut es ihr Umstand erlaubte, einen Knicks in Richtung Benedikt machten und dann wieder im Zelt verschwanden. Nur die beiden jüngeren Männer blieben ernst und beobachteten Benedikt und seine Begleiter mit misstrauischen Blicken.

Der Alte rief in das Zelt hinein. Kurz darauf erschienen vier Kinder, etwa drei Jahre alt. Sie hielten jeder eine kleine Halskette aus Knochen in der Hand. Der Alte deutete auf Benedikt, und die Vier gingen zu ihm und reichten ihm die Ketten.

Verblüfft nahm Benedikt sie entgegen.

»Für jedes der ungeborenen Kinder«, sagte der Alte. »Die Ketten schützen Sie und Ihre Familie.«

Hinter ihm lachte jemand verächtlich. Benedikt reagierte nicht, und der Alte tat so, als habe er nichts gehört.

»Wir werden Sie zur Geburtsfeier einladen«, sagte er.

»Danke«, sagte Benedikt und wollte sich umdrehen.

»Moment noch«, sagte der Alte. Er deutete auf das Holzhaus. »Dürfen wir das Haus benutzen?«

»Nein!«, rief Lutz Saalfeld spontan, der neben Benedikt stand.

Der Alte deutete zum Himmel. »Es könnte Regen geben und unsere Zelte sind nicht ganz wasserdicht.«

»Ich habe es nicht für Fremde gebaut. Du hast darüber nicht zu bestimmen, Benedikt. Ludwig, du bist der Bürgermeister. Sag doch auch mal etwas dazu.«

»Tja.« Ludwig Halbach kratzte sich im Nacken. »Das Haus gehört dir, Lutz. Ich kann dir nicht befehlen, es zu öffnen.«

Lutz nickte bestätigend.

»Alles, was recht ist,« sagte Bruno. »Sie haben schon genug Freiheiten.«

»Lasst uns mal einen Blick in die Hütte werfen«, meinte Benedikt.

Vor der Eingangstür befand sich ein etwa zwei Meter breites und ebenso langes Vordach. Es wurde durch zwei Pfeiler gestützt. Die Hütte selbst hatte nur einen einzigen Raum. Zum Mobiliar zählte außer dem Bett ein altes Sofa vor einem Steinofen und in der Ecke ein Tisch, auf dem eine dicke Kerze in einem Halter stand. Sie war halb niedergebrannt.

»Hier ist lange niemand gewesen«, sagte Benedikt.

»Na und?«, rief Lutz. »Ich gebe sie nicht frei, nicht für Zigeuner.«

Sie gingen wieder hinaus. Der Alte und seine beiden Begleiter hatten regungslos auf der Stelle gewartet.

»Tut mir leid«, sagte Benedikt mit ehrlichem Bedauern.

In den Augen der jüngeren Zigeuner blitzte es kurz ärgerlich auf, die Miene des Alten dagegen blieb unverändert.

»Erlauben Sie wenigstens, dass wir im Dorf einkaufen? Wir haben nicht mehr viele Lebensmittel.«

Benedikt sah hinüber zu dem kleinen Zwinger, in dem ein paar Gänse und Hühner herumliefen.

»Ich habe nichts dagegen«, sagte Ludwig Halbach. »Sie können sich im Dorf frei bewegen, solange Sie die Bewohner in Ruhe lassen.«

Die junge Frau stand noch immer in dem Wasserfass. Das Medaillon lag genau zwischen den Ansätzen ihrer jungen Brust. Benedikt schloss unwillkürlich kurz die Augen. Als er sie wieder öffnete, bemerkte er den spöttischen Zug um ihren Mund. Er drehte sich ruckartig um und ging zurück. Die anderen folgten ihm sogleich.

10

Bruno Seibert hatte sich in den letzten Jahren sehr zurückgehalten, was seine Aggressivität gegenüber Benedikt Halbach anging. Als Sohn eines Beiliegers hatte Bruno sowieso wenig Einfluss auf die Aktivitäten des Dorfes. Er war froh, überhaupt über die Runden zu kommen. Sein Vater Lorenz Seibert verbrachte die Tage meist in einem der Gasthöfe, und wenn er dann über die Straße torkelte, mussten die Pferdewagen und Einspänner aufpassen, dass sie ihn nicht überrollten.

Bruno war anfangs wegen seines Vaters verspottet und geächtet worden. Die anderen jungen Männer seines Alters mieden seinen Umgang. Es schickte sich nicht, mit jemandem zusammen zu sein, dessen Vater Alkoholiker war.

So hatte Bruno nur zwei Möglichkeiten. Entweder Züschen zu verlassen oder sich hauptsächlich um seine Arbeit als Gehilfe des Försters zu kümmern. Bruno hatte sich für die zweite Möglichkeit entschieden. Das war eine Beschäftigung, die ihn sogar etwas befriedigte und den Förster freute. Bruno war stark und hatte Kondition, und so etwas brauchte man im Wald. In der freien Zeit kümmerte sich Bruno um das bisschen Land, das schon seinem Vater Lorenz von der Gemeinde zugewiesen worden war. Bruno machte das allein. Seine Mutter Hermine war krank geworden. Sie war froh, dass ihr Sohn Bruno das Geld verdiente, damit sie zusammen ein einigermaßen gutes Leben führen konnten.

Als Hilfsarbeiter des Försters hielt sich Bruno nun so oft und lange im Wald auf, wie er wollte. Hinter einem Baum verborgen, beobachtete er die fremden Menschen. Schon bald hatte er das schwarzhaarige junge Mädchen im Auge. Je länger er ihr zusah, desto mehr begehrte er sie. Bruno hatte ja bei der ersten Diskussion gehört, dass die Zigeuner gern die Hütte von Lutz Saalfeld als Wohnraum, vielleicht sogar als Geburtsstätte benutzt hätten, und er, Bruno, hatte einen Schlüssel dazu.

Dem Förster erzählte er, dass er die Keimlinge neben der Hütte jetzt des Öfteren im Auge behalten wolle. Der Förster wusste zwar nicht, wozu das gut sein sollte, hatte aber auch nichts dagegen, weil im Moment sowieso nicht viel Arbeit anfiel.

Bruno hockte an diesem Tag auf einem abgesägten Baumstamm und sah zu dem Zigeunerlager hinüber. Dort tat sich nicht viel. Die Kinder spielten, tanzten und sangen, die jüngeren Männer sammelten fast ausschließlich Brachholz für die abendlichen Lagerfeuer, und der Alte saß meistens vor seinem Zelt und rauchte eine Pfeife.

Die Abende waren gemütlich, der flackernde Schein der drei Lagerfeuer geisterte an den Berghängen entlang. Bruno hatte sich ein kleines Lager aus Stroh, alten Matten und Decken zurechtgemacht. Es war warm, auch nachts sank die Temperatur nicht unter fünfzehn Grad. Er hatte schon öfter im Freien geschlafen.

Bruno streckte sich aus und verschränkte die Arme hinter dem Kopf. Plötzlich stand sie vor ihm. Er hatte sie nicht gehört. Nach dem ersten Erschrecken richtete Bruno sich auf.

»Hallo.« Er grinste verzerrt.

Sie antwortete nicht, stand nur da wie eine Statue und wäre das Glitzern in ihren Augen nicht gewesen, hätte Bruno wirklich angenommen, sie wäre aus Stein.

»Wie heißt du?«, fragte er.

»Nonoka.«

Ihre Stimme hatte einen Klang, der Bruno eine Gänsehaut über den Rücken jagte. »Was machst du hier?«

»Ich arbeite hier«, antwortete er. »Ich bin Waldarbeiter.«

»Du beobachtest uns.«

»Ja, das stimmt. Das lässt sich nicht vermeiden. Magst du das nicht?«

Sie schüttelte den Kopf. »Alle starren uns nur an. Warum? Sind wir anders als ihr?«

Darauf konnte Bruno nicht antworten. Natürlich waren die Zigeuner keine Menschen wie sie, aber wie sollte er ihr das erklären.

»Warum schläfst du nicht in der Hütte?«

»Es ist mir zu warm da drin. Willst du sie sehen?«

»Nein.«

Er ging trotzdem zur Hütte, holte den Schlüssel heraus und schloss auf. Ohne sich umzudrehen, ging er hinein. Er hörte, dass sie ihm folgte. Sie schien keine Angst zu haben. Warum auch? Ihre Sippe war nicht weit entfernt. Ein Schrei von ihr, und schon wären die jungen Männer, denen Bruno viel Kraft und Rücksichtslosigkeit zutraute, da. Er war schlau genug, sie nicht zu berühren.

»Gefällt sie dir?« Er meinte die Hütte.

»Warum dürfen wir sie nicht benutzen?«, fragte sie. »Nur zur Geburt?«

»Ich weiß es nicht.«

Sie ging langsam umher und berührte mit ihren schmalen Fingern jeden Gegenstand ehrfürchtig, als könne er zerbrechen. Bruno ließ sie nicht aus den Augen. Sein Mund wurde trocken, als er ihre Brüste sah, die sich deutlich unter ihrem dünnen Hemd abzeichneten. Er schluckte, seine Lippen zitterten.

Als sie wieder hinausging, berührte sie ihn fast. Ganz kurz hielt sie inne und sah ihn an. Er glaubte, ein verächtliches, ironisches, wissendes Lächeln auf ihren Lippen zu erkennen und wurde wütend. Aber zum Glück konnte er sich beherrschen.

Draußen drehte sie sich noch einmal zu ihm um, bevor sie mit schnellen Schritten zu ihrem Zelt ging.

Den ganzen Abend, bis die Lagerfeuer niedergebrannt waren, saß Bruno mit dem Rücken an die Hütte gelehnt auf dem Boden und starrte hinüber. Manchmal sah er sie, dann tanzte sie mit einem der Beschützer des Sippenoberhauptes. Dieser Mann durfte alles. Er fasste sie um die Hüfte, zog sie nah an sich, küsste sie und trug sie schließlich in ein Zelt.

Brunos Hand krallte sich in den Boden. Dann warf er die Erde wütend gegen die Hütte.

Am nächsten Tag war er wieder da, am übernächsten auch. An diesem Abend hörte er Babygeschrei. Das erste Kind war geboren. Die Musik wurde noch lauter, die Tänze wilder. Nonoka war nicht wieder zu ihm gekommen, er hatte sie auch nicht an den Lagerfeuern gesehen. Was war mit ihr? Hielt man sie im Zelt fest?

Am dritten Abend stand sie wieder vor ihm. Genauso unhörbar wie beim ersten Mal war sie gekommen. Sie sah ein wenig erschöpft aus aber auch glücklich.

»Du bist noch immer hier?«, sagte sie.

»Klar.«

Sie lachte. Diesmal war es kein ironisches Lächeln, diesmal war es offen und sogar verführerisch. »Ich musste bei der Geburt helfen. Es ist ein Junge, ein schöner Junge.«

Sie lehnte sich an die Hüttenwand, legte den Kopf in den Nacken und sah in die Ferne. »Liebe, muss Liebe schön sein. Hast du schon mal geliebt?«

Er schüttelte den Kopf, wohl wissend, dass sie es nicht sehen konnte. Sie blickte auch gar nicht zu ihm hin. »Es gibt nichts Schöneres als Liebe. Bei uns ist sie frei, solange wir nicht gebunden sind.«

»Bist ... bist du gebunden?«

»Nein.«

Er machte einen Schritt auf sie zu. Sie drehte ihm ihr Gesicht zu und sah ihn an. Bruno beugte sich zu ihr hinab, kurz vor ihren Lippen hielt er inne, doch dann berührten sie sich. Erst war er erschrocken, aber als sie weder zurückwich noch einen Schrei ausstieß, küsste er sie. Zu seiner Überraschung erwiderte sie seinen Kuss, bevor sie ihn zurückstieß und lachend davonlief.

11

Schon die vierte Nacht verbrachte Bruno Seibert an Lutz Saalfelds Hütte. Nonoka hatte ihm versprochen, wiederzukommen, aber noch war sie nicht erschienen. Ein Lagerfeuer brannte schon. Einige der Zigeuner waren offenbar seit langem wach.

Dann kam sie aus dem Zelt.

Ein Handtuch lag lose auf ihrer Schulter. Sie war barfuß und nur mit einem leichten Sommerkleid bekleidet. Der Morgen war klar und mild, der Himmel blau und von wenigen hoch oben schwebenden Wolken durchzogen. Die Sonne war noch nicht über die Gipfel gestiegen, und das brachliegende Land lag im Schatten. Außer Nonoka war niemand zu sehen.

Auf einem Hügel stand ein alter Holzkasten, in den klares Quellwasser lief. Eine andere Wasserstelle gab es nicht. Im Winter, wenn es zu kalt war, war das Wasser schon im Zulauf gefroren. Jetzt war es ideal für ein Bad.

Nonoka legte das Handtuch auf einen Ast und griff nach dem Saum ihres Kleides. Doch mitten in der Bewegung hielt sie inne. Sie sah sich nach allen Seiten um. Was hatte sie gehört?

Bruno folgte ihren Blicken, aber er sah nichts. Wieder drehte er sich zu Nonoka hin, als die das Handtuch aufraffte und zurück ins Zelt lief.

Schade, dachte Bruno und wollte sich hinsetzen. Da bemerkte er einen Reiter, ein zweiter folgte ihm. Beide hielten am Rand unter den dichten Fichten. Sie waren auf den ersten Blick kaum auszumachen, ihre Uniform vermischte sich mit den Blättern und Zweigen der Bäume. Der Erste drehte sich um und sagte etwas zu seinem Begleiter, worauf dieser das Gesicht verzog.

Soldaten!

Bruno wusste, dass sie sich überall in der Gegend aufhielten. Seit der deutschen Einigung benahmen sie sich wie die Fürsten, obwohl Kaiser Wilhelm I. die Moral an erster Stelle auf seine Fahne geschrieben hatte. Aber wenn die Offiziere es nicht kontrollierten, machten die Soldaten, was sie wollten.

Ein dritter Reiter kam hinzu, hielt sich aber weiter seitlich. Er mischte sich in die Unterhaltung seiner Kameraden nicht ein. Beim zweiten Hinsehen sah Bruno, dass dieser Reiter ein Rangabzeichen auf dem Ärmel hatte. Er war offenbar der Vorgesetzte der beiden. In langsamen Trott ritten sie über die brachliegende Fläche.

Der Alte und seine Beschützer traten aus ihren Zelten. Die drei Soldaten hielten ihre Pferde in gebührendem Abstand an, sagten etwas zu den Zigeunern und zeigten dabei in die Runde und auf die Lagerfeuer.

Bruno sah den Alten nicken, worauf die Soldaten abstiegen und zum Lagerfeuer gingen. Dort setzten sie sich. Einer der Beschützer brachte etwas zu trinken, der andere zu essen.

Wieder sprach der Anführer zu dem Zigeuner, worauf dieser wild den Kopf schüttelte, aber der Soldat ließ nicht locker. Er griff sogar zu seinem Pistolenhalfter, ohne allerdings die Waffe zu ziehen.

Das schüchterte den Alten offenbar ein, denn er gab seinem Beschützer einen Befehl. Dieser verschwand in einem Zelt und kam bald darauf mit Nonoka heraus. Er musste sie ziehen, so sehr wehrte sie sich.

Bruno sah, wie sie zum Feuer gehen musste, wie die drei Soldaten sie lüstern anblickten und dann einer mit dem Kopf ein Zeichen gab.

Zuerst langsam, dann immer schneller, begann Nonoka zu tanzen. Nach wenigen Minuten hatte sie wohl ihre ungebetenen Zuschauer vergessen, denn sie tanzte sich in einen wahren Rausch hinein, bis sie schließlich erschöpft aufhörte.

Die Soldaten klatschten. Bruno konnte es bis zu seinem Platz hören. Einer von ihnen wollte auf Nonoka zugehen, doch der Anführer stieß einen knappen Befehl aus, worauf er stehen blieb. Der Anführer nickte Nonoka zu und sie durfte zurück ins Zelt.

Bruno atmete auf. Auf der einen Seite war er neugierig zu sehen, was die Soldaten mit Nonoka gemacht hätten, aber auf der anderen Seite hätte es ihm leidgetan.

Nach etwa einer halben Stunde stiegen die Soldaten auf ihre Pferde und ritten davon, ohne auch nur ein Wort an die Zigeuner zu richten. Bruno sah ihnen nach, bis sie im Unterholz verschwunden waren.

Gegen Abend kam Lutz Saalfeld.

»Was machst du denn hier?«, fragte er überrascht.

»Ich arbeite und schlafe hier«, sagte Bruno.

»Warum gehst du nicht in die Hütte? Du hast doch einen Schlüssel?«

»Klar. Aber es ist warm draußen und trocken. Wenn es regnet, gehe ich rein. Was willst du hier?«

»Nach dem Rechten sehen.« Lutz deutete mit einem kurzen Nicken zu dem Zigeunerlager. »Machen sie Schwierigkeiten?«

»Bis jetzt nicht.«

»Waren sie hier an der Hütte?«

»Nein.«

»Gut. Ich hatte schon befürchtet, dass sie die Tür aufbrechen würden, nur um hier rein zu kommen.«

»Das haben sie nicht.«

»Hätte ich ihnen auch nicht geraten. Hoffentlich sind sie bald weg. Wie weit ist denn mit den Geburten?«

»Ein Kind ist da«, sagte Bruno.

Lutz war enttäuscht. »Verdammt, warum dauert das so lange?«

Bruno lachte. Er war der Sohn einer Hebamme. »Eine Schwangerschaft dauert halt neun Monate.«

»Als wenn ich das nicht wüsste«, brummte Lutz. »Pass auf, dass die Zigeuner keine Dummheiten machen. Wenn sie die Hütte aufbrechen sollten, dann sag mir sofort Bescheid.«

»Klar.«

Lutz sah noch einmal in der Hütte nach, aber als er wirklich keine Beschädigung feststellen konnte, fuhr er wieder davon.

12

Einmal im Jahr gab Benedikt Halbach ein Freudenfest zum Dank für die gute Ernte. Sein Vater Robert hatte diese Tradition eingeführt und Benedikt hatte sie gern übernommen. Anfang September war es noch relativ warm, diese Zeit war sehr dafür geeignet. Es gab die meisten trockenen Tage des Jahres.

Zuerst war es eine Feier nur für die Knechte und Tagelöhner gewesen, die auf seinem Hof arbeiteten. Aber im Laufe der Zeit kamen immer mehr Züschener, und besonders die Handlungsreisenden, die in Benedikts Scheune übernachteten, genossen es, sich wieder einmal richtig satt essen zu können. Inzwischen konnten alle Einwohner Züschens ohne besondere Einladung kommen.

Nur Sophia schimpfte. »Du gibst dein ganzes Geld für hergelaufenes Pack aus. Warum verschenkst du es nicht gleich.« Ihr waren besonders die faulen Tagelöhner und griesgrämigen Handlungsreisenden ein Dorn im Auge.

»Ach, Sophia«, seufzte Benedikt. »Die Leute tun mir einfach leid.«

»Sie sollen arbeiten. Wir haben genug zu tun. Wenn du sie anstellst und ihnen einen Taler pro Tag gibst, haben sie mehr, als sie jemals verdienen können.«

Das stimmte. Benedikt hatte sich auch in den letzten Jahren bemüht, den Männern Arbeit anzubieten, aber fast alle hatten es nur einen Tag auf dem Hof ausgehalten. Die schwere körperliche Arbeit behagte den meisten nicht.

Das Herbstfest fand auf Benedikts Hof statt. Die Kinder spielten am knöcheltiefen Wasser, spritzten sich nass und kreischten vergnügt. Die jüngeren Männer wagten es zu später Stunde und nach reichlich Bier, mit den jungen Mädchen zu plaudern. Aber mehr passierte nicht. Die Eltern der Mädchen passten höllisch auf.

Auch Pfarrer Georg Fricke ließ es sich nicht nehmen, für ein paar Stunden vorbeizuschauen. Dass er dabei reichlich aß und trank, registrierte außer Magdalena niemand.

Auf den Tischen standen große Schüsseln mit gebratenen Hühnerteilen und mit Maisbrot gefüllte Körbe. Dazu gab es rohes Gemüse, Gurken, gebratenen Speck, gekochte Wachsbohnen und Kartoffelsalat. Magdalena war fast nur damit beschäftigt, auf ihren Garten aufzupassen, dass niemand im Suff ihr Gemüse zertrat.

Der letzte Züschener verließ bei Anbruch der Dunkelheit den Hof. Benedikt beauftragte seine Knechte, die übrig gebliebenen Speisen und Getränke gut in der Scheune zu verstauen.

Am späten Abend nach dem Herbstfest klopften die Zigeuner bei Benedikt. Er war zum Glück zu Hause, als Magdalena öffnete. Sie erschrak.

Sie kannte die beiden Männer nicht, die etwa fünf Meter von ihr entfernt in der Dämmerung standen. Sie sah nur ihre dunklen Gesichter und Lippen, die zu einem Lächeln verzogen waren. Aber das machten viele, besonders Gauner und Diebe.

»Benedikt!«, rief sie über die Schulter ins Haus. Kurz darauf stand er neben ihr.

»Ihr seid es«, sagte er zu dem ersten Mann, den er als Jal kennengelernt hatte. Sein Begleiter nannte sich Luluva. »Kommt rein.«

»Nein.« Jal schüttelte den Kopf. »Wir möchten nur etwas kaufen. Wir haben Geld. Wir brauchen Lebensmittel.«

»Warum kommt ihr zu mir?«

Sie sahen sich kurz an. »Unser Vater hat es uns befohlen. Aber wir wären auch so zu Ihnen gekommen. Sie ... Sie wohnen am nächsten.«

Das stimmte nicht ganz, aber Benedikt akzeptierte ihre Ausrede.

»Warum kommt ihr in der Dunkelheit?«

»Ist sonst zu gefährlich«, sagte Jal. »Überall sind Soldaten. Sie mögen uns nicht.«

»Die Disziplin in der Armee ist hervorragend«, entgegnete Benedikt. »Sie dürfen sich nichts zuschulden kommen lassen.«

»Das wissen wir, aber halten sie sich auch daran? Wer will sie bestrafen? Sie verfolgen uns überall mit unflätigen Worten, brennen manchmal unsere Zelte nieder.«

»Die Soldaten?«

»Ja.«

»Warum zeigt ihr sie nicht an?«

Fast hätte Jal laut losgelacht. »Wir? Wir Zigeuner? Wem würde man glauben.«

Da hatte er zweifelsohne recht.

»Wartet«, sagte Benedikt. »Ich lasse euch etwas einpacken.«

Er ging ins Haus, zog sich eine Jacke an und kam wieder heraus. Er winkte ihnen zu. Zögernd folgten sie ihm in den Stall. Drei Knechte, die gerade die Pferde säuberten, reckten neugierig ihre Hälse. Benedikt packte einen von ihnen am Arm. »Führe die beiden zu den Speisen und Getränken, die vom Herbstfest übriggeblieben sind. Pack ein, was sie wollen. Habt ihr etwas, wo wir es reintun können?«

Die beiden Zigeuner zogen zwei Stoffbeutel aus der Tasche. Benedikt betrachtete sie nachdenklich. Dann ging er in eine Ecke und brachte eine große Kiste. »Hier passt mehr rein. Mach sie voll, Hans«, sagt er zu dem Knecht. »Mit Eiern, Speck, Brot und Käse. Gib ihnen Milch, soviel sie tragen können.« Er sah nach draußen. »Wie seid ihr gekommen?«

»Zu Fuß.«

»Das alles wollt ihr tragen?«

»Wir schaffen das schon«, sagte Jal mit Überzeugung. »Wir haben schon mehr getragen.«

»Wie ihr wollt.«

Wenig später gingen die beiden wieder davon. Sie trugen die Kiste, die bis an den Rand mit Lebensmitteln vollgepackt war, in der Mitte und jeder eine Kanne mit Milch. Sie sahen lange zum

Haus hin, aber Benedikt ließ sich nicht sehen. Untertänigen Dank hatte er nicht nötig.

Am nächsten Morgen kam Jakob. Er sah sehr unzufrieden aus. »Man munkelt, dass die Zigeuner hier waren, und dass du sie großzügig mit Lebensmitteln eingedeckt hast. Stimmt das?«

Diese verdammten Schwätzer, dachte Benedikt wütend. Die Knechte und Tagelöhner hatten nichts anderes zu tun als zu tratschen.

»Das ist richtig.«

»Hast du wenigstens Geld dafür genommen?«

»Nein.«

Jakob zog die Stirn kraus. »Du machst einen Fehler, Benedikt. Du bist zu großzügig, nicht nur den Zigeunern gegenüber. Du verschenkst dein Geld.«

Das hatte er doch schon mal gehört. »Lass das meine Sorgen sein, Jakob.«

»Wie du willst. Ich habe dich jedenfalls gewarnt.«

Zwei Tage später beschloss Benedikt, den Zigeunern einen Besuch abzustatten. Die Geburt ihrer Kinder müsste längst erfolgt sein, und es gab keinen Grund mehr, noch länger auf seinem Land zu bleiben.

Die Musik war das Erste, was er hörte. Aber es war nicht das einzige Geräusch. Babygeschrei vermischte sich mit den ihm unvertrauten Klängen. Ein zufriedenes Lächeln umspielte seine Lippen, als er an Lutz Saalfelds Hütte vorbei zu den Zelten ging. Wieder spielten ein paar Kinder an dem Wasserspeicher, und die Lagerfeuer brannten in der Mitte ihrer Zelte. Da sah ihn eines der Kinder, hielt mitten im Spielen inne und deutete zu ihm hin. Die anderen verharrten ebenfalls, bis einer von ihnen in das größte Zelt lief. In Sekundenschnelle trat der Alte hinaus.

Sein wettergegerbtes Gesicht wandelte sich zu einem gütigen Lächeln, als er Benedikt erkannte.

»Seien Sie willkommen«, sagte Milosh, gab Benedikt eine Hand, worauf ihn dieser gerade noch von einem Diener abhalten konnte. »Wir hatten Sie schon längst einmal erwartet. Kommen Sie herein!«

Sie wohnten in Zelten, die von Petroleumlampen erleuchtet wurden, schliefen auf Strohsäcken, die Wärme signalisieren sollten, aber durch die Wände blies der Wind. Eine der schwangeren Frauen lag am Hintergrund. Ihre Augen glänzten. Luluva hockte neben ihr. Er wollte sich aufrichten, als er Benedikt sah, aber dieser winkte schnell ab. Luluva sollte nicht aufhören, der Frau über die heiße Stirn zu wischen.

»Sie wird eine schwere Geburt haben«, sagte der Alte zu Benedikt. »Alle anderen haben ihre Babys. Zwei Jungen, ein Mädchen. Wir sind stolz auf sie.«

Das Zelt hinter Benedikt öffnete sich. Er drehte sich leicht herum. Nonoka stand in der Öffnung. Als sie Benedikt erkannte, trat sie näher und setzte sich neben ihn. Er spürte ihre Ausstrahlung und vermied es, sie anzusehen.

Der Alte holte einen Rotwein, eine Pfeife und Tabak. Ein wenig umständlich stopfte er sie, zündete sie dann an und tat einige tiefe Züge. Benedikt war versucht, ihn auf die Gefahr, im Zelt zu rauchen, hinzuweisen, aber die Art und Weise, wie der Alte die Pfeife hielt, zeigte ihm, dass er nicht zum ersten Mal im Zelt rauchte. Schließlich reichte er Benedikt die Pfeife.

Benedikt zog daran. Der Qualm stieg ihm in die Lungen, aber er schaffte es, ein Husten zu vermeiden. Aus den Augenwinkeln bemerkte er das spöttische Lächeln Nonokas.

»Wir sind jetzt seit sieben Monaten unterwegs«, begann Milosh ohne Einleitung. »Seit Deutschland vor vielen Jahren vereinigt wurde, haben wir keine Heimat mehr. Früher waren wir von Österreich-Ungarn nach Bayern gekommen, konnten uns dort aufhalten. Niemand nahm Anstoß an uns, aber seit Preußen in ganz Deutschland regiert, ist das anders. Die Soldaten mögen uns nicht. Sie kommen fast jeden Tag.«

Benedikt sah ihn überrascht an.

Milosh nickte traurig. »Sie sind überall in den Bergen.«

Benedikt sah zum Zelteingang. Durch den offenen Spalt konnte er die Fläche der Helle sehen. Bald würde der scharfe Wind und prasselnder Regen kommen und die Zelte wie Strohhalme davon blasen. Sie waren nicht stabil genug, um diesem Wetter standzuhalten.

»Ihr könnt nicht mehr lange hierbleiben.«

Der Alte lächelte kurz. »Sobald Jenna ihr Kind hat, ziehen wir weiter.«

»Wohin?«

Er zog an der Pfeife. Dann sprach er leise, sah vor sich hin auf den Boden, und sein Blick verlor sich in der Ferne.

»Wir sind ein Volk ohne Heimat. Wir haben sie vor langer Zeit verloren. Damals kamen unsere Vorfahren aus Indien. Roma heißen wir wirklich, aber jeder nennt und ruft uns nur Zigeuner.« Er lächelte matt. »Es ist ein Schimpfwort, aber wir haben uns daran gewöhnt. Wir sind verwandt mit den Hindus. Auf Romani zählt man von eins bis fünf: Jek, dui, trin, schtar, paantsch, auf Hindi: Ek, do, tin, tschar, paantsch. Sie sehen, wie ähnlich sich das anhört. Ich vermute, dass Sie nichts von Indien wissen.«

»Das ist richtig«, sagte Benedikt.

»Die meisten von uns sehen aus wie die Menschen in Indien. Wir haben eine dunklere Hautfarbe als ihr Europäer und schwarze Haare.«

»Warum sind Sie nicht in Indien geblieben?«

Wieder huschte ein kaum merkliches Lächeln um die Lippen des Alten.

»Ich kann Ihnen das nicht erklären, lieber Benedikt Halbach. Es heißt, dass unsere Vorfahren vor fremden Eroberern geflüchtet sind. Im 11. Jahrhundert gab es in Nordindien viele Königreiche, die einen anderen Glauben hatten. Diese Herrscher gingen immer wieder auf Eroberungszüge nach Indien. Wir Inder ...«, jetzt sagte er »wir«, »... waren sehr reich. Wir besaßen Myrrhe, Weihrauch, Seide und vieles mehr. Wir sind ein arbeitendes Volk. Man erzählt sich, dass die Roma von den Rajput abstammen, die vor den Eroberern geflohen sind. Wo immer wir hinkommen, sind wir friedlich gekommen.«

Benedikt warf ihm einen skeptischen Blick zu.

»Sie glauben es genauso wenig, wie alle anderen. Ich kann Sie verstehen. Sehr gut sogar. Wir sind nicht als herumziehende Bettler gekommen, man hat uns zu ihnen gemacht. Wir haben Berufe gelernt. Schmied, Händler, Musiker, Kesselflicker oder Korbmacher. Wir haben überall unsere Arbeiten angeboten, aber für die einheimischen Handwerker waren wir Konkurrenten. Darum mussten wir immer wieder weiterziehen.«

Eine Weile schwiegen beide. Benedikt hatte einen Stock ergriffen, mit dem er auf dem Boden herum malte.

»So etwas höre ich zum ersten Mal«, sagte er langsam.

»Ich habe auch noch nie zu einem Fremden darüber sprechen können. Nie hörte mir jemand zu.«

»Aber was ist mit Ihren anderen Bräuchen?«

Milosh nahm seinen Oberkörper etwas zurück. Er saß auf einer Matte auf dem Boden ohne Rückenlehne, dennoch verharrte er in einer halb liegenden Position fast regungslos.

»Ich weiß, was Sie meinen. Wir werden auch als Akrobaten, Magier und Heiler beschrieben. Wir sind gläubige Menschen, aber in den Augen Ihrer Kirche sind unsere Heilpraktiken verdächtig. Alles was unsere Frauen machen, wahrsagen oder aus der Hand lesen, gilt in Ihren Augen als Sünde, als Zauberei. Dabei lässt sich alles einfach erklären. Aber wie sollen wir es den Menschen beibringen.« Es klang sehr deprimierend. Seine Stimme brach.

Einen Moment lang lauschte Benedikt der Musik, die von draußen durch die dünnen Zeltwände hereindrang. Einige Zigeuner sangen Lieder. Keine traurigen, sondern fröhliche, aufmunternde. Dazwischen waren Stimmen und Lachen von Kindern zu hören.

Der alte Zigeuner richtete sich wieder gerade auf. »In jedem Land«, sprach er weiter, »gibt es unterschiedliche Menschengruppen mit verschiedenen Interessen und Einstellungen. Glauben Sie, dass alle Menschen sich mögen? Die Bayern die Norddeutschen? Die Sachsen die Westfalen? Nein, so etwas gibt es nicht. Nur eines ist allen Menschen gemeinsam. Wenn man etwas Fremdem begegnet, dann ist ein Gefühl die Neugier und das andere das Misstrauen. Beides ist normal. Es wäre dumm, jemandem blind zu vertrauen, aber auch schade, einen Freund nicht zu erkennen. Wir werden Deutschland bald für immer verlassen müssen. Ihr Reichskanzler Otto von Bismarck hat ein Gesetz in den Reichstag eingebracht, wonach alle Zigeuner so schnell wie möglich in ihr Ursprungsland zurückgebracht werden sollen. Wir müssten also nach Indien zurück. Aber auch dort sind wir nicht sicher. Was also sollen wir tun? Können Sie mir darauf eine Antwort geben, Benedikt?«

Nein, das konnte er natürlich nicht.

Sie saßen noch lange beisammen, rauchten und tranken und erzählten. Und so erfuhr der alte Zigeuner auch von Benedikts Sehnsucht nach der weiten Ferne und dem fremden Land Amerika, in das er so gerne einmal reisen möchte.

Erst spät am Abend machte sich Benedikt auf den Heimweg.

13

»Ich glaube, wir sollten mal zur Helle fahren.« Jakob machte ein Gesicht, das Ungläubigkeit aber auch Entsetzen ausdrückte.

Benedikt schob Franziska vom Schoß und stand auf. Als er aus dem Fenster blickte, bemerkte er mehrere Pferdewagen.

»Die fahren alle dorthin«, sagte Jakob.

Magdalena sah vom Kartoffelschälen auf. Sophia schaute ebenso fragend zu den beiden hinüber. Jakob antwortete nicht. Er lief schon wieder hinaus.

Da Jakob mit einem Zweispänner gekommen war, stieg Benedikt bei ihm auf. Jakob schwang die Peitsche, und die Pferde setzten sich in Trab. Unterwegs trafen sie auf viele, die in die gleiche Richtung fuhren. Benedikt war irritiert. Er sah neugierige, teils erwartungsvolle Augen, aber auch unerklärliche Angst.

Schon von Weitem bemerkte Benedikt den Kreis aus Menschen, die sich am Rande des Lagers der Zigeuner gebildet hatte. Es war ungewöhnlich still. Auch die Musik der Zigeuner war nicht zu hören.

Zuerst konnte man gar nicht erkennen, was passiert war. Mehrere Männer standen vor Lutz Saalfelds Holzhaus. Zu Benedikts Überraschung befand sich auch der Pfarrer darunter. Ja, er schien sogar das Wort zu führen. Benedikt sah ihn wild gestikulierend auf die Männer einreden, aber er konnte ihn noch nicht verstehen. Benedikt stieg ab, drängte sich durch die Menschen und blieb stehen.

Pfarrer Fricke hielt mitten im Satz inne. Sein Gesicht war hochrot angelaufen, seine Augen funkelten.

»Nun siehst du, was du angerichtet hast«, fuhr er Benedikt

an. »Durch deine Schuld ist es zur Gotteslästerung gekommen, zur Todsünde. Du hättest diesem Volk niemals erlauben dürfen, hier zu lagern. Pfui Teufel, kann man da nur sagen.«

Benedikt ging näher an die Holzhütte heran. Vor dem Eingang hatte Lutz Saalfeld einen Vorbau errichtet, der von zwei Säulen aus blankem Fichtenholz gestützt wurde. Die Hölzer waren bisher glatt gehobelt und geschmirgelt gewesen. Doch jetzt zierte eine der beiden Säulen ein Kruzifix. Irgendjemand hatte es mit dem leidenden Jesus hineingeschnitzt.

Einige Augenblicke stand Benedikt völlig ratlos vor der Säule. Erst verstand er die Aufregung der Männer nicht, doch dann ging er näher heran und sah, was jeden gläubigen Katholiken entsetzen musste.

Jesus war nicht Jesus. Derjenige, der das geschnitzt hatte, hatte eine Frau aus ihm gemacht, und das ohne jegliche Bekleidung.

»Wer …?« Er konnte kaum sprechen und räusperte sich mehrmals. »Wer hat das zuerst entdeckt?«

»Ich.« Lutz Saalfeld trat aus der Menschenmenge hervor. »Ich wollte nach dem Rechten sehen und bin heute ziemlich früh hierhergekommen. Dann sah ich die Schweinerei.«

Pfarrer Fricke hatte sich inzwischen hingekniet, betete laut und bat Gott um Vergebung für die Freveltat, die seinem Sohn von einem ungläubigen Volk angetan worden war. Einige Umherstehende waren ebenfalls auf die Knie gesunken und beteten mit ihm.

Benedikt drehte sich abrupt um und ging auf die Zelte zu. Die Zigeuner standen in kleinen Gruppen daneben. Sie warteten. Anscheinend war ihnen nicht klar, was einer von ihnen angerichtet hatte.

Milosh nickte Benedikt zu.

»Seid willkommen …«

Sein Lächeln erstarb, als er Benedikts wütendes Gesicht erkannte. »Ich war bisher willkommen bei euch und ihr bei mir, aber das hier geht zu weit. Sie haben meine Großzügigkeit ausgenutzt und unseren Glauben zutiefst in den Schmutz gezogen.«

Milosh senkte den Kopf. »Ich wusste nicht, dass es eine religiöse Verletzung für Sie ist. Ich kann es nicht wieder rückgängig machen. Es tut mir leid. Er hat es nicht so gemeint, er wollte es nur verschönern.«

»Unsinn …« Benedikt stockte. »Sie wissen, wer es war?«

»Ja.«

»Dann bestrafen sie ihn.«

»Nein. Das werde ich nicht. Er ist unser bester Handwerker. Wissen Sie denn nicht, dass unser Haupterwerbszweig die Schnitzerei ist? Ein jeder Zigeuner wird mit einer künstlerischen Ader geboren. Wir fertigen Salatbestecke, Haarschmuck, Spazierstöcke und …«, er holte tief Luft, »… Kruzifixe. Ich sage es noch einmal: Es tut mir leid. Wenn wir es irgendwie wiedergutmachen können, dann sagen Sie es.«

Benedikt hatte kaum zugehört. Er wusste, dass Milosh nur eine primitive Ausrede suchte. Als er eine Bewegung spürte, drehte er den Kopf. Fricke stand neben ihm. Benedikt spürte immer noch keine große Sympathie für den Pfarrer, aber in diesem Fall musste er zu ihm halten. Auch seine religiösen Gefühle waren zutiefst verletzt worden.

»Ich gebe Ihnen zwei Tage«, sagte Benedikt zu Milosh. »Nicht mehr. Dann haben Sie mein Land und Züschen verlassen.«

Der alte Zigeuner antwortete nicht. Stumm und regungslos sah er Benedikt an. Hinter Milosh war unverhofft Nonoka aufgetaucht. Wie bei ihrer ersten Begegnung lag auch jetzt ein spöttischer, ja sogar höhnischer Zug auf ihren Lippen. Um dem Ganzen noch die Krone aufzusetzen, breitete sie langsam die Arme aus, wie die weibliche Person auf dem Kreuz an Lutz Saalfelds Hütte. Jeder sah es, und manch einer stieß hörbar die Luft vor Abscheu und Wut aus.

Ruckartig drehte sich Benedikt um und ging zu Jakob, der neben seinem Zweispänner auf ihn wartete.

»Lutz holt gerade eine Axt«, sagte Jakob. »Er wird die gesamte Säule weghauen und durch eine neue ersetzen.«

Sie stiegen auf. Als sie losfuhren, warf Benedikt keinen Blick mehr auf die schändliche Holzsäule. Er blickte stur geradeaus und sagte kein Wort, bis er zu Hause angekommen war.

14

»Zwei Tage hast du ihnen gegeben?«, fragte Ludwig Halbach seinen Neffen, als sie am nächsten Tag vor dem Haus saßen. »Die Zeit ist morgen um.«

»Ja.«

»Was willst du machen, wenn sie nicht abreisen?«

Darüber hatte Benedikt auch schon nachgedacht. »Wir werden sie davonjagen.«

»Du kannst mit der Hilfe der anderen rechnen. Wir werden ihre Zelte abreißen.«

Benedikt verzog den Mund. »Ich denke immer an die schwangere Frau.«

»Sie hätten auch daran denken müssen«, entgegnete Ludwig. »Wir haben sie nicht gebeten, hierher zu kommen. Wir haben sie geduldet, weil sie Babys erwarteten, aber wir erlauben es ihnen nicht, unseren Glauben in den Schmutz zu ziehen. Das geht zu weit, Benedikt. Ich habe gehört, dass Pfarrer Fricke eine Wallfahrt nach Paderborn machen will, damit die Sünden der Zigeuner nicht auf uns fallen.«

»Gut«, nickte Benedikt.

Ludwig sah ihn von der Seite her an. »Mehr hast du nicht dazu zu sagen?«

»Nein, im Moment nicht.«

Die Nachricht, dass die Zigeuner endlich abreisen würden, begrüßten die Züschener. In den letzten Tagen waren sie größeren Hausierereien ausgesetzt gewesen und bedrängt worden, etwas zu kaufen.

Jetzt waren sie froh, dass Benedikt endlich ein Machtwort gesprochen und Ludwig Halbach als Bürgermeister nur wenige Stunden danach die Abreise noch einmal offiziell untermauert hatte.

Der Menschenauflauf am nächsten Morgen hatte etwas Bedrohliches.

Ein Mord war geschehen.

Bei den Zigeunern!

»Wer ist es?«

Es war Johannes, der Jakob danach fragte.

»Nonoka heißt sie«, antwortete Jakob. Er warf Benedikt einen raschen Blick zu. »Jemand fand sie nur hundert Meter vom Lager entfernt unter einem Beerenstrauch.«

»Was ist mit ihr geschehen?«

Jakob atmete schwer. »Sie wurde erstochen. Sie war halbnackt, als man sie entdeckte. So wie es aussieht, wurde sie vergewaltigt und gequält.«

Benedikt schluckte. »Woher weißt du das?«

»Von Milosh. Ich war gerade auf dem Feld in der Nähe. Als ich an ihrem Lager vorüberkam, bemerkte ich die Aufregung. Sie winkten und schrien. Sie hielten mich einfach an und zwangen mich, mit ihnen zu kommen. Dann zeigten sie mir Nonoka. Man hatte sie bis zum Hals zugedeckt.«

»Haben sie dich dafür verantwortlich gemacht?«

»So genau kann ich das nicht sagen, Benedikt. Sie waren nicht sehr freundlich zu mir, sie glauben, dass es einer aus dem Dorf war.«

»Unsinn.«

»Möglich wäre es doch, oder? Sie hat die Männer verrückt gemacht, vielleicht hat einer durchgedreht.«

»Oder Jal war es. Er war mit ihr verlobt.«

»Auch der könnte es gewesen sein. Aber die Zigeuner halten wie Pech und Schwefel zusammen. Was machen wir?«

»Weiß dein Vater Bescheid? Er ist schließlich der Bürgermeister.«

»Noch nicht. Ich komme doch direkt vom Hellenkopf.«

»Dann sag es ihm, damit das auch ganz offiziell ist. Wir müssen den Mord melden. In Brilon gibt es eine Polizeistation. Die müssen sich darum kümmern.«

»Was ist mit den Soldaten?«

»Die haben keine Befugnisse, einen Mord aufzuklären.«

Benedikt zog seine Taschenuhr aus der Weste. Es war noch früh am Morgen. »Wenn wir einen schnellen Boten losschicken, könnte ein Polizist heute noch kommen.«

»Ich werde einen finden«, sagte Jakob. »Aber du weißt, was der Mord für uns bedeutet?«

Benedikt nickte. »Die Zigeuner werden länger hierbleiben

müssen. Wir können nur hoffen, dass das Verbrechen rasch aufgeklärt wird.«

Zwei Polizisten in Uniform und mit Pickelhaube kamen am Nachmittag aus Brilon. Sie quartierten sich im Gasthaus Grafenau ein und beschlossen, erst einmal ausgiebig zu speisen.

Noch am selben Abend suchten sie die Zigeuner auf. Milosh und die anderen erzählten ihnen haarklein, was sie wussten, wer sich in den letzten Tagen am Lager herumgetrieben hatte und wen sie in Verdacht hatten. Die Polizisten nahmen alles kommentarlos auf und versprachen, den Fall schnellstens zu lösen.

Die Bevölkerung Züschens, ganz besonders Ludwig Halbach und Benedikt trauten den beiden nichts zu. Sie gingen sehr zurückhaltend mit dem Verbrechen um, saßen meistens im Gasthaus Grafenau und studierten ihre Aufzeichnungen. Schließlich war doch »nur« eine Zigeunerin ums Leben gekommen.

15

Die Sonne kämpfte sich durch die immer dichter werdenden Wolken. Es hatte sich merklich abgekühlt. Die meisten der Züschener trugen über ihren Arbeitshemden dunkle, speckige Jacken oder hatten zumindest eine Weste übergestreift. Zu Hause wollte niemand bleiben.

Im Dorf knisterte es. Ein Verbrechen war und blieb ein Verbrechen, aber ein Mord in ihrem Dorf war ein Ereignis, ein schreckliches zwar, aber eines, dessen Aufklärung man sich nicht entgehen lassen konnte.

Fast alle Einwohner des Dorfes standen auf der staubigen Straße vor dem Gasthaus Grafenau.

Die kuriosesten Spekulationen machten die Runde: Von mehreren Landstreichern war die Rede, die Nonoka gefangen genommen und dann im Wald brutal vergewaltigt hatten. Oder von einem schwarzen Reiter, ganz sicher ein Franzose, der die Niederlage gegen die Preußen nicht verkraftet und deshalb das erstbeste Opfer ausgewählt hatte. Weiterhin wurden Soldaten vermutet, die raubend durch die Lande zogen, und sogar von einem Ritualmord war die Rede. Niemand aber, und das war das seltsame, verdächtigte einen aus ihrer Mitte des Mordes, ganz im Gegensatz zu den Einwohnern der umliegenden Dörfer. In der Kleinstadt Hallenberg wurden Versammlungen abgehalten, die für eine Verurteilung der gesamten Einwohner Züschens plädierten. Natürlich war das Unfug, aber es machte Eindruck auf die anderen Orte wie zum Beispiel Medelon, Hesborn und auch Medebach, wo sich das Amtsgericht befand, in dem auch die Verhandlung und Verurteilung des Mörders, so man ihn dingfest machen konnte, erfolgen würde. Der Stadtrat von Winterberg hielt sich bedeckt. Man verurteilte zwar das Verbrechen, hielt sich aber mit Meinungsäußerungen zurück.

Obwohl der Anlass der Menschenversammlung alles andere als schön war, frohlockte August Grafenau. In seiner Wirtschaft wurde selten so viel Bier getrunken. Diejenigen, die keinen Platz ergattern konnten, saßen im Gasthaus Lamers und redeten sich die Stimmen heiser.

Die Gemeindevertreter versammelten sich an ihrem angestammten runden Tisch. Sie waren in großer Sorge. Handlungsreisende hatten nämlich berichtet, dass in den umliegenden Dörfern der Mord an der Zigeunerin das hauptsächlichste Gesprächsthema war.

Das war schlimm genug, noch schlimmer allerdings war die Gewissheit, dass in Züschen oder zu mindestens in der Umgebung sich ein skrupelloser Mörder aufhielt, und dass die beiden naiven Polizeiinspektoren es niemals schaffen würden, ihn zu stellen. Sollte der Fall wirklich ungelöst bleiben, würden die Handlungsreisenden in Zukunft Züschen meiden, was wiederum dazu führte, dass keine neuen Waren geliefert würden.

Die Gemeindevertreter saßen mit inzwischen hochroten Köpfen auf ihren Stühlen. Dieser Zustand war nicht nur auf die heiße Diskussion zurückzuführen, sondern auch auf den Alkohol, den sie bisher getrunken hatten. An der Sitzung waren auch Beilieger zugelassen. Die Angelegenheit ging das ganze Dorf an.

Nach anfänglichem Palavern, bei dem jeder eine mehr oder weniger fundierte Meinung abgab, war plötzlich, von einer Sekunde zur anderen, die Luft mit Spannung erfüllt. Irgendjemand der bisher stumm dabeisitzenden Zuhörer hatte laut und unbeherrscht einen Zwischenruf gemacht.

»Er ist schuld an diesem Unglück. Benedikt Halbach.«

Es gab viele im Raum, die auf diesen Vorwurf gewartet, es aber nicht gewagt hatten, ihn auszusprechen.

Der Rufer, ein Beilieger mit Namen Ferdinand Altmann, stand nun so ruckartig auf, dass sein Stuhl zu Boden fiel.

»Er hat den Zigeunern erlaubt, hier zu bleiben. Haben wir ihn nicht gewarnt? Und was haben wir erlebt? Sie haben uns belästigt und bedrängt, ihre minderwertigen Waren zu kaufen. Viele von euch haben sich überreden lassen, weil die Zigeuner ihnen Angst gemacht hatten. Jawohl, Angst. Was haben sie dir gesagt, Kurt?« Altmann streckte seinen Arm aus und zeigte auf einen hageren älteren Mann, der zusammenzuckte und den Kopf einzog, als wolle er sich ducken. »Haben sie nicht gesagt, dass deine Kühe verrecken würden, wenn du nichts kaufst? O-der dir, Sepp. Haben sie nicht ein Unglück über dein Haus, deine Familie vorhergesagt, wenn du ihnen nicht etwas abnimmst? Oder dir, Johann …«

»Genug!« Ludwig Halbach sprang ebenfalls auf. Seine donnernde Stimme ließ Altmann verstummen. »Es ist genug«, sagte er etwas ruhiger, aber dennoch mit leichtem Grollen in der Stimme. »Benedikt bereut schon lange, dass er sie nicht sofort weggeschickt hat. Aber du kannst ihm keinen Vorwurf daraus machen, dass Nonoka ermordet wurde.«

Altmann lachte auf, und ein paar andere fielen mit ein. Plötzlich war das friedliche Miteinanderleben der letzten Jahre vorbei. Im Nu hatten sich zwei Parteien gebildet, und es war kein Wunder, dass sich auf Benedikts Seite alle Solstätter schlugen, während die Beilieger mit Ferdinand Altmann sympathisierten.

Benedikt schwitzte. Sein Gehrock wurde ihm zu eng, der Kragen ließ seinen Hals jucken.

Nur nicht kratzen, sagte er sich. Keine Schwäche zeigen.

In den nächsten Minuten schrien alle durcheinander, aber verstehen konnte man niemanden. Erst als Georg Auer sich aus den Reihen der Gemeindevertreter erhob, wurde es ruhig. Georg Auer war allseits beliebt, und auch die Beilieger mochten ihn.

»Leute, es bringt doch nichts, wenn wir uns gegenseitig an die

Gurgel gehen. Ich schlage vor, dass wir den Gesetzeshütern das Feld überlassen. Sie haben gelernt, mit derartigen Verbrechen umzugehen. Geben wir ihnen doch die Chance, den Mord aufzuklären.«

Nach und nach beruhigten sich die Gemüter. Benedikt fühlte sich durch die Vorwürfe gestraft genug, deshalb blieb er auch still und hörte geduldig zu, was sein Onkel als Bürgermeister zu sagen hatte. Es war nicht viel, nur, dass man Bedauern mit den Zigeunern haben sollte und Vertrauen in die Polizei.

Wie auf ein Stichwort tauchte der Älteste der beiden Polizeiinspektoren auf. Inzwischen wusste jeder, dass er Caspar Block hieß. Block kam ins Gasthaus und begrüßte alle, indem er den Pickelhelm abnahm und in die Runde nickte. Er humpelte leicht. Angeblich, weil er im letzten Krieg gefangen genommen und in einem französischen Lager misshandelt worden war.

Jemand schob einen Stuhl an den Tisch des Gemeinderates, worauf sich Block dankend niederließ. August Grafenau brachte ihm ein Bier. Nach dem er einen langen Schluck genommen hatte, fragte Ludwig Halbach:

»Nun? Was können Sie uns sagen? Gibt es etwas Neues?«

Block sah ihn an. »Gab es mal eine Schlägerei auf dem Hellenkopf?«

»Schlägerei? Hier gibt es häufig Kabbeleien.«

»Ich meine, mit den Fremden.« Er vermied es ganz bewusst, Zigeuner zu sagen.

»Ich habe nichts dergleichen beobachtet. Warum?«

Der Polizeiinspektor zögerte, dann sagte er: »Drei der jungen Männer haben blaue Flecken im Gesicht. Auf meine Frage, woher sie die Verletzungen haben, schweigen sie. Es sieht aber alles nach einer Schlägerei aus. Einer von ihnen war angeblich der Verlobte der Ermordeten.« Er wartete auf eine Reaktion, aber sie kam nicht.

»Die Fremden handelten hier, nicht?«

»Ja.«

»Auch die Frauen?«

»Davon ist mir nichts bekannt. Euch vielleicht?« Ludwigs Frage galt nicht nur dem Gemeinderat, sondern allen Anwesenden. Niemand meldete sich.

»Die Fremden sind sehr zurückhaltend«, sprach Block weiter. »Eigentlich spricht nur ihr Sippenführer Milosh. Aber er kommt auch nicht so recht mit der Sprache heraus. Ich versuche mir, ein Bild zu machen. Die Fremden lagern jetzt schon fast zwei Wochen hier, nicht?«

»Das ist richtig«, stimmt Ludwig zu.

»Warum? Ich meine, warum haben Sie sie nicht schon lange fortgejagt? Ich weiß, dass sie im gesamten Hochsauerland nicht sehr beliebt sind. Warum gerade hier?«

Fast alle Köpfe fuhren zu Benedikt Halbach hin. Block bemerkte es und wandte sich ihm zu.

»Wer sind Sie?«

Benedikt stellte sich vor. »Mir gehört das Land, auf dem die Zigeuner lagern. Ich habe ihnen gestattet, solange dort zu bleiben, bis ihre Frauen die Geburt ihrer Kinder überstanden haben. Vier von ihnen waren hochschwanger. Ich konnte sie nicht wegjagen.«

»Verstehe«, nickte Block. »Ich habe die Neugeborenen gehört und gesehen. Eine Frau steht unmittelbar vor der Geburt. Das war der alleinige Grund?«

»Ich wüsste nicht, dass es noch einen anderen geben könnte.«

Jetzt huschte ein fast bösartiges Lächeln über Blocks Lippen. »Die Tote war begehrt. Sie reizte die Männer bis aufs Blut und war auch sonst keine Kostverächterin.«

»Von den Zigeunern können Sie das nicht erfahren haben«, sagte Benedikt wütend. »Die würden so etwas nie über ihre eigenen Leute sagen. Woher wollen Sie das wissen?«

»Meine Sache. Also?«

»Also was?«

Block seufzte. Er merkte offenbar, dass er so nicht weiterkam, und stand auf. »Sie alle sind nicht aus dem Schneider, wenn ich das mal so sagen darf«, versuchte er es auf eine andere Art und Weise. »Hier im Dorf gibt es bestimmt viele, die ein Motiv hätten, die Zigeunerin zu töten. Ich werde den Grund und den Täter finden. Verlassen Sie sich darauf.«

So schnell es seine Behinderung zuließ, verließ er das Gasthaus und ließ eine ratlose Schar Männer zurück.

16

»Guten Tag, Benedikt.«

»Tag.«

Benedikt Halbach wunderte sich, dass er von Caspar Block mit dem Vornamen angeredet wurde. Lag es nur dran, dass Block so viel älter war als er?

»Was kann ich für Sie tun?«

Der Polizeiinspektor lehnte sich an den Holzstapel neben dem Eingang. Benedikt, der noch immer den Arm voll mit gehackten Holzpflöcken hatte, stapelte sie oben drauf. Er war gerade dabei gewesen, Holz zu hacken, als Caspar Block erschien. Holz musste man im Hochsauerland immer bereithalten, denn die langen und kalten Winter ließen nicht mit sich spaßen.

»Ich möchte mich für gestern entschuldigen«, sagte der Polizeiinspektor. »Ich habe mich im Gasthaus nicht gerade höflich benommen. Dachte, dass ich Ihnen das sagen sollte.«

Benedikt griff in seine Jackentasche, holte eine Pfeife hervor und stopfte sie umständlich. Das tat er immer, wenn er Zeit gewinnen wollte oder eine wichtige Entscheidung treffen musste. Wie gut, dass Block davon nichts ahnte. Er merkte, dass der Inspektor auch noch aus einem anderen Grund unzufrieden war.

»Sie kommen nicht weiter?«

»Nein.« Caspar Block sah richtig enttäuscht aus.

»Was ist mit den Zigeunern? Müssen sie noch hierbleiben?«

»Solange bis der Mord aufgeklärt ist.«

»Das kann dauern.«

»Sie sagen es.«

Aus der Tür kam Sophia. Sie nickte dem Inspektor zu. Der Duft eines guten Essens strömte aus dem Haus. Block roch es und seufzte. Dabei rieb er sich über den Bauch.

»Sie können mitessen, wenn Sie wollen«, sagte Sophia. »Hier muss niemand beim Essen zusehen.«

»Danke, das nehme ich gern an.« Er folgte ihr in die Küche, wo ihm von Benedikt ein Platz zugewiesen wurde. »Wissen Sie, ich lebe allein, mache mir mein Essen selbst, aber ich bin kein Koch. Da tut es gut, mal wieder was Richtiges zwischen die

Rippen zu kriegen. Dachte, dass wir nach einem Tag den Täter dingfest gemacht hätten. Unser bescheidenes Gehalt erlaubt es uns nicht, jeden Tag im Gasthaus zu speisen.«

Es gab Bratkartoffeln, frisches Gemüse und gebratene Hähnchen. Da Sophia und Magdalena allen etwas weniger als üblich auf die Teller füllten, fiel ein zusätzlicher Esser nicht auf.

Caspar Block aß mit gutem Appetit. Dabei wurde er die ganze Zeit von Johannes und Paul nicht aus den Augen gelassen. Wann hatte man schon mal einen Polizeiinspektor zu Besuch.

»Diese Fremden sind ein unruhiges Volk«, sagte Block zwischendurch. »Sie ziehen umher, haben keine Heimat. Manche sehen sie auch als Freiwild an oder fühlen sich von ihnen provoziert. Haben Sie so etwas vielleicht beobachtet?«

»Nein, nicht dass ich wüsste.«

Benedikt starrte auf die Tischplatte. Seine Gedanken kreisten. Er dachte an seinen Zorn auf das verunglimpfte Kreuz und daran, wie laut und höhnisch Nonoka gelacht hatte. Das allein hatte ihr viele Feinde gemacht. Warum sollte nicht jemand aus dem Dorf die Nerven verloren haben?

Sie aßen schweigend weiter. Benedikt sah seinen jüngeren Brüdern an, dass sie mehr von dem Inspektor hören wollten, aber da bei Tisch nicht geredet werden durfte, hielten sie ihren Mund. Dass Block sprach und sich dadurch über den Brauch hinwegsetzte, war etwas ganz anderes.

»Sie sind der größte Bauer«, sagte der Polizeiinspektor. »Sie haben hier Einfluss.«

»Was wollen Sie damit sagen?«, fragte Benedikt.

»Sie kennen die Menschen und könnten den Täter zur Einsicht bringen.«

Benedikt schüttelte langsam den Kopf. »Dazu müsste ich ihn erst einmal kennen. Was passiert mit ihm?«

»Er wird geköpft.«

Johannes ließ vor Scheck seine Gabel fallen. Er war bleich geworden.

»Tut mir leid«, sagte Block. »Ich wollte dich nicht erschrecken. Man sagt das so einfach, weißt du. Du darfst nicht alles ernst nehmen, was man so redet.« Mit einer beruhigenden Geste strich er Johannes über den Kopf.

»Ich werde niemanden aufs Schafott bringen«, sagte Benedikt.

Block nickte leicht. »Es ist eine Scheißaufgabe, die man hat. Die Regierung verlangt unnachgiebige Aufklärung. Mein Chef ist ein harter Hund. Der lässt mich nicht eher hier raus, bis das Verbrechen geklärt ist.« Er wischte sich gut erzogen die Mundwinkel ab.

»Das tut mir sehr leid für Sie«, sagte Magdalena.

Block winkte ab. »Machen Sie sich bloß keine Gedanken über meine Arbeit. Das lohnt nicht. Es ist ja nicht so, dass wir gar nichts haben, es ist nur ein mühsamer Schritt vorwärts, und wir wissen nicht, ob er in die richtige Richtung geht. Naja, auf jeden Fall haben Sie vielen Dank für das Essen. So gut habe ich lange nicht gespeist.«

Er erhob sich, ergriff seinen Pickelhelm und ging zur Tür. Dort drehte er sich noch einmal um und sah Benedikt an.

»Würden Sie mir denn helfen, wenn ich wiederkomme und Fragen habe?«

»Ja«, antwortete Benedikt. »Ich beantworte Ihnen jede Frage, so gut ich kann, aber ich liefere niemanden aus.«

Caspar Block lächelte dünn, nickte ihnen noch einmal zu und verließ dann den Raum. Durch das Fenster sahen sie ihm hinterher, bis er verschwunden war.

»Verhaftet er jetzt Bruno?«, fragte Johannes unvermittelt.

Benedikt sah ihn entgeistert an. »Wie kommst du denn jetzt darauf?«

»Weil er ein Messer hat, und weil es alle sagen.«

»Wer alle?«

»Naja, die Leute im Dorf. Bruno ist seit drei Tagen verschwunden. Niemand weiß, wo er steckt.«

»So? Ist er das? Er wird schon wieder auftauchen. Bruno ist schon oft mehrere Tage weg gewesen.«

Benedikt fiel ein, dass Bruno nicht im Gasthaus bei der Versammlung gewesen war. Das war in der Tat ungewöhnlich, da er sich doch sonst bei Sensationen immer in den Vordergrund spielte.

Langsam und nachdenklich ging er hinaus. Wenig später spaltete er weiteres Holz für den Winter. Diese Arbeit lenkte ihn ein wenig von den krausen Gedanken ab, die ihm zu schaffen machten.

17

An diesem Sonntag stieg Pfarrer Adam Fricke mit einem Gesichtsausdruck auf die Kanzel, der Unheil verkündete. Die Kirche war überfüllt. Die Leute standen in den Gängen und im hinteren Teil so dicht gedrängt, dass das eigene Kinn fast auf den Schultern des Vordermannes ruhte.

Der Pfarrer begann mit seiner Predigt gleich über Gewalt und das fünfte Gebot, konnte sich aber auch nicht zurückhalten, über die Verfehlungen der Zigeuner zu sprechen, über die Gotteslästerung, die einer von ihnen begangen hatte. Er sprach jetzt nur noch von »Einigen«, nicht mehr von allen Zigeunern. Dennoch war seine Stimme wie ein dumpfes Grollen vor einem Gewitter, und seine Worte waren eine einzige Anklage. Es fehlte nicht viel, und er hätte die Zigeuner selbst für den Mord an Nonoka verantwortlich gemacht.

Am Ende seiner Predigt betete er jedoch mit der Gemeinde für die Seele der ermordeten Zigeunerin.

Den weiteren Gottesdienst leierte Fricke wie jeden Sonntag herunter, sodass jeder froh war, als die Messe zu Ende war. Die Anwesenden sangen noch drei Strophen von »Großer Gott, wir loben dich«, dann verließen sie enttäuscht die Kirche.

Mindestens die Hälfte der Gläubigen war nur gekommen, in der Hoffnung, vom Pfarrer etwas Neues über den Mord zu erfahren. Der Pfarrer war durch seine Hausbesuche stets gut informiert, aber diesmal konnte er der Gemeinde nichts bieten, denn das, was er zum Besten hätte geben können, kannte jeder:

Bruno Seibert sollte verhaftet werden. Jeder wusste, dass Bruno ein Messer besaß und damit oft wild herumfuchtelte. Außerdem hatte er sich in letzter Zeit sehr oft bei dem Zigeunerlager herumgetrieben. Man traute ihm zwar keinen Mord zu, aber ein Unglück, ein Versehen konnte schon mal vorkommen, wenn man so leichtsinnig wie Bruno mit einem Messer umging.

Diese Meinungen wurden ausgiebig beim Bier und Schnaps

ausgetauscht, und bald schwirrten so wilde Gerüchte durch den Raum, dass die ersten Vermutungen von den vergangenen Tagen nur laue Lüftchen waren.

August Grafenau kannte das. Sobald die Männer genug getrunken hatten, war ihre Zurückhaltung wie weggeblasen. Selbst die Schüchternsten unter ihnen hielten nun großspurige, allerdings nichtssagende Reden.

August ließ sie gewähren. Schließlich brauchte jeder mal ein Ventil zum Ablassen. Außerdem brachte es ihm eine gehörige Einnahme, von der er monatelang leben konnte.

Caspar Block und sein Gehilfe Eduard Gürtler warteten auf Benedikt, als dieser mit Jakob zusammen aus dem Ahretal kam. Sie führten jeder einen Ackergaul am Zügel. Die beiden blieben in Höhe von Borgs Scheune stehen.

»Hallo, Herr Block«, sagte Benedikt. »Können wir etwas für Sie tun?«

»Ich bin auf der Suche nach Bruno Seibert.« Der Inspektor kaute auf einem Grashalm herum, der ihm aus dem Mund ragte.

»Was ist los mit ihm?« Benedikt gab sich ahnungslos.

Wenn Block es bemerkte, so ließ er sich nichts anmerken. »Ich habe gehört, dass Bruno Seibert ein Messer besitzt.«

»Schon möglich. Aber wir alle haben Messer.«

»Ist das ein Beweis?«, fuhr Jakob ungestüm auf.

»Vielleicht.«

Der Inspektor ließ sich nicht aus der Ruhe bringen. »Nonoka ist mit mehreren Messerstichen getötet worden. Ja, man kann sogar sagen, der Täter hat in wahlloser Wut auf sie eingestochen.«

»Das ist furchtbar«, sagte Benedikt.

»Wissen Sie, wo Bruno Seibert ist?«

Benedikt schüttelte den Kopf.

»Sie sind doch mit ihm befreundet.«

»Nein.«

Block war überrascht.

Jakob lachte. »Wir sind nicht mit ihm befreundet, waren es nie. Ich glaube, keiner aus dem Dorf ist das.«

Block kaute auf der Unterlippe. Er schien nachzudenken.

»Wenn er auftaucht, würden Sie mich dann benachrichtigen?«

»Darauf können Sie sich verlassen.«

Sie warteten, bis Block und Gürtler davongegangen waren, brachten die Pferde in den Stall und rieben sie ab.

»Glaubst du wirklich, dass Bruno dahintersteckt?«, fragte Jakob, während er hart und gleichmäßig mit der Bürste über das Fell des Tieres strich.

»Wäre das so unwahrscheinlich?«, fragte Benedikt zurück.

»Nein.«

Es war schon erstaunlich, mit welcher Gleichgültigkeit sie Bruno einen Mord zutrauten.

Am Abend tauchte überraschend Milosh, der Sippenälteste der Zigeuner, bei Benedikt auf. Er war allein und bewegte sich im Dunkeln sehr vorsichtig.

Benedikt sah sich nach allen Seiten um, aber da dem alten Mann offenbar niemand gefolgt war, ließ er ihn ein. Milosh lehnte den angebotenen Platz dankend ab und blieb in der Küche stehen. Er sah schlecht aus. Sicher hatte er in den letzten Nächten kaum geschlafen.

»Ich wollte mich noch einmal persönlich bei Ihnen entschuldigen«, sagte er leise. »Es war nicht richtig, was einer von uns gemacht hat. Es tut mir leid.« Er druckste herum.

»Sind Sie deshalb zu mir gekommen?«, hakte Benedikt nach.

»Nein.« Milosh schüttelte den Kopf. »Nicht nur deswegen. Ich ... ich habe eine Vermutung, wer Nonoka ermordet hat. Es waren diese Soldaten. Jal hat sie etwa eine Stunde, bevor Nonoka gefunden wurde, mit ihr zusammen gesehen. Sie waren nicht sehr freundlich zu Nonoka, wie Jal sich ausdrückte, aber er hat sich nicht getraut, ihr zu Hilfe zu eilen. Sie waren zu dritt, er allein. Nonoka hatte sich bisher immer selbst helfen können. Deshalb glaubte er auch diesmal, dass sie keine Hilfe benötigen würde.«

»Warum haben Sie das nicht dem Polizeiinspektor Block gesagt?«

Milosh lachte hart auf. »Die Soldaten sind unantastbar. Sie hätten es abgestritten und nicht nur Jal, wir alle stünden als Lügner da. Wer hätte uns denn schon Glauben geschenkt.«

»Aber warum kommen Sie dann zu mir? Warum erzählen Sie mir das?«

»Weil ich Sie trotz unserer Differenzen als rechtschaffenden Mann schätze. Sie können uns helfen.«

»Wie stellen Sie sich das vor?«

Milosh senkte den Kopf. »Das weiß ich eben nicht.«

Benedikt ging im Raum hin und her. Am Fenster blieb er stehen und sah in die dunkle Nacht hinein. »Ich sehe keine Möglichkeit, Milosh«, sagte er leise. »Wir brauchen Beweise, verstehen Sie? Ich kann nichts machen.«

Milosh betrachtete Benedikt eine Weile. Dann sagte er leise: »Ich verstehe. Sie sind immer noch gekränkt wegen der Sache mit dem Kruzifix. Ich will nichts entschuldigen, aber Ihr katholischer Glaube ist nicht der einzig wahre. Euer Reichskanzler Bismarck hat allen in Deutschland Glaubensfreiheit versprochen. Überall werden Protestanten als Beamte eingesetzt, bald auch hier bei Ihnen. Ein Kreuz ist nichts Weiteres als ein Symbol. So wie die Israeliten damals das Goldene Kalb angebetet haben, so beten Sie nun ein Kreuz an. Wo ist da der Unterschied?«

Benedikt drehte sich ruckartig zu ihm hin. Im Dämmerlicht der Kerze war ihm seine Wut nicht anzusehen. »Bitte gehen Sie jetzt«, presste er mühsam beherrscht zwischen den Lippen hindurch. »Ich will Ihre letzten Worte vergessen. So dürfen Sie hier nicht sprechen.«

Milosh zuckte zusammen. Er spürte, dass er zu weit gegangen war. Schnell deutete er ein leichtes Nicken zum Abschied an, dann verschwand er.

18

Am Ende der Woche stand er plötzlich vor Benedikt. Matthäus Roth, Benedikts bester Freund aus ihrer gemeinsamen Schulzeit. Er war immer noch schlank und wirkte auf den ersten Blick so jugendlich, wie Benedikt ihn in Erinnerung hatte. Dann bemerkte er jedoch die grauen Schläfen und die Falten, die sich um seinen Mund und unter den Augen eingegraben hatten.

Matthäus drehte seinen Zylinder in der Hand. Um seine Lippen spielte ein leichtes, fast verlegen wirkendes Lächeln. Ein wenig unsicher stand er vor Benedikt und rührte sich nicht.

Seine krausen Haare waren kürzer geschnitten als früher, aber dennoch lagen einige Locken in seiner Stirn und im Nacken. Seine Kleidung war tadellos, er trug eine schwarze Hose, ein weißes Hemd mit Weste und einen Gehrock.

Sekunden vergingen, dann fielen sie sich in die Arme, drückten sich und küssten sich so lange auf die Wangen, dass Sophia, die im Hintergrund erschienen war, angst und bange wurde.

Schließlich schob Matthäus seinen Freund von sich und strahlte sie an.

»Sophia«, sagte er leise. »Mein Gott, du siehst gut aus.«

Sie lächelte, gab ihm die Hand und umarmte ihn.

»Wir sind seit vier Jahren verheiratet«, sagte Benedikt fast verlegen. »Wir haben eine Tochter. Franziska heißt sie.«

»Nein!«, entfuhr es Matthäus.

»Doch«, nickte Sophia. Ihr Gesicht hatte eine leichte Röte angenommen. »Aber komm doch herein, Matthäus.«

Benedikt zog ihn in die Küche und drückte ihn auf die Bank. »Willst du was trinken? Essen? Sophia, was haben wir denn noch im Haus?«

Matthäus lachte. »Nun mal langsam, junger Mann. Ich bin doch gerade erst gekommen. Ich bin satt und nicht durstig. Mir geht es gut, und um deine nächsten Fragen vorwegzunehmen: Ich bin Beamter, ich stehe im Dienst der Regierung. Ich verdiene gut. Du brauchst dir also keine Sorgen zu machen.«

Der Bann war gebrochen. Benedikt ließ sich Matthäus gegenüber auf die Bank fallen, legte das Gesicht in beide Hände und schüttelte immer noch ungläubig den Kopf.

»Warum hast du dich denn nicht angemeldet? Wir hätten dich abgeholt. Wie bist du überhaupt hergekommen? Mit der Kutsche? Mit der Bahn?«

»Ich habe meinem Vater einen Brief geschrieben, dass ich in diesen Tagen kommen würde. Hat er dir nichts davon gesagt?«

Benedikt sah beschämt zu Sophia. »Dein Vater ist seit dem Frühjahr mit seinen Schafen unterwegs. Man hat mir deinen Brief gegeben, aber ich habe ihn nicht geöffnet. Er war ja nicht für mich bestimmt.«

Matthäus nickte. »Ich öffne auch keinen Brief, der nicht an mich gerichtet ist. Naja, ich bin mir auch nicht sicher, ob er sich über meine Ankunft gefreut hätte.«

Wenig später kamen Magdalena, Johannes und Paul. Sie hatten die lauten Stimmen gehört und waren neugierig geworden. Johannes war dreizehn Jahre alt, als Matthäus in den Krieg gezogen war, Paul sechs. Er hatte kaum noch eine Erinnerung an Matthäus. Sie setzten sich an den Tisch, um gebannt zuzuhören, was er erzählte.

Magdalena, die eigentlich nur geboren zu sein schien, um zu kochen, waschen, putzen und einen kleinen Gemüsegarten zu pflegen und zu hegen, setzte sich neben Matthäus. Sie schien sich über seinen Besuch besonders zu freuen, denn sie hielt seine Hand und streichelte seinen Arm.

Paul fragte Matthäus, ob er direkt aus Berlin käme.

»Ja. Ich bin seit vier Tagen unterwegs. Zuerst mit der Postkutsche, dann mit der Eisenbahn und schließlich mit einem Zweispänner, den ich in Bestwig gemietet habe. Es ist schön, wieder mal in Züschen zu sein. Weißt du denn nicht mehr, dass dein Bruder Benedikt und ich die besten Freunde waren, nein, noch immer sind? Er hat dir wohl nie von mir erzählt, wie?«

Paul schüttelte den Kopf. »Er erzählt nie viel von früher.« Seine Stimme klang ärgerlich.

Matthäus lachte. »Ist auch vielleicht besser so.«

»Bleibst du jetzt wieder hier?«

»Nur für kurze Zeit.« Er zögerte. »Ich habe mit meinem Vater viel zu klären. Er ist Schäfer …«

»Den kenne ich«, rief Paul.

»Klar. Den kennt hier jeder.«

»Wo willst du wohnen, Matthäus?«, fragte Benedikt. »Euer Haus steht zwar noch, aber dein Vater hat es nicht sehr gepflegt.«

Matthäus seufzte. »Das habe ich befürchtet.«

Benedikt warf Magdalena und Sophia einen raschen Blick zu. »Du kannst hierbleiben, wenn du willst. Wir haben Platz genug.«

»Au ja«, rief Johannes. »Dann kannst du mir viel von Berlin erzählen. Kennst du auch Paderborn?«

Matthäus sah ihn verwundert an. »Paderborn? Warum willst du denn über diese Stadt etwas wissen?«

»Er will Priester werden«, erklärte Benedikt. »In drei Jahren kann er die katholische Schule in Paderborn besuchen.«

»Ah.«

»Ja, und deshalb muss ich alles über Paderborn wissen.«

»Natürlich«, nickte Matthäus. »Aber über die Stadt weiß ich nicht viel.«

»Schade«, machte Johannes.

Magdalena erhob sich. »Ich werde uns erst mal etwas Anständiges zu essen machen und dein Zimmer herrichten, Matthäus. Wir haben ja noch so viel Zeit, um uns zu unterhalten.«

Sie ging hinaus. Sophia folgte ihr. Bald hörte man ihre Schritte die steile Holztreppe hinauf in den ersten Stock gehen.

Paul rutschte auf seinem Stuhl hin und her. Seine Neugier war bereits vorbei, er langweilte sich und tippte seinen Bruder Johannes an den Oberarm.

»Kommst du mit nach draußen?«

Johannes zögerte nur kurz, aber da Matthäus sich nicht weiter über sein Leben in Berlin äußerte, nickte er Paul zu und verließ mit ihm die Küche.

»Du hast nichts dagegen, dass er Priester werden will?«, fragte Matthäus.

Benedikt schüttelte den Kopf. »Ich könnte es ihm nicht verweigern. Mutter hätte es gefreut. Aber vielleicht sind es aber auch nur Flausen, die wieder vergehen.«

19

Später am Abend saßen die Erwachsenen in der Küche. Die beiden Männer erzählten von früher und kamen auch bald auf den Mord an der Zigeunerin zu sprechen.

»Eine schreckliche Geschichte«, sagte Matthäus. »Bereits in Hagen, als ich den Zug nach Bestwig bestieg, wurde davon geredet. Was haltet ihr von den beiden Polizeiinspektoren?«

»Sie tun ihr Bestes«, sagte Magdalena.

»Ich bin nicht der Meinung meiner Schwester«, meinte Benedikt. »Dieser Caspar Block scheint tüchtig zu sein, aber sein Gehilfe sieht mir eher ein wenig dümmlich aus. Man sollte einen erfahrenen Inspektor schicken, wenn man überhaupt will, dass der Mord aufgeklärt wird.«

»Was meinst du damit?«

»Nun ja, es ist halt eine Zigeunerin.«

»Der Deutsche Kaiser hat ein Gesetz unterschrieben, dass jeder Mensch gleichbehandelt werden soll, und jedem Mörder, ganz gleich welchen Standes, der Tod durch Enthauptung droht. Natürlich nur, wenn er zweifelsfrei überführt worden ist. Es herrscht Gerechtigkeit in Deutschland.«

Benedikt sah erstaunt auf. »Du bist gut informiert.«

»Das ist man immer, wenn man für die Regierung arbeitet.«

Matthäus erzählte von den Sitten in Berlin, von den Empfängen im kaiserlichen Palast und auch, dass er bei Bismarck und beim Kaiser eingeladen gewesen war. Dass er aber nie am Tisch des Kaisers, sondern in einem Nebenraum gespeist hatte, machte die Ehrfurcht vor diesen wichtigen Einladungen nicht geringer.

Sophia zog sich bald darauf zurück und ging nach oben ins Schlafzimmer. Magdalena verschwand ebenfalls.

Benedikt holte zwei Pfeifen und Tabak aus dem Schrank und stopfte sie. Bald war die Küche erfüllt von dickem Qualm.

»Erzähl doch mal, wie es dir ergangen ist«, forderte er Matthäus auf. »War es schrecklich im Krieg?«

»Ja, das kann man so sagen.«

Matthäus ließ nichts aus. Er berichtete, dass er verwundet wurde und lange im Lazarett lag, dass er im August 1870 zur 2. Armee unter Prinz Simon Karl von Preußen abkommandiert wurde und dabei war, als die Armee am 16. August 1870 bei Vionville den Sieg in der ersten großen Entscheidungsschlacht des Krieges errang. Als er von seiner Verwundung erzählte, fröstelte Benedikt.

»Dein Vater hatte mir davon berichtet. Du hast im Lazarett ein Mädchen kennengelernt?«

Matthäus schmunzelte. »Das hat Papa dir gesagt?«

»Er hat es angedeutet. Genaues wusste er ja nicht. Also?«

»Nun ja. Sie war meine Pflegerin. Wir haben uns ineinander

verliebt. Ihr Vater war Major und konnte mir andere wichtige Personen vorstellen, die als hochrangige Beamte für Reichskanzler Bismarck arbeiteten. Sie waren bereit, mich eine Ausbildung machen zu lassen, nachdem ich das Abitur bestanden hatte.«

Die Ausbildung hatte dreieinhalb Jahre gedauert. Danach war er Referendar zuerst im Außenministerium und seit seiner Abschlussprüfung im Innenministerium tätig.

»Inzwischen bin ich die rechte Hand des Staatssekretärs Karl Heinrich von Bötticher.«

»Alle Achtung. Du hast es weit gebracht. Was ist mit diesem Mädchen? Hast du es geheiratet?«, fragte Benedikt.

»Klar. Wir haben zwei Kinder, beides Jungen. Anita ist in Berlin geblieben, weil sie wieder schwanger ist.«

Benedikt hob sein Glas, in das er einen herben Rotwein gegossen hatte und stieß mit seinem Freund an. »Irgendwann werde ich dich besuchen kommen.«

»Darum wollte ich dich gerade bitten.«

Sie tranken noch ein weiteres Glas. Benedikt unterrichtete Matthäus über die Ereignisse in Züschen, wer in den vergangenen Jahren ein Kind geboren hatte und wer verstorben war. Matthäus kannte sie alle, und bei den Toten war er ehrlich betrübt.

Zu Ehren von Matthäus´ Besuch gab Benedikt am nächsten Abend ein kleines Fest. Nur die Nachbarn, seine Schwiegereltern und Onkel Ludwig mit Familie waren eingeladen. Jakob brachte seine junge Frau Rose mit. Sie war sehr schüchtern und sprach kaum ein Wort. Alle freuten sich, Matthäus nach so langer Zeit wieder zu sehen. Mehrere Male musste er seine Geschichte vom Krieg und sein Leben in Berlin schildern. Sie bekamen einfach nicht genug davon. Ganz besonders Onkel Ludwig war neugierig. Er wollte alles haarklein wissen.

»Der Matthäus!«, sagte er zu Benedikt. »Der wäre ein wunderbarer Bürgermeister für Züschen. Der hat alles im Griff. Ich beneide ihn.«

»Ich auch«, antwortete Benedikt.

Benedikt begleitete seinen Freund zu dessen Haus. Je näher sie kamen, desto mehr konnte man erkennen, dass das Gebäude einen verwahrlosten Eindruck machte. Die Fensterrahmen und die Haustür hätten dringend erneuert werden müssen, an der Nordseite wucherte Efeu bis fast unter das mit Moos bedeckte Dach.

Matthäus stand eine Zeit lang regungslos auf der Straße und ließ seinen Blick über die Gemäuer schweifen. In seinem Gesicht arbeitete es. Er hatte früher sehr gerne hier gewohnt und sich wohlgefühlt.

Über die Brücke kamen Männer, einige Frauen und viele Kinder. Die Erwachsenen kannten Matthäus und grüßten freundlich, manche schlugen ihm kameradschaftlich auf die Schulter.

»Wir haben schon gehört, dass du wieder hier bist. Wie lange bleibst du denn?«, fragte jemand.

»Das Haus kann man renovieren. Wir helfen dir dabei.«

Sie waren alle gekommen: der Kuhhirt, der Müller und sogar der neue Wirt, der den kürzesten Weg hatte. Hinter ihm stand Bedeler, der einen Eisenwarenhandel eröffnet hatte. Er erhoffte sich offenbar ein gutes Geschäft bei der Renovierung. Auch einige Beilieger und Solstätter fanden sich ein. Letztere hatten naturgemäß die meisten, und wie sie glaubten, besten Ratschläge parat.

Die Kinder begafften Matthäus. Einige Ältere kannten ihn noch; sie blieben zurückhaltend und warteten wohl darauf, dass er sie begrüßte.

Benedikt beobachtete seinen Freund von der Seite. Matthäus war als Kind zwar nicht unbeliebt gewesen, aber als Sohn des Schäfers doch immer ein Außenseiter geblieben. Jetzt auf einmal stand er im Mittelpunkt. Lag das nur daran, dass er in Berlin ein »Hohes Tier« bei der Regierung war? Benedikt wusste, dass Matthäus diese Schmeicheleien schon richtig einschätzen konnte. Er nickte jedem zu, lächelte mal hier hin, mal dort hin und ging dann ins Haus. Benedikt folgte ihm.

Es roch entsetzlich modrig. Die Wände waren kahl. Es gab keine Gardinen. Ein einziger Teppich bedeckte den unebenen, rauen Boden im Wohnzimmer. Zwei Schaukelstühle aus Eichenholz standen um einen rohgezimmerten Tisch.

»Ich habe gar nicht so viel Zeit, um das alles in Ordnung

bringen zu lassen«, sagte Matthäus leise. »Außerdem weiß ich nicht, ob Vater es möchte. Ich kann mich nicht einfach in sein Leben einmischen. Dazu müsste ich wieder nach Züschen ziehen. Du weißt, Benedikt, dass das unmöglich ist. Mein Leben ist in Berlin.«

»Dann lass alles so, wie es ist«, antwortete Benedikt. »Bleib bei uns, solange du willst.«

»Ich danke dir. Ich werde dein Angebot annehmen.« Er sah sich noch einmal um. »Hier ist nichts mehr wie früher. Das ist nicht mehr mein Zuhause. Lass uns gehen.«

Draußen hatten sich die Menschen inzwischen verzogen.

Matthäus blieb stehen. »Ich habe noch etwas mit dem Pfarrer zu besprechen.«

Benedikt war erstaunt. »Du warst doch nie sonderlich fromm. Was ist passiert? Hat dich der Krieg verändert?«

Matthäus schüttelte den Kopf. »Nein, das nicht. Obwohl man im Schützengraben täglich Gott um Hilfe bittet. Ich muss dem Pfarrer nur eine Botschaft der Regierung überbringen.«

»Gut«, nickte Benedikt. »Dann sehen wir uns zum Abendessen. Du weißt aber, dass wir einen neuen Pfarrer haben?«

»Ja. Fricke heißt er.«

»Richtig. Bin gespannt, welchen Eindruck du von ihm bekommst.«

Sie gingen in entgegengesetzter Richtung davon. Am Ufer der Sonneborn drehte sich Benedikt noch einmal um. Matthäus stand immer noch in der Nähe seines Hauses, aber die Polizeiinspektoren Block und Gürtler waren bei ihm. Benedikt wunderte sich, dass Matthäus energisch auf sie einredete, während die beiden immer demütiger zu werden schienen und nur hin und wieder nickten.

Bevor Benedikt sich jedoch weitere Gedanken darübermachen konnte, verschwanden alle Drei um die nächste Hausecke.

20

Die Verpflegung der Zigeuner wurde mit jedem Tag weniger. Immer mehr Bauern in Züschen weigerten sich, ihnen etwas zu geben oder zu verkaufen. Selbst Benedikt war auf Distanz bedacht, seit die Sippe ihn und alle Katholiken so sehr beleidigt hatte.

Die Zeit lief ihnen davon. Wenn die Herbststürme erst einsetzten, war es für ein fahrendes Volk schwierig, einen geeigneten Platz zum Überwintern zu finden. Aber Caspar Block war unnachgiebig. Erst musste der Mord an Nonoka geklärt sein, vorher durfte niemand den Ort verlassen.

Das Frühstück bestand aus frischen Eiern, Milch, gepökeltem Schinken und frischgebackenem Brot, sowie selbst gemachter Marmelade. Magdalena war stolz darauf, und sie errötete leicht, als Matthäus sie lobte.

Johannes und Paul aßen hastig. Johannes musste zur Arbeit, und Paul hatte von einem Freund erfahren, dass in der Ahre ganz dicke Forellen gesichtet worden waren. Magdalena hatte ihm unter Androhung der schrecklichsten Strafen verboten, auch nur eine davon zu fangen.

Als die beiden Jungen verschwunden waren und Magdalena und Sophia sich um den Abwasch kümmerten, zog Benedikt seinen Freund beiseite.

»Wie war dein Besuch beim Pfarrer?«

»Gut.«

»Welchen Eindruck machte er auf dich?«

»Hm, schwer zu sagen. Er hat einen eigenen Willen.«

Benedikt lachte. »Das stimmt. Er hat die Gemeinde fest im Griff.«

»Dich auch?«

»Nein.«

Matthäus schmunzelte. »Das dachte ich mir.«

Benedikt zögerte. »Ich habe dich gestern, nachdem wir uns getrennt hatten, mit Caspar Block und Gürtler gesehen. Du kennst sie?«

Matthäus schüttelte den Kopf.

Benedikt kniff die Augen zusammen. »So sah mir das aber

nicht aus.«

»Ich habe mit den beiden geredet, weil ich im Innenministerium in Berlin arbeite und etwas von Polizeiarbeit verstehe.«

»Deshalb machten sie einen so unterwürfigen Eindruck?«

»Taten Sie das? Das ist mir nicht aufgefallen. Ich habe mich nur nach dem Stand der Dinge erkundigt, und so wie es aussieht, machen die beiden Inspektoren gute Fortschritte.«

»Welche denn?«

Matthäus verzog das Gesicht. »Das haben sie mir leider nicht gesagt.«

Bevor Benedikt eine weitere Frage stellen konnte, stürzte Jakob ohne anzuklopfen herein.

»Sie haben Bruno«, platzte er heraus. »Er hatte sich im Wald versteckt. Er hat geahnt, dass man ihn verdächtigen würde. Zuerst hat er genug zu essen gehabt, dann hat er sich von Wurzeln und Würmern ernährt, aber schließlich siegte sein Hunger. Als er in sein Haus wollte, wurde er von Block und Gürtler überwältigt. Die beiden haben dort auf der Lauer gelegen.« Jakob schüttelte fassungslos den Kopf. »Das muss man sich mal vorstellen. Sie haben jede Nacht in der Nähe von Brunos Haus campiert. Diese Ausdauer möchte ich haben. Aber da ist noch etwas. Sie haben auch Lutz verhaftet.«

Benedikt starrte ihn an.

»Ja, du hast richtig gehört. Bruno und Lutz sollen gemeinsame Sache gemacht haben. Block und Gürtler wollen sie heute Nachmittag um zwei öffentlich vernehmen.«

Die Vernehmung fand im Gasthaus Grafenau statt. Man hatte die Verbindungstür zwischen dem Saal und dem Gastraum geöffnet, damit auch dort Menschen Platz finden konnten.

An der Stirnseite stand ein breiter Tisch, hinter dem die beiden Polizeiinspektoren Block und Gürtler saßen. Sie hatten ihre Pickelhauben aufgesetzt. Damit wollten sie ihre Macht demonstrieren. Die kaiserliche Polizei stellte sich gern in den Mittelpunkt und zeigte ihre Stärke und Größe, besonders dann, wenn ein Fall so klar schien wie dieser.

Bruno Seibert saß mit seinem Vater und zwei sogenannten Freunden zusammen. Es waren Söhne zweier Tagelöhner, die stets im Ort herumlungerten und sogar beim Diebstahl von Hühnern und Eiern erwischt worden waren. Aber denen vertraute Bruno offenbar. Lorenz Seibert sah schwach und zerbrechlich aus, aber er hatte es sich nicht nehmen lassen, mitzukommen, um seinen Sohn zu unterstützen.

Etwa einen Meter daneben stand ein weiterer Tisch, an dem Lutz Saalfeld Platz genommen hatte. Zu Benedikts Überraschung war Helene bei ihm. Sie war blass und zerknüllte immer wieder ein Taschentuch zwischen den Händen. Lutz hatte sein Kinn trotzig vorgestreckt und machte ein verkniffenes Gesicht. Er wollte damit zeigen, dass er sich nicht unterbuttern oder vorverurteilen lassen würde.

Am hinteren Ende hockten einige der Zigeuner. Man hatte sie stillschweigend geduldet.

Block und Gürtler hatten alles zusammengetragen, was für sie wichtig erschien. Bruno und Lutz hatte man bis zu dieser Zeit im Keller unter dem Gasthaus Grafenau eingesperrt.

Caspar Block kaute auf einem Grashalm. Er nahm ihn auch nicht aus dem Mund, als er begann, umständlich zu erklären, warum man sich hier im Saal versammelt hatte. Er blickte dann in die Runde. Er schien auf Beifall zu warten, aber als der nicht kam, sprach er unbeirrt weiter:

»Herr Seibert, bitte stehen Sie auf.«

Bruno erhob sich hölzern.

»Was haben Sie zu der Anklage zu sagen?«

»Ich ... ich ...« Er setzte mehrmals an. »Es stimmt, ich war oft auf der Helle und habe mit Nonoka gesprochen. Wir waren sogar in der Hütte.«

»Sie meinen die Holzhütte, die Herr Saalfeld gebaut hat?«

Bruno nickte heftig.

»Wie kamen Sie dort herein?«

»Ich besitze einen Schlüssel. Ich bin Waldarbeiter und kann mich hin und wieder dort ausruhen.«

»Gut, gut« Block wurde zusehends ungeduldig. »Sie haben sich also mit Nonoka dort getroffen?«

Bruno nickte.

»Warum?«

»Sie wollte die Hütte von innen sehen.«

»Nur das?«

»Ja.«

»Und?«

Bruno blinzelte irritiert. »Was meinen Sie?«

»Was passierte in der Hütte?«

»Nichts.«

»Sie wollen uns weismachen, dass Sie mit einer Frau allein in der Hütte waren und nichts passiert ist?«

»So ist es.«

»Sie haben ein Messer?«

»Ja.«

»Warum besitzen Sie es?«

»Weil jeder ein Messer hat.«

Block sah auf sein Blatt.

»Waren Sie auch am dreiundzwanzigsten des letzten Monats bei den Fremden?«

Bruno schüttelte den Kopf.

»Sie wissen das ganz sicher?«

»Ja.«

»Wo waren Sie dann?«

»Krank.«

Block runzelte die Stirn.

»Ich hatte eine fiebrige Grippe und lag im Bett.«

Brunos Vater und seine beiden Freunde nickten bestätigend.

Caspar Block warf Gürtler einen raschen Blick zu. Beide wurden unsicher, und für kurze Zeit verlor Block den Faden.

Benedikt saß auf dem Ende einer Bank neben dem Fenster und hörte schweigend zu. Neben ihm hockten Jakob und zwei ältere Bauern.

Benedikt sah zur anderen Seite. Dort hatten die Gemeindevertreter und der Bürgermeister einen separaten Tisch mit einer Bank erhalten. Sie benahmen sich, als wäre ihre Anwesenheit ungeheuer wichtig, machten sich Notizen und nickten hin und wieder zu der ein oder anderen Frage des Polizeiinspektors.

Die beiden sprachen kurz miteinander. Schließlich übernahm Gürtler die Befragung. Er wandte sich an Lutz Saalfeld.

»Ihnen gehört die Hütte, von der hier die Rede ist?«

»Ja.«

»Nach unserer Kenntnis haben Sie sich gleich zu Beginn geweigert, die Zigeuner in die Hütte zu lassen. Warum?«

»Ich wollte nicht, dass sich Gesinde darin herumtreibt. Sie ist in einem guten Zustand und sollte nicht …«

»Sie haben sich auch sonst sehr abfällig über die Zigeuner geäußert«, unterbrach ihn Gürtler. »Stimmt das?«

Lutz nickte unsicher.

»Wie oft haben Sie sich auf der Helle aufgehalten, während die Zigeuner dort lagerten?«

»Ein paar Mal.«

»Können Sie das genauer sagen?«

»Drei oder viermal. Ich wollte sehen, ob die Hütte noch in Ordnung ist. Mit den Zigeunern habe ich nie gesprochen.«

Gürtler hob den Kopf und sah über die Menge hinweg in den hinteren Teil. Jal nickte und bestätigte damit Lutz Saalfelds Aussage.

»Sie haben die Zigeuner gehasst, nicht wahr?«

»Aber nein«, rief Lutz.

»Haben Sie die Menschen nicht zum Teufel gewünscht, nachdem einer von ihnen Ihre Hütte verschandelt hatte?«

Lutz senkte den Kopf. »Ja, das ist richtig.«

»Sie waren wütend, und diese Wut hat sich auf das Mädchen übertragen, weil diese, wie wir wissen, stets abfällig auf alle in diesem Dorf herabgesehen hat. Stimmt das?«

Lutz nickte schweigend.

»Sie wollten zusammen mit Herrn Seibert ein Exempel statuieren.«

»Nein!«, schrie Lutz. Helene weinte laut.

Wieder besprachen sich die beiden Inspektoren. Für sie stand fest, dass Bruno und Lutz schuldig waren. Einen schlagkräftigen Beweis hatten sie jedoch nicht.

Caspar Block hob wieder den Kopf, um mit der Befragung fortzufahren, als vor der Tür des Gasthauses Unruhe entstand. Einige der dort versammelten Männer gaben plötzlich eine Gasse frei, und dann betraten drei Soldaten den Saal. Überrascht blieben sie in der Tür stehen. Offenbar hatten sie nichts von dieser Anhörung gewusst. Sie nahmen ihre Kopfbedeckung ab. Einer von ihnen hatte strohblonde Haare, die anderen beiden waren dunkelhaarig.

Die Zigeuner starrten die Soldaten an. Es waren dieselben, die verlangt hatten, dass Nonoka für sie tanzte. Einen unendlich langen Moment standen sich Jal und der blonde Soldat gegenüber. Dann erklangen die Worte, die die ganze Verhandlung veränderten.

21

Jal stieß den rechten Arm aus, deutete auf den blonden Soldaten und sagte: »Er war es!«

Mit einem Mal wurde es totenstill. Dann redeten alle durcheinander, bis Caspar Block mit seiner Pickelhaube auf den Tisch schlug. Der blonde Soldat hatte den Saal fluchtartig wieder verlassen wollen, aber die Zigeuner versperrten ihm den Weg.

»Kommen Sie bitte nach vorn«, sagte Caspar Block.

Die Soldaten setzten sich langsam in Bewegung. Block wandte sich an den blonden Soldaten.

»Was meint Jal damit, wenn er sagt, dass Sie es waren?« Zum ersten Mal redete er nicht von den Zigeunern, sondern nannte einen beim Namen.

»Ich weiß es nicht«, antwortete der Blonde. In seiner Stimme lag wieder der Teil von Arroganz, den sich manche Soldaten in dieser Zeit angeeignet hatten.

»Wo kommen Sie jetzt her?« Die Frage galt dem Leutnant.

»Aus Hessen. Wir sind auf dem Durchmarsch und wollten nur kurz Rast einlegen.«

»Sie kennen dieses Gasthaus?«

Der Leutnant nickte.

»Sie waren also schon des Öfteren hier?«

»Ja.«

»Auch auf dem von den Einwohnern genannten Hellenkopf?«

»Auch dort.«

»Haben Sie mit den Zigeunern gesprochen?«

»Ein oder zweimal.« Er wurde unsicher.

»Nicht mehr?«

»Nein.«

»Das ist eine Lüge«, rief Jal. Er drängte sich nach vorn, und niemand hielt ihn auf.

»Bleiben Sie ruhig«, sagte Block, und Benedikt bewunderte ihn plötzlich, wie souverän er die Situation meisterte. »Erzählen Sie uns Ihre Version.«

Jal holte tief Luft und begann dann zu erzählen, wie die Soldaten bei ihnen aufgetaucht waren, dass Nonoka für sie tanzen musste und davon, dass sie wiederkommen würden. Das Letzte habe wie eine Drohung geklungen.

»Kamen sie wieder?«

»Ja. Mehrmals. Auch heimlich. Ich habe sie mindestens zweimal gesehen.«

»Alle drei?«

»Ja.«

»Auch an dem besagten Abend?«

»Das weiß ich nicht so genau. Ich habe nur Pferdegetrappel gehört und kurz darauf Bruno Seibert gesehen. Deshalb dachte ich, er wäre es gewesen.«

»Ich habe aber kein Pferd«, rief Bruno.

»Das wusste ich nicht.«

»Wir haben viele Pferdeabdrücke gefunden«, sagte Caspar Block. »Einige gehörten Lutz Saalfeld, einige Benedikt Halbach, wieder andere konnten wir nicht zuordnen. Wir müssen Ihre Pferde untersuchen.«

»Das lasse ich nicht zu«, rief der Leutnant erregt. »Wir sind Soldaten Ihrer Majestät. Was ist das überhaupt für eine Befragung? Haben Sie ein Recht dazu?«

»Ja, das hat er!«, rief unverhofft jemand aus der hinteren Reihe. Matthäus Roth bahnte sich einen Weg durch die Menschengasse. Neben dem Tisch mit Caspar Block und Gürtler blieb er stehen und drehte sich zu der Versammlung um. Ganz kurz ließ er seinen Blick über die Menschen streifen, dann heftete er ihn auf den Leutnant und ganz besonders auf den blonden Soldaten.

Matthäus griff in seine Jackentasche und holte ein Papier heraus, das er gemächlich entfaltete und dem Leutnant reichte. Als dieser einen Blick darauf warf, wurde er blass. Er gab Matthäus das Schriftstück zurück und verbeugte sich leicht. Danach gab er seinen Kameraden zu verstehen, auf einer Bank direkt vor den Polizeiinspektoren Platz zu nehmen.

Matthäus steckte das Schriftstück wieder ein. Im Saal war es sehr leise geworden. Irgendetwas Außergewöhnliches war geschehen, das ahnte jeder.

»Ich bin euch allen eine Erklärung schuldig«, sagte Matthäus mit lauter Stimme. »Ich bin Mitarbeiter des Innenministeriums in Berlin. Ich bin berechtigt, mögliche Straftäter zu verhören. Außerdem bin ich hierhergeschickt worden, um den Mord aufzuklären. Dazu brauche ich …«

Seine weiteren Worte gingen im plötzlich anhebenden Lärm völlig unter. Niemanden hielt es mehr auf den Sitzen. Die Männer und Frauen waren aufgesprungen. Block und Gürtler schlugen mit ihren Pickelhauben auf den Tisch, aber keiner kümmerte sich darum. Der Lärm wollte nicht aufhören. Die Fragen nach Matthäus´ wirklicher Identität schwirrten nur so durch die Luft, aber er wehrte sie alle ab. Über die Köpfe der tosenden Menge hinweg suchte Matthäus den Blick Benedikts. Da sein Freund sich nicht nach vorn gedrängt hatte, konnte Matthäus ihn nur schemenhaft sehen. Er hätte jetzt gern mit Benedikt gesprochen, aber das war unmöglich.

Erst als Caspar Block noch einige Male auf den schon ramponierten Tisch vor sich schlug, trat wieder Ruhe ein.

»Liebe Züschener«, rief Matthäus. »Glaubt mir, ich hätte euch gerne in meine Pläne, in meine Aufträge eingeweiht. Aber ich durfte es nicht. Mein Beruf unterliegt großer Verschwiegenheit. Ich habe die ganze Aufklärungsarbeit bewusst in die Hände der erfahrenen Inspektoren Block und Gürtler gelegt. Ich bin von ihnen immer auf dem Laufenden gehalten worden. Es ist mir schwergefallen, zu glauben, dass zwei Bürger aus eurer Mitte, die ich auch noch gut kenne, Mörder sein sollen. Ich bin nach wie vor davon überzeugt, dass sie unschuldig sind, aber ich muss Recht und Gesetz walten lassen. Diese Soldaten …« er zeigte mit ausgestrecktem Arm auf die drei Männer, »… stehen politisch und gesetzlich über einem Polizeiinspektor, nicht aber über einem Beamten des Innenministeriums des Deutschen Reiches. Nur deshalb habe ich mich eingeschaltet. Mir müssen sie Rede und Antwort stehen.«

Nun stand der Bürgermeister Ludwig Halbach auf. Man sah ihm an, dass er sich nicht wohl in seiner Haut fühlte.

»Leute, hört auf Matthäus Roth. Wir alle wollen das hier doch schnell zu Ende bringen.«

Sie warteten noch etwa fünf Minuten, dann setzte sich Matthäus Roth neben Block und bedeutete ihm, mit der Befragung der drei Soldaten fortzufahren.

Inzwischen hatte der große, blonde Soldat sein Hemd am Kragen aufgerissen. Seine Stirn war nass vor Schweiß, unter den Achseln zeichneten sich dunkle Flecken ab.

Während der letzten Minuten hatte sich Lutz Saalfeld immer wieder wie Hilfe suchend umgeschaut. Seine Blicke kreuzten sich nun mit denen Bruno Seiberts, und beide dachten dasselbe: Jetzt mussten doch alle zu ihnen halten, jetzt war klar, dass sie unschuldig waren.

Im nächsten Moment zuckte er wie die meisten im Saal zusammen. Jal war aufgesprungen und hatte sich auf den blonden Soldaten gestürzt. Er packte ihn blitzschnell an den Handgelenken und drehte ihm den Arm auf den Rücken. Der Soldat schrie und spuckte ihn an.

»Das Medaillon!«, rief Jal erregt. »Er hat Nonokas Medaillon.«

Die Soldaten fluchten. Der blonde sagte hässliche Dinge über die Züschener Einwohner, die Polizeiinspektoren und Matthäus. Eigentlich verfluchte er die ganze Bevölkerung, und er hatte auch ein paar schlimme Äußerungen über Nonoka übrig.

Vorsichtshalber fesselten Block und Gürtler die drei Soldaten und ließen sie nicht aus den Augen. Matthäus beugte sich zu Block hinüber und flüsterte ihm etwas ins Ohr. Der Polizeiinspektor nickte. Dann richtete er sich langsam auf.

»Ich schließe hiermit die Anhörung der beiden Verdächtigen Bruno Seibert und Lutz Saalfeld. Sie können gehen. Gleichzeitig veranlasse ich, dass diese drei Soldaten in Gewahrsam genommen werden, bis sie von einer Sicherheitstruppe nach Berlin gebracht werden.«

Sie saßen beim Frühstück, als Matthäus in die Küche stapfte. Magdalena, Sophia, Johannes und Paul hörten auf zu kauen. Ein Blick in Matthäus´ Gesicht genügte, um ihnen zu zeigen, dass er litt.

Benedikt sah ihn traurig an. »Warum hast du mir das nicht gesagt, Matthäus? Wir sind doch gute Freunde. Wir haben uns geschworen, niemals etwas zu verheimlichen. Hast du das vergessen?«

»Wie könnte ich das.« Er hielt Benedikts Blick stand. »Ich verstehe deine Enttäuschung.«

»Du hast es Onkel Ludwig gesagt, nicht?«

»Ja. Er ist der Bürgermeister.«

Benedikt stand auf, ging zum Fenster und schaute hinaus. Einige Minuten sprach niemand ein Wort.

»Ich würde gern noch einige Tage in Züschen bleiben«, sagte Matthäus leise. »Aber nur, wenn du nichts dagegen hast.«

Benedikt antwortete noch immer nicht. Matthäus stellte sich neben ihn. »Benedikt, ich möchte, dass wir Freunde bleiben. Ganz gleich, was auch geschieht.« Die Andeutung eines Lächelns lag auf seinen Lippen, das sich verstärkte, als Benedikt in seine ausgestreckte Hand einschlug.

22

Die Zigeuner verschwanden über Nacht. Niemand bemerkte ihre Abreise. Am Morgen nach der Versammlung im Gasthaus Grafenau war der Platz auf der Helle leer. Kaum etwas deutete darauf hin, dass hier vor Kurzem noch ein umherziehendes Volk gelagert hatte. Es gab keinen Schmutz, keinen Abfall, nur eine ausgebrannte Feuerstelle.

Die Züschener atmeten auf. Nur hin und wieder hörte man noch hinter vorgehaltener Hand, dass die Anwesenheit der Zigeuner früher oder später Unglück bringen würde.

Pfarrer Fricke wirkte an diesem Sonntag bei der Heiligen Messe so niedergeschlagen wie nie zuvor. Eigentlich sollte er doch zufrieden sein. Er predigte auch über Liebe, gegenseitiges Vertrauen und Mildtätigkeit, aber er war nicht bei der Sache. Mehrmals verhaspelte er sich, setzte neu an, um sich wieder zu versprechen. Er sah die Gemeinde auch nicht direkt an, sondern blickte stets nur an die gegenüberliegende Wand der Kirche.

Manchmal folgten einige Besucher seinem Blick, aber sie konnten nichts Auffälliges bemerken.

Schließlich brach er seine Predigt ab und stieg von der Kanzel. Die Gläubigen machten sich langsam Sorgen, die noch verstärkt wurden, als Fricke nach einem kurzen Gebet in Begleitung seiner Messdiener in der Sakristei verschwand.

Ein wenig verwirrt sang die Gemeinde noch das Lied »Lobe den Herren, den mächtigen König der Erden«, dann gingen alle hinaus.

Benedikt gesellte sich zu einer Gruppe Solstätter, die auf dem Kirchplatz angeregt miteinander diskutierten.

»Wir sind der Meinung, dass der Pfarrer krank ist«, sagte Georg Auer. »Man sollte einen Arzt kommen lassen.«

»Eine kleine Kreislaufschwäche«, meinte August Grafenau, der zu ihnen stieß und Auers Worte mitbekommen hatte. »So was habe ich des Öfteren schon gehabt. Geht vorüber.«

»Auf jeden Fall sollte man ihn im Auge behalten«, sagte Auer wieder. »Da Hermine Seibert seit kurzem bettlägerig ist, schicke ich dem Pfarrer meine Schwester. Die kann den ganzen Tag bei ihm bleiben und seiner Haushälterin zur Hand gehen.«

Das war ein guter Vorschlag. Georg Auers Schwester Rita war einige Jahre älter als ihr Bruder. Sie hatte in einem Kloster als Köchin gearbeitet und dort nebenbei einige Kenntnisse in medizinischer Hilfe erlangt.

Man verabschiedete sich und wünschte sich einen schönen Sonntag.

Am Nachmittag kamen Onkel Ludwig und Tante Lydia zum Kaffee. Ludwig schien an der gleichen Krankheit zu leiden wie der Pfarrer. Er war fahrig und so unkonzentriert, dass er die erste Tasse Kaffee verschüttete und die zweite gar nicht anrührte. Auch hörte er nicht zu, was Franziska erzählte. Vermutlich grassierte in Züschen ein Virus. Man musste aufpassen, sich nicht anzustecken, immerhin standen viele Arbeiten auf dem Plan.

Benedikt überraschte am meisten, dass sein Onkel plötzlich nicht mehr so gut auf Matthäus zu sprechen war. Wenn die Rede auf ihn kam, wirkte Ludwig unwirsch und sogar böse, und

Benedikt solle ihn gefälligst mit Matthäus in Ruhe lassen.

»Immer nur Matthäus, Matthäus, Matthäus. Hast du nichts anderes im Kopf? Das ist ja schon krankhaft.«

Das Gerücht erreichte Benedikt offenbar als einen der letzten Züschener. Wer es in die Welt gesetzt hatte, wusste niemand. Es war plötzlich einfach da. Es ging um Matthäus, seinen Freund.

Matthäus sei nicht nur wegen des Mordes aus Berlin gekommen. Das sei ein großer Zufall gewesen. Matthäus habe noch eine andere Aufgabe, eine viel Delikatere. Mehr wusste man nicht, oder besser: mehr verstand man nicht. Auf jeden Fall habe es mit dem Pfarrer und dem Bürgermeister zu tun.

Benedikt war niemand, der um den heißen Brei herumredete. Als er Matthäus auf die Gerüchte ansprach, wich dieser ihm diesmal nicht aus.

»Ja, das stimmt, die Leute haben Recht. Komm mit nach draußen. Ich werde dir erzählen, weshalb ich eigentlich hier bin.«

Sie setzten sich auf die Veranda. Es war abends bereits empfindlich kühl. Magdalena brachte den beiden ihre Jacken und noch zwei Decken für den Fall, dass es noch kälter werden würde.

Lange Zeit sprach keiner von beiden ein Wort. Matthäus wusste offenbar nicht, wie er beginnen sollte. Dann sagte er:

»Ich weiß nicht, ob du über die Ereignisse aus dem Jahr 1871 informiert bist, Benedikt. Es dringt nie viel bis hierhin. Deshalb gehe ich mal davon aus, dass auch du ahnungslos geblieben bist.«

Benedikt antwortete nicht. Er wusste tatsächlich nicht, worauf Matthäus anspielte.

»Im Juli 1871 hat Otto von Bismarck, unser Reichskanzler, die katholische Abteilung im Kultusministerium aufgelöst. Bismarck selbst ist Protestant. Ihm sind die Katholiken ein Dorn im Auge. Am liebsten würde er sie aus Deutschland ausweisen.«

»Du bist auch katholisch, Matthäus«, warf Benedikt ein.

»Nicht mehr. Du musst das verstehen. Um Karriere in Deutschland und vor allem in Berlin machen zu können, muss man mit den Wölfen heulen. Meine Frau ist protestantisch. Was lag also näher, als dass ich es auch wurde.«

Benedikt starrte ihn so fassungslos an, als habe Matthäus seine Seele verkauft.

»Ich habe geahnt, dass du entsetzt bist. Deshalb habe ich auch bisher geschwiegen.« Er zuckte die Schultern. »Vielleicht war das nicht klug von mir, aber ich hielt das für die beste Lösung. Seit 1871 ist viel passiert. Die Kirche, vor allem der Papst hat natürlich protestiert, aber du kennst Bismarck nicht. Der ist hart wie Stein, der gibt nicht nach. Ich bin ihm einige Male begegnet, und nie habe ich bei ihm eine Regung im Gesicht gesehen. Er ist undurchschaubar. Drei Jahre später, 1874 wurde das Gesetz beschlossen, dass nur noch die Eheschließung des Standesamtes gültig ist. Wir nennen das die Zivilehe. Erst wer standesamtlich getraut ist, darf auch kirchlich heiraten. Alles andere ist ungültig.«

»Soll das heißen, dass ich gar nicht mit Sophia verheiratet bin?«

Matthäus verzog den Mund. »Eigentlich ja. Man hat jedoch den Eheleuten eine Karenzzeit eingeräumt. Ich müsste prüfen, ob Sophia und du darunterfallen. Aber ich glaube schon. Du kannst also ganz beruhigt sein und brauchst dir keine Sorgen machen.«

»Ich mache mir keine Sorgen«, entgegnete Benedikt. »Warst du deswegen bei Pfarrer Fricke?«

Matthäus nickte.

»Und wie hat er es aufgefasst?«

»Du hast seine Reaktion am Sonntag gesehen. Er ist völlig durcheinander. Ich habe ihm den Befehl des Reichskanzlers überreicht. Ab sofort darf er nur noch Paare trauen, die vorher auf dem Standesamt waren.«

Benedikt sah seinen Freund lange an. »Du hast dich ganz diesen neuen Gegebenheiten unterworfen, Matthäus. Du bist ein anderer Mensch geworden. Ich kenne dich nicht wieder.«

»Das stimmt nicht.« Matthäus schüttelte energisch den Kopf. »Ich bin immer noch der gleiche wie damals. Ich passe mich nur der Zeit an.«

»So kann man es auch nennen«, murmelte Benedikt bitter.

Matthäus verzog schmerzhaft das Gesicht. »Mir war klar,

dass du so reagieren würdest. Es tut mir alles so leid. Es nützt sicher auch nichts, wenn ich dir sage, dass die neue Partei, das Zentrum, mehr Wählerzulauf erhalten hat als jemals zuvor. Die Zentrumspartei ist die Partei der Katholiken. Bismarck hatte insgeheim gehofft, dass sich der Katholizismus spalten würde, aber davon kann keine Rede sein. Im Gegenteil. Bismarck musste sich sogar gegen viele Unterstützer wehren. Bismarck ist bereit, sich mit den kirchlichen Kräften zu arrangieren. Er wartet nur auf einen Termin bei dem neuen Papst Leo XIII. Nur eines ist sicher: Der Gang zum Standesamt bleibt! Leo XIII. erscheint allen nicht stark genug, um das zu ändern.«

Er sah Benedikt ernst an. »Ich bin nicht nur im Sauerland unterwegs, um für die Einhaltung des neuen Gesetzes zu sorgen. Ich reise seit Monaten durch Westdeutschland. Es ist eine Scheißaufgabe, aber ich bin Beamter. Ich habe eine Pflicht zu erfüllen.«

23

»Der Konflikt zwischen Kirche und Staat wird allgemein als Kulturkampf bezeichnet.« Matthäus und Benedikt saßen noch lange auf der Veranda. Sie tranken Bier und Schnaps und rauchten eine Pfeife nach der anderen. Benedikt hatte Matthäus gebeten, ihm alles über dieses neue Gesetz zu erzählen. »Der Begriff Kulturkampf wurde von dem Arzt Rudolf Virchow in Umlauf gebracht. Er war Abgeordneter im Deutschen Reichstag. Virchow sprach zum ersten Mal von einem Kulturkampf mit historischem Ausmaß, weil er selbst die Maßnahmen Bismarcks gegen die katholische Kirche für unerlässlich hielt. Damit war der Begriff gegen alle katholischen Geistlichen im Deutschen Reich geprägt.«

Matthäus´ Zunge war schon schwer geworden, aber er merkte, dass Benedikts Neugier noch immer nicht befriedigt war.

»Die Auseinandersetzungen bestehen seit Kaiser Wilhelm I. das Gesetz unterschrieben hat und es somit rechtskräftig geworden ist. Jetzt könnte der Konflikt beendet werden. Wie ich schon sagte, gilt Papst Leo XIII. als ein weicher Mann, der jedem Streit aus dem Wege geht. Es wird Kompromisse geben, da ist man sich in Berlin sicher. Eigentlich geht es um die Durchsetzung einer liberalen Politik, der Trennung von Kirche und Staat. Meiner Meinung nach und nach Meinung vieler Protestanten und Liberaler ist Bismarck zu weit gegangen. Er hat die katholische Geistlichkeit mit scharfen Mitteln bekämpft und ihnen gedroht, die staatlichen Zuwendungen zu entziehen, sollte ein Priester Ehen schließen, die vorher nicht auf dem Standesamt waren.«

»Das ist Erpressung«, entfuhr es Benedikt.

»So kann man es nennen«, bestätigte Matthäus. »Die Kirche ist seit dem Mittelalter Trägerin vieler Einrichtungen. Sie war damit sozusagen ein Staat im Staat. Der Papst bestimmte die Politik. Ohne ihn ging gar nichts. Und die katholische Kirche ging noch weiter. Ich muss das sagen, auch wenn es dir nicht gefällt. Die katholische Kirche stellte eine allgemeine Verbindlichkeit christlicher Normen auf. Der Interessenkonflikt war vorprogrammiert. Es war doch nur eine Frage der Zeit, wann er explodierte.«

Matthäus nippte an seinem Bier. Sein Blick war leicht glasig geworden, aber er konnte sich immer noch konzentrieren.

»Vielleicht erinnerst du dich noch, Benedikt, aber vermutlich waren wir beide zu jung, um es zu verstehen. 1864 veröffentlichte Papst Pius IX. den Syllabus Errorum, eine Auflistung von achtzig angeblichen Irrtümern, hauptsächlich aus der Politik. Unser damaliger Pfarrer las den Hirtenbrief des Papstes auf der Kanzel vor. Wir haben kaum zugehört und uns erst recht keine Gedanken darüber gemacht.« Er grinste verschmitzt. »An diesem Sonntag wurde dein Bruder Paul in der Kirche geboren. Erinnerst du dich?«

Benedikt nickte schwach. Es war schon zu lange her, er hatte den Worten des Pastors doch kaum zugehört.

»Im Syllabus Errorum verurteilte der Papst unter anderem die Trennung von Kirche und Staat«, sprach Matthäus weiter. »Das erste Vatikanische Konzil von 1869 bis 1870 hat versucht, die Autorität des Papstes noch zu stärken und ihm Unfehlbarkeit zugesprochen. Die Grundsätze des Syllabus sollten also unfehlbare Geltung haben. Dies hat jedoch den Konflikt nur verschärft. Der Papst erntete bei den Liberalen nur Unmut, sein Dogma wurde als Verletzung ihrer Meinungs- und Gewissensfreiheit empfunden.«

»Wir haben immer nur nach dem Willen der Päpste gelebt«, warf Benedikt ein.

»Genau«, nickte Matthäus. »Das war eben seine Unfehlbarkeit. Niemand hier im Sauerland zweifelt sie an. Alles, was der Papst sagt, ist für die Züschener Gesetz. Aber mit der Deutschen Einigung ist in Mitteleuropa eine neue, eine protestantische Großmacht entstanden. Und Reichskanzler Bismarck bestimmt die Politik. Der Kaiser ist nur eine Marionette in Bismarcks Hand.«

»Das ist unglaublich. Der Kaiser wird hier verehrt.«

»Das würde ihn freuen, wenn er es hört. Dennoch ist es so, wie ich sage. Reichskanzler Bismarck hat eine ganze Reihe von Gesetzen durchgesetzt. Die meisten davon richten sich gegen die katholische Kirche.« Matthäus wischte sich den Schweiß von der Stirn. Er schwitzte vom vielen Alkohol, aber auch wegen der Unsicherheit, weil er nicht wusste, wie Benedikt auf seine Äußerungen reagieren würde. Er musste noch konkreter werden.

»Otto von Bismarck ging es darum, die Eigenständigkeit und Unabhängigkeit der Kirche zu zerstören. Vor einigen Jahren wurden alle diplomatischen Beziehungen zum Vatikan abgebrochen. Im Reichstag erklärte Bismarck lautstark, dass er niemals nach Canossa gehen würde. Du kennst den Spruch. Bismarck war nicht bereit, auch nur einen Fußbreit nachzugeben. Selbst als der Handwerker Ludwig Kullmann ein Attentat auf ihn verübte, wobei er übrigens nur leicht verletzt wurde, änderte er seine Meinung nicht.«

»Von dem Attentat wusste ich nichts.«

»Hier im Hochsauerland erfährt man so etwas auch erst Monate später, wenn überhaupt. Aber das ist die augenblickliche Situation. Wie schon gesagt, wir können nur hoffen, dass es zu einer Einigung zwischen Bismarck und Papst Leo XIII. kommt. Aber mein Auftrag bleibt.«

Er schwieg. Auch Benedikt antwortete nicht. Es war so viel, was auf ihn eingeströmt war, dass er erst einmal in Ruhe darüber nachdenken musste. Er war kein frommer Mensch. In die Kirche ging er nur, weil es so üblich war. Die Beichte hatte er seit Monaten nicht mehr abgelegt.

Er trank sein Glas aus. Als er nachschenken wollte, wehrte Matthäus ab.

»Es ist genug.« Er stand auf. »Ich werde morgen oder übermorgen abreisen. Es ist besser so. Ich habe dir mehr erzählt, als notwendig war, Benedikt. Eben, weil du mein Freund bist und es hoffentlich auch bleibst. Aber wir sollten dieses Gespräch nicht fortführen. Vielleicht sehen wir uns irgendwann wieder. Hier oder in Berlin oder woanders auf der Welt. Es gibt so viele schöne Plätze, auch dort, wo ich im Krieg war. Das Leben ist zu kurz, um sich zu ärgern. Die Zeiten ändern sich. Immer wieder.« Er zögerte und sah auf Benedikt hinunter. Der rührte sich nicht.

»Gute Nacht«, sagte Matthäus.

»Gute Nacht«, erwiderte Benedikt, ohne aufzublicken.

Matthäus Roth fuhr am nächsten Morgen mit der Postkutsche aus Züschen ab. Er hatte niemanden im Haus geweckt, nur einen kleinen Zettel auf dem Küchentisch zurückgelassen.

»Danke für alles. Ich werde euch nie vergessen.«

Magdalena lief den ganzen Tag mit roten, verweinten Augen umher. Benedikt hackte hinter dem Haus Holz, bis seine Arme schmerzten und er die Axt nicht mehr halten konnte.

24

Am frühen Montagmorgen versammelten sich die Gemeindemitglieder im großen Saal bei August Grafenau. Die Stimmung war bedrückt und schweigend vergingen die ersten langen Minuten. Bald erhob sich Bürgermeister Ludwig Halbach und begann zu sprechen.

»Wir sind immer noch betroffen und bestürzt über die, sagen wir, peinlichen Anordnungen, die uns von Matthäus Roth aus Berlin mitgeteilt worden sind.«

Er sprach bedächtig, und auch seine Worte waren mit Bedacht gewählt. Ludwig ließ seinen Blick in die Runde schweifen. Die Ratsmitglieder waren alle katholisch und dem Papst mehr oder weniger bedingungslos treu, aber niemand wusste genau, was hinter der Stirn des einzelnen vor sich ging. Einige von ihnen hatte Ludwig in letzter Zeit sehr selten in der Heiligen Messe gesehen. Vielleicht hatten sie sich schon innerlich vom Katholizismus abgewandt? Er schüttelte den Kopf über seine verqueren Gedanken. Er war schon nicht mehr Herr seiner Sinne.

»Männer«, sprach er lauter weiter. »Wir wollen keinen Ärger, aber wir dürfen die Gesetze natürlich nicht missachten. Dennoch bleibe ich dabei: Eine Ehe wird nur in der Kirche vollzogen. Es ist ein heiliges Sakrament, das nicht durch eine bloße Amtshandlung in den Schmutz gezogen werden darf.«

»Genauso ist es«, rief einer.

»Deshalb wird unser Pfarrer Adam Fricke auch weiterhin ohne standesamtliche Genehmigung die Trauungen vornehmen. Wir wollen doch mal sehen, wer den längeren Atem hat. Die in Berlin oder wir hier.«

»Haben wir denn von Matthäus eine Abschrift des Gesetzes erhalten?«, wollte ein anderer wissen.

Ludwig nickte. »Haben wir. Leider.«

»Dann können wir uns nicht dagegen wehren. Gesetz ist Gesetz.«

»Du meinst also, dass wir uns beugen müssen?«

Der Solstätter zuckte nur die Achseln und schwieg.

Ludwig Halbach sah in die Runde. Er holte tief Luft. »Seit Jahr und Tag wird die Eheschließung in der Sakristei der Kirche durch Unterschrift zweier Trauzeugen bestätigt. Was soll daran plötzlich falsch sein? Warum will Bismarck, dass eine standesamtliche Heirat der kirchlichen vorausgehen soll? Ich sehe darin keinen Sinn. Das Gesetz ist zum Scheitern verurteilt, und deshalb sollten wir es nicht beachten. Wer anderer Meinung ist, der hebe die Hand.«

Es gab keine Handzeichen und auch keine weiteren Wortmeldungen. Ludwig Halbach ließ abstimmen. Nur drei Gemeindemitglieder enthielten sich, alle anderen stimmten für Ludwigs Vorschlag, einfach so wie bisher weiterzumachen.

Man sprach nicht mehr über Matthäus Roth. Es war, als sei er nie in Züschen gewesen. Viktor Roth machte mit seinen Schafen einen großen Bogen um Züschen. Jemand musste ihm gesteckt haben, welche Anordnungen sein Sohn aus Berlin mitgebracht hatte, und es war ihm unangenehm. Viktor ließ die Schafe, die Züschenern Bauern gehörten, von seinem Gehilfen ins Dorf treiben und suchte sich weit weg eine neue Graslandschaft für seine Tiere.

Durch die Ereignisse mit den Zigeunern war die Roggenernte in den Hintergrund geraten. Jetzt war höchste Eile geboten. Benedikt Halbachs Ziel war es, als Erster mit der Roggenernte fertig zu sein. Denn dann bekam er den besten Dreschplatz. Da er aber die größten Flächen abzumähen hatte, benötigte er dafür viele Arbeiter.

Tagelöhner waren heiß begehrt, denn nicht nur in Züschen, auch in den anderen Dörfern wurden sie händeringend gesucht. Viele ortsansässige Beilieger, die weder über Roggen noch Hafer verfügten und somit nichts zu tun hatten, boten sich als Tagelöhner an. Sie arbeiteten gern für Benedikt und seinen Cousin Jakob, denn die beiden zahlten den besten Lohn.

In den letzten Jahren wimmelte es um Winterberg herum von solchen Arbeitskräften; sie konnten sich die Zuverlässigsten aussuchen, aber in diesem Jahr schien das anders.

»Was ist in die Leute gefahren?«, fragte Jakob besorgt. »Brauchen sie kein Geld? Haben Sie genug von der Plackerei?«

Benedikt wusste es nicht. Michels, der alt gewordene Handlungsreisende hatte ihm berichtet, dass sich in Hallenberg, Medebach und sogar in Korbach viele Tagelöhner herumtrieben, viel mehr als in Züschen.

Einen Tag später fuhr Benedikt mit einem Zweispänner los. In Hallenberg empfingen ihn die Bauern mit Zurückhaltung, als sie erfuhren, dass er aus Züschen kam. Die Tagelöhner, die Benedikt auf der Straße anhielt und ihnen Arbeit anbot, winkten alle ab. Nach Züschen wollten sie nicht. Da war doch ein Mord geschehen, und wer wusste denn schon, ob die richtigen Mörder verhaftet worden waren. Vielleicht lief der Schuldige noch frei herum und würde dann, sozusagen über Nacht wieder zuschlagen. Nee, nee, dieses Risiko wollte man nicht eingehen.

Diese armseligen Angsthasen, dachte Benedikt wütend.

In Hesborn und Medelon erhielt er in etwa die gleichen Antworten. In Medebach sah es allerdings anders aus.

»Die Löhne sind gestiegen«, rief ihm ein Mann mit braun gebranntem Gesicht zu. »Wenn Sie das Gleiche zahlen, komme ich gern. Ich kenne auch noch andere, die mit mir gehen.«

»Was wird denn hier so bezahlt?«

»Ein Taler die Stunde«, erhielt Benedikt als Antwort.

Das war in der Tat viel.

»Das muss ich mir noch einmal überlegen. Ich fahre nach Korbach. Auf dem Rückweg komme ich hier wieder vorbei.«

Der Braungebrannte lachte laut. »Da ist der Lohn noch um einiges höher. Die Roggenpreise sind überall gestiegen. Hat sich das bis Züschen noch nicht rumgesprochen?«

Das ganze Theater um den Mord an der Zigeunerin hatte offenbar alles andere in den Hintergrund gerückt. Benedikt fluchte unterdrückt, als er die Peitsche hob und die Pferde antrieb. Der Tagelöhner hatte die Wahrheit gesagt. In Korbach zahlten die Bauern noch mehr als in Medebach. Wutentbrannt fuhr er zurück.

Als habe er auf Benedikt gewartet, hockte der Braungebrannte an der Straße. Er war nicht allein. Etwa ein Dutzend Gleichgesinnte tummelten sich um ihn herum.

Benedikt hielt an. Die Männer machten einen kräftigen, gesunden Eindruck. Sie würden sicher nicht so schnell unter der Last der Arbeit zusammenbrechen.

»Ich zahle euch einen Taler die Stunde«, sagte er. »Aber dafür erwarte ich nicht nur gute Arbeit, sondern sehr gute.«

Darauf hatten die Männer nur gewartet. Sie sprangen auf ein Pferdefuhrwerk, das seitlich neben dem alten Fachwerkhaus stand. Der Braungebrannte ergriff die Zügel. Mit einem Kopfnicken bedeutete er Benedikt, dass sie ihm folgen würden.

Als Benedikt mit der Zunge schnalzte und seine Pferde antrieb, war er nicht sicher, ob er nicht übers Ohr gehauen worden war.

Jakob hatte inzwischen fast zwanzig Tagelöhner aufgetrieben. Die meisten waren Züschener Beilieger, die von Beruf entweder Schmied, Sattler, Schuster, Maurer oder Schneider waren, wenn sie nicht gerade ein armseliges Stück Land gepachtet hatten. In diesen Berufen verdienten sie zu viel, um zu sterben, aber zu wenig, um leben zu können. Deshalb waren sie froh, wenn die Ernte begann.

»Was hast du ihnen geboten?«, fragte Benedikt.

»Neunzig Pfennig die Stunde«, raunte Jakob. »Das ist mehr als wir jemals gezahlt haben.«

Benedikt presste die Lippen zusammen. »Ich habe den Männern einen Taler versprochen«, flüsterte er. »Sag niemandem etwas davon. Ich will nicht, dass es Unfrieden unter den Arbeitern gibt. Hast du was über die Roggenpreise erfahren?«

Jakob nickte. »Der Preis für eine Tonne liegt bei hundertvierzig Talern. Aber er schwankt, er kann täglich steigen.«

Die gemeinsame Roggenernte warf mehrere Zentner ab.

Ihre Knechte hatten in den letzten zwei Wochen die meiste Zeit damit verbracht, den Heuboden in der Scheune zu säubern, damit sich die angeheuerten Tagelöhner von außerhalb darin wohlfühlten.

Sie arbeiteten zehn Stunden am Tag. Zuerst wurde das Getreide mit einer Sichel gemäht und in Garben gebunden, die man zur Trocknung auf dem Feld stehen lassen musste. Das war riskant, denn nicht selten setzte über Nacht schlagartig Regen ein und vernichtete die ganze Ernte. Am nächsten Tag wurden die Garben zur Tenne gefahren. In Züschen gab es an der neu geschaffenen Hauptstraße eine Tenne. Sie lag in der Ortsmitte, etwa hundert Meter vom Gasthaus Grafenau und weitere fünfzig Meter von Lamers entfernt. Das war praktisch für die meisten Tagelöhner, konnten sie doch sofort nach getaner Arbeit ihren Lohn versaufen.

Das Dreschen war eine sehr harte Arbeit für die Männer, für die halbwüchsigen Jungen des Dorfes jedoch eine sehr interessante Tätigkeit. In Scharen standen sie neben der Tenne und sahen zu, wie die Körner aus den Ähren gepeitscht wurden. Die Männer, die mit Dreschflegeln auf die Ähren einhieben, waren bald nass geschwitzt. Ihre nackten Oberköper glänzten, ihre Schläge wurden immer langsamer, je länger der Tag dauerte. In den kurzen Pausen lagen sie halb ausgestreckt neben der Tenne, tranken Bier und dösten für kurze Zeit ein, um neue Kraft zu sammeln.

Die Jungen des Dorfes versuchten, das hochgeworfene Druschgut, das vom Wind weggeweht wurde, mit bloßen Händen aufzufangen. Nicht selten machten sie daraus einen Wettkampf, wer das meiste Druschgut gefangen hatte.

Adalbert Barber, dem die Tenne gehörte, hatte vor einem Jahr eine der neu entwickelten Dreschmaschinen gekauft. Sie wurde per Hand oder durch Tiere angetrieben. Aber Barbers Maschine funktionierte nicht so richtig. Sie verursachte einen Höllenlärm, konnte aber längst nicht so viel Körner aus den Ähren gewinnen wie die alte herkömmliche Art. So stand die Maschine nutzlos im Nebengebäude der Tenne und gammelte vor sich hin.

Auf dem Kiesplatz vor der Tenne standen täglich zahllose Leiterwagen. Manche waren leer, andere voll beladen mit Getreide, das noch gedroschen werden musste. Von montags bis samstags, von früh bis spät, waren die Männer bei der Arbeit. Nur der Sonntag war Ruhetag. Pfarrer Fricke schien sich auch wieder gefangen zu haben. Seine Predigten waren wie früher: Kurz und knapp und hart im Ton.

Bald hatten die Bauern ihre Ernte unter Dach und Fach. Im Dorf wurde es wieder ruhig. Die kleinen Fehden zwischen Solstättern und Beiliegern waren wie immer an der Tagesordnung, aber sie sorgten auch für Normalität. Selbst Bruno Seibert schien zur Besinnung gekommen zu sein, denn er kümmerte sich jetzt mehr um seine Mutter und seinen Vater, die beide gepflegt werden mussten.

25

Die katholischen Priesterseminare sind die Ausbildungsstätten für zukünftige Priester. Der Grundgedanke, dass in jeder Diözese mindestens ein Seminar vorhanden war, ging auf das Konzil von Trient aus den Jahren 1545 und 1563 zurück. Das war aber nur schwer zu verwirklichen. Deshalb ließ Papst Gregor XIII. etwa um 1585 mehrere Kollegs in Seminare umwandeln.

Im 19. Jahrhundert wurde die Gründung neuer Kollegs und Seminare unter Papst Gregor XVI. weiter ausgebaut. Das Paderborner Priesterseminar wurde 1777 von Bischof Wilhelm Anton von der Asseburg gegründet. In der Heiersburg am Maspernplatz konnten in Paderborn studierende Priesteranwärter in einer klosterähnlichen Umgebung zusammenleben. Leider war die Einrichtung während des Kulturkampfes geschlossen. Sie durfte 1883, als Johannes Halbach sein Studium aufnehmen wollte, noch nicht wieder benutzt werden. Aber man fand eine Notlösung. Unter Geheimhaltung wurde die Schule wiedereröffnet. Wenn es die Regierungsbeamten wussten, so tolerierten sie es stillschweigend.

Die vierundzwanzig jungen Männer wurden von einem Mann um die Vierzig in Empfang genommen. Er stellte sich als Engelbert Fuchs vor und war der Privatsekretär des Bischofs. Fuchs trug eine schwarze lange Kutte. Am Hals lugte ein etwa drei Zentimeter breites weißes Band hervor.

Wie von einem Karton ausgeschnitten, dachte Johannes Halbach leicht amüsiert.

Über der Brust des Privatsekretärs hing an einer vergoldeten Kette ein verziertes und fast kitschig wirkendes Kreuz.

Johannes machte sich auf eine langweilige Ansprache gefasst, war aber dann erstaunt über die Tonlage, mit der Engelbert Fuchs sprach. Seine Stimme wirkte einprägend und zog alle sogleich in seinen Bann.

»Der Priesterberuf ist eine Auserwählung Gottes.« Angespannt und nahezu atemlos verfolgten die vierundzwanzig Männer den Ausführungen des Vierzigjährigen, der seine Worte mit ausschweifigen Gesten unterstützte. Meist hielt er die Arme ausgebreitet und die Hände in Höhe der Schultern.

»Vor Ihnen liegt ein sogenanntes propädeutisches Jahr. Es ist eine Vorbildung, in dem geprüft wird, ob Sie die menschlichen und geistlichen Voraussetzungen für den Priesterberuf mitbringen. Sollte das der Fall sein, schließt sich ein fünfjähriges Studium an. Das können Sie hier in Paderborn an der theologischen Fakultät absolvieren. In dieser Zeit ist es nicht erlaubt, Kontakt mit Ihren Angehörigen zu haben.«

Ein unterdrücktes, enttäuschtes Raunen ging durch die Reihen der jungen Männer. Engelbert Fuchs verzog kurz die Lippen. »Es fällt schwer, ich weiß. Aber der Priesterberuf ist mit noch viel größeren Entbehrungen verbunden. Sie werden zu zweit in einer einfachen Zelle wohnen. Sie können sich Ihre Zimmerpartner nicht aussuchen. So vermeiden wir, dass sich Bekannte oder Freunde zusammentun. Die Zusammensetzung erfolgt durch Los. Sie können sich Ihre Zimmernummern hier abholen.«

Einer nach dem anderen stand auf und ging nach vorn, wo auf einem einfachen Holztisch vierundzwanzig Namen lagen. Johannes hatte das Zimmer elf. Er hielt den Zettel hoch, hob den Kopf und sah sich um. Ein dunkelhaariger Mann, eher noch ein Jüngling, hielt ebenfalls den Zettel mit der Nummer elf in die Höhe. Er lächelte scheu, als er Johannes ansah.

»Ich bin Martin«, sagte er mit einer krächzenden Stimme, als sei er noch im Stimmbruch. Aber vermutlich lag das an der Aufregung, die alle ergriffen hatte. »Martin …« er zögerte, »Seesen, nun ja, eigentlich >von< Seesen, aber das >von< kannst du vergessen.«

»Ich freue mich«, antwortete Johannes und stellte sich vor. Sie gaben sich die Hand.

Martin war etwas kleiner als Johannes. Seine dunklen Haare hatten einen leichten Rotton und kräuselten sich an den Schläfen. Sein Gesicht war blass, etwas zu schmal. Der Blick aus seinen dunklen Augen war offen und freundlich. Johannes fand Martin auf Anhieb sympathisch. Dem schien es nicht anders zu gehen.

»Sollen wir unser Zimmer … pardon, unsere Zelle aufsuchen, um zu sehen, wo wir hausen müssen?«, fragte Martin.

Bevor Johannes antworten konnte, sagte Engelbert Fuchs: »Ich möchte diejenigen, die kein Abitur haben, bitten, noch einen Moment zu warten. Ich habe ihnen noch etwas zu sagen.«

Martin sah Johannes an. »Hast du Abitur?«

»Nein.«

»Dann gehe ich schon mal vor.« Martin sagte es ohne Herablassung in der Stimme. Er nickte Johannes aufmunternd zu und ging dann hinter den anderen her, die sich bereits in Bewegung gesetzt hatten.

Neun Kandidaten blieben stehen. Sie rührten sich solange nicht, bis Fuchs das Zeichen zum Setzen gab.

Johannes schaute sich verstohlen um. Alle waren ungefähr in seinem Alter. Das war nur zu verständlich, denn jeder Priesteranwärter musste das 25. Lebensjahr vollendet haben und eine Berufsausbildung vorweisen können. Jetzt war Johannes froh, dass er das Bäckerhandwerk erlernt und abgeschlossen hatte.

»Liebe Priesteranwärter«, begann Engelbert Fuchs mit seiner sonoren Stimme. »Sie haben sich für den sogenannten zweiten Bildungsweg entschieden, das heißt, dass Ihre Lebens- und Berufserfahrung durchaus das Abitur ersetzen kann. Aber dafür dauert Ihre Ausbildung ein Jahr länger und zwar genau sechs Jahre. Danach kommen noch zwei weitere Jahre im Pastoralkurs. Das sind acht harte Jahre für Sie. Ich hoffe, Ihnen ist das bei Ihrer Entscheidung klar gewesen.«

Johannes hörte ein paar unterdrückte Seufzer. Aus den Augenwinkeln entdeckte er bleiche Gesichter und Augen, in denen sich sogar Angst widerspiegelte. Diese Kandidaten würden die Zeit nicht durchhalten können, dessen war er sich sicher. Aber er schon. Johannes Halbach war kein Mensch, der seinen Traumberuf aufgab.

»Die Priesterausbildung zielt im Wesentlichen auf vier Bereiche ab«, sprach Fuchs weiter. »Das sind die menschliche Reife, die theologische Bildung, spirituelle Kompetenz und praktische Fertigkeiten. Den letzten Bereich haben Sie mit Ihrer Berufsausbildung bereits erfüllt.«

Er machte eine kleine Pause.

»Nur wenn Gott Sie dazu berufen hat, können Sie auch Priester werden. Aber das entscheiden nicht Sie als Einzelner. Drei Aspekte gibt es, die darüber urteilen, ob jemand wirklich berufen ist.«

Wieder zögerte er, um seine Worte auf die Anwärter wirken zu lassen. Engelbert Fuchs war ein erfahrener Mann. Er hatte in den letzten fünfzehn Jahren viele Priesteranwärter in die Ausbildung eingeführt und sie während ihres gesamten Studienganges väterlich begleitet. Deshalb wusste er, dass von diesen neun Kandidaten nur die Hälfte bis zum Schluss durchhalten würde.

»Der erste Aspekt ist die Neigung. Ihr Wille, als Priester zu leben, hängt von Ihrer Disziplin und Bereitschaft ab, der Kirche zu dienen. Das Priestertum ist ein Dienst an der Gemeinde, an die Gläubigen. Sie müssen im Studium zeigen, dass Sie menschlich gereift sind, geistlich leben wollen und theologisch arbeiten können. Außerdem müssen Sie Gott und den Menschen in Demut und Gehorsam dienen.«

Johannes fragte sich, ob Engelbert Fuchs dieselben Worte auch den Anwärtern mit Abitur sagen würde.

»Der zweite Punkt ist die Eignung«, drang wieder die Stimme des Privatsekretärs an sein Ohr. »Dazu gehört, dass jeder Kandidat mit Liebe am Gottesdienst teilnimmt und den festen Entschluss hat, ein zölibatäres Leben zu führen. Er muss mit dem Papst, dem Bischof, mit allen Priestern und sogar dem ganzen Volk verbunden sein und seine Liebe besonders den Armen schenken. Die geistliche Ausstrahlung ist dabei besonders wichtig, denn Sie müssen zeigen, dass Sie mit allen Mitarbeitern, ob hauptamtlich oder ehrenamtlich zusammenarbeiten können. Ganz besonders muss der Kandidat unwiderruflich das Priesteramt nach dem Willen der Kirche annehmen.«

Zwei der jungen Männer schienen einer Ohnmacht nahe zu sein. Obwohl Fuchs es sah, ließ er sich nichts anmerken. Er handelte nach dem Prinzip »je eher man Klarheit hatte, desto besser war es für den Kandidaten«. Noch konnte jeder zurückgehen.

»Der dritte und letzte Aspekt ist die Annahme durch die Kirche selbst. Nur der Bischof darf entscheiden, wer Priester wird. Dabei holt er selbstverständlich den Rat der verantwortlichen Ausbilder ein und bittet sie um die Einschätzung als Mensch, Christ und Priesterkandidat. Wenn die Kirche Sie annimmt, dann sind Sie sicher, dass Sie sich in Ihrem Wunsch nicht getäuscht haben. Gott ruft Sie! Er wird Ihnen helfen. Er lässt Sie nie im Stich.« Fuchs machte eine längere Pause. Er ließ seinen Blick über die neun Männer schweifen, als wolle er sämtliche Reaktionen in sich aufsaugen. Sein Gesichtsausdruck blieb dabei völlig neutral. Wenn er einen der neun länger ansah, verzog er keine Miene. Niemand vermochte ihm anzusehen, was er über den Kandidaten dachte.

Nach fast zehn Minuten stand er auf. Wie auf ein Kommando erhoben sich alle.

»Wenn Sie Fragen haben«, sagte Fuchs, »dann wenden Sie

sich vertrauensvoll an Ihren Mentor oder kommen direkt zu mir. Meine Tür steht immer offen. Egal was Sie auf dem Herzen haben. Nun können Sie Ihre Zelle aufsuchen und Ihren Mitbewohner kennenlernen.«

Er nickte noch einmal in die Runde und verließ dann mit erhobenem Haupt und schnellen Schritten den Raum. Niemand der Neun sagte etwas. Schweigend trippelten sie durch die Tür hinaus.

26

Die Zelle war klein und karg. Es gab zwei schmale Betten, einen kleinen Schrank und ein Waschbecken. Daneben befand sich ein runder Tisch mit zwei Stühlen.

Der Schrank reichte so gerade für beide. Johannes nahm die linke Seite, Martin die rechte.

»Hier werden wir also die nächsten Jahre gemeinsam verbringen«, sagte Johannes. »Ich hoffe, du schnarchst nicht.«

Martin lachte. »Keine Ahnung. Ich habe mich jedenfalls noch nicht schnarchen gehört.«

»Du bist also ein Adeliger?«

Ein leichter Schatten huschte über Martins Gesicht. »Ja, leider. Wir sind fünf Kinder, vier Jungen und ein Mädchen. Uns gehört eine große Länderei. Mein Vater ist so etwas wie ein Graf. Ich habe mich nie für Titel interessiert. Ich wollte schon als kleiner Junge Priester werden.«

»Aber deine Eltern waren dagegen?«

Martin nickte betrübt. »Sie haben mir mit Enterbung gedroht.«

»Hast du denn genug Geld, um deine Ausbildung zu finanzieren?«

»Mein Vater hat letztendlich zähneknirschend zugestimmt. Ein Graf lässt seinen Sohn nicht ohne Geld studieren. Wie ist es bei dir?«

»Mein Bruder bezahlt alles«, antwortete Johannes. »Meine Eltern leben schon lange nicht mehr, und Benedikt ist unser Familienoberhaupt. Er ist Landwirt in einem kleinen Dorf im

Hochsauerland. Aber ich glaube, Benedikt wird da nicht ewig bleiben. Er träumte schon als Junge von der weiten Welt. Ich würde mir gern mein Studium selbst verdienen, um ihm zu zeigen, dass ich auch etwas anders kann, als Priester zu werden. Aber die Ausbildung wird so zeitintensiv sein, dass wir keine Chance haben, etwas dazu zu verdienen.«

Sie packten ihre wenigen Habseligkeiten in den Schrank. Martin hatte sieben Bücher dabei. Als er das erstaunte Gesicht von Johannes sah, sagte er: »Ich habe bereits vier Semester Theologie und Geschichte studiert.«

»Oh«, machte Johannes überrascht. »Wie alt bist du denn?«

»Siebenundzwanzig.«

»Nein.«

»Doch. Was ist daran so seltsam?«

»Du siehst viel jünger aus. Ich dachte ...« Er brach ab.

Martin lachte. »Gegen mein Aussehen kann ich nichts. Aber alle halten mich für jünger. Was hat denn der Privatsekretär Engelberg Fuchs zu euch gesagt?«

Johannes erzählte es ihm.

»Deshalb hat er uns weggeschickt. Wir haben das im Theologiestudium schon zur Genüge gehört. Ich glaube jeder, der das Abitur hat, hat bereits ein Studium hinter sich. Nach dem Studium habe ich eine Wallfahrt nach Lourdes unternommen. Die Eindrücke dort haben mich nur in meiner Entscheidung bestätigt. Da solltest du mal hinreisen. Es lohnt sich.«

In den ersten Nächten in der gemeinsamen Zelle wurde Johannes nachts wach, weil Martin im Schlaf laut von einer Viktoria redete. Eines Tages sprach er ihn darauf an.

Martin wurde verlegen und warf Johannes einen schrägen Blick zu. Offensichtlich überlegte er, wie viel er sagen durfte. Immerhin kannten sich die beiden noch nicht lange.

»Ich habe dir doch erzählt, dass mein Vater zunächst gegen meinen Berufswunsch war. Um mich von meinen Plänen abzubringen, suchte er eine Braut für mich aus.« Martin sprach schnell, manchmal überschlug sich seine Stimme sogar. Johannes schien es, als brauche er endlich mal jemanden, bei dem er sich aussprechen konnte. »Viktoria heißt sie. Sie ist erst sechzehn, und sie ist sehr in mich verliebt. Das hat sie mir jedenfalls gesagt. Wir haben auf unserem Gut vieles gemeinsam gemacht. Einmal … einmal hat sie mich geküsst. Ich war so erschrocken, dass ich mich nicht gewehrt habe. Vielleicht glaubt sie deshalb, dass auch ich sie liebe. Sie hat dunkelbraune Haare und ist wunderschön.« Er zuckte kurz die Schultern. »Das ist natürlich Ansichtssache. Es tut mir sehr leid für sie, aber ich kann nicht gegen meine innere Überzeugung handeln, oder?«

Johannes kaute einen Moment auf seiner Unterlippe. Die Frage, die ihm auf der Zunge brannte, ließ ihm die Röte ins Gesicht schießen. Schließlich fragte er leise:

»Hast du … hast du schon mal mit ihr …? Du weißt, was ich meine?«

Martin war nicht schockiert. Er schüttelte den Kopf. »Sie ist doch noch viel zu jung. Außerdem würde ich mich völlig schuldig fühlen. Wir müssen zölibatär leben. Wir müssen uns voll bewusst sein, was das bedeutet.«

»Ja«, nickte Johannes. »Ich habe auch bereits einige Bücher darüber gelesen. Unser Pfarrer hat sie mir geliehen. Der Zölibat ist kein Verzicht auf etwas, sondern für etwas, für die Leidenschaft für Gott.«

»Ganz richtig. Er ist ein wesentlicher Grund dafür, dass die Ausbildung häufig abgebrochen wird. Wusstest du, dass jeder zweite Kandidat die Ausbildung nicht durchsteht?«

»Nein.« Johannes konnte es nicht fassen.

»Wer eine Beziehung zu einer Frau eingeht und nicht bereit ist, diese Beziehung aufzugeben, muss das Seminar verlassen. Deshalb habe ich keinen Kontakt zu Viktoria aufgenommen.«

»Noch kannst du jederzeit zurück.«

Martin schüttelte entschlossen den Kopf. »Ich werde Priester. Glaubst du im Ernst, ich würde einen anderen Beruf ergreifen? Nein, ich freue mich und kann jetzt schon den Tag der Weihe gar nicht mehr erwarten.«

»Mir geht es genauso«, antwortete Johannes. »Ich möchte ein guter Priester sein. Ganz im Gegenteil zu dem, der bei uns in Züschen im Amt ist.«

Martin horchte auf. »Du hast nie etwas darüber gesagt.«

»Ich wollte ihn eigentlich aus meinen Gedanken verdrängen,

aber jetzt ist er doch wiederaufgetaucht. Ja, wir haben einen Pfarrer, der sich als selbstherrlich aufführt und keine andere Meinung neben sich duldet. Er ist ein unangenehmer Mensch, aber seit er spürte und sah, dass es mir ernst ist, Priester zu werden, wurde er immer zugänglicher. Er hat mich sogar mehrmals mit in die Sakristei genommen und mir alles gezeigt. Bei Gelegenheit werde ich dir mehr von ihm erzählen.«

»Ja, mach das. Ich freue mich darauf.«

27

Sophia war endlich wieder schwanger, sieben Jahre nach Franziskas Geburt. Sie hatte schon geglaubt, Benedikt keine Kinder mehr schenken zu können, aber jetzt war sie hocherfreut, obwohl ihr die Schwangerschaft schwer zu schaffen machte. Natürlich wollte sie Benedikt unbedingt einen Sohn gebären, aber die Zeichen waren die gleichen wie bei Franziska. Sie sagte ihm zwar nichts davon, aber im Stillen war sie sicher, dass es wieder ein Mädchen werden würde. Sophia war froh, dass Magdalena sich um alles kümmerte. Sie wäre dazu nicht mehr in der Lage gewesen. Sophia schaute aus dem Fenster.

Die Sonne kämpfte mit den Wolken. Mal war das Licht draußen klar und ungebrochen, mal trübe und dunkel. Im Westen war der Himmel bereits rabenschwarz, und schon bald hatten die Wolken die Oberhand gewonnen. Die Getreideernte war zwar unter Dach und Fach, aber es fehlten immer noch die Kartoffeln. Die Saat war in den vergangenen Wochen gut aufgegangen. Schon König Friedrich II. von Preußen erließ einen sogenannten Kartoffelbefehl, mit dem er den Anbau von Kartoffeln in Preußen durchsetzen wollte. Grund dafür war die Hungersnot aus dem 17. und 18. Jahrhundert. Friedrich II. wollte nicht, dass seine Bevölkerung abermals hungern musste. Er ließ die Verbreitung der Kartoffeln durch die Pastöre erfolgen, die als »Knollenprediger« neue Erkenntnisse zum Anbau weitergaben.

Die Schüler erhielten in jedem Herbst eine Woche schulfrei, um ihren Eltern oder anderen Bauern bei der Kartoffelernte zu helfen.

Doch dazu sollte es vorerst nicht kommen, denn über Nacht begann es, in Strömen zu regnen. Die Hauptstraße in Züschen, die erst im Jahr 1834 von Freiherr von Vincke gebaut worden war, verwandelte sich in einen unpassierbaren Weg. Dann kamen die Gewitter. Zuerst nur ein leichtes mit Donnergrollen in der Ferne und Blitzen am Horizont, doch bereits gegen Mittag trieben tiefhängende Wolken über Züschen hinweg. Der Donner folgte den Blitzen augenblicklich. Äste brachen ab und wurden vom Sturm über die Straßen gepeitscht, schlugen gegen Zäune und brachen auseinander oder blieben im günstigsten Fall hängen, bevor sie größeren Schaden anrichten konnten.

Kaum jemand stand nicht am Fenster und verfolgte das einzigartige Schauspiel. Die Erwachsenen mit Sorge, die Kinder mit ungläubigem Staunen, mit wortloser Faszination und mit Angst und Grauen.

Der Regen ergoss sich in Wellen auf den Ort herab. Er fiel so heftig, dass die letzten Herbstblumen in Magdalenas Garten wie Streichhölzer abknickten. Die Gewitter wüteten mit Sturmböen und Regen, der teilweise in Hagel überging. Abgesehen von kurzen Unterbrechungen regnete es vier Tage lang. Dann rissen ganz plötzlich die Wolken auf. Die Erde dampfte. Dunst stieg auf wie dünner Nebel. Es roch muffig.

»Es gibt noch mehr Regen«, meinte der alte Brinkhaus, und wieder einmal behielt er recht mit seiner Vorhersage. Der Regen kam mit Gewitter und Sturm zurück. Die Sonneborn und die Ahre konnten das Wasser kaum fassen, und die Nuhne stieg schließlich über die Ufer.

»Haltet Sandsäcke bereit«, befahl Ludwig. »Das Wasser darf die Scheunen nicht erreichen.«

Nicht auszudenken, wenn das Heu nass würde und verfaulte.

Dann wechselten sich trockene und nasse Perioden in gleichmäßigem Rhythmus ab. Schließlich lockerte die Bewölkung auf, und die Sonne kam hervor.

Die Bauern wussten, dass es auf jeden weiteren Tag ankam. In kurzer Zeit waren die Pferde eingespannt. Auf dem Weg zu den Feldern begegneten sie vielen Menschen, die nur als Ziel ihre Kartoffeläcker hatten.

Sie alle saßen stumm auf ihren Wagen, mit starren Gesichtern und Augen, die wie im Fieber glänzten, weil sie ahnten, was auf sie zukam. Sie hatten sich leider nicht getäuscht. Der Boden war zu nass. An ihren Schuhen, an den Rädern der Wagen und an den Hufen der Pferde und Ochsen blieb der lehmige Schlamm hängen. Es herrschte plötzlich eine unangenehme Stille. Niemand sagte ein Wort. Es war geradezu unheimlich. All die Arbeit von Wochen, die schmerzenden Glieder und das Geld für Samen und Dünger waren vergebens gewesen. Der größte Teil der Kartoffeln war verloren.

Mit leeren Wagen oder halb verfaulten Kartoffeln traten sie den Heimweg an. An diesem Abend flackerte noch lange in allen Häusern ein trübes Petroleumlicht, weil niemand schlafen konnte.

Das Dorf war wie gelähmt. Kartoffeln war eines der wichtigsten Lebensmittel. Wie sollte man den Winter überstehen? Von den Nachbarorten war keine Hilfe zu erwarten, denen ging es nicht besser, wie Handlungsreisende erzählten.

Tage später kamen drei Händler nach Züschen, die gut gefüllte Kiepen trugen und sich verwundert die Augen rieben, als sie hörten, was in Züschen geschehen war. Einer von ihnen war Michels. Er hatte die letzten Wochen im Münsterland gehandelt.

»Dort hat es auch geregnet«, sagte er zu Benedikt und Jakob. Sie saßen auf der Veranda und sahen in den Himmel. Die Wolken wirkten immer noch dunkel und drohend. »Aber die Unwetter waren längst nicht so heftig. Die Regenfront ist südlich an Münster vorbeigezogen. Die Kartoffelernte ist in vollem Gang. Ich habe riesige Felder mit Erntehelfern gezählt und Fuhrwerke gesehen, deren Ladeflächen voll von Kartoffeln waren.«

»Dann gibt es nur eine Möglichkeit«, sagte Jakob. »Wir fahren zum Hellweg. Als Gegenleistung liefern wir ihnen Holz.«

Schon bald wurden zehn große Leiterwagen des Dorfes eingespannt und mit gutem Holz beladen. Man wollte sich nicht lumpen lassen. Fast ganz Züschen stand an der Hauptstraße beim Hotel Grafenau und winkte ihnen zu, als sie losfuhren. Auf dem ersten Wagen saßen Benedikt und Michels. Benedikt hatte Michels gebeten, mit ihm zu kommen, und der alte Handlungsreisende war sofort einverstanden. Ihnen folgten Jakob, dann Ludwig Halbach, danach Georg Auer. Die sechs anderen

Wagen wurden von weiteren Solstättern gefahren. Beilieger waren nicht zugelassen.

Sie kamen nur langsam voran. Die Ladung war schwer und nicht alle Zugtiere kräftig genug, um die Gangart von Benedikts oder Jakobs Pferden mitzuhalten. Da sie sich aber nicht aus den Augen verlieren wollten, drosselte Benedikt das Tempo.

Jetzt lernte er den Heidenweg kennen, von dem Michels so oft gesprochen hatte. Für kurze Zeit vergaß er die Not, in der sie sich befanden. Er fuhr über Straßen und Wege, die er nur aus Erzählungen kannte. Genauso hatte er sich die Gegend vorgestellt. Das weite, flache Münsterland, das so ganz anders war als das Hochsauerland. Die Häuser in den Dörfern und Städten waren mit rötlichem und nicht mit braunem Lehm abgedichtet. Er sah Bäche und riesige, bis an den Horizont reichende Wiesen.

Sie fuhren, bis die Dunkelheit hereinbrach. Dann hielten sie an, rieben die Pferde ab und gaben ihnen zu fressen und zu trinken. Erst danach kümmerten sie sich um ihre eigenen Bedürfnisse. Jemand zündete ein Feuer an, ein anderer kochte Kaffee, ein Dritter wärmte Essen in einer großen Schüssel auf.

Die Männer froren. Ganz langsam war aus den Niederungen Nebel aufgestiegen und ließ ihre Kleidung klamm und kalt werden.

Benedikt stand neben seinem Onkel und Jakob. Auf einem Baumstamm saß Michels. Vom Feuer kam Georg Auer näher. »Was ist, wenn wir nichts bekommen?«, fragte er.

Darauf konnte niemand eine Antwort geben.

»Kannst du uns zu diesem Grohnen führen?«, fragte Ludwig den Handlungsreisenden. »Du hast ihn uns als einen ehrlichen und hilfsbereiten Mann beschrieben.«

Alfons Grohnen war ein alter und guter Bekannter von Michels. Bei ihren Reisen durch das Münsterland hatten Michels und Jonathan bei Grohnen ein Warendepot angelegt. Dadurch brauchten sie nicht wieder nach Witten oder Hagen zurückreisen, um ihre Kiepen auffüllen zu können. »Grohnen kann uns Freunde und Bekannte nennen, die Kartoffeln gegen Holz verkaufen«, war sich Michels sicher. »Er wird uns helfen.«

Später rollten sie sich in eine dicke Decke ein und legten sich auf eine Plane, durch die schon nach kurzer Zeit die Kälte in ihre Glieder zog. Benedikt lag neben Jakob. Sie waren beide müde, aber sie fanden lange keine Ruhe. Am Morgen waren drei der zehn Männer krank. Sie niesten und husteten fast ununterbrochen, einer von ihnen übergab sich mehrmals. Ludwig registrierte es mit Besorgnis. Er war als Erster auf den Beinen gewesen. Nun wartete er, bis Jakob, Benedikt und Michels sich fertiggemacht hatten.

»Wir vier gehen zu Grohnen«, bestimmte Ludwig. »Ich denke, wenn wir nicht alle zusammen auftauchen und ich mich als Bürgermeister vorstelle, hat das mehr Gewicht.«

Sie waren einverstanden.

Michels hatte geschätzt, dass Grohnen etwa vierzig Gehminuten von hier entfernt wohnte. Sie schafften es in einer halben Stunde.

Alfons Grohnen empfing Michels freudig. Grohnens Gesicht war faltenübersät und braun gebrannt. Er war offenbar jemand, der sich die meiste Zeit des Tages im Freien aufhielt. Sein Blick war gütig und entgegenkommend. Grohnen blickte zu Ludwig, Benedikt und Jakob.

»Freunde von Michels sind auch meine Freunde.« Er gab ihnen die Hand. »Wer seid ihr und was hat euch in diese einsame Gegend verschlagen?«

Michels erklärte es ihm. Grohnens Gesicht wurde schlagartig ernst. »Das ist bitter. Wir hatten so etwas Ähnliches vor sechs Jahren. Damals machte uns ein Kornschädling zu schaffen. Fast das gesamte Korn war unbrauchbar. Den Winter über hatten wir kaum Brot zum Essen. Für die Kinder war es besonders schlimm. Erst als wir fast am Verhungern waren, wollten einige losfahren, um in den Nachbarstädten wenigstens etwas Essbares zu organisieren. Aber dieser verdammte Winter brachte zu viel Schnee. Wir saßen fest. Zum Glück haben wir es überstanden. Nun, ich baue hauptsächlich Mais, Hafer, Hirse und Roggen an. Aber ich kenne einige, die Kartoffeln geerntet haben. Ich führe euch zu ihnen. Die sind froh, wenn sie Holz dagegen eintauschen können.«

Da Jakob der Jüngste von ihnen war, lief er zurück. Am frühen Nachmittag trafen die zehn mit Holz beladenen Leiterwagen bei Alfons Grohnen ein. Er führte die Männer in seine Scheune, in der es warm und trocken war. Das Heu duftete vertraut und nicht anders als in Züschen. Da sie ihr Ziel erreicht hatten, schliefen in dieser Nacht alle tief und fest.

28

In der derselben Nacht wachte Sophia ruckartig auf. Es war stockdunkel. Nur hin und wieder lugte der Mond hinter einer Wolkendecke hervor und spendete trübes Licht. Sie tastete zum Tisch neben ihrem Bett und zu der Kerze darauf. Daneben lagen die Streichhölzer. Sie fielen ihr aus der Hand, als ein ziehender Schmerz durch ihren Unterleib schoss. Sie stöhnte auf und suchte erneut nach den Streichhölzern. Mit zitternden Fingern gelang es ihr endlich, die Kerze anzuzünden.

Sie legte sich zurück. Wieder kam der Schmerz.

Das Kind!

Sophia wusste, dass es die Wehen waren, und sie kamen in immer kürzeren Abständen. Sie rief nach Magdalena, aber die hatte wohl einen tiefen Schlaf. Verzweifelt rollte sich Sophia auf eine Seite und drückte sich hoch. Mit den Händen erfasste sie ihren Bauch. Er schien zu platzen.

Plötzlich fühlte sie Feuchtigkeit an den Innenseiten ihrer Oberschenkel. Sie erschrak. Wenn das Baby jetzt kam, war sie ganz allein auf sich gestellt.

Unter Aufbietung ihrer letzten Kräfte stand sie auf. Sie schaffte es sogar relativ schnell, Magdalenas Stube zu erreichen. Ihre Schwägerin schlief direkt hinter der Tür. Sophia fühlte die aufkommende Ohnmacht, und noch im Fallen streckte sie ihren rechten Arm so weit aus, dass sie Magdalenas Schulter berührte. Bevor sie auf den Boden vor Magdalenas Bett sank, registrierte Sophia, dass ihre Schwägerin sich schlaftrunken aufrichtete.

Sie konnten alle zehn Leiterwagen bis an den Rand mit Kartoffeln beladen. Grohnen hatte sie zu sieben Bauern in der Nähe geführt, und diese waren froh, soviel Holz geliefert zu bekommen, dass sie den Winter über genug zum Heizen hatten.

Nach unzähligen Umarmungen und Schulterklopfen traten die Solstätter ihre Heimfahrt nach Züschen an. Michels saß wieder bei Benedikt vorn auf dem Bock.

»Michels«, sagte Benedikt. »Du kannst bis an dein Lebensende in meiner Scheune übernachten. Selbstverständlich bekommst du auch Essen und Trinken, soviel du willst.«

Sie fuhren den ganzen Tag ohne Pause. Die Nacht war kurz. Noch vor Morgengrauen setzten sie ihre Fahrt fort. Nur schnell nach Hause war ihr einziger Gedanke.

Unzählige Einwohner kamen aus ihren Häusern gerannt, als die ersten Fuhrwerke den Ort erreichten. Neben unbändiger Freude über die gelungene Aktion sah man aber auch in traurige Gesichter. Benedikt war so erschöpft, dass er davon zunächst nichts bemerkte. Erst als Pfarrer Fricke ihn zur Seite zog und ihn bat, mit ihm nach Hause zu kommen, wurde seine Freude getrübt.

Sophia, seine Frau, war tot.

Sie war kurz nach der Geburt ihrer zweiten Tochter gestorben. Der Arzt hatte ihr nicht mehr helfen können. Man hatte Sophia in der guten Stube aufgebahrt. Sie sah aus, als würde sie schlafen. Die halbe Nacht verbrachte Benedikt an ihrem offenen Sarg, bis er vor Erschöpfung zusammenbrach und von Jakob, der in der Küche auf ihn gewartet hatte und hin und wieder nach ihm sah, ins Bett gebracht wurde.

Dort kam Benedikt wieder zu sich. Mit offenen Augen starrte er an die Zimmerdecke. In seinem Inneren war alles leer. Er fühlte sich selbst wie gestorben, und er hasste plötzlich die Menschen, dieses Haus, dieses ganze verdammte Dorf, und den Arzt, der nicht rechtzeitig zur Geburt erschienen war.

Aber die Kartoffelfäule und den Tod Sophias mit dem Aufenthalt der Zigeuner im Dorf zu begründen, wäre doch zu weit gegangen. Dennoch hielt sich dieses Gerücht mehrere Wochen lang hartnäckig.

29

Es dauerte lange, bis Benedikt über den Tod seiner Frau hinwegkam. Er vermisste sie mehr, als er geglaubt hatte. Im ganzen Haus waren ihre Spuren zu sehen, und ganz besonders wurde er an sie erinnert, wenn er die kleine Berta ansah. Da ihr die Muttermilch fehlte, wurde sie vorsichtig mit verdünnter Schafsmilch gefüttert. Aber schon zu Weihnachten bekam sie den ersten Brei.

Magdalena versorgte sie. Sie nahm die Mutterstelle an. In den ersten Tagen nach Sophias Tod hatte sich Magdalena große Vorwürfe gemacht, weil sie ihrer Meinung nach zu langsam und zu spät reagiert hatte. Der Arzt, der noch zweimal in Züschen erschien, um mit Magdalena über die schreckliche Nacht zu sprechen, meinte, dass sie alles richtig gemacht habe. Das beruhigte Magdalena ein wenig. Unendlich traurig war sie jedoch darüber, dass sie mit Sophia keinen richtigen Frieden mehr schließen konnte. Sie hatte ihren Fehler mehr als einmal bereut. Warum nur hatte sie ihren Mund nicht halten können? Es war doch völlig egal, warum Benedikt und Sophia geheiratet hatten. Sie waren ein ideales Paar geworden, respektierten und achteten sich und Liebe ...? Sie war im Laufe der Jahre wie von selbst gekommen.

Um ihre Trauer zu vertreiben, kochte und putzte sie mehr als nötig.

Aber es gab auch einen Lichtblick. Ihre Schwester Helene war schwanger. Sie und Lutz waren unendlich glücklich, und das tröstete ein wenig.

Fast ein halbes Jahr später, im Frühjahr 1884, saßen Benedikt und Jakob auf der Veranda und rauchten. Benedikt war merklich älter geworden. In seinem Gesicht zeichneten sich tiefe Falten ab, sein Haar war an den Schläfen ergraut und seine Bewegungen waren langsamer oder eher bedächtiger.

Im Januar war Hermine Seibert, die Hebamme und Mutter Brunos gestorben. Nicht so sehr die Tatsache, dass es Hermine war, schockierte die Einwohner, sondern dass sie nun ohne Hebamme und ohne jemanden mit medizinischen Kenntnissen auskommen mussten. Die Menschen hatten Rita Auer als Gemeindeschwester noch nicht richtig registriert, obwohl sie bereits seit einem Dreivierteljahr von der Gemeinde fest angestellt war. Lorenz Seibert war nur noch ein Schatten seiner selbst. Er sprach kaum und stierte nur vor sich hin. Alle sprachen heimlich von Schwachsinn. Bruno tat ihnen leid. Er musste sich nun um seinen Vater kümmern und seine Arbeit als Forstgehilfe ausfüllen. Man sah ihn selten im Dorf.

Benedikt zog an seiner Pfeife und schaute von der Veranda aus über die Sonneborn, die träge vorüberzog. Manchmal schwemmte sie kleine Eisstücke mit sich, die sich von den letzten Resten der Schneedecke in Winterberg gelöst hatten.

»Ich frage mich«, sagte er langsam, »ob es sich noch lohnt.«

Jakob sah ihn mit gerunzelter Stirn verwirrt an. »Was meinst du?«

»Dieses Leben«, antwortete Benedikt. »Diese ganze Mühe, meine ich. Pflügen, säen, ernten, lagern. Es ist immer dasselbe.«

Jakob lächelte. »Die Menschen müssen doch leben und dazu gehört eben Essen.«

»Es gibt so viele Bauern. Warum muss gerade ich das machen? Ich könnte mein Land an weitere Beilieger verpachten.«

»Das ist nicht dein Ernst«, fuhr Jakob auf.

»Warum nicht? Der Anbau wäre für jeden reizvoll.«

»Die meisten haben doch gar keine Ahnung von Landwirtschaft.«

»Ich weiß, ich weiß, ich weiß«, seufzte Benedikt.

»Wenn du Land abgeben willst, dann nehme ich es«, sagte Jakob nach einiger Zeit.

»Du?« Benedikt sah ihn groß an.

»Warum nicht? Ich mache das gerne. Sag mir nur Bescheid.«

»Die Idee ist gar nicht so übel, mein lieber Cousin. Ich werde darüber nachdenken.«

30

Der Zeitpunkt kam eher, als Benedikt und Jakob es sich erträumt hätten. Zwei Wochen später erhielten sie einen Brief von

Benedikts Schwester Eva. Es war ein lang ersehntes Lebenszeichen von ihr. Eva schrieb, dass sie nach Essen umgesiedelt seien. Jonathan habe dort eine neue Arbeit gefunden. Jahrelang war ihre Ehe nach einer schweren Fehlgeburt kinderlos geblieben. Sie hatten schon geglaubt, für immer allein zu bleiben. Nun war Eva schwanger. Ihre Freude war riesengroß, und sie wünschte sich, dass Benedikt sie einmal besuchen würde. Am besten wäre es natürlich, die ganze Familie käme, aber das ging nicht. Eva wusste, dass ihre Schwester Magdalena nicht gern verreiste. Ihr war eine Fahrt nach Winterberg schon zu viel. Johannes war in Paderborn im Priesterseminar, Paul hatte seine Stelle als Schreiner bei Lutz Saalfeld angefangen, und Helene war hochschwanger.

Also beschloss Benedikt, sich allein auf die Reise zu machen. Er überließ Jakob alle seine Ländereien und Knechte. Welche Tagelöhner er anstellte, sollte Jakob selbst entscheiden.

Seit 1835 verkehrte die Postkutsche zwischen Hallenberg und Meschede zweimal in der Woche. Ab 1854 gab es eine Personenpost, die von Winterberg bis Meschede an vier Tagen in der Woche hin und zurückfuhr.

Bis Winterberg ging Benedikt zu Fuß. Der Rucksack, in den er nur das Wichtigste gepackt hatte, drückte schon bald auf seinen Schultern. Die Riemen schnitten. Als er in Winterberg ankam, wollte er sein Vorhaben aufgeben und nach Züschen zurückkehren, weil die Postkutsche bereits nach Meschede abgefahren war. Da sah er eine Kutsche vor einem alten Fachwerkhaus, von dem Fahrer war jedoch nichts zu sehen. Er hielt einen Jungen an, der eiligen Schrittes an ihm vorbei wollte.

»Weißt du, wem das Pferd und der Wagen gehören?«

Der Junge war so in Gedanken versunken gewesen, dass er erschrak. Er wich zurück. »Vielleicht dem alten Jahnke.« Er streckte den Arm aus und zeigte zu dem Haus, vor dem der Wagen stand.

»Jahnke?«

Der Junge zuckte die Achseln. »Er heißt hier nur der alte Jahnke. Er hat mal in einer Textilfabrik gearbeitet. Aber seit er alt ist, fährt er nur noch mit seiner Kutsche umher.«

»Einfach so?«

»Einfach so.«

»Danke.«

Benedikt ging auf den Wagen zu. Das Pferd war nicht mehr jung, wahrscheinlich konnte es nicht mal mehr den Wagen ziehen.

»He, was machen Sie da mit meinem Pferd?«

Benedikt drehte sich um. Ein Mann war aufgetaucht. Er hatte einen dicken, langen Bart, hinter einem Monokel blinzelte ein misstrauisches Auge.

»Sind Sie Jahnke?«, fragte Benedikt.

»Wenn es so wäre?«, fragte der Mann zurück, während er an Benedikt vorbeiging und das alte Pferd am Zügel griff.

»Können Sie mich nach Meschede fahren?«

»Meschede? Was wollen Sie denn dort?«

»Ich will nach Essen. Ich habe gehört, dass die Eisenbahnstrecke bereits von Meschede bis Schwerte führt. Von dort soll es einfach sein, über Hagen nach Essen zu kommen.«

Der Alte kratzte sich im Nacken. »Das stimmt. Aber Sie brauchen nicht bis Meschede. Ab Bestwig können Sie in den Zug steigen. Seit sechs Jahren geht die Eisenbahn bis Hagen.«

»So lange schon?«, wunderte sich Benedikt.

»Ja. Sie sind wohl noch nicht weit rumgekommen, wie? Sind Sie Bauer?«

»Eh ... eher Handlungsreisender.«

Der Alte sah auf Benedikts Rucksack. »Handlungsreisender? So sehen Sie aber nicht aus. Die meisten haben Kiepen und keine Rucksäcke.«

»Ich will mir eine Kiepe kaufen.«

»Wo?«

»In Hagen oder in einer anderen Stadt. Bringen sie mich nun nach Meschede? Ich zahle auch gut.«

Der Alte winkte ab. »Ich brauche kein Geld. Hab alles, bin alt und tu Ihnen nur einen Gefallen. Ich bringe Sie bis Bestwig. Da können Sie in den Zug steigen.«

Benedikt legte den Rucksack auf die Ladefläche und setzte sich auf den Bock. Er streckte dem Alten die Hand hin. »Ich bin Benedikt.«

»Man nennt mich Jahnke«, sagte der Alte und drückte die dargebotene Hand kräftig. »Hab schon meinen richtigen Namen vergessen. Tut auch nichts zur Sache. Sagen Sie einfach Jahnke zu mir.«

Er schnalzte mit der Zunge und hob die Peitsche. Der Gaul trottete los.

»Sie können sich also eine Kiepe leisten?«, sagte Jahnke nach einiger Zeit.

Benedikt lachte kurz. »Neugierig sind Sie wohl nicht, wie? Ich habe etwas gespart.«

»Man sucht Arbeiter für den Bau von Eisenbahnen«, sprach Jahnke weiter. »Es ist eine schwere körperliche Arbeit.«

»Sie wissen erstaunlich viel.«

»Ich komme weit herum. Die Stadt Essen kann ich Ihnen empfehlen. Da ist schon Industrie. Da kann man leben und arbeiten. Für den Ausbau des Ruhrgebiets werden immer mehr Arbeiter gebraucht. Aber man muss gut ausgebildet sein. Sind Sie das?«

»Ich kann es lernen«, antwortete Benedikt ausweichend.

Die restliche Fahrt verlief schweigend. Benedikt nickte hin und wieder ein, und erst in Bestwig weckte ihn Jahnke auf. »Wir sind da.«

Die Luft stank nach Schwefel und Rauch. Eine weiße Rauchfahne zog hinter den Häusern in den Himmel. Jahnke deutete darauf.

»Dort steht der Zug. Ist viel schneller als mit der Kutsche.«

Benedikt sprang vom Bock. Er reichte Jahnke einen Beutel.

»Was ist das?«

»Geld. Bitte nehmen Sie es.«

Einen Moment sah es aus, als wolle Jahnke Benedikts Hand wegschlagen, aber dann entspannte sich sein Gesicht. »Na schön, Sie scheinen wirklich genug davon zu haben. Vielen Dank und alles Gute.«

Benedikt nickte ihm noch einmal zu und ging dann über die Straße. Bald sah er Handlungsreisende. Sie hockten auf dem Boden, einige schliefen. Benedikt ging auf einen Mann zu, der eine verwaschene Uniform trug und fragte ihn, wann der Zug nach Hagen fahren würde.

»Da haben Sie Glück, junger Mann. Wenn Sie sich beeilen, erreichen Sie ihn noch. Steht auf dem Gleis.«

Benedikt rannte los. Der Zug bestand aus einer Lokomotive und drei Waggons. Benedikt blieb einen kurzen Moment überwältigt auf dem Bahnsteig stehen. Das also war das Ungeheuer, von dem die Handlungsreisenden, die nach Züschen kamen, schwärmten, mit dem man ohne Pferde über weite Strecken fahren konnte.

Das Abteil war fast voll besetzt. Er fand noch einen Platz am Fenster neben einem dicken Mann in feinem Anzug, Monokel und Zylinder. Der Mann beachtete Benedikt nicht, was diesem nur recht war.

Bald setzte sich der Zug unter Pfeifen, Ächzen und Quietschen dampfspuckend in Bewegung. Benedikt presste sein Gesicht an das Fenster. Die Landschaft raste an ihm vorbei. So schnell konnte er gar nicht alles in sich aufnehmen, wie es wieder verschwunden war, und manchmal wünschte er sich, auf einer Pferdekutsche zu sitzen und die Häuser, Wälder, Wiesen und Flüsse in Ruhe bewundern zu können.

Wie lange die Fahrt bis Hagen dauerte, konnte ihm niemand sagen, und da er am Morgen zeitig aufgestanden war, schlief er durch das gleichmäßige Rattern des Zuges bald ein.

31

Luise Redlich war eine hübsche und wohlhabende Frau geworden. Dass sie das Geld von reichen Männern erhalten hatte, war ihr egal. Niemand, der sie von früher her kannte, wusste oder ahnte das. In Züschen dachte sowieso niemand mehr an sie. Seit Jahren hatte sie auch keine Nachricht von ihren Eltern erhalten. Am Anfang hatte sie sich noch mit ihrem Bruder Siegfried geschrieben, aber da sie die Städte und somit ihre Adresse häufig wechselte, waren seine Briefe als unzustellbar zurückgegangen.

Luise hatte Züschen vor vielen Jahren verlassen. Sie hatte nur eine Freundin gehabt, Sophia Bertram. Sie waren beide in Benedikt Halbach verliebt gewesen. Luise musste unwillkürlich lächeln, als sie daran dachte. Hatte Sophia Benedikt Halbach geheiratet? Zuzutrauen war es ihr und auch zu gönnen.

Als Luise erkannte, dass sie keine Chance bei Benedikt hatte, war sie regelrecht aus Züschen geflohen. Sie hatte die Postkutsche genommen und fand sich über viele Umwege und Zwischenstationen in Hannover wieder. Dort bekam sie eine Anstellung in einer zwielichtigen Bar. Schon bald merkte sie, dass mit reichen Männern gutes Geld zu verdienen war. Aber auch mit Soldaten. Die waren am Wildesten und gaben am meisten Geld aus. Inzwischen hatte sie drei Abtreibungen hinter sich und eine Fehlgeburt. Dieses eine Kind hatte sie unbedingt haben wollen. Es war von einem hübschen Bauernsohn gewesen, den sie sogar zu lieben glaubte. Er konnte sie natürlich nicht heiraten, er war schon einer anderen versprochen. Wenige Wochen, nachdem er sie für immer verlassen hatte, fiel Luise eine steile Treppe hinunter. Sie brauchte keinen Arzt, um zu wissen, dass sie ihr Kind verloren hatte.

Als sie wieder gesund und bei Kräften war, gab sie ihr ruchloses Leben auf. Sie achtete mehr auf ihre äußere Erscheinung und erhielt bald eine Stelle als Haushälterin bei einem Ministerialdirektor, dem kurz vor seiner Pensionierung die Frau verstorben war. Als dieser sich dann zur Ruhe setzte und in seine Heimatstadt Hagen zog, ging Luise mit ihm.

Dort traf sie Eva Thoma, Benedikts Schwester wieder. Evas Mann Jonathan war mit einer Gastwirtschaft in Witten gescheitert. Zum Glück wurden ihm die Schulden erlassen, weil der Käufer der Wirtschaft das gesamte Haus abreißen lassen wollte, um darauf Wohnhäuser zu bauen. Jonathan und Eva hatten Witten fluchtartig verlassen. In Hagen konnte er bei einem Schmied schnell Arbeit finden. Da sie kein Dach über dem Kopf hatten, hausten sie in einer lausigen Herberge. Bis sie Luise Redlich über den Weg liefen. Natürlich übernachteten sie ab sofort bei Luise und ihrem Ministerialdirektor, und selbstverständlich wurden die beiden Frauen dicke Freundinnen.

Aber die Gemeinschaft währte nur kurz. Die Firma, bei der Jonathan arbeitete, wurde schon bald nach Essen verlegt. Der Schmiedeinhaber erhoffte sich dort einen besseren Verdienst, weil die Firma Krupp ein Stahlimperium aufgebaut hatte und gute Zulieferer suchte.

Luise und Eva beschlossen, ihre Freundschaft nicht aufs Spiel zu setzen. In unregelmäßigen Abständen trafen sie sich mal in Hagen, mal in Essen. Aber seit Evas Schwangerschaft fanden die Treffen nur noch in Essen statt.

An diesem Tag ging Luise Redlich mit zwei schweren Tüten voller Lebensmittel zum Haus des ehemaligen Ministerialdirektors. Die Straße war mit Arbeitern, Reisenden und fliegenden Händlern bevölkert. Luise musste sich immer wieder ihren Weg durch die Menschen bahnen.

Sie zog den Schal enger um ihren Hals. Im April war es in Deutschland meistens noch kühl, die wärmeren Monate kamen erst noch.

Er war schon an ihr vorüber, als sie ihn erkannte.

Luise blieb stehen. Es schickte sich nicht für eine Dame, sich nach einem Mann umzusehen, aber sie tat so, als habe sie ihr Taschentuch verloren, bückte sich und konnte hinter sich blicken.

Ohne Zweifel, das war er! Mein Gott, wie hatte er sich verändert. Aber dieser Gang war typisch für ihn. Sie rief seinen Namen, leise und zögernd. Benedikt stockte und hob lauschend den Kopf. Noch einmal rief sie ihn, diesmal lauter.

Er drehte sich zu ihr um. Nur zehn Sekunden benötigte er, um sie zu erkennen. Ein freudiges Strahlen trat in seine Augen.

»Luise? Du ...?«

Er ließ seinen Rucksack einfach fallen, kam die wenigen Schritte, die sie trennten, auf sie zugelaufen und umarmte sie innig. Dann schob er sie sacht ein wenig zurück, ohne ihre Schultern loszulassen und betrachtete sie.

»Du bist schön geworden.«

Sie hatte mindestens zehn Kilo weniger als damals. Aber ihre Brüste, an denen sein Blick hängen blieb, waren immer noch so gewaltig wie früher.

Luise lächelte in sich hinein. Das war also der Benedikt, den sie so sehr begehrt hatte, der aber unerreichbar für sie war. Der Bart machte ihn noch älter aber auch attraktiver. Sie spürte eine leichte Gänsehaut auf ihrem Rücken, als er sie immer noch nicht losließ.

»Was machst du hier in Hagen?«

Sie fragten es beide gleichzeitig und lachten so laut, dass sich einige Passanten nach ihnen umdrehten.

»Können wir uns in Ruhe irgendwo unterhalten?«, fragte Benedikt.

»Aber klar. Ich kenne ein hübsches Café.«

Benedikt lief zu seinem Rucksack, schulterte ihn und hakte sich bei Luise ein. Das von Luise als Café bezeichnete Haus war aufwendig restauriert mit schönem Ambiente und großen Spiegeln. Das Angebot war umfangreich und bot alles vom Frühstück bis zum Abendessen. Luise bestellte sich einen Tee, Benedikt ein Bier. Er hatte von der langen Reise richtig Durst bekommen.

Luise hatte ihren Mantel ausgezogen und über den Kleiderhaken neben ihrem Tisch gehängt. Ein kleiner Ofen in der Ecke spendete behagliche Wärme. Benedikt hielt seine Hände in die Richtung und rieb sie.

»Im Zug war es sehr kalt«, erklärte er. »Hier ist es richtig gemütlich.«

»Leider gibt es zu wenige von diesen Öfen. Man könnte viel mehr davon gebrauchen. In den meisten Häusern frieren die Menschen den ganzen Winter über.«

»Nun erzähl mal«, forderte er Luise auf. »Ich bin ganz aufgeregt. Wie lange haben wir uns nicht gesehen? Zehn Jahre?«

»So ungefähr.« Sie begann langsam von ihrer Reise nach Hannover zu berichten und von der Anstellung als Haushälterin. Als sie zwischendurch einmal an ihrem Tee nippte, hielt sie kurz die Luft an. Sie hatte erwartet, dass Benedikt sie weiter ausfragen würde. Aber er gab sich mit ihrer Erzählung zufrieden. Dann sprach er von Züschen. Luise registriert erstaunt, dass sie sich immer noch für die alte Heimat interessierte. Sie hing regelrecht an seinen Lippen und konnte gar nicht genug erfahren. Als er vom Tod seiner Frau Sophia sprach, wurde sie sehr traurig.

»Du hast sie also geheiratet«, sagte Luise leise. »Es tut mir sehr leid, dass Sophia tot ist. Ich kann mir vorstellen, wie schwer die Zeit danach für dich war.«

»Es war nicht schön«, gab Benedikt zu. »Besonders, weil der lange und kalte Winter bevorstand. Ich weiß immer noch nicht, wie ich ihn überstanden habe. Als der Brief von Eva kam, dass sie schwanger ist und wir sie doch besuchen sollen, bin ich sofort losgefahren. Sie wohnt in Essen.«

»Das weiß ich«, lächelte Luise.

»Du weißt das?«, fragte er überrascht.

»Aber sicher. Eva und ich sind die besten Freundinnen.« Sie erzählte so ausführlich wie möglich, wie sie sich getroffen hatten und dass sie sich nun immer noch alle paar Wochen sehen würden.

»Donnerwetter«, staunte Benedikt. »Davon hat sie nie etwas geschrieben.«

»Weil ich sie darum gebeten habe«, sagte Luise leise.

Er legte eine Hand auf ihren Arm. »Ich verstehe.« Er senkte den Kopf.

Luise sah ihn groß an. »Du weißt, was passiert ist, beziehungsweise nicht passiert ist?«

Benedikt nickte. »Jakob hat es mir erzählt. Ich habe dir sehr Unrecht getan, weil ich geglaubt habe, dass du …«

»Bitte«, unterbrach sie ihn. »Es ist lange vorbei. Jeder hätte an deiner Stelle so gehandelt.«

Damals hatte Luise sich von Jakob und Bruno überreden lassen, einer Wolfsfährte nachzugehen. Aber alles, was Bruno von ihr wollte, war Sex. Als sie sich wehrte, rollte sie einen Abhang hinab und blieb mitten auf dem Weg am unteren Ende liegen. In diesem Augenblick tauchte Benedikt auf. Er sah Luises aufgeschürfte Arme, ihre zerzausten Haare, und nur ein logischer Gedanke schien der richtige für ihn zu sein. Zumal im Hintergrund auch noch Bruno und Jakob auftauchten. Ohne ein Wort zu Luise war Benedikt mit seinem Wagen davongefahren. Erst Jahre später hatte Jakob ihm gesagt, dass absolut nichts zwischen ihnen vorgefallen war.

»Ich habe mit allem, was Züschen betrifft, abgeschlossen«, sagte Luise

»Schade«, meinte er.

Sie hob den Kopf und sah ihn schräg an. »Wie meinst du denn das?«

»Ach, ist nicht so wichtig.« Da in diesem Moment aus der Ferne ein lang gezogener Pfiff ertönte, war die plötzlich peinlich werdende Unterhaltung beendet. »Mein Zug«, sagte Benedikt.

»Ich muss gehen.«

Er legte einen Geldschein auf den Tisch und stand auf. Unschlüssig blieb er stehen und sah auf Luise hinab. Sie blickte nicht auf.

»Kommst du irgendwann mal wieder?«, fragte sie leise.

»Vielleicht«, antwortete er, und dann plötzlich: »Was hältst du davon, wenn du mitfährst nach Essen? Ich könnte den nächsten Zug nehmen, morgen oder übermorgen …«

Sie schüttelte langsam und betrübt den Kopf. »Im Moment geht das nicht. Ich kann Herrn Waldheim, meinen Ministerialdirektor, nicht allein lassen. Es geht ihm nicht gut. Wenn Eva allerdings ihr Baby geboren hat, dann komme ich gern. Wirst du so lange bei ihr bleiben?«

Benedikt überlegte. »Ich könnte es so einrichten. Ja, bestimmt. Soviel ich weiß, müsste die Geburt in einem oder zwei Monaten sein. Das dürfte kein Problem für mich sein.«

»Aber deine Landwirtschaft«, warf Luise ein.

»Die hat Jakob übernommen. Bei ihm ist sie in guten Händen.« Er lachte vergnügt. »Meine Schwester Eva bekommt ein Baby, und ich kann es kaum erwarten. Das hätte man mir mal vor fünf Jahren sagen sollen.«

Wieder ertönte ein langer Pfiff vom Bahnhof her. Luise stand auf. Benedikt half ihr in den Mantel und begleitete sie nach draußen. Dort trennten sich ihre Wege. Während er mit schnellen Schritten zum Bahnhof eilte, stand Luise regungslos auf dem Bürgersteig vor dem Café und sah ihm nach. Als er in der Ferne verschwand, konnte sie nicht verhindern, dass eine Träne über ihre Wange hinab rann. Sie wischte sie schnell fort und machte sich dann auf dem Weg zu ihrem Ministerialdirektor.

32

Es dämmerte, als der Zug in die Ruhrmetropole Essen einfuhr. Benedikt nahm seinen Sack und stieg aus. Auf dem Bahnsteig war es hektisch. Neuankömmlinge, die allein waren, wirkten unsicher und waren somit leicht zu erkennen. Auch Benedikt fand sich in dem Gedränge nicht sogleich zurecht. Der Bahnhof war größer als er ihn sich vorgestellt hatte.

Er packte sein Bündel und drängte sich durch die Menschen nach draußen auf den Vorplatz. Unzählige Pferdefuhrwerke standen am Straßenrand. Tadellos geputzte Zweispänner mit schwarzen Sitzen, Droschken und offene Zweiachser für die feinere Gesellschaft, einfache Leiterwagen für Arbeiter, die mit dem Zug aus den Nachbarstädten gekommen waren und sich nun auf einen gemütlichen Abend bei ihren Liebsten freuten.

Benedikt wurde nicht abgeholt. Er hatte Eva geschrieben, dass er irgendwann in diesen Tagen in Essen eintreffen würde. Aber die genaue Uhrzeit wusste er nicht. Die Luft roch nach Russ und Qualm, und über den Häusern konnte er dicke Rauchwolken erkennen, die aus den Schloten der Fabriken in den Himmel stiegen.

Er kramte in seiner Westentasche und zog einen zerknüllten Zettel heraus. Darauf hatte er sich Evas und Jonathans Anschrift notiert. Mit dem Zettel in der Hand ging er auf einen Droschkenfahrer zu, der neben seinem Gefährt stand und geduldig auf Fahrgäste wartete.

»Entschuldigen Sie bitte. Wissen Sie, wo das ist?« Benedikt hielt dem Mann den Zettel vor die Augen. Der warf nur einen kurzen Blick darauf, hob den Arm und zeigte nach rechts.

»Etwa fünfhundert Meter von hier«, sagte er. »Können Sie gar nicht verfehlen. Da steht ein Haus neben dem anderen. Welche Nummer ist es noch? Aha, 24. Müsste das vorletzte Haus sein.«

»Danke«, sagte Benedikt, steckte den Zettel ein und machte sich auf den Weg.

Hatte er geglaubt, nur auf dem Bahnsteig wäre eine riesige Menschenmenge, so sah er sich nun getäuscht. Die Straße, über die er ging, war übersät von Personen. Alles Arbeiter, wie er unschwer an ihrer Kleidung erkennen konnte. Sie sahen müde aus, mit leeren Augen und langsamen Gang. Ihre ganze Gestalt wirkte erbärmlich, und Benedikt fragte sich, ob so ein Leben wirklich lebenswert war.

Das Haus mit der Nummer 24 war tatsächlich das vorletzte in der Reihe. Alle Häuser hier waren mit scheußlichen braunroten Ziegelsteinen gebaut worden und glichen sich wie ein Ei dem anderen. Die Türen und Fensterrahmen waren offenbar von der schmutzigen Luft grau und unansehnlich geworden. An den Türen hingen keine Namensschilder.

Benedikt schaute an der Fassade empor. Es gab fünf Stockwerke. Er sah nach rechts. Die gesamte Mietskaserne betrug seiner Schätzung nach etwa zweihundert Meter. Es war eine geschlossene Blockrandbebauung mit circa fünfzig bis sechzig Wohneinheiten.

Während er noch darüber nachdachte, wie er Eva finden könne, wurde ein Fenster im vierten Stock geöffnet und eine blonde Frau schaute heraus.

»Benedikt!«

»Eva!«, rief er erfreut nach oben. »Endlich.«

»Ich mache dir auf. Es dauert nur ein bisschen.«

Fast fünf Minuten musste er vor der Tür warten, bis sie geöffnet wurde und seine schöne Schwester Eva vor ihm stand.

Aber mein Gott, wie hatte sie sich verändert! Ihr Gesicht wirkte verhärmt, blass und eingefallen, ihre Augen waren ohne jeden Glanz und ihr ehemals goldgelbes Haar nur noch ein Abklatsch von früher. Ihre Gestalt war unförmig geworden, was allerdings wohl an ihrer Schwangerschaft liegen musste.

Er streckte die Arme aus, und sie fiel ihm um den Hals. Dabei drückte er sie nur vorsichtig, um ja nicht dem ungeborenen Kind zu schaden.

»Eva, wie freue ich mich, dich zu sehen. Wie geht es dir denn?«

Im ersten Moment wollte sie sagen, dass es ihr gut gehe, aber dann sagte sie: »Ich vermisse euch. Hier ist alles so schrecklich, so dreckig, so … so …« Sie fand nicht die richtigen Worte, aber Benedikt verstand sie. Ja, hier würde er sich auch nicht wohlfühlen.

Er schaute sie prüfend an. Sie trug ein langes, dunkelblaues Kleid mit einer Schleife am hohen Kragen. Der Ausschnitt war viereckig und gab ein wenig von ihrer Brust frei. Benedikt hatte sich nie viel aus der Kleidung seiner Frau Sophia oder seiner Schwester Magdalena gemacht, aber er wusste aus ihren Erzählungen, dass die Kleider praktisch auf den Leib zugeschnitten wurden, und dass sich eine Dame kaum zu bücken wagte, um das Kleid nicht zu sprengen. Evas Kleid jedoch war weit geschnitten. Es fiel fast wie ein Sack von den Schultern bis zum Boden. Obwohl sie sich fröhlich gab und sich ganz offensichtlich über seinen Besuch freute, musste ihr die Schwangerschaft sehr zu schaffen machen. Während sie durch den Flur langsam über die steile, dunkle Treppe in den vierten Stock stiegen, hielt sie ununterbrochen ihre rechte Hand auf ihren Bauch.

»So, hier ist es.« Sie blieb vor einer Holztür stehen, drückte auf die Klinke und stieß sie auf. Sie ging vor ihm her durch einen engen, dunklen Flur in einen Raum, in dem es nach Essen und Kaffee roch. Eva blieb unsicher in der Mitte des Raumes stehen.

»Setz dich doch.«

Sie wies auf eine zerschlissene, ehemals helle Stoffcouch. Schnell legte sie eine Decke über die Sitzfläche und nickte ihm noch einmal zu. Benedikt ließ sich darauf nieder. Er sank tiefer ein, als er erwartet hatte.

»Die Polster müssten mal ausgewechselt werden«, sagte Eva. »Aber Jon hat dafür noch keine Zeit gehabt. Er hat mir aber versprochen, die Couch sobald wie möglich zu reparieren.«

Sie selbst setzte sich auf einen Stuhl. Dabei lag sie mehr als sie saß. Benedikt bemerkte es mit großer Sorge.

»Wann ist es denn soweit?«, fragte er mitfühlend.

»In vier oder fünf Wochen.«

»Es ist schwer, nicht?«

»Ja. Ich glaube, es werden Zwillinge. Hat der Arzt auch gesagt.«

»Ihr habt einen Arzt?«, fragte er überrascht.

»Ja, aber er ist nicht gut. Er ist ein Quacksalber. Das sagen jedenfalls die Nachbarn. Aber wir haben niemanden sonst, nicht mal eine Hebamme. Möchtest du etwas trinken? Einen Kaffee? Oder einen Tee? Entschuldige, aber ich bin eine schlechte Gastgeberin.« Sie wollte aufstehen, aber Benedikt hob rasch die Hände.

»Nein, nein, bemüh dich nicht, Evalein. Ich habe weder Hunger noch Durst.«

Sie lächelte leicht. »Da reden wir über Kaffee und Tee und sollten uns doch freuen, nicht? Du siehst gut aus, mein kleiner großer Bruder. Etwas älter geworden bist du ja, aber sonst kannst du dich noch sehen lassen.«

Er lächelte geschmeichelt.

»Erzähl mir doch von Züschen«, bat Eva. »Ich will so viel wie möglich hören.«

»Wollen wir damit nicht warten, bis Jonathan hier ist? Sonst muss ich alles doppelt erzählen.«

»Du denkst immer noch praktisch, was? Aber du hast recht. Jon kommt gegen acht.«

»Was arbeitet er eigentlich? Du hast nur geschrieben, dass er eine feste Anstellung hat.«

Sie nickte. »Er ist Schmied geworden.«

Benedikt konnte es nicht fassen. »Jonathan? Schmied?«

Eva musste über sein verdutztes Gesicht laut lachen. Doch sogleich verzog sie schmerzhaft den Mund. Ein lautes Stöhnen kam aus ihrem Mund, und schnell hielt sie sich wieder den Bauch.

»Was ist los?«, fragte Benedikt erschrocken. Er sprang auf, fasste ihren Arm. Aber sie hatte sich wieder beruhigt. Nur ihr Atem ging noch schwer, und auf ihrer Stirn standen plötzlich Schweißperlen.

»Sie treten mich andauernd«, sagte Eva. »Es ist, als würden Boxer in meinem Bauch um die Vorherrschaft kämpfen.«

Er sah sich um. Im Waschbecken lag ein Tuch. Er ergriff es, ließ ein wenig Wasser darüber laufen und legte es dann seiner Schwester auf die Stirn.

»Danke. Das tut gut.«

Benedikt setzte sich wieder. Da Eva die Augen geschlossen hatte, schwieg er und sah sich um. Die Küche war nicht groß, vielleicht vier oder fünf Quadratmeter. Die Couch nahm den meisten Platz ein. Er fragte sich, warum sie überhaupt in der Küche stand. Eine Couch hatte hier nichts zu suchen, aber er wollte Eva mit dieser Frage nicht beleidigen. Jeder konnte seine Wohnung nach eigenem Geschmack einrichten. An der anderen Seite gab es einen beigen Schrank mit zwei Glastüren und mehreren Schubladen. Auf dem Tisch lag eine bunte Decke und darauf stand eine Blumenvase. Sie war jedoch leer.

»Es gefällt dir hier nicht?«

Er hatte gar nicht bemerkt, dass Eva ihn beobachtet hatte.

»Es muss nicht mir gefallen, Schwesterchen«, antwortete er. »Es muss euch gefallen.«

»Es ist nicht einfach, eine schöne und saubere Wohnung zu bekommen. Die Industriestädte sind in den letzten Jahren rasend schnell gewachsen. Hier in Essen leben heute doppelt so viele Menschen wie noch vor dreißig Jahren. Seit die Firma Krupp ihr Werk aufgebaut hat, strömen die Leute in Scharen hierher. Sie versprechen sich Arbeit, Arbeit, Arbeit.«

Eva stand schwerfällig auf und ging zum Waschbecken. Sie ließ in eine gusseiserne Kanne Wasser ein und setzte sie auf den kleinen Herd neben dem Schrank. Wenig später flammte der Gaskocher auf.

»Ich muss etwas trinken«, meinte Eva. »Du auch. Du musst doch lange unterwegs gewesen sein.«

Benedikt überlegte kurz, ob er ihr von seiner Begegnung mit Luise erzählen sollte, ließ es dann aber.

Eva blieb am Herd stehen. »Die Mieten sind sehr hoch, und das Essen ist teuer. Wir müssen fast die Hälfte von dem, was Jon verdient, für Lebensmittel ausgeben. Wir essen hauptsächlich Kartoffeln und Brot. Gemüse gibt es selten.«

»Aber ... das ist doch unmöglich«, fuhr Benedikt auf. »Gerade jetzt, in deinem Zustand.«

»Ich weiß«, nickte Eva. »Deswegen arbeitet Jon ja auch von morgens sechs bis abends acht. Er will mir und den Kindern ein besseres Leben bieten, als wir es jetzt haben.« Sie deutete mit der ausgestreckten Hand nach nebenan. »Dort ist unser Wohnzimmer und daneben das Schlafzimmer. Wir können gern ins Wohnzimmer gehen, Benedikt, aber da ist es kalt. Ich warte sehnsüchtig auf den Sommer. Wir leiden hier unter mangelnden hygienischen Zuständen, unter Kälte im Winter und unter Feuchtigkeit im Frühjahr und Herbst. Jon hatte letztes Jahr eine Lungenentzündung. Ich habe euch nicht geschrieben, um euch nicht zu beunruhigen, aber er wäre fast gestorben.« Ihre Stimme brach ab. Das Wasser kochte, und sie schüttete es durch ein Sieb in zwei klobige Tassen. Damit kam sie zum Tisch zurück.

»Wir haben nicht mal eine eigene Toilette. Sie ist auf dem

Gang für alle vier Etagen. Dabei vermieten einige noch ihre Wohnzimmer an Untermieter. Auch die benutzen die Toiletten. Du kannst dir vorstellen, wie das hier zugeht.«

Benedikt stieß die Luft aus. So hatte er sich das Leben seiner Schwester nicht vorgestellt. Aber Tee konnte Eva zubereiten, der schmeckte ausgezeichnet.

Danach zeigte sie ihm dann doch das Wohnzimmer und das Schlafzimmer. Sie hatte nicht übertrieben. Es zog aus allen Ritzen. Die Wände im Schlafzimmer waren an vielen Stellen feucht.

»Ihr müsst nach Züschen zurückkommen«, sagte Benedikt leise.

»Was glaubst du, wie oft wir daran gedacht haben.« Eva stand neben ihm, sie berührten sich, was beiden eine lang vermisste Vertrautheit zurückgab. »Aber was soll Jon arbeiten? Wieder Handlungsreisender werden? Das will ich nicht.«

»Es gibt so viel, was er tun könnte«, meinte Benedikt. »Hier sollten eure Zwillinge auf keinen Fall aufwachsen.«

33

Sie gingen zurück in die Küche. Eva sah auf die Uhr an der Wand. Inzwischen war es acht Uhr geworden. Jonathan kam um kurz vor halb neun. Seine schlaksige Gestalt nahm fast den gesamten Türrahmen ein. Auch er hatte sich verändert. Er hatte ein wenig zugenommen, ein paar Falten mehr im Gesicht und dünne Haare bekommen. Sein Gesicht war grau von Russ und Qualm, aber sein Blick wirkte glücklich und zufrieden. Er trug einen dunkelblauen Overall, der von vielen Flecken und Flicken überzogen war.

Die beiden umarmten sich.

»Wann bist du gekommen?«, fragte Jon endlich.

»Vor einer Stunde etwa.«

»Hat dir Eva was zu essen gemacht? Hat sie dir unsere Wohnung gezeigt, von uns erzählt, von dem Baby?« Er sprudelte über vor Aufregung.

»Langsam, langsam, Jon«, sagte Benedikt. »Nur erst mal mit der Ruhe. Aber um deine Fragen zu beantworten: Ja, Eva hat mir alles erzählt und gezeigt.«

»Und?« Jon setzte sich an den Tisch, auf den Eva eine Schüssel mit Kartoffeln, eine dünne Suppe und Brot gestellt hatte. Jon griff mit gesundem Appetit zu. »Sag schon: Gefällt es dir bei uns?«

Benedikt warf seiner Schwester einen raschen Blick zu. »Nun ja,« meinte er langsam. »Man muss sich daran gewöhnen.«

»Siehst du?« Jon wandte sich an seine Frau. »Das sag ich auch immer. Weißt du, Benedikt, Eva gefällt es hier nicht. Aber kannst du dir in der heutigen Zeit was Besseres vorstellen? Ich habe Arbeit, gute Arbeit. Du brauchst dich doch nur umzusehen. Die Straße ist voll von Arbeitssuchenden.« Er löffelte seine Suppe und kaute auf dem Brot, das nicht mehr frisch zu sein schien. »Da ist man froh, eine Beschäftigung zu haben. Die Arbeit macht mir sogar Spaß, mehr als dieses Handeln. Da wusste man doch nie, was man abends in der Tasche hatte. Jetzt habe ich einen geregelten Lohn. Lebt Michels noch?«

»Ja.«

»Geht's ihm gut?«

»Er ist alt geworden, aber er macht noch seine Runden.«

Jon lächelte. »Der gute alte Michels. Der wollte damals schon aufhören, hat er jedenfalls gesagt. Komm, greif zu. Die Suppe ist köstlich. Eva kocht gut.«

Wieder wechselte Benedikt einen schnellen Blick mit seiner Schwester. Eva hatte sich bei Jonathans Worten schnell umgedreht und hantierte nun am Spülbecken.

»Du bist also Schmied geworden«, sagte Benedikt.

»Na ja, so kann man das nicht sagen«, antwortete Jonathan. »Ich habe den Beruf nicht gelernt, ich bin mehr ein Hilfsarbeiter. Das sind wir alle. Doch wir haben die gleichen Rechte wie der Schmied selbst. Diese neuen Gesetze der Reichsregierung haben das gemacht. Sozialdingsbums ... ich weiß nicht, wie man sie genau nennt. Aber sie geben jedem Arbeiter mehr Rechte als früher. Dieser Bismarck ist gut. Dann haben wir noch einen Abnehmer, der sich nicht lumpen lässt. Die Firma Krupp. Wenn ich dort arbeiten könnte, wären wir gerettet. Die Beschäftigten haben zwar strenge Pflichten, aber im Gegenzug auch umfangreiche Hilfen und Vergünstigungen. Sie können verbilligte

Wohnungen nutzen und sie erhalten Krankversicherungsschutz. Das musst du dir mal vorstellen, das gab es in Deutschland noch nie. Wenn ich dann bis zu meiner Rente bei Krupp arbeite, erhalten wir eine Altersversorgung. Es ist wirklich ein Glücksfall, dass es uns nach Essen verschlagen hat.«

Jon zog plötzlich die Augenbrauen hoch. »Weißt du, wen wir in Hagen getroffen haben? Luise Redlich. Du erinnerst dich doch noch an sie, oder? Luise und Eva sind sogar gute Freundinnen geworden. Stimmt´s Evchen?«

»Ja«, sagte sie.

»Ich habe mit Luise gesprochen«, sagte Benedikt.

»Nein.« Jon und Eva riefen es gleichzeitig.

In wenigen Worten berichtete Benedikt von seiner Begegnung mit Luise. Sie beschlossen, ihr zu schreiben und sie für einen der nächsten Sonntage nach Essen einzuladen.

Später saßen sie bei einem Glas Wein, den Benedikt spendierte hatte, am Küchentisch. Eva trank nur Wasser. Benedikt erzählte von Züschen. Sie wollten alles wissen, und er ließ nichts aus. Als er von Pfarrer Frickes Strafen in der Schule berichtete, wurde Eva richtig böse.

»Was bildet sich der Kerl nur ein? Gut, dass unsere Mutter das nicht mehr erlebt hat. Die hätte nie etwas dagegen unternommen und Vater auch nicht. Dabei hat er der Kirche mehr geholfen als alle anderen. Immerhin hat er seine Scheune zur Verfügung gestellt, als die Kirche renoviert wurde. Du hast genau richtig gehandelt, Benedikt. Ich finde es wunderbar, dass Johannes nun in Paderborn ist und seinen Traum verwirklichen kann.«

Danach erzählte er fast eine Stunde von Sophia, von der schönen Zeit, in der er mit ihr verheiratet war und von ihrem plötzlichen Tod. Er machte sich immer noch Vorwürfe, dass er nicht bei ihr gewesen war. Benedikt hatte Tränen in den Augen, als er darüber sprach. Eva und Jonathan fühlten sich in diesen Minuten hilflos wie kleine Kinder. Erst als Benedikt von seinen beiden Töchtern berichtete, hellte sich seine Miene wieder auf. In ihnen, so sagte Eva, lebe Sophia ganz bestimmt weiter.

Es wurde spät, und als Jonathan vor Erschöpfung kaum noch die Augen aufhalten konnte, gingen sie ins Bett. Eva hatte für Benedikt die Couch zurechtgemacht. Sie war viel zu klein, deshalb schlief er sehr unruhig. In der Nacht kam Eva viermal in die Küche, um sich ein Glas Wasser zu holen. Benedikt tat stets so, als würde er schlafen, aber durch die halbgeschlossenen Lider sah er, wie sehr sie litt und dass sie Schmerzen hatte.

Am Morgen hatte er beschlossen, bis zur Geburt zu bleiben. Jon würde nicht dabei sein können. Er durfte keinen Tag fehlen, das hätte ihn trotz der neuen Sozialgesetze den Job gekostet.

Aber Benedikt benötigte Geld. Seine Barschaft war bereits jetzt erheblich geschrumpft. Er musste sich also dringend eine Beschäftigung suchen.

Am nächsten Tag zeigte Jonathan Benedikt den Ort, an dem er arbeitete. Es war ein alter Schuppen, in dem ein Amboss, ein Schmelzofen und unzählige Geräte herumstanden. Drei Männer bearbeiteten ein glühendes Eisen mit einem schweren Hammer, ein Vierter beheizte unaufhörlich einen großen Ofen. Er stellte sich als der Schmied vor.

»Wir schmieden Verbindungsstücke für Eisenbahnschienen, die uns die Firma Krupp abkauft«, erklärte er stolz. »Aber wir müssen gut sein. Es gibt viele Firmen, die die gleiche Arbeit machen und nur darauf warten, dass einem ein Fehler unterläuft.« Er lachte. »Wir warten ja auch darauf.«

Benedikt deutete auf sechs Öfen, die in der äußersten Ecke standen. »Was ist damit?«

Der Schmied und Jon sahen hinüber. »Das waren mal Bestellungen«, sagte Jon, »aber die brauchen wir nicht mehr. Wir schmelzen das Eisen ein und verarbeiten es wieder.«

»Habt ihr noch mehr davon?«

Der Schmied lachte schon wieder. Er schien entweder ein lustiger Mann zu sein oder er wollte seine schwere Arbeit mit einem Lachen nur übertönen. »Sie werden es nicht glauben, aber hinten im Hof gibt es noch einen Schuppen. Da stehen fast zwanzig Stück.«

Mit einem Mal war Benedikt wie elektrisiert. »Ich kaufe sie euch ab.«

»Was?«, fragte Jon irritiert.

»Ich nehme sie. Wie viel verlangen Sie dafür?«

Der Schmied war vollkommen überrascht. Die anderen drei Arbeiter hatten mit ihrer Tätigkeit aufgehört und verfolgten das Gespräch ungläubig.

»Nichts, das heißt, wir haben für das Eisen und Stahl bezahlen müssen. Deswegen können wir die Öfen nicht umsonst abgeben.«

»Ich zahle euch einen Taler für jeden Ofen. Das ist sozusagen eine Anzahlung. Von jedem verkauften Ofen bekommt ihr zwanzig Prozent vom Gewinn.«

Der Schmied starrte ihn mit offenem Mund an. »Das ist eine Menge.«

»Ich weiß.«

»Was willst du damit machen?«, fragte Jon.

»Hast du nicht selbst gesagt, dass das Ruhrgebiet explodiert? Die Leute müssen sich wärmen, sie brauchen Öfen.«

Der Schmied schüttelte den Kopf. »Das haben schon andere versucht. Damit werden Sie genauso scheitern. Sonst hätten wir die Öfen nicht im Schuppen.«

»Lassen Sie mich nur machen«, beharrte Benedikt.

»Wie du willst«, sagte Jonathan lahm.

34

Benedikt verlor keine Zeit. Seine Barschaft betrug nach Abzug der Kosten für die Öfen noch etwas über sechzig Taler. Er hoffte, dass es reichte, um zwei gute Pferde und einen großen Wagen zu kaufen. Ihm war klar, dass er nicht alle Öfen auf einmal aufladen und transportieren konnte. Zunächst wollte er es mit zehn Stück versuchen. Auch das Vertriebsgebiet sollte noch nicht allzu weit ausgedehnt werden.

Ein kleiner Bauer, der außerhalb von Essen in den sumpfigen Gebieten mehr recht als schlecht versuchte, Gemüse anzubauen, verkaufte ihm zwei Pferde.

»Sie fressen mehr als sie einbringen«, sagte er zu Benedikt. »Ich habe noch drei. Die genügen, die sind mir schon fast zu viel.«

»Haben Sie auch einen Wagen zu verkaufen? Einen Leiterwagen mit einer Plane vielleicht?«

»Nee, aber ein paar Kilometer weiter wohnt Leo. Der hat so einen. Fragen Sie den mal.«

Er hieß Leo Dombrink, war alt und krank und lebte von dem, was die Nachbarn ihm zu essen und zu trinken gaben. Er habe zwei Leiterwagen, sagte er. Ob Benedikt nicht beide kaufen wolle.

Aber der war mit einem mehr als zufrieden.

Die Sonne ging über einem fast wolkenlosen Himmel auf. Noch war die Luft nicht von den Abgasen der Fabriken dunstig, noch konnte man ohne Schmerzen in den Lungen atmen. Der Schmied und seine Mitarbeiter halfen Benedikt, die Öfen auf die Ladefläche zu hieven. Sie standen in der Tür ihrer Schmiede und schauten ihm nach, als er mit dem schweren, voll beladenen Wagen losfuhr.

Das Gebiet entlang der Ruhr war um diese Zeit sehr abwechslungsreich geworden. Das ländliche Ruhrtal war von kleinen Gewerbetreibenden, hauptsächlich Eisenhammern, besiedelt. Im Norden gab es weitgehend nur unberührte Natur und Heide mit freilaufenden Wildpferden. Benedikt hatte sich die Reiseroute gut ausgedacht. Er wollte zunächst in den Städten, später dann auch in den weniger besiedelten Gegenden sein Glück versuchen.

Der Weg führte über Schotterstraßen, vorbei an Häuserfronten, die trist und grau in der sich trübenden Sonne standen. Alle Fenster waren geschlossen, keine Menschenseele zu sehen.

Nach fast zehn Minuten entdeckte Benedikt ein paar Arbeiter am Straßenrand. Sie rauchten und blickten ihm gleichgültig nach. Benedikt versuchte erst gar nicht, sie zu fragen, ob sie Öfen benötigten. Er war überzeugt davon, dass er sie nur bei reichen Leuten verkaufen konnte. Also hielt er Ausschau nach den entsprechenden Häusern. Er ließ seinen Blick über die Fronten schweifen. Alle Gebäude sahen nicht sehr einladend aus. Erst als er die Stadtgrenze von Essen erreichte, wurden die Häuser feudaler. Alle hatten Schornsteine, aber kein Rauch stieg daraus hervor. Möglicherweise, weil ihnen der passende Ofen dafür fehlte.

Im ersten Haus, an dessen Tür er klopfte, öffnete ihm eine schlanke, fast dürre Frau. Sie war offenbar im Begriff, gerade auszugehen und sah Benedikt von oben herab hochnäsig an.

Benedikt stellte sich vor und sagte, was er anzubieten hatte. Sie geriet aus der Fassung. Welche Unverschämtheit ihn geritten habe, bei ihr zu klopfen? Sie habe keine Zeit und wolle auch keinen Ofen. Rumms, war die Tür zu.

Im zweiten Haus erschien ein Dienstmädchen, das überhaupt nichts zu sagen hatte. Im dritten Haus kam ein Mann an die Tür, den Benedikt wohl aus dem Bett geholt hatte. Er rief ohne auf Benedikts Erklärung zu warten seine Hunde, und Benedikt machte, dass er davonkam. Auch die Bewohner der nächsten fünf Häuser, an denen er klopfte, kauften keinen Ofen.

Bei Einbruch der Dunkelheit hielt er bei einem Bauern an, der keinen Schornstein am Haus hatte und somit auch keinen Ofen benötigte. Benedikt wollte nur eine Bleibe für die Nacht. Er durfte in der Scheune schlafen.

Am nächsten Morgen stand der Mann neben Benedikts Leiterwagen und beäugte die Öfen.

»Junger Mann«, sagte er, »das wird doch nichts mit den Dingern. Am besten, Sie schmeißen sie in den nächsten Fluss. Es ist Frühling und es wird bald Sommer. Da kauft keiner einen Ofen.«

Benedikt schüttelte den Kopf, sagte aber nichts und zog weiter. Über Nacht war ihm nämlich die Idee gekommen, bis nach Hagen zu fahren. Dort hatte er in dem Café, in dem er mit Luise gesessen hatte, einen wärmenden Ofen gesehen. Gerade jetzt, wo es zwar tagsüber schon sehr warm wurde, aber abends und morgens noch erbärmlich kalt war, konnte man einen Ofen gut gebrauchen. Vielleicht hatte der Ofen in dem Café für andere den Anreiz, auch einen zu erwerben.

Luise!

Sein Herz schlug schneller, als er an sie dachte.

Hagen hatte etwa sechsundzwanzigtausend Einwohner, knapp halb so viele wie die Stadt Essen. Benedikt wusste nicht, wo Luise wohnte. Er fragte den Erstbesten nach einem pensionierten Ministerialdirektor. Keine Ahnung, sagte der Mann. Er war auch zu jung, um mit dem Titel etwas anfangen zu können.

In der Innenstadt Hagens war Jahrmarkt. Mit seinem Leiterwagen kam Benedikt deshalb nur langsam vorwärts. Meistens musste er anhalten, um Passanten vorbei gehen zu lassen. Die meisten beachteten ihn kaum.

Da er Hunger verspürte, hielt er an einer Straßenecke an, band die Zügel der Pferde um einen alten Pfosten und schlenderte zu den vielen Verkaufsständen. Angst, dass jemand seinen Leiterwagen stehlen würde, hatte Benedikt nicht.

Es gab Stände mit Obst, Gemüse, Leder- und Holzwaren und Stände mit Fleisch. Da allerdings seit Stunden die Sonne darauf geschienen hatte, war es unansehnlich geworden. Von manchen Sorten stieg schon übler Geruch auf. Trotzdem bemerkte Benedikt, dass einige Frauen, hauptsächlich die, die alte Kleidung trugen oder in Lumpen gehüllt waren, das vergammelte Fleisch kauften.

Die Obst- und Gemüseverkäufer übertönten sich mit lautstarkem Werben. Noch lauter waren nur die bunt gekleideten Männer, die am Ende der Straße Zuschauer für Zauberer und Wahrsager herbeilocken wollten. Diese Stände waren am meisten von Kindern umringt. Aber sie hatten nicht genug Geld dabei, um eine der Vorstellungen besuchen zu können.

Benedikt sah sich die Gemüsestände genauer an. Die ausgestellte Ware war gut und frisch, die Preise nicht zu hoch. Er kaufte ein paar Möhren, die er roh aß, dann vom Stand daneben einige Äpfel und Birnen. Danach war er fürs Erste satt. In seiner Tasche steckte noch die Blechdose mit Wasser. Es war zwar abgestanden und warm, aber es löschte seinen Durst.

Langsam schlenderte er weiter. Hinter einem Stand, der Bonbons, Schokolade und andere Süßigkeiten verkaufte, befand sich eine Gastwirtschaft. Benedikt trat ein. Fünf Männer saßen an einem Tisch, rauchten und redeten. Der Wirt hob kaum den Kopf, als Benedikt näherkam.

»Bitte, was darf´s sein?«, fragte er nur kurz angebunden.

»Eine Auskunft.«

Jetzt runzelte der Wirt die Stirn. Er wollte ein Geschäft machen, nicht jemanden beraten.

»Ich suche einen ehemaligen Ministerialdirektor. Er ist pensioniert und wohnt in Hagen. Kennen Sie ihn zufällig?«

Der Wirt schaute zu den fünf Männern an dem Tisch. »He, Kurt, hier will einer wissen, wo Waldheim wohnt.«

Ein kauziger alter Mann mit dichtem Bart schaute herüber. »Wer will das wissen und warum?«, knurrte er zwischen den Zähnen hindurch, ohne seine Pfeife aus dem Mund zu nehmen.

»Dieser Mann hier.« Der Wirt deutete mit einem kurzen Kopfnicken auf Benedikt.

»Ich möchte ihn besuchen«, sagte Benedikt rasch. »Ich kenne ihn von früher.«

»Da haben Sie sich einen feinen Mann ausgesucht. Meine Hochachtung.« Es klang ironisch und sogar abfällig. »Gehen Sie einfach die Hauptstraße entlang aus der Stadt hinaus. Etwa einen halben Kilometer, bis die Pflastersteine der Straße aufhören. Dann müssen Sie rechts abbiegen, nach zweihundert Metern kommt sein Haus. Sie können es eigentlich nicht verfehlen. Auf dem Dach steht ein kleiner Turm mit einer Glocke.« Der kauzige Mann lachte meckernd. »Manchmal läutet sie sogar. Fragen Sie Waldheim mal, wann er sie läuten lässt und wann nicht. Wir möchten uns danach richten.«

Die anderen Männer grinsten.

Benedikt bedankte sich höflich und ging zur Tür. Dort blieb er stehen und drehte sich zu dem Wirt um. »Entschuldigen Sie, eine Frage habe ich noch. Wie oft ist hier Jahrmarkt?«

»Einmal im Monat.«

Benedikt verließ das Gasthaus. Das Treiben auf dem Jahrmarkt hatte zugenommen. Jetzt entdeckte er auch Händler, die Tücher, Stoffe und sogar Gardinen anboten. Am Ende der Straße verkauften drei finstere Gesellen lebendige Tiere: Schweine, Hühner, Gänse und Enten. Auch ein paar junge Hunde, kaum älter als ein paar Wochen, waren dabei. Sie jaulten kläglich, was die Verkäufer aber nicht kümmerte.

Benedikt eilte zurück zu der Stelle, an der er seine Pferde angebunden hatte. Niemand hatte sie angerührt, auch alle Öfen standen noch ordnungsgemäß auf dem Leiterwagen. Er band die Pferde los und setzte sich auf den Bock. Wieder kam er nur langsam voran, aber diesmal störte es ihn nicht. Dabei konnte er mühelos nach einem guten Platz Ausschau halten.

Bald schon hatte er zwischen einem Gewürzhändler und einem Altwarenverkäufer einen guten Platz gefunden. Er stellte seinen Wagen so ab, dass die Pferde auf den ersten Blick von der Hauptstraße aus nicht zu sehen waren. Dann klappte er die hintere Barriere des Leiterwagens um, nahm die Tücher ab, mit denen er die Öfen zugedeckt hatte und hängte sie an das untere Ende des hinteren Wagenteils. Danach betrachtete er sein Werk.

Es sah alles doch schon viel einladender aus.

35

Hin und wieder blieb jemand vor seinem Stand stehen, beäugte die Öfen und ging weiter. Inzwischen hatte Benedikt sich mit dem Gewürzhändler angefreundet. Er hieß Josef und stammte aus Ostpreußen. Seine Gewürze bezog er von einem Händler aus Süddeutschland, der ihn einmal in einem Vierteljahr belieferte.

Obwohl die Sonne sich hin und wieder durch die Wolken kämpfte, fror Benedikt bald. Der Tag war lang gewesen, und niemand wollte seine Öfen kaufen. Zweimal fragte jemand nach dem Preis, und beide Male wurde nur die Nase gerümpft.

Am Nachmittag begannen die ersten Händler, ihre Waren einzupacken. Auch Benedikt richtete seinen Wagen wieder so her, wie er gekommen war. Er verabschiedete sich von Josef, dem Gewürzhändler und trieb die Pferde bis zum Ende der Hauptstraße. Dann bog er nach rechts ab, so wie es ihm der kauzige alte Mann in der Gastwirtschaft gesagt hatte.

Das Haus des ehemaligen Ministerialdirektors war in der Tat nicht zu übersehen. Es war größer als die Häuser in der Nachbarschaft. Der kleine Glockenturm war so etwas wie das Wahrzeichen des Gebäudes.

Direkt vor dem Haus zügelte Benedikt die Pferde. Bestimmt drei Minuten saß er regungslos auf dem Bock und schaute auf die schwarze Haustür, die sich von den helleren Außenwänden deutlich abzeichnete. Für einen Moment hatte er das Gefühl, Zuhause angekommen zu sein.

Luise Redlich hatte sich gut unter Kontrolle, als Benedikt Halbach so unvermutet auftauchte. Sie zeigte ihre Freude nicht, obwohl sie ihm am Liebsten um den Hals gefallen wäre. Sie blickte ratlos zwischen dem Wagen mit den Öfen und ihm hin und her und fragte schließlich fassungslos:

»Was willst du denn damit?«

»Eigentlich wollte ich sie verkaufen, aber …« Zerknirscht sah er sie an. Sie nahm ihn in den Arm. Benedikt genoss diese Geste, er hielt sie sehr lange fest, fast zu lange, denn sie war es, die ihn zurückschob, ihre Kleidung richtete und schließlich fragte: »Hast du schon eine Bleibe für die Nacht?«

Er schüttelte stumm den Kopf.

Luise zögerte, sah ins Haus hinein, dann wieder zu ihm. »Du kannst hierbleiben. Herr Waldheim ist seit Tagen bettlägerig, und wir haben noch zwei Gästezimmer.«

»Danke. Ich … ich bin auch sehr müde.«

Sie nickte. »Gut. Aber nur einen Tag, Benedikt. Mehr geht nicht. Die Leute würden reden, und das möchte ich Waldheim nicht zumuten. Er ist immer fair und gut zu mir gewesen. Ich möchte ihn nicht enttäuschen.«

»Das verstehe ich sehr gut, Luise. Es ist auch nur, weil ich die letzten Nächte nur in Scheunen oder unter dem Leiterwagen geschlafen habe.« Er drehte sich um und deutete auf seine Pferde. »Was mache ich damit?«

»Tja …« So richtig wusste sie auch keinen Rat.

Benedikt warf einen raschen Blick am Haus vorbei. Ein kleiner, unebener und steiniger Weg führte an der Hauswand entlang zu einem großen Garten. »Vielleicht kann ich den Wagen dort am Rand des Gartens stehen lassen? Die Pferde benötigen nicht viel. Ich reibe sie gut ab und binde sie fest. Sie können von dem Gras fressen. Wasser gibt es ja wohl für sie, oder?«

»Natürlich. Im Garten ist ein kleiner Brunnen.«

Etwa eine halbe Stunde später betrat Benedikt das Haus durch den Hintereingang. Luise führte ihn in das Wohnzimmer. Es war rational eingerichtet mit drei Sesseln, von denen einer überdimensional groß war, einer Couch, sowie einem langen Tisch aus gehobeltem Holz. Darum herum standen sechs Stühle. An der Wand lehnte ein Regal, in dem sich nur ein paar Porzellanfiguren tummelten.

»Herr Waldheim sitzt seit einigen Tagen nur noch dort«, sagte Luise und deutete auf den großen Sessel. »Bald kommt der Tag, an dem er getragen werden muss. Aber das schaffe ich nicht. Möchtest du etwas essen, trinken?«

»Nein. Vielen Dank. Wie ich schon sagte, bin ich wirklich müde. Ich würde beim Essen einschlafen, und das wollen wir doch nicht.«

Luise zeigte ihm seine Kammer. »Gute Nacht, Benedikt.«

»Gute Nacht, Luise. Vielen Dank.«

Sie nickte leicht und ging hinaus. Keine fünf Minuten später legte sich Benedikt ins Bett und war augenblicklich eingeschlafen.

Am nächsten Morgen lernte Benedikt den ehemaligen Ministerialdirektor Waldheim kennen. Er saß in dem großen, überdimensionalen Sessel, den Kopf gegen die Kopfstütze gelehnt. Er bewegte nur die Augen, aber mit dem Blick verfolgte er Benedikt auf Schritt und Tritt. Sein Händedruck war schlaff. Benedikt setzte sich dem alten Herrn gegenüber und erzählte unaufgefordert von sich und seiner Idee, Öfen zu verkaufen. Als er von seinen bisherigen Erlebnissen berichtete, huschte so etwas wie ein Lächeln um Waldheims Lippen, und die Andeutung eines Kopfnickens war zu sehen.

»Ich glaube«, sagte Benedikt, »die Idee mit den Öfen war doch nicht so gut. Nun sitze ich auf den Dingern fest und werde sie nicht los. Die Pferde kosten mich mehr, als ich habe oder verdiene. Vermutlich muss ich alles verschenken, um wenigstens halbwegs ungeschoren davon zu kommen.«

Waldheim machte eine kleine, kaum wahrnehmbare Handbewegung, worauf Luise sich rasch neben ihn kniete und ihr Ohr an seinen Mund legte. Nach ein paar Minuten erhob sie sich wieder.

»Das Sprechen fällt ihm schwer«, erklärte sie Benedikt. »Aber er meint, du müsstest über die Dörfer ziehen. In den Städten oder größeren Gemeinden hättest du weniger Glück. Dort hat niemand mehr Zeit für einen gemütlichen Abend am Ofen.«

Sie beugte sich abermals zu Waldheims Mund hinunter und

lauschte. Diesmal dauerte es etwas länger, bis Luise sich wieder Benedikt zuwandte. Sie sah sehr angestrengt aus.

»Im mittleren Ruhrgebiet haben sich zahlreiche Industriedörfer entwickelt. Hier solltest du anfangen. Es käme auf einen Versuch an, meint er.«

Benedikt kniete sich automatisch vor Waldheim nieder und ergriff dessen Hände.

»Danke«, flüsterte er. »Ich werde Ihren Rat befolgen. Noch heute fahre ich los.«

Er stand auf. Waldheim bedeutete Luise, noch einmal zu ihm zu kommen. Sie lächelte über das ganze Gesicht, als sie sich wieder erhob.

»Er meint, morgen sei früh genug. Du sollst ihm von deiner Arbeit, deinem Leben und deiner Heimat erzählen. Er ist sehr wissbegierig, musst du wissen. Aber übertreib nicht. Er würde es sofort merken.«

Es wurde ein langer Tag, der spät in der Nacht erst endete. Ministerialdirektor a.D. Gustav Waldheim schlief zwar zwischendurch immer wieder für eine halbe Stunde ein, aber danach war sein Verstand wieder hellwach. Als die Uhr schließlich Mitternacht anzeigte, war Benedikt erschöpfter als der alte Mann. Tief und traumlos schlief er abermals in einem weichen Bett, das nach frischer Seife duftete.

Es regnete in Strömen. An eine Abreise war nicht zu denken. Die Straßen waren aufgeweicht, und Benedikts Wagen würde unweigerlich im Schlamm stecken bleiben.

Auch am nächsten Tag blieb der Himmel verhangen, so dass Benedikt nichts weiter übrigblieb, als abermals zu bleiben. Der Abend stand im Zeichen einer Theateraufführung. Gustav Waldheim hatte die Karten für sich und Luise bereits vor Wochen gekauft, als es ihm körperlich noch gut ging. Nun aber war an einen Theaterbesuch nicht mehr zu denken. Er schenkte seine Karte Benedikt.

Es war spät, als sie nach Hause kamen. Luise wollte in ihr Zimmer gehen, aber Benedikt war schneller. Er griff nach ihrer Hand.

»Nicht«, sagte sie. »Bitte ...«

Er verzog gequält das Gesicht. »Luise, wann soll ich es dir

sagen? Wann willst du es hören? Ich … ich liebe dich.«

Es war still auf dem Flur. Nur die Geräusche, die das Haus von sich gaben, klangen laut und unnatürlich.

»Ich liebe dich«, wiederholte Benedikt.

»Das tust du nicht.«

»Doch.« Sein Griff wurde eine Nuance stärker. »Willst du mich heiraten?«

Luise versuchte zu sprechen, aber ihr fehlten die Worte.

»Es wäre ein Desaster«, sagte sie schließlich. »Du kannst nicht aus Züschen raus, und ich muss hierbleiben. Ich habe eine Aufgabe zu erfüllen.«

Er legte ihre Hände an seine Wangen und sah sie lange an. »Ich verstehe dich, Luise. Ich hätte dich damals nie gehen lassen dürfen. Wir dürfen nicht wieder denselben Fehler machen. Ich lasse dir Zeit. Ich bleibe noch einige Zeit in dieser Gegend, jedenfalls solange, bis Evas Schwangerschaft vorbei ist. Sie wünscht, dass du sie und Jon in Essen besuchen kommst. Dann, spätestens dann möchte ich deine Antwort.«

Mit Tränen in den Augen nickte Luise.

In dieser Nacht schliefen sie zusammen. Es war bei beiden eine Leidenschaft, die sie erschreckte, die aber ganz natürlich war, denn sie hatten viel zu lange keine körperliche Liebe erfahren.

36

Magdalena Halbach war mit den Nerven am Ende. Seit ihr Bruder Benedikt sie mit den beiden kleinen Mädchen allein gelassen hatte, war sie kaum zur Ruhe gekommen. Franziska bemühte sich zwar, zu gehorchen und alles zu tun, was Tante Magdalena wünschte, aber sie war eben doch noch ein Kind, das seinen eigenen Kopf hatte. Besonders an den Abenden, wenn sie wieder einmal nicht ins Bett wollte und zankte, weinte und schrie, verwünschte Magdalena den Brief ihrer Schwester Eva, mit dem sie Benedikt aus Züschen gelockt hatte. Wenn Franziska unartig war, brüllte die kleine Berta mit. Das klang dann wie ein Kanon und es wäre fast zum Lachen, wenn die Situation für Magdalena nicht so ernst gewesen wäre. Nein, so ging es nicht weiter, so konnte es nicht weitergehen.

Spät am Abend, als die beiden Mädchen endlich im Bett lagen, schrieb sie Benedikt einen Brief. Es sollte nur ein kurzes Schreiben werden, aber es wurde mit jedem verzweifelten Hilferuf immer länger, und bald waren es vier Seiten, die ein einziger Vorwurf an Benedikt waren.

Magdalena wollte ihn am nächsten Morgen noch einmal durchlesen. Vielleicht hätte sie es tun sollen, denn dann hätte sie die Hälfte ihrer Worte gestrichen, aber sie vergaß ihren Vorsatz wieder. Sie steckte den Brief in einen Umschlag und brachte ihn zur Poststelle, damit die Postkutsche ihn am Nachmittag mit auf die Reise nehmen sollte.

Auf dem Heimweg überholte Jakob sie mit einem Zweispänner.

»Hallo, Cousine. Komm, ich bring dich nach Hause. Wo hast du die Kleinen?«

»Lore ist bei ihnen«, antwortete Magdalena, während sie umständlich aufstieg. Lore Zander war die Nachbarin.

Jakob hob die Zügel und ließ sie leicht auf den Rücken der Pferde fallen. Seine Hände waren fast schwarz vor Dreck, auch in seinem Gesicht entdeckte Magdalena diese dunklen Flecken. Fast alle Männer sahen in diesen Tagen schmutzig aus. Sie rochen stark nach Ausdünstung und Schweiß, weil sie kaum zum Waschen kamen, an Baden war überhaupt nicht zu denken. Jakob sah seine Cousine prüfend an. »Du siehst müde aus.«

Sie antwortete nicht, sie verzog nicht einmal wie sonst üblich die Mundwinkel. Ein Zeichen, dass er ins Schwarze getroffen hatte.

»Leidet ihr Hunger oder Durst?«, fragte Jakob weiter. »Ich lasse euch was bringen.«

Magdalena schüttelte den Kopf. »Es ist genug, was du für uns tust.«

Jakob stieß die Luft aus. »Das ist doch selbstverständlich. Seit Benedikt fort ist, habt ihr ja nur noch mich. Hast du was von ihm gehört?«

»Nein.«

An der Abzweigung zu Schmiedes fuhren sie von der Hauptstraße ab.

»Wie lange ist er jetzt weg?«, fragte Jakob dann, als sie den Bach Sonneborn erreichten.

»Beinahe fünf Wochen.«

»Eine lange Zeit«, nickte er. »Wir haben mittlerweile fast alle Felder bestellt. Wenn er zurückkommt, ist die schwerste Arbeit des Jahres erledigt.«

Magdalena sah ihn betroffen an. »Du sprichst, als würdest du ihm einen Vorwurf machen. Du warst doch begeistert, als er dich bat, seine Felder mit zu bearbeiten.«

Jakob zügelte die Pferde, weil sie vor ihrem Haus angekommen waren. »Das bin ich noch immer. Aber du und Benedikt solltet schon wissen, wieviel Arbeit er mir hinterlassen hat.«

»Das weiß er auch«, murmelte Magdalena. »Er ist ja nicht dumm. Danke, dass du mich mitgenommen hast.«

»Keine Ursache. Und wenn du was von Benedikt hörst, dann lass es mich wissen, ja?«

»Klar doch.«

Sie stieg ab. Jakob wartete, bis Magdalena im Haus verschwunden war, dann wendete er den Wagen. In leichtem Trab ließ er die Pferde losrennen. Wenig später war er bei sich zu Hause angekommen. Ein Knecht nahm die Pferde in Empfang und schob den Wagen in die Scheune.

Jakob ging ins Haus. Es duftete nach deftigem Essen. Er lächelte. Mit Rose hatte er einen Glücksgriff getan. Es war keine himmelhochjauchzende Liebe, die beide verband. Jeder hatte seine Aufgabe. Jakob war für die Arbeit, Rose für den Haushalt zuständig. Sie war eine gute Köchin und buk noch besser Kuchen.

Sein Sohn Johann war jetzt fünf Jahre alt. Er schien sich für handwerkliche Dinge zu interessieren, denn oft sah man ihn an einer Deichsel oder an einem Wagenrad herumwerkeln. Jakobs Mutter Lydia ging kaum noch aus dem Haus. Sie brauchte für jeden Schritt, den sie tat, eine Stütze, aber dennoch hütete sie Johann wie ihren Augapfel. Jakob sah den Zerfall seiner Mutter mit Sorge, aber er wollte ihr nicht auch noch den letzten Tropfen Lebensmut nehmen und ihr Johann wegnehmen. Rose passte schon auf, dass es ihrem Sprössling gut ging.

Sein Vater Ludwig hatte Jakob die Führung der Landwirtschaft übertragen. Hin und wieder mistete Ludwig den Stall aus oder trieb die Kühe auf die Weide, aber das war nicht die Arbeit, die eines Mannes würdig war. Dennoch vermied er es, Jakob in dessen Aufgaben hinein zu reden.

Zwei Dinge motivierten Jakob, zu arbeiten. Erstens erhielt er nun die Anerkennung, die er seit Jahren angestrebt hatte. Er war der Dienstherr über fast zwanzig Knechte und Tagelöhner, wenn er diejenigen, die er von seinem Cousin Benedikt übernommen hatte, mitzählte. Und zweitens war er nun in Züschen derjenige, der am meisten Land zu bewirtschaften hatte. Es stand für ihn von vornherein fest, dass er die Ernte, die er aus Benedikts Ländereien zog, für sich selbst beanspruchen würde. Das war doch auch nur rechtens, das konnte selbst sein Cousin, wenn er jemals zurückkommen würde, nicht bestreiten. Benedikt und seine Schwester würden sich mit einem geringen Anteil zufriedengeben müssen.

Nach dem Essen traf sich Jakob mit Wilhelm Nelle. Wilhelm war der zweitälteste Sohn eines Beiliegers und von Jakob zu seinem Vorarbeiter ernannt worden. Die beiden verstanden sich gut, sie waren mehr Brüder als Dienstherr und Untergebener. Sie setzten sich neben das große Scheunentor auf eine Eichenbank. Jakob bot Wilhelm Tabak an, den dieser freudig entgegennahm. Wenig später qualmten ihre Pfeifen um die Wette.

Hinter ihnen plätscherte das Wasser. Die beiden Bäche Ahre und Sonneborn flossen genau hier zusammen und bildeten die Nuhne.

»Wie haben eigentlich die anderen Solstätter deinen Vorschlag aufgenommen?«, fragte Wilhelm Nelle nach einigen Minuten.

»Mit Wohlwollen«, antwortete Jakob. Er wusste sofort, worauf Wilhelm anspielte. »Sie sind einverstanden.«

»Weil sie das Geld brauchen.«

»Sieh mal, Wilhelm, den Beiliegern in unserem Dorf geht es relativ gut. Bescheiden zwar, aber gut. Sie können nicht erwarten, dass sie alles umsonst bekommen. Ich will ja nicht unmenschlich sein. Es ist nur eine angemessene Erhöhung.«

Wilhelm schwieg. Er sah über das Wasser, wie es träge zu Tal floss und einige Blätter mit sich nahm. »Willst du nicht zuerst mit Benedikt sprechen?«

Jakob warf ihm einen wütenden Blick zu. »Wie lange soll ich darauf warten? Keiner weiß, wo er sich rumtreibt. Vielleicht kommt er nie wieder. Er hat schon als Kind von anderen Ländern und Erdteilen gesponnen.«

»Wann wirst du deinen Vorschlag im Gemeinderat vorbringen?«

»Sobald wie möglich. Ich will keine Zeit verlieren und nicht warten, bis einer seine Meinung ändert.«

Wilhelm Nelle klopfte seine Pfeife aus. Er tat es langsam und fast bedächtig. Dann hob er den Kopf, sah Jakob an und meinte leise: »Das wird Ärger unter den Beiliegern geben. Die meisten werden den Betrag nicht aufbringen können.«

Jakob antwortete nicht. Er stand auf und ging wortlos hinüber in den Stall.

Wilhelm Nelle sah ihm mit sorgenvoll verzogenem Gesicht nach.

37

Luise Redlich ging zu dem kleinen See am Rand der Stadt Hagen. Sie zog ihre Schuhe aus, raffte ihren Rock hoch und trat am Ufer in das seichte Wasser. Es war kalt. Die Kühle tat ihren Gedanken gut, und sie merkte, wie die Hitze in ihren Wangen nachließ.

Benedikts Angebot, sie zu heiraten und mit ihm nach Züschen zu gehen, hatte sie völlig unvorbereitet getroffen. Daran hatte sie nicht eine Sekunde gedacht. Früher, ja, da hatte sie sich nach ihm gesehnt, ihn mit Blicken verschlungen und ihn von allen Jungen des Dorfes als den Feschsten eingestuft.

Luises Liebesleben hatte in den letzten Jahren praktisch nicht mehr stattgefunden. Seit sie Haushälterin bei ihrem Ministerialdirektor geworden war, hatte es keinen Mann mehr in ihrem Leben gegeben. Dabei sehnte sie sich in den langen Nächten häufig nach einem warmen und festen Arm, nach einem männlichen Körper, der nach Schweiß und Arbeit roch und der sie mit wilder Leidenschaft liebte. Sie dachte häufig an ihre Zeit in Hannover zurück, bevor sie den Ministerialdirektor kennengelernt hatte. Im Nachhinein bereute sie ihr dortiges Leben, aber ändern konnte sie es jetzt auch nicht mehr.

Wenn sie ehrlich zu sich war, dann würde sie gern mit Benedikt gehen. Nichts war ihr lieber als das, aber sie hatte Angst. Weniger davor, dass jemand von ihrem Lasterleben erfuhr, als vor den Menschen in Züschen, vor dem Gerede und vor Benedikts Geschwistern. Mit Magdalena und Helene hatte sie früher kaum ein Wort gesprochen. Nicht, weil sie sich nicht mochten, sondern nur, weil beide viel älter waren als sie. Aber jetzt war der Unterschied nicht mehr so gravierend. Man war doch erwachsen, sagte sie sich trotzig, und man konnte über alles reden. Hoffentlich auch mit den sturen sauerländischen Züschenern.

Sie ging zurück, zog ihre Schuhe an und hatte wenig später die Innenstadt Hagens wieder erreicht. Auf der staubigen Hauptstraße herrschte der übliche Betrieb. Händler, Bettler, Frauen mit Wäschekörben, die zu dem nahen Fluss eilten, um ihre Wäsche zu waschen und Frauen in langen, dunklen Kleidern mit breiten Hüten auf den Köpfen und Sonnenschirmen in den Händen. Sie schlenderten vergnügt über die Straße, warfen einem Bettler hin und wieder ein Geldstück zu oder setzten sich in ein Café, um anderen zuzuschauen. Es waren Frauen der gehobenen Schicht. Ihre Männer waren reiche Unternehmer oder im Staatsdienst beschäftigt. Diese Frauen hatten keine Sorgen.

Sorgen hatte Luise auch nicht, jedenfalls noch nicht. Aber der Ministerialdirektor war krank und alt. Sie ahnte, dass er nicht mehr allzu lange leben würde, und was war dann? Eine neue Stelle als Haushälterin war nicht so leicht zu bekommen.

Nein! Luise hatte sich entschieden. Sie würde Benedikts Antrag annehmen. Für Gustav Waldheim fand sich bestimmt eine Lösung. Die Nachbarin war alleinstehend und eine gütige alte Frau, die immer mal eine Beschäftigung suchte. Luise würde sie bitten, die Pflege und Fürsorge für Gustav Waldheim zu übernehmen. Luise war sich sicher, dass sie nicht ablehnen würde.

Mit fröhlichem Herzen und guter Laune beschleunigte sie ihre Schritte und eilte dem Haus des pensionierten Ministerialdirektors zu.

Benedikt hatte Luise am frühen Morgen des achten Tages mit seinen beiden Pferden und dem mit Öfen beladenen Leiterwagen verlassen. Er war gut gelaunt. Jede Nacht hatten sie miteinander geschlafen und Praktiken ausprobiert, die für ihn neu waren. Es wurde ihm schnell klar, dass Luise mehr Erfahrung mit Männern gehabt haben musste, als er es sich in seinen kühnsten Träumen ausgemalt hätte. Von Heirat hatten sie nicht mehr gesprochen.

Die Gegend, durch die er kam, hatte sich in den letzten Jahren, eigentlich schon seit 1850 stark verändert. Es gab zahlreiche Zechen, Eisenhütten und Stahlwerke. Sie waren durch neue Eisenbahnlinien miteinander verbunden, sodass ein reger Warenverkehr entstanden war. Um die Werke herum waren Häuser, Geschäfte und Kneipen, sowie stets eine Kirche aus dem Nichts gebaut worden. Die Industrie bestimmte das Tempo, und der Mensch musste sich unterordnen. Während das Ruhrgebiet von Schloten und Fördertürmen übersät wurde, war das Land westlich von Hagen kaum besiedelt. Es gab zwar zahlreiche Dörfer und kleinere Städte, aber die Industrie lag noch in den Anfängen.

Benedikt passierte Bergarbeiterkolonien, aber auch Mehrfamilienhäuser. Alle besaßen Ställe mit Kleintieren und Nutzgärten. Sie dienten der ländlichen Region zum Anbau von Gemüse und Obst und lieferte der Bevölkerung genügend Fleisch.

Öfen? Nein, einen Ofen brauchten sie nicht.

Die Tage vergingen, ohne dass Benedikt etwas an den Mann brachte. Die meisten Menschen waren stur und abweisend. Sie hatten schlechte Erfahrungen mit Handlungsreisenden gemacht.

Benedikt aß kaum, weil er dafür kein Geld ausgeben wollte. Er trank Wasser aus den öffentlichen Brunnen. Nur seinen Pferden ging es gut. Sie fraßen sich an dem Gras am Wegrand satt, tranken das Wasser aus den Bächen oder schlürften es aus Pfützen, wenn es wieder einmal stark geregnet hatte. Sie trabten gehorsam voran und gehorchten dem kleinsten Befehl.

Zweimal wollte Benedikt sich anderen Reisenden anschließen, aber die Händler waren entweder zu Fuß und somit viel langsamer oder bevorzugten die Eisenbahn.

Die Gegend wurde einsamer und trostloser. Da die Wege

uneben und für die Pferde immer anstrengender wurden, entschloss er sich zur Rückreise nach Essen. Seine Hoffnung lag dabei auf dem Schmied, für den Jonathan arbeitete. Wenn der ihm für die Öfen nur den halben Kaufpreis zurückgab, wäre er schon zufrieden.

38

Völlig erschöpft und durchnässt erreichte Benedikt die Stadt Essen. Seit den frühen Morgenstunden hatte es ununterbrochen geregnet, sodass sein Umhang schließlich machtlos gegen die Regenmassen gewesen war.

Benedikt fuhr zum Haus seiner Schwester Eva. Direkt davor band er die Pferde an einer Straßenlaterne an, ging zur Haustür und läutete. Es dauerte wiederum einige Zeit, bis er Schritte hörte. Da er müde war, hatte er seine Stirn gegen den Türrahmen gelehnt und die Augen geschlossen. Es hätte nicht viel gefehlt, und er wäre im Stehen eingeschlafen.

»Ja …?«

Die Stimme riss ihn aus seinem Dämmerzustand. Er öffnete den Mund, als ihm das Wort auf den Lippen erstarb. Vor ihm stand Luise Redlich.

»Nein«, sagte sie leise. »Das kann doch nicht möglich sein. Komm herein. Schnell. Du siehst aus wie ein Gespenst. Was hast du dir nur angetan? Wo kommst du denn jetzt her?«

Sie redete und redete und zog ihn dabei in den Flur und über die Treppe nach oben in den vierten Stock. Dort musste er sich auf den Treppenabsatz setzen, so erschöpft war er.

Luise lief in die Wohnung. Benedikt hörte ihre Stimme und die seiner Schwester. Dazwischen ertönte auch der Brummton von Jonathan. Wenig später wurde er von drei Personen in die Wohnung gezogen. Irgendeiner zog ihm seine vor Dreck erstarrte Kleidung aus, und dann fühlte er nur noch das wohlige Kissen eines Bettes.

Als Benedikt erwachte, war es heller Tag. Er richtete sich auf und lauschte nach nebenan. Die Geräusche, die von dort kamen, waren anders, als er erwartet hatte.

Er sah sich um. Er lag im Bett im Schlafzimmer. Die Seite neben ihm war unberührt, also mussten Eva und Jonathan diesmal in der Küche auf der Couch geschlafen haben und Luise in einem Sessel. Benedikt fühlte sofort Schuldgefühle in sich aufsteigen. Seinetwegen hatten sie auf einen erholsamen Schlaf verzichtet.

Er rappelte sich auf, wusch sich mit dem abgestandenen Wasser in der großen Kanne, die auf dem Boden stand und zog sich an. Vorsichtig öffnete er die Tür zur Küche. Das Bild, das sich ihm bot, strahlte so viel Geborgenheit aus, dass ihm ganz warm ums Herz wurde. Gegenüber am Küchentisch saßen Eva und Luise. Jede hatte ein Bündel im Arm, aus dem ein kleines, rosiges Gesicht herauslugte. Die beiden Babys schliefen, jedenfalls hatten sie die Augen geschlossen. Luise schaukelte ihres ein wenig, während Eva ganz ruhig sitzen blieb. Sie sah blass aus und wirkte erschöpft. Als sie Benedikt in der Tür stehen sah, lächelte sie zunächst, dann aber konnte sie nicht mehr an sich halten und prustete so laut los, dass das Kleine in ihrem Arm wach wurde und zu schreien anfing.

»Entschuldige, aber dein Gesicht … Es ist zu komisch. Ja, das sind meine Kinder, deine Nichten.«

Sein Blick ging von Eva zu Luise und wieder zurück.

»Zwillinge«, sagte Luise einfach. Sie stand auf und trat zu ihm. »Hier. Sieh sie dir an. Zwei Mädchen. Gesund und munter. Josephine und Emma. Dies ist Josephine. Was ist? Hat es dir die Sprache verschlagen? Du bist doch sonst nicht so stumm. Willst du sie mal in den Arm nehmen?«

Benedikt ließ sich in den zerschlissenen Sessel plumpsen. »Wann …? Ich meine, als ich hier war, sagtest du doch, dass es noch vier oder fünf Wochen dauern könne.«

»Ja«, nickte Eva. »Das war die Meinung des Arztes. Aber er hat sich geirrt. Er irrt sich oft. Vor vier Tagen war es soweit. Es war alles ganz einfach.«

»Unsinn«, fuhr Luise dazwischen. »Es war eine schwere Geburt. Zum Glück war ich zur Stelle.«

Benedikt sah sich um. »Aber Jonathan war doch hier …?«

»Nein.« Eva schüttelte den Kopf. »Er musste arbeiten.« Sie

wurde plötzlich traurig. »Er muss viel arbeiten und bekommt nur einen Hungerlohn. Vor einer Woche hat er bei der Firma Krupp angefangen. Das ist gut für uns, aber er ist bisher nur Hilfsarbeiter. Er muss erst beweisen, dass er gut ist.«

Das Baby auf Evas Schoß, es musste Emma sein, war wieder eingeschlafen. Luise ging zum Spülbecken und nahm zwei kleine Fläschchen aus einem großen Behälter Wasser. In den Fläschchen war eine weiße Flüssigkeit. Luise hielt eine an die Wange, um zu sehen, wie heiß der Inhalt war. Sie war zufrieden.

»Zwillinge«, murmelte Benedikt. »Du liebe Güte. Ich bin richtig stolz auf dich, Evalein. Und … ich bin nun Onkel. Daran muss ich mich wohl auch erst noch gewöhnen.«

Durch das geschlossene Fenster drang unerwarteter Lärm herein, der mit jeder Minute lauter wurde. Eva erhob sich und schaute hinaus. Ihr Gesicht hatte mit einem Mal einen besorgten Ausdruck angenommen. Benedikt runzelte die Stirn.

»Was ist?«, fragte er.

Sie antwortete nicht, sondern blickte weiterhin angestrengt durch die Scheibe. Der Lärm verebbte und verstummte bald völlig. Erleichtert setzte sie sich wieder. Luise sah sie fragend an, und Eva schüttelte den Kopf. »Er war nicht dabei.«

»Will mir mal jemand sagen, was los ist?«, brauste Benedikt auf.

Da die kleine Josephine auf Luises Schoß anfing zu weinen, nahm Luise die Flasche und steckte dem Baby den Schnuller in den Mund. Augenblicklich begann Josephine zu nuckeln.

»Sie demonstrieren wieder«, sagte Luise leise. »Diese Anhänger der Sozialistischen Arbeiterpartei Deutschlands. Sie wollen Gerechtigkeit für die Arbeiter.«

Benedikt hatte auf seinen Reisen von dieser Partei gehört. Aber er hatte nie Spuren einer Demonstration gesehen. Vermutlich lag es daran, dass er nur durch kleine Orte oder Städte gekommen war. Essen war inzwischen eine Großstadt. Hier regierte die industrielle Revolution, und hier kämpften viele ehemalige kleine Handwerker, Landarbeiter und auch Kleinbauern, die mit großen Hoffnungen ins Ruhrgebiet gezogen waren, um ihr Leben. Doch alles, was sie bisher erreicht hatten, war ein Hungerlohn, von dem niemand leben konnte.

Eva stand unvermittelt auf. »Ich glaube, ich muss mich etwas hinlegen. Ich nehme die Kinder mit.«

Luise folgte ihr ins Schlafzimmer. Benedikt blieb allein zurück, hörte die Geräusche nebenan und fragte sich, warum seine Schwester so besorgt am Fenster gestanden hatte.

Wenig später kam Luise zurück. Sie begann, die Küche aufzuräumen. Benedikt beobachtete sie dabei. Sie bewegte sich geschickt und graziös, jeder Handgriff war wie einstudiert. Er betrachtete ihre Figur, die sich trotz des weiten und langen Kleides ganz deutlich abzeichnete. Er begehrte sie!

»Wie ist es dir ergangen, seit ich abgereist bin?«, fragte er leise.

Luise hielt kurz in ihrer Arbeit inne. »Gut. Ich habe dem Ministerialrat viel von uns und Züschen erzählt. Er ist ein intelligenter Mann, weiß viel und will immer noch mehr wissen.«

»Wann hast du dich entschlossen, Eva zu besuchen?«

»Ich bin einen Tag nach deiner Abreise losgefahren. Ich wollte Eva zuerst schreiben, aber die Briefe dauern manchmal eine Woche, ehe sie ihre Empfänger erreichen. Das war mir zu lange. Ich habe die Nachbarin gebeten, sich um Gustav Waldheim zu kümmern. Sie kann das Geld gut gebrauchen. Ich habe mich einfach in den nächsten Zug gesetzt und bin gerade noch rechtzeitig gekommen, sonst wäre Eva ganz allein gewesen.«

Sie räumte Teller und Tassen in den Schrank und wischte den Spülstein trocken.

Benedikt kaute auf seiner Unterlippe und schluckte einige Male. »Hast du über meinen Antrag nachgedacht?«

Luise drehte sich nicht zu ihm um. »Ja«, sagte sie leise. »Das habe ich.«

»Und?«

Er konnte ihre Antwort kaum erwarten. Eine für ihn unendlich lange Zeit verging.

»Ich muss dir erst noch etwas sagen. Ich …«

»Ich will nichts davon hören.«

»Doch«, beharrte sie eigensinnig. »Es gab einmal für mich ein anderes Leben. In Hannover.«

»Nicht, Luise«, sagte er leise. »Sag mir nichts davon. Es ist völlig gleichgültig, was und wie du gelebt hast. Ich war verheiratet, ich hatte eine Frau. Ist das nicht dasselbe?«

»Nein.« Sie konnte die Tränen nicht mehr aufhalten. »Das ist etwas ganz anderes.«

»Für mich nicht.« Benedikt machte einen Schritt auf sie zu und nahm sie in den Arm. »Du hast meine Frage noch nicht beantwortet. Also?«

»Ja. Ja, Benedikt. Ich nehme deinen Antrag an. Ich gehe mit dir nach Züschen, und ich will dich heiraten.«

Benedikt drückte sie so fest an sich, dass sie entsetzt leise aufschrie. »Du zerdrückst mich ja. Mein Gott, wenn ich geahnt hätte ...«

»Wenn du was geahnt hättest?«

»Ach nichts.« Ein zärtliches Lächeln legte sich um ihren Mund, sie lehnte ihr Gesicht an seine Brust, spürte seinen Herzschlag und dachte: Ja, es ist die richtige Entscheidung. Ich liebe ihn, und ich werde ihn gegen allen Trotz der Züschener immer lieben und ehren. Nur eines musste sie ihm noch sagen.

»Benedikt.« Sie hob den Kopf und sah ihn an. »Ich kann nicht sofort mit dir kommen. Ich bleibe noch bei Eva, bis sie allein zurechtkommt. Wir haben so lange gewartet, jetzt kommt es auf ein paar Tage oder Wochen auch nicht mehr an. Das verstehst du doch, nicht? Sie ist schließlich deine Schwester.«

Er stöhnte gekünzelt auf. »Gut. Aber wenn es mir zu lange dauert, hole ich dich und Eva und Jon gleich mit.«

»Übrigens ist da ein Brief für dich gekommen. Von Magdalena«, sagte Luise. Sie ging zum Schrank, öffnete eine Schublade und zog den Umschlag heraus. Sie reichte ihn Benedikt. Der riss ihn sofort auf und überflog die Zeilen. Sein Gesicht wurde blass. »Magdalena wird mit den Kindern nicht mehr fertig. Ich muss zurück. Ich kann sie nicht länger mit den beiden Mädchen alleine lassen. Das geht über ihre Kräfte.«

39

Gegen Mittag beschloss Benedikt, seine Öfen dem Schmied zurückzugeben, um zumindest einen kleinen Betrag seiner Auslagen wieder zu bekommen. Aber die Schmiede war leer. Die

Eingangstür ließ sich zwar öffnen und im Inneren roch es nach verbrannter Kohle und geschmolzenem Eisen, aber es war unverkennbar, dass hier schon länger niemand mehr gearbeitet hatte.

»Wer sind Sie? Was suchen Sie hier?«, fragte jemand hinter ihm.

Benedikt drehte sich um. Ein Mann im mittleren Alter mit einem dichten Bart und einer Lederkappe auf dem Kopf schaute ihn misstrauisch an.

»Ich suche den Schmied und die Belegschaft. Ich wollte …«

»Die sind alle fort«, unterbrach ihn der Mann. »Die Firma gibt es nicht mehr. Der Schmied arbeitet jetzt bei Krupp und die anderen …« Er zuckte die Schultern. »Keine Ahnung, wo die hin sind. Warum fragen Sie? Was wollen Sie denn von denen?«

Benedikt erklärte es ihm.

»Tja.« Der Mann kratzte sich im Nacken. »Das ist Pech. Wenn Sie wollen, nehme ich die Öfen. Ich habe mich auf den Schrotthandel eingelassen. Ich kann Ihnen nicht viel dafür geben. Ich will ehrlich zu Ihnen sein. Ich verscherbele sie an die Firma Krupp. Das heißt, wenn die bereit ist, sie zu nehmen. Aber das ist mein Risiko. Manchmal nehmen sie einem das Alteisen ab, meistens aber nicht. Dann bleibe ich drauf sitzen. Viel zahlen die auch nicht. Sie können es auch selbst versuchen, wenn Sie wollen.«

Benedikt überlegte nur kurz, dann schüttelte er den Kopf. »Sie können den ganzen Kram haben, aber nur, wenn Sie den Wagen und die Pferde gleich mit übernehmen.«

Der Mann streckte seine rechte Hand aus, und Benedikt schlug ein. Wenig später begab er sich zu Fuß auf den Weg zurück zu Eva, Jonathan und Luise. Er war nicht zufrieden, aber auch nicht unglücklich. Es war besser, einen Schlussstrich zu ziehen.

Das Stadtzentrum füllte sich immer mehr mit Menschen. An zwei Hauswänden entdeckte Benedikt Plakate der Sozialistischen Partei Deutschlands. Sie verlangten in dicken schwarzen Buchstaben auf rotem Untergrund mehr Lohn für die Arbeiter, gerechtere Arbeitszeit und Sicherung des Arbeitsplatzes. Benedikt verstand nicht, was daran falsch sein sollte. Mehrere Polizisten in ihren schwarzen Uniformen patrouillierten die Straße. Sie beäugten auch Benedikt misstrauisch, ließen ihn aber ungehindert weitergehen. Aus einem offenen Fenster klang die neue Musik der Partei. Sehr leichtsinnig, dachte Benedikt.

Als er die Straßenecke erreichte und sich umdrehte, sah er mehrere Polizisten in das Haus stürmen. Sie würden den Bewohnern keine Chance lassen und ihnen keine faire Verhandlung gewähren.

Die Abenddämmerung verging rasch, die rauchenden Schlote der Fabriken beschleunigten die Dunkelheit. Luise und Benedikt teilten sich die Couch. Sie lagen mehr übereinander als nebeneinander, was sie jedoch nicht störte.

Plötzlich stieß Benedikt ein lautes Lachen aus. Erschrocken fuhr Luise auf.

»Was ist passiert? Was hast du?«

Er konnte sich immer noch nicht halten vor Lachen. »Ich musste gerade daran denken, wie unsere Mütter uns zusammen in ein Bett gelegt haben«, prustete er. »Wenn die uns heute sehen könnten ...«

»Damals waren wir viel zu jung, um schlimme Gedanken zu haben.«

»Nun ja«, meinte Benedikt grinsend mit gespielter Entrüstung. »Ich habe dir jedenfalls deinen Busen gestreichelt, und du meinen ...«

Sie hielt ihm rasch den Mund zu. Aber es dauerte noch einige Zeit, bis sie sich wieder gefangen hatten. Benedikt war zwölf gewesen, als Hermine Seibert Scharlach bei ihm vermutete. Da es nicht unüblich war, gesunde Kinder zu Kranken zu bringen, damit sie sich anstecken konnten, war Karla Redlich auf die Idee gekommen, Luise zu Benedikt ins Bett zu stecken. Eine ganze Nacht hatten die beiden miteinander verbracht und fast wäre es zum ersten sexuellen Erlebnis gekommen.

Benedikt blieb noch zwei Tage in Essen. Die Zeit verging viel zu schnell, obwohl er mit Luise außer des Nachts keine Minute allein verbringen konnte. Wenn die Babys und Eva sie nicht in Beschlag nahmen, dann war sie unterwegs, um einzukaufen oder andere Besorgungen zu erledigen. Von Jonathan war keine Hilfe zu erwarten. Er ging um halbsechs in der

Früh aus dem Haus und kam erst nach acht Uhr am Abend zurück. Dann aß er eine Kleinigkeit und fiel todmüde ins Bett.

An diesem Morgen verließ Benedikt die Stadt Essen. Luise und Eva standen mit den Zwillingen am Bahnhof, als der Zug abfuhr.

40

Benedikt Halbachs Rückkehr wurde in Züschen nur von wenigen Einwohnern beachtet. Am späten Abend traf er mit der Postkutsche ein. Über dreißig Stunden hatte seine Fahrt gedauert. Er musste mehrmals umsteigen und Verspätungen in Kauf nehmen, weil zwei Kutscher krank geworden waren und man nicht so schnell Ersatz finden konnte. Die Nacht über hatte er auf dem Boden des Bahnhofs in Bestwig mehr schlecht als recht geschlafen. Nun fühlte er sich gereizt und nervös. Er war froh, dass niemand auf ihn wartete.

Im Haus war es dunkel und still. Benedikt zündete eine Kerze an und stieg leise die Holzstufen zu seinem Schlafzimmer hinauf. Auf dem Treppenabsatz blieb er stehen und lauschte. Ein kurzes Lächeln huschte um seine Mundwinkel, als er aus dem Zimmer seiner Schwester laute Schnarchgeräusche hörte.

Sein Bett im ersten Stock war ordentlich gemacht, als wäre er nie fort gewesen. Ohne sich zu entkleiden, fiel er auf die Strohmatratze.

Am nächsten Morgen schien eine rot glühende Sonne in sein Zimmer und weckte ihn. Draußen auf dem Hof und an der Sonneborn riefen sich Männer Befehle zu. Benedikt hatte erwartet, dass Franziskas und Bertas Stimmen im ganzen Haus zu hören waren, aber nichts rührte sich.

Er stand auf, wusch sich und ging hinunter. Seine Schwester Magdalena saß in der Küche und schälte Kartoffeln. Sie fiel fast in Ohnmacht, als sie ihn sah. Dann aber sprang sie auf, umarmte Benedikt, drückte ihn an sich und küsste ihn wie eine Mutter ab.

Benedikt war das peinlich. »Nana, Schwester. Nun mal halblang.« Er schob sie von sich fort. »Ich war doch nur ein paar Tage weg.«

»Ein paar Tage, sagst du?«, schnaubte Magdalena. Sie konnte sich gar nicht beruhigen und weinte vor Freude. »Über einen Monat. Ach, ich bin so froh, dass du wieder da bist.«

Er betrachtete sie lange. »Du siehst müde und abgespannt aus. Geht es dir nicht gut?«

Ein Schatten legte sich auf ihr Gesicht und sie wandte sich rasch ab. »Doch. Es ist nur … die viele Arbeit, weißt du? Deine beiden Töchter halten mich auf Trab. Ich komme kaum zum Luftholen.«

»Das hast du mir geschrieben.«

»Ja … im Nachhinein tut es mir leid. Aber ich war so mit den Nerven …«

»Du brauchst dich nicht zu entschuldigen. Wo ist Franziska? Wo ist Berta?«

»Franzi ist bei der Nachbarin. Sie hat bei ihrer Freundin Inge geschlafen. Die Stute hat ein Fohlen bekommen. Da musste Franzi einfach hin. Ich konnte es ihr nicht abschlagen. Berta schläft noch, das heißt schon wieder, nachdem ich sie gefüttert habe.«

Benedikt senkte beschämt den Kopf, weil es ihm plötzlich unendlich leidtat, seine Schwester mit den beiden Mädchen allein gelassen zu haben.

»Wann bist du gekommen?«, fragte Magdalena.

»Gestern Abend.« Er berichtete von der strapaziösen Reise.

»Was macht Eva? Wie geht es ihr? Wie sieht das Baby aus? Nun sag doch was, erzähl!«

Magdalena war ganz aufgeregt. Benedikt begann langsam zu berichten, zog einige Situationen künstlich in die Länge und amüsierte sich köstlich, als ihn seine Schwester mit rotem Kopf ausschimpfte und bat, doch schneller zum Kern zu kommen. Er tat ihr schließlich den Gefallen, und als er von Zwillingen berichtete, schüttelte Magdalena in gespielter Verzweiflung den Kopf.

»Ich beklage mich über deine beiden Kinder«, sagte sie. »Dabei ist mir Franzi eine große Hilfe. Du glaubst gar nicht, wie sie sich um Berta kümmert.«

»Das ist lieb von ihr. Und was gibt es hier Neues? Hat Jakob euch gut versorgt? Hat er die Felder bestellt?«

Magdalena stand auf und legte die frisch geschälten Kartoffeln ins Spülbecken. »Ja, das hat er. Wir haben genug zu essen und zu trinken. Was die Felder angeht, musst du ihn selbst fragen. Ich habe da nicht genug Erfahrung.«

»Ich werde noch heute zu ihm gehen. Ist Paul schon bei seiner Arbeit?«

Seine Schwester nickte. »Er steht immer sehr früh auf.«

»Wie macht er sich? Ist Lutz zufrieden mit ihm?«

»Sehr. Mit Paul hat er einen Glücksgriff getan.«

»Das hört sich ja alles wunderbar an.« Benedikt stand auf und reckte sich. Er hatte ganz bewusst nichts von Luise Redlich erzählt. Er wusste, dass Magdalena nicht erfreut über seine Entscheidung sein würde, und er wollte ihr die Enttäuschung so lange wie möglich ersparen. Benedikt blickte zum Fenster hinaus. Pferdefuhrwerke fuhren auf der Straße unter der Kirche vorbei. Die Bauern begannen mit ihrer täglichen Arbeit.

Benedikt ging in die Stube nach nebenan. Dort war es kühler als in den anderen Zimmern. Im Winter konnte man sich wegen der Kälte in diesem Raum kaum aufhalten. Es roch nach Moder und alten Möbeln. Benedikt hatte es abgelehnt, neue Stühle oder neue Sessel zu kaufen. »Hier geht ja doch kaum jemand rein«, pflegte er immer zu sagen. Das Leben der Familien spielte sich in der Küche ab.

In der Ecke neben dem Fenster stand die Kommode aus stabilem Holz. Die obersten beiden Schubladen waren wie immer verschlossen, nur die unterste ließ sich ohne Mühe aufziehen. Hier lag ein Umschlag mit Geld. Benedikt hatte es seiner Schwester hinterlassen, als er zu Eva gereist war. Sein anderes Barvermögen lag in den verschlossenen Schubladen. Er misstraute Magdalena nicht, er wollte nur nicht, dass sie mit ihrer manchmal lockeren Zunge zu viel in der Nachbarschaft herumerzählte. Es brauchte niemand zu wissen, wie viel Geld er im Haus hatte.

Er öffnete den Umschlag für seine Schwester, blickte kurz hinein und nickte zufrieden. Magdalena war sparsam mit dem Geld umgegangen. Es war noch mehr vorhanden, als er geglaubt hatte.

Benedikt zog einen Schlüssel aus seiner Jackentasche und

öffnete die oberste Schublade. Vor ihm lagen die vergilbten Umschläge, die ihm sein Vater gezeigt hatte. Inzwischen kannte Benedikt den Inhalt ganz genau. Niemand im Dorf, nicht einmal seine Schwestern und seine beiden Brüder ahnten, um was es sich dabei handelte. Es waren Dokumente, die für Benedikt und seine Nachkommen lebensnotwendig waren: Kaufverträge und Urkunden, die sein Ururgroßvater mit dem letzten Besitzer des »von Winterschen« Rittergutes abgeschlossen hatte. Hierin war rechtskräftig vermerkt, welche Felder, Wiesen, Äcker und Wälder ihm, beziehungsweise seinen Geschwistern gehörten. Eine beglaubigte Kopie von jedem Dokument lag beim Amtsgericht in Medebach. Benedikts Ururgroßvater Roland Halbach hatte die Ländereien den Erben der »Winters« abgekauft. Für wenig Geld, zugegeben, aber dennoch rechtmäßig erworben. Jahrelang hatte Roland Halbach dafür gespart. Mit weiser Voraussicht ahnte er, dass die »von Winter« in einen Erbstreit fallen würden, und er hatte sich nicht geirrt. Als es soweit war, konnte Roland am Schnellsten zuschlagen.

Schon bald jedoch stellte sich heraus, dass sein bäuerliches Anwesen zu groß geworden war. Er besaß zu viel Land, um es sinnvoll bewirtschaften zu können. Bevor er jedoch eine Entscheidung treffen konnte, verstarb er. Rolands ältester Sohn Johann Halbach, Benedikts Urgroßvater, erkannte die Problematik und überließ mehr als die Hälfte der Fläche der Gemeinde zur allgemeinen Nutzung. Es war keine Überschreibung, keine Schenkung oder gar ein Verkauf, sondern nur eine stillschweigende Vereinbarung, die der damalige Bürgermeister Paul Dahlberg und Johann Halbach unterzeichnet hatten. Seitdem wurden die Güter von der Gemeinde an die Beilieger verpachtet.

Benedikt verriegelte die oberste Schublade wieder und schloss die zweite auf. Auch dort lag ein Umschlag. Er öffnete ihn. Das Geld darin war sein letztes Barvermögen. Benedikt hatte stets Geld im Haus, das er für die Tagelöhner und Knechte benötigte. Die Episode mit den Öfen hatte ihn zwar nicht arm werden lassen, aber dennoch musste er in der nächsten Zeit sparsam mit dem Geld umgehen.

Bald würde Luise in Züschen eintreffen. Sie erwartete es zwar nicht, aber Benedikt war entschlossen, eine große Hochzeitsfeier zu veranstalten. Das war er ihr schuldig. Doch bis es soweit war, gab es noch eine Menge zu tun. Ab sofort würde er sich wieder um sein Anwesen kümmern. Die ersten Felder mussten abgeerntet und die Ernte verkauft werden. Abnehmer im nahen Hessenland, in der Eifel und im nördlichen Kreis Brilon gab es genug. Dadurch würde seine Kasse schnell wieder aufgebessert werden.

Benedikt erhob sich und ging aus der Stube. Im Flur ergriff er seinen Hut, sagte Magdalena, dass er zu seinem Cousin Jakob gehen würde und verließ das Haus.

Sein Weg führte ihn an der Sonneborn entlang aufwärts bis zur Hauptstraße. Dort machte er eine Kehrtwendung um neunzig Grad nach rechts und folgte der Straße in Richtung Dorfmitte. Er passierte das Gasthaus Lamers und erreichte wenig später die Gaststätte von August Grafenau. Beide waren um diese Tageszeit noch verschlossen. Ein paar Ochsenkarren bevölkerten die Hauptstraße, irgendwo bellten zwei Hunde um die Wette und jemand hackte hinter seinem Haus Holz.

Benedikt blieb stehen. Die Ruhe im Dorf war gespenstisch gegenüber der Hektik in der Großstadt Essen und den anderen Ruhrmetropolen, die er in den letzten Wochen kennengelernt hatte. Der Gegensatz zwischen Armut und Eintönigkeit auf der einen Seite und auf der anderen Seite geballte Energie, Arbeit aber auch Egoismus wurde ihm bewusst. Wer sich in den Städten nicht durchsetzen konnte, der war verloren. Hier dagegen half man sich, so gut es ging.

Er setzte seinen Weg fort. Die Häuser zu beiden Seiten der Straße wirkten erbärmlich und baufällig, die Holzbalken so morsch, als würden sie jeden Moment zusammenbrechen. Albert Faulner, ein Beilieger trat auf die Straße. Er erblickte Benedikt, hielt inne und hob dann sacht die Hand zum Gruß, bevor er in einem Stall verschwand. Nur wenig später kam er mit einem alten Gaul und einem klapprigen Leiterwagen wieder heraus. Müde trabte das Pferd los.

In einer Entfernung von etwa fünfzig Schritten lag die Schreinerei von Lutz Saalfeld. Ein Fenster im Wohnhaus darüber war geöffnet. Hinter dem Vorhang machte Benedikt eine

Gestalt aus. Ganz sicher Helene, dachte er. Ob ich sie einfach besuche? Hat sie ebenso wie Eva schon ihr Kind? Warum hat Magdalena denn nichts davon gesagt?

Er wollte über die Straße gehen, als er den Zweispänner bemerkte, der vor Lutz Saalfelds Werkstatt anhielt. Eine Frau von Mitte Vierzig stieg ab. Sie war elegant aber nicht protzig gekleidet. Benedikt wunderte sich sehr, warum Mathilde Grahms nun durch die Tür in Lutz Saalfelds Werkstatt verschwand.

41

Paul Halbach würde im Herbst zwanzig Jahre alt werden, doch er sah um einiges älter aus. Er maß über eins achtzig, trug einen Backenbart und ging nicht wie ein Jugendlicher, sondern bedächtig wie ein Erwachsener. Er war immer noch schlank, aber unter seiner Arbeitskleidung steckten starke Muskeln und kaum ein Gramm Fett. Er hatte schon früh gelernt, im Haus und auf den Feldern mit anzupacken, und das kam ihm jetzt bei seinem Schwager Lutz zugute. Lutz, der viele Jahre älter als Paul war, wirkte neben ihm eher schwächlich. Das täuschte jedoch, denn auch Lutz konnte zupacken. Wenn sie gemeinsam Tische, Schränke und Kommoden, die sie gezimmert hatten, auf den Leiterwagen hoben, sah es so aus, als würden sie Kinderspielzeug transportieren.

Paul hatte niemals vorgehabt, Schreiner zu werden. Er war auch nicht zum Bauern geboren. Am liebsten wäre er Bildhauer geworden. Schon als kleiner Junge hatte er angefangen, im Winter aus Eisblöcken Gegenstände zu formen. Doch weil kaum jemand einen Blick dafür übrighatte, hörte Paul mit seinen Kunstbauten auf, zumal sein Bruder Benedikt sie für fruchtloses Zeug hielt. Er solle sich für die Landwirtschaft interessieren und sonst nichts. Nur gut, dachte Paul, dass Johannes nach Paderborn gehen konnte und Lutz eine Hilfe suchte. Vermutlich wollte Benedikt seinem Schwager nur einen Gefallen erweisen, indem er zuließ, dass Paul die Stelle annahm. Jetzt war er in seinem Element und froh, dass Benedikt nicht da war. Auch wenn es im Haus manchmal drunter und drüber ging, weil Magdalena mit Franziska und Berta nicht zurechtkam. Paul grinste darüber nur, er widmete sich ganz seiner Schnitzerei.

Lutz Saalfeld hatte seinem jungen Schwager viel beigebracht. Schon nach wenigen Wochen war Paul in der Lage, selbstständig an einem Tisch zu arbeiten oder einen Schrank zu zimmern. Das befriedigte ihn, besonders, weil er Verzierungen an den Türen anbringen konnte, ohne dass sich jemand darüber aufregte. Zuerst waren es kleine Borde, dann Schlangen und bald Heiligenfiguren. Die Käufer liebten dies, bestanden die Schränke nun nicht nur aus gehobelten, glatten Türen. Paul bewies, dass man mit ausgezeichneter Schnitzerei Menschen erfreuen konnte.

Die Aufträge häuften sich. Nicht nur die Züschener, sondern auch Auswärtige aus Winterberg, Medebach und dem nahen Hessen hörten von der Kunst des Schnitzers und waren beeindruckt.

Einige Male war sogar der Pfarrer vorbeigekommen. Er hatte Pauls Kunstwerke lange betrachtet und dann anerkennend genickt.

»Prächtig, mein Junge. Nur denk daran, keine falschen Figuren herzustellen.«

Paul hatte höflich genickt. Er wusste, was Pfarrer Fricke meinte, aber er dachte sowieso nicht daran, beleidigende und anstößige Formen anzufertigen.

Am Morgen war Paul wie immer zeitig aufgestanden. Als er sich anziehen wollte, stellte er fest, dass er kein sauberes Unterhemd mehr hatte. Magdalena wurde aber auch von Tag zu Tag schlampiger, schimpfte er lautlos, während er die Treppe hinauf stiefelte, um sich aus Benedikts Nachttisch zu bedienen. Sein ältester Bruder hatte viele gute Unterhemden. Außerdem war er nicht da und benötigte sie deshalb nicht. Als Paul die Tür zu Benedikts Zimmer aufstieß, blieb er vor Schreck stehen. Mit offenem Mund starrte er auf seinen Bruder, der tief und fest in seinem Bett schlief.

Nach dem ersten Schock verschloss Paul ganz leise wieder die Tür und schlich sich hinaus. Er verzichtete auf ein sauberes Unterhemd, warf sich seine Jacke über und verließ rasch das Haus. Die erste Stunde in der Werkstatt verbrachte er mit heftigem Hobeln und Schmirgeln, bis sich seine Nerven beruhigt hatten.

Jetzt war sein Bruder Benedikt wieder zurückgekehrt, und nun hatte Paul Angst. Angst vor Benedikts Urteil und davor, dass er ihn zurück auf den Hof holen könne, damit er sich wieder um die Landwirtschaft kümmern sollte.

Aber warum hat er mir dann diese Arbeit besorgt?, fragte sich Paul. Warum, wenn er mich schon nach wenigen Wochen wieder heimholen würde?

Nein! Seine Bedenken waren ganz sicher unbegründet. Benedikt hatte vorerst genug zu tun. Er würde nicht zulassen, dass Jakob weiterhin seine Felder bearbeitete, die Knechte und Tagelöhner beaufsichtigte und bestimmte, was mit seinen Äckern zu geschehen hat. Lange genug hatte ihr Cousin für Unruhe gesorgt. Paul war richtig gespannt auf die Begegnung zwischen Benedikt und Jakob. Damit würde sein ältester Bruder genug zu tun haben.

Paul hielt mit dem Hobeln inne und drehte sich um, als hinter ihm die Eingangstür knarrte.

»Guten Morgen, Paul«, sagte Mathilde Grahms.

Er erwiderte höflich den Gruß und wartete schweigend. Vor zwei Tagen war Mathilde Grahms´ Mann verstorben. Ganz plötzlich war er in der Küche umgefallen. Er war offenbar sofort tot gewesen, wie die Gemeindeschwester Rita Auer nach einer flüchtigen Untersuchung erklärte. Das sollte ein Trost für Mathilde sein, war es aber ganz und gar nicht. Mathilde und Arnold Grahms hatten eine Bilderbuchehe geführt, aus der vier Kinder hervorgegangen waren: drei Jungen, Arnold junior, Herbert, Dietrich und ein Mädchen. Isolde war etwas jünger als Paul. Er mochte sie, sogar sehr. Aber sie war die Tochter eines Solstätters, und er würde nur Beilieger werden können oder ein armer Schreiner. Deswegen himmelte er sie nur aus der Ferne an.

»Ich habe von deinen Kunstwerken gehört«, begann Mathilde Grahms. »Ich hätte einen Auftrag für dich.«

Paul hob etwas die Hände, was wie eine Entschuldigung sein sollte. »Lutz ist mein Chef. Er nimmt die Aufträge an. Ich führe sie nur aus.«

Matilde sah an ihm vorbei. »Ist er nicht da?«

»Nein.«

»Schade. Dann will ich dir sagen, was ich möchte. Arnold wird Freitag beerdigt.« Es fiel ihr schwer, darüber zu reden. »Er liegt aufgebahrt in einem schlichten Sarg bei mir zu Hause.«

Paul nickte automatisch. Er hatte ihn mit Lutz angefertigt.

»Ich möchte nicht, dass er so trostlos und einfach begraben wird.«

Paul verzog verständnislos das Gesicht.

»Ich möchte ihm etwas Unvergessliches mit in die Ewigkeit geben, und deshalb bitte ich dich um eine Gefälligkeit. Schnitze ihm ein Kreuz und eine Figur, die mich und unsere Kinder darstellen soll. Ich möchte sie auf dem Sargdeckel befestigen und mit ihm in die Erde absenken lassen.«

Paul starrte sie mit offenem Mund an.

»Ich weiß, dass mein Wunsch verrückt klingt, Paul. Ich habe mit meinen Kindern darüber gesprochen, und sie sind einverstanden. Könntest du so etwas in zwei Tagen hinkriegen?«

Er schluckte krampfhaft. Das war einerseits ein mehr als ungewöhnlicher Wunsch, andererseits aber konnte er nun sein Können beweisen. Natürlich war die Zeit knapp, aber dennoch nickte Paul hastig.

»Ich kann es versuchen.«

»O ja, versuch es. Bitte. Ich zahle dir dafür, was du willst.«

Das war ihm peinlich, und verlegen senkte er den Kopf. »Ich tue es für euch. Ich will dafür kein Geld.«

Mathilde legte ihm unversehens eine Hand auf den Arm. Er spürte ihren warmen Druck und wurde noch verlegener.

»Ich werde es dir nie vergessen, Paul und Isolde auch nicht. Ich weiß, dass du sie magst, und sie mag dich auch.« Mathilde Grahms wandte sich zur Tür. »Ich kann mich auf dich verlassen?«

»Hmm. Ich muss es aber Lutz sagen. Ihm gehört die Schreinerei.«

»Das ist gut. Es muss kein Geheimnis bleiben. Es soll jeder im Dorf wissen.«

Sie nickte ihm zu und verließ dann die Werkstatt. Paul blieb noch eine lange Zeit fast regungslos stehen. Er fühlte sich wie in einem Traum, aus dem er jeden Augenblick erwachen würde.

Aber der milde Duft von Mathilde Grahms´ Parfüm hing im Raum und sagte ihm, dass er nicht geträumt hatte.

Noch in der gleichen Minute suchte er ein passendes Stück Holz und begann mit der Arbeit. Die Gesichter von Mathilde Grahms und ihren vier Kindern hatte er so deutlich vor Augen, als stünden sie direkt vor ihm.

Paul war so in seine Aufgabe vertieft, dass er die Türglocke ein zweites Mal gar nicht hörte. Als sich jemand hinter ihm räusperte, fuhr er herum. Seine Augen weiteten sich, sein Herz schlug ihm plötzlich bis zum Hals. Erst als Benedikt mit ausgestreckten Armen und einem warmen Lächeln auf den Lippen auf ihn zukam und ihn umarmte, entspannte sich Paul.

»Mein lieber kleiner Bruder«, sagte Benedikt. Er schob ihn von sich, ohne ihn loszulassen und betrachtete ihn. »Man könnte meinen, du seist in den letzten Wochen wieder um einige Zentimeter gewachsen. Meine Güte, Paul, auf wen kommst du eigentlich? Unser Vater und auch unser Großvater waren doch eher klein. Du dagegen bist ein Riese.«

»Vielleicht bin ich gar nicht dein Bruder«, entgegnete Paul.

Benedikt stutzte, dann lachte er. »Das ist gut. Ja, das ist wirklich gut. Dabei können fast alle Züschener beschwören, dass du mein Bruder bist. So viele Zeugen hat kaum jemand. Du bist in der Kirche während des Gottesdienstes geboren. Ich erinnere mich noch, wie bestürzt der damalige Pastor war. So etwas war ihm noch nie passiert. Aber zeig doch mal, was du gerade machst? Woran arbeitest du?«

Zuerst wollte Paul ganz automatisch den Kopf schütteln, aber dann überwog sein Stolz über den Arbeitsauftrag. Er sagte es seinem Bruder.

Benedikt war bestürzt. »Arnold ist tot?«

Paul nickte. »Einfach umgekippt.«

Benedikt konnte es nicht fassen. Arnold Grahms war immer ein liebevoller Ehemann und fürsorglicher Vater gewesen. Benedikt nahm sich vor, die Familie sobald wie möglich zu besuchen, um ihnen sein Beileid auszusprechen.

Er starrte auf den Rohling auf der Schnitzbank, dann wieder auf seinen Bruder und schüttelte schließlich ungläubig den Kopf.

»Ein mehr als ungewöhnlicher Auftrag. In der Tat. Doch ich bin sicher, dass nur du ihn ausführen könntest.«

»Wie kommst du darauf?«

Benedikt schmunzelte. »Vergisst du etwa die Skulpturen der vergangenen Winter? Die Kirchen, die du aus Eisblöcken gezimmert hast? Die Paare aus meterhohem hart gefrorenen Schnee? Die Pferdekutschen?«

»Aber du hast sie immer als unnützes Zeug bezeichnet, sie fast zertreten.«

»Papperlapapp. Ich wollte dir nur keine Flausen in den Kopf setzen. Ich habe sie heimlich bewundert. Zertreten? Das hätte ich niemals getan. Es sah nur so aus. Tut mir sehr leid, wenn ich dich damit verletzt habe.«

Paul drehte sich schnell um. »Ich … ich muss weitermachen, sonst schaffe ich es nicht rechtzeitig.«

»Ja, tu das. Ist Helene zu Hause?«

»Oben. Sie ist Mutter geworden, gleich am nächsten Tag, nachdem du abgereist bist.«

»Oh«, machte Benedikt.

»Es ist ein Junge. Moritz heißt er. Geh nur rauf. Sie wird sich freuen.«

»Drei neue Kinder in der Familie. Mein Gott, wo soll das noch hinführen?«

Als er Pauls fragenden Blick sah, erzählte er ihm rasch von Eva und Jonathan. Kurz darauf, als Benedikt in den ersten Stock stieg, machte sich Paul wieder an seine Arbeit. Es fiel ihm ungeheuer leicht und schon nach kurzer Zeit konnte selbst der größte Laie erkennen, was es werden sollte.

42

Helene Saalfeld stand ganz still in der Mitte der Küche. Sie hatte die Stimme ihres Bruders unten in der Werkstatt sofort erkannt. Benedikt war also wieder da. Sie wusste nicht, ob sie sich freuen oder fürchten sollte, denn sie bangte vor dem Moment, indem Benedikt den kleinen Moritz sehen würde.

Mit angehaltenem Atem lauschte sie nach nebenan zum

Schlafzimmer, wo ihr Junge lag. Obwohl sie genau wusste, dass er keinen Ton von sich geben würde, hoffte sie doch so sehr, irgendein Zeichen von ihm zu hören oder zu sehen, das andere Babys in seinem Alter unaufhörlich von sich gaben. Aber da kam nichts. Ein trockenes Schluchzen rang über ihre Lippen, das sie sofort unterdrückte, als es klopfte.

Helene ging zur Tür und öffnete. Sie gab sich Mühe, ihre Sorgen nicht zu zeigen, zauberte sogar ein Lächeln auf ihre Lippen und fiel Benedikt um den Hals.

»Helene, meine Schwester. Wie freue ich mich, dich zu sehen.« Er küsste sie auf beide Wangen, die unerwartet kalt waren. Benedikt kniff die Augen zusammen. Vor seiner Reise nach Essen war Helene darauf bedacht, sich modisch zu kleiden. Gerade auch, um Lutz zu gefallen. Selbst während der Schwangerschaft versuchte sie stets, Kleider zu tragen, die ihr auf den Leib genäht waren, die ihren Bauch zwar verhüllten, aber dennoch aufgeputzt waren mit Stickereien, Rüschen, Spitzen und allerlei anderen Krimskrams, wie er es nannte. Nun trug Helene ein einfaches schwarzes Kleid mit weißen Punkten und einem breiten schwarz-weißen Kragen. Sie wirkte viel älter als sie war und verhärmter.

Wie immer kam er sofort zur Sache. »Was ist los mit dir, Helene? Betrügt Lutz dich? Habt ihr nicht genug Geld, müsst ihr hungern, dursten?«

Sie löste sich aus seinem Arm und ging zum Tisch, um eine schrecklich bunte Blumenvase zurechtzurücken. »Es geht uns gut. Wir haben viele Aufträge.«

»Das höre ich gern.« Benedikt sah sich um. »Wo ist Lutz?«

»Er ist jeden Tag von morgens bis abends in den Nachbarorten und nimmt Aufträge an. Um die Kosten so gering wie möglich zu halten, fährt er mit dem entsprechenden Holz und Werkzeug zu seinen Auftraggebern. Das hat den Vorteil, dass ein Schrank oder ein Bett maßgerecht angefertigt werden kann und die heiratswilligen Töchter an Ort und Stelle noch Änderungswünsche äußern können.«

»Das klingt gut.«

»Manchmal ist er allerdings auch über Nacht fort. Dann bin ich allein in diesem großen Haus.«

»Aber du hast doch einen Sohn«, entgegnete Benedikt. »Moritz, nicht? Er müsste jetzt fünf Wochen alt sein.«

»Sechseinhalb.«

»Wo ist er?«

Helene deutete zum Herd. »Möchtest du zuerst einen Kaffee oder einen Tee?«, fragte sie ausweichend. »Ich habe gerade heißes Wasser gekocht.«

»Ein Kaffee wäre nicht schlecht.«

Helene ging zum Herd, nahm den Kessel mit heißem Wasser und schüttete die weiße Kaffeekanne voll. Aromatischer Duft erfüllte den Raum.

Durch das geöffnete Fenster drang lauter Peitschenknall herein. Pferde wieherten angstvoll, und ein Mann fluchte. Benedikt war versucht, ans Fenster zu eilen, um zu sehen, was passiert war, aber sein Blick blieb auf Helene haften. Sie hatte ihm den Rücken zugekehrt. Ihr Kopf war nach vorn gebeugt, und es schien, als würde sie angestrengt in die Kaffeekanne blicken. Aber Benedikt spürte, dass sie etwas bedrückte. Man konnte ihm nichts vormachen. Selbst wenn Helene es versuchte, hätte er sie gleich durchschaut.

Er ging zu ihr, fasste sie an den Schultern und drehte sie zu sich herum. Sie hatte geweint.

»Willst du mir nicht erzählen, was los ist, Schwesterchen?«

Sie holte einige Male tief Luft. »Komm mit.«

Sie nahm seine Hand und zog ihn nach nebenan ins Schlafzimmer. Außer einem Ehebett, einem Schrank mit verzierten Türen und einer passenden Kommode stand in der Ecke noch ein Kinderbett. Helene führte Benedikt darauf zu. Sie zog die dicke Decke zurück, in die Moritz eingehüllt war, sodass er ihrem Sohn ins Gesicht blicken konnte. Moritz hatte die Augen geöffnet. Benedikt lächelte ihn an, doch im nächsten Moment begriff er, dass Moritz ihn gar nicht wahrnahm. Sein Blick war unverändert nach oben gerichtet, auf irgendeinen Punkt, den nur er sehen konnte.

Die Augen, dachte Benedikt bestürzt. Was ist mit ihnen? Sie sind zu groß. Nein, nicht zu groß, sondern anders. Sie waren nicht rund, sie waren …

Er konnte es nicht aussprechen.

»Was ist passiert?«, fragte er kaum hörbar.

»Der Arzt weiß es auch nicht genau. Er meint, dass die Geburt zu lange gedauert hat. Moritz ist stecken geblieben, und niemand war da. Ich habe solche Angst gehabt, Benedikt. Ich dachte nur an Sophia. Sie ist bei Bertas Geburt gestorben. Ich habe gepresst und gepresst, vielleicht zu viel. Wie soll ich das wissen? Wer kann mir das sagen? Auf jeden Fall ist Moritz nicht gesund. Sieh ihn dir an! Er hat die Augen geöffnet, aber er sieht uns nicht. Er atmet, aber er bewegt sich nicht. Greif nach seinem Finger.«

Benedikt tat es. Jener Reflex, der typische Griff eines Babys nach der Hand eines Erwachsenen, blieb aus. Benedikt glaubte, ein lebloses Stück Fleisch anzufassen. Er zog seine Hand zurück.

»Ist Lutz deshalb dauernd unterwegs? Gibt er dir die Schuld?«

Sie antwortete nicht sofort. »Er sagt nichts dazu. Er hält mir nichts vor. Ich habe ihn einige Male heimlich weinen sehen. Aber sonst sagt er nichts. Er vergräbt sich in seine Arbeit.«

Benedikt sah wieder zu Moritz. Der Junge hatte sich in den letzten Minuten keinen Zentimeter bewegt.

»Er müsste in ein Krankenhaus, in eine Großstadt, dorthin, wo man Erfahrung hat.«

»Ja«, antwortete Helene lahm.

»Warum haben wir hier kein Krankenhaus?«, stieß Benedikt laut und unbeherrscht aus. »Weit und breit ist niemand da.«

»Was nützt es uns, wenn wir schimpfen, Benedikt«, sagte Helene resigniert. »Rita Auer hat mir in den letzten Wochen sehr geholfen, aber auch sie weiß keinen Rat. Ich muss damit fertig werden, wir müssen damit fertig werden. Ich werde Moritz lieben, ihn großziehen und beschützen. Er ist doch mein Sohn.«

Benedikt legte einen Arm um ihre zuckenden Schultern. Er hätte ihr jetzt so gern etwas Tröstendes gesagt, aber ihm fehlten die Worte.

Wenig später saßen sie in der Küche. Benedikt berichtete von seiner Reise und auch von seiner Pleite mit den Öfen. Er wollte sie damit aufmuntern, aber es gelang ihm nicht. Als er von Eva und ihren Zwillingen erzählte, fing Helene wieder an zu weinen.

Deshalb wechselte er schnell das Thema und erzählte von Luise Redlich. Aber auch das lenkte Helene nicht von ihrem Kummer ab.

Eine Stunde später verabschiedete er sich von seiner Schwester, nicht ohne ihr Trost zu spenden und zu sagen, dass sie und Lutz von ihm jede Unterstützung erhalten würden, die sie benötigten.

43

Inzwischen war es Mittag geworden. Die Straße war trocken, was den Vorteil hatte, dass kein Wagen im Schlamm stecken blieb. Der Nachteil jedoch war, dass der Staub aufwirbelte und sich in den Lungen der Menschen sammelte. Sobald einer von ihnen anfing zu husten, fielen andere mit ein.

Das Hustenkonzert auf der Hauptstraße störte Benedikt mehr denn je. Er hätte den Erstbesten um ein Haar angeschrien, doch damit aufzuhören, aber er selbst spürte auch bereits dieses typische Kratzen im Hals, das einen Husten ankündigte.

Er bog von der Hauptstraße auf einen unebenen Nebenweg ab. Hier gab es kaum Pferdewagen, hier lagen Holzhaufen, Misthaufen und Steinhaufen wahllos nebeneinander. Es stank zum Erbrechen.

Bald hatte er das Haus von Max Redlich erreicht. Benedikt blieb stehen. Er betrachtete das Fachwerkhaus mit dem Schindeldach. Die Fenster waren geöffnet, alte Vorhänge hingen davor. Die Redlichs schämten sich nicht dafür, Benedikt jetzt aber doch umso mehr, da sie bald zu seiner Familie gehören würden.

In der Küche saß Max Redlich mit seiner Frau Karla und ihrem Sohn Siegfried. Sie waren gerade beim Mittagessen: eine dünne Suppe mit einem kleinen Stück Wurst, aber mit viel Fett.

»Hallo Max, hallo Karla.«

Sie nickten nur zur Begrüßung.

»Tag, Siggi.«

»Ich heiße Siegfried.«

»Entschuldige bitte. Siegfried, natürlich.«

Er war älter geworden, reifer und mochte seinen verstümmelten Kosenamen nicht mehr. Benedikt konnte ihn verstehen.

»Du hast dich lange nicht blicken lassen«, sagte Siegfried.

»Ich war einige Wochen fort.«

»Davor meine ich.«

»Das stimmt, leider.«

»Was willst du nun?«, fragte Max.

»Sehen, wie es euch geht.«

Max Redlich lachte kurz und meckernd auf. Er deutete in die Runde. »Es geht uns gut.« Es war ironisch gemeint. »Es darf nur nicht regnen. Dann wird hier drin alles nass. Die Schindeln müssten dringend erneuert werden.«

Seitdem Max vor vielen Jahren mit einem Schweinehandel lange Zeit gut über die Runden gekommen war, hatte die Schweinezucht nun keine Zukunft mehr. Alle Bauern im Sauerland hielten sich selbst bis zu zehn Schweine und brauchten kein Fleisch mehr von anderen zu kaufen. Max Redlichs Land warf mehr oder weniger gerade genug Ernte zum Leben ab. Benedikt deutete auf einen freien Stuhl. »Darf ich mich zu euch setzen?«

»Bitte«, sagte Karla.

Benedikt schlug die Beine übereinander und legte seinen Hut auf die Knie. »Habt ihr in letzter Zeit was von Luise gehört?«

»Luise?« Max und Karla fragten es gleichzeitig. Karla runzelte die Stirn. »Wie kommst du gerade jetzt auf unsere Tochter?«

Immerhin sagt sie Tochter und nicht irgendetwas Unpersönliches, dachte Benedikt erleichtert.

»Sie ist über zehn Jahre fort«, sagte Siegfried.

»Ja, das ist wahrlich eine lange Zeit.«

»Am Anfang habe ich ihr noch geschrieben, aber dann wurden ihre Antworten immer kürzer und bald kam nichts mehr.«

»Es tut ihr leid.«

»Was?«

»Es tut ihr leid, dass sie den Kontakt mit euch abgebrochen hat.«

»Hast du sie getroffen?«

»Sie wird bald nach Züschen kommen.«

»Woher weißt du das?«

»Ich werde sie heiraten.«

Es wurde abrupt still. Die drei Redlichs saßen eine Weile

bewegungslos am Tisch. Nur das laute Atem von Max Redlich zeigte, dass noch Leben in ihnen war.

»Ich bin Luise in Hagen begegnet«, sagte Benedikt in die Stille. »Wir haben einige Tage miteinander verbracht und viel geredet, hauptsächlich über euch und über Züschen. Es tut ihr, wie gesagt, sehr leid, euch allein gelassen zu haben. Sie wird es euch noch selbst sagen. Sie weiß nichts von meinem Besuch heute. Es war eine spontane Entscheidung von mir. Ich wollte nicht warten, bis Luise aus der Postkutsche steigt und euch überrascht. Sie wird mir deswegen vermutlich böse sein ...« Er verzog den Mund und zuckte die Schultern. »Aber es ist die Wahrheit. Luise und ich werden heiraten, sobald sie hier ist. Dann wird es euch bessergehen. Das verspreche ich, dann kann ich euch helfen, ohne ...« Er verstummte. Er konnte nicht sagen, dass er dann keine Rechenschaft vor den anderen Solstättern ablegen musste.

Eine Zeit lang blieb es still in der Küche. Siegfried löffelte seine Suppe zu Ende, Karla hatte wohl keinen Hunger mehr, denn sie legte ihren Löffel neben den Teller. Auch Max Redlich aß nicht weiter.

»Es wird Unruhe im Dorf geben«, sagte er unvermittelt.

Er will nicht über Luise sprechen, dachte Benedikt ein wenig bestürzt. Dann jedoch sagte er sich, dass Max immer noch viel zu überrascht war von der Neuigkeit, die er mitgebracht hatte. Fragend hob Benedikt die Augenbrauen.

»Es braut sich was zusammen. Während deiner Abwesenheit hat dein Cousin das Kommando hier übernommen.«

»Jakob ist nicht der Bürgermeister«, warf Benedikt ein.

»Das stimmt. Sein Vater bald auch nicht mehr. Ludwig will den Posten abgeben.«

»Oh. Gibt es deswegen die Unruhe, von der du eben gesprochen hast?«, fragte Benedikt.

»Nein. Es geht um eine neue Verordnung. Die Beilieger sollen mehr an Pachtzins zahlen.«

»Schon wieder?«, fragte Benedikt mit gerunzelter Stirn. »Das letzte Mal ist doch erst ein paar Jahre her.«

»Elf Jahre«, sagte Max. »Da wird es Zeit, wieder über eine Erhöhung nachzudenken. Wie genau das abgehen soll, weiß ich nicht. Jakob hat bei der letzten Versammlung nur Andeutungen gemacht. Am besten ist es, du fragst ihn selber.«

»Zu ihm wollte ich ohnehin noch.«

Benedikt erhob sich und ging zur Tür.

»Wann kommt Luise denn?«, fragte Siegfried hinter ihm.

Benedikt sah ihn an. »Ich fürchte, das wird noch einige Zeit dauern. Sie ist bei Eva in Essen und hilft ihr bei der Versorgung ihrer Zwillinge. Sobald Eva allein zurechtkommt, wird Luise in die nächste Postkutsche nach Züschen steigen. Wir haben keine Eile.« Er lächelte. »Es wird eine schöne Hochzeit werden. Das verspreche ich euch.«

44

Auf der Hauptstraße tummelten sich inzwischen viele Menschen. Hausierer, Bauern mit Pferdekarren voll Gemüse und Obst, andere Personen auf der Durchreise nach Winterberg und vor allem Tagelöhner, die vor Grafenau und Lamers herumlungerten. Unter ihnen entdeckte Benedikt auch Bruno Seibert, Albert Faulner und Gregor Großmann. Alle waren Beilieger. Benedikt wunderte sich nicht, dass sie sich mit Tagelöhnern zusammenrotteten.

Vielleicht lag es an Benedikts Gemütszustand, dass er die Spannung in der Luft nicht verspürte, als er näherkam. Jedenfalls war er völlig überrascht, als Bruno und Albert unverhofft aufsprangen und auf ihn zugelaufen kamen. Dicht vor ihm blieben sie stehen. In ihren Augen stand unverhohlene Wut.

»Ah, du traust dich ja doch noch zurück«, stieß Bruno aus. »Willst wohl genüsslich mit ansehen, wie wir vor die Hunde gehen, was?«

»Ich weiß nicht, wovon du sprichst«, presste Benedikt mühsam beherrscht zwischen den Zähnen hervor. Er hasste es, von jemandem derart abfällig angesprochen zu werden, schon gar nicht von einem Beilieger und erst recht nicht von Bruno Seibert.

Dieser lachte höhnisch. »So, du stellst dich also dumm. Hätte gar nicht gedacht, dass du dich auch auf deine wirkliche Intelligenz herabstufen würdest. Aber da du dich schon so unwissend gibst, will ich dir auf die Sprünge helfen. Ihr Solstätter wollt uns Beilieger fertigmachen. Das habt ihr euch gut ausgedacht, aber nicht mit uns.«

Er machte noch einen Schritt näher an Benedikt heran. In Anbetracht der Tatsache, dass sie drei waren und Benedikt allein, ließ Bruno mutiger werden. Er fasste sogar Benedikts Rockaufschläge. Sein Gesicht war nun nur noch wenige Zentimeter von Benedikts entfernt. Brunos Atem schlug ihm entgegen. Mit einer raschen Handbewegung stieß er Brunos Hände weg. Das hätte er besser nicht tun sollen, denn Bruno Seibert deutete diese Reaktion offenbar als Angriff. Unverhofft holte er aus und versetzte Benedikt einen Faustschlag gegen die rechte Schulter.

Benedikt taumelte zurück und stürzte. Er begriff überhaupt nicht, was los war und ehe er sich von seinem Schock erholen konnte, fasste Bruno ihn am Hals und zog ihn wieder auf die Beine.

»Lass das!«, schrie Faulner.

Doch Bruno hörte nicht auf ihn. Die ganze angesammelte Wut der vergangenen Jahre schien sich in ihm freizumachen. Mit dem Handrücken schlug er Benedikt rechts und links ins Gesicht, bis Blut aus seiner Nase spritzte und nicht nur seine Kleidung, sondern auch die Bruno Seiberts besudelte.

Schließlich wurde Bruno zurückgerissen. Benedikt wankte. Er glaubte, das Bewusstsein zu verlieren und hielt sich schnell an dem Geländer neben der Hauptstraße fest. Er spürte keinen Schmerz, obwohl ihm das Blut in dünnen Fäden in den Mund und über das Kinn rann. Mit dem Ärmel wischte er es notdürftig fort. Dann hob er den Kopf. Albert Faulner hielt Bruno fest. Faulner war aschfahl, sein Körper zitterte. Er hatte offenbar nicht damit gerechnet, dass Bruno gleich zuschlagen würde. Bruno schnaubte immer noch vor Wut und Erregung.

Als Benedikt nichts sagte, zog Faulner seinen Gesinnungsgenossen mit sich fort in die Gruppe der Tagelöhner, die regungslos und teils fassungslos dem Geschehen zugesehen hatten. Aus ihnen löste sich Gregor Großmann und kam näher.

»Benedikt ...« Er konnte kaum sprechen. »Ich ... ich wollte das nicht. Ich hatte auch keine Ahnung, dass so etwas passieren würde. Bruno war schon den ganzen Tag über aufgebracht, und sobald dein Name fiel, schlug er alles in seiner näheren Umgebung kurz und klein. Wir alle sind davon überzeugt, dass du hinter den neuen Verordnungen steckst.«

»Welche Verordnungen?«

Großmann kniff die Augen zusammen. »Du weißt es wirklich nicht?«

Benedikt schüttelte den Kopf.

»Ihr Solstätter habt doch neue Regeln aufgestellt. Noch sind sie nicht durch den Gemeinderat, aber das ist nur eine Frage von Tagen. Warst du noch nicht bei Jakob?«

»Nein.«

Großmann nickte mit einem Mal. »So ist das also. Du bist gestern erst zurückgekommen, und heute Morgen erfuhren wir von den neuen Absichten. Für uns alle war sofort klar, dass nur du dahinterstecken konntest. Frag deinen Cousin. Er hat das Gerücht, ich hoffe, es bleibt ein Gerücht, in Umlauf gebracht. Lass dir von ihm alles erklären. Ich ... ich möchte mich für Brunos Angriff entschuldigen. Du weißt jetzt, dass wir alle der Meinung waren, dass ...«

Benedikt hob schnell die Hand, und Gregor Großmann verstummte. Er blieb noch einen Moment auf dem Bürgersteig stehen, nickte Benedikt dann noch einmal zu und ging zurück zu den Tagelöhnern. Benedikt sah ihm hinterher. Bruno Seibert und Albert Faulner waren verschwunden.

45

Zum ersten Mal bereute Benedikt, wieder nach Züschen zurückgekommen zu sein. Er hatte noch nie im Leben Schläge bekommen. Nicht mal als Kind von seinem Vater, und dass es ausgerechnet Bruno Seibert war, mit dem er doch, wie jeder wusste, seit ihrer Schulzeit zerstritten war, würde wie ein Lauffeuer durch den Ort gehen.

Sollte er ihn anzeigen? Zwecklos. Es gab zwar viele Zeugen, aber die würden zu Bruno halten. Nein. Außer Häme und Schadenfreude brachte ihm das nicht viel ein.

Das Schreckgespenst des »Schwächlings« schwebte über ihm. Natürlich war er Bruno körperlich unterlegen, aber ohne einen einzigen Gegenschlag auszuteilen, hätte er die Auseinandersetzung nicht enden lassen dürfen.

Das Blut hatte er mit einem Tuch abgewischt. Seine Nase schmerzte. Alles in seinem Gesicht fühlte sich taub an.

Als er das Haus seines Cousins erreichte, hatte sich sein Herzschlag wieder beruhigt. Benedikt trat nach einem kurzen Anklopfen ein. In der Küche duftete es nach frischgebrühtem Kaffee. Sie hatten das Mittagessen also bereits beendet.

Die Familie saß am Tisch. Der kleine Johann hockte bei seiner Mutter auf dem Schoß und quiekte fröhlich.

»Tag, Benedikt«, sagte sein Onkel. »Wir haben schon gehört, dass du zurück bist. Magdalena war eben bei uns und hat sich Butter und frisches Brot geholt.« Er stutzte und kniff die Augen zusammen. »Was ist mit deiner Nase passiert?«

Benedikt zog sich einen Stuhl heran und setzte sich. »Das ist die Folge einer Geschichte, die ihr mir erklären müsst.«

»Willst du Kaffee und Kuchen?«, fragte Rose. »Ich kann dir auch vom Mittagessen etwas aufwärmen.«

»Nee, nee, nur keine Umstände. Vermutlich kann ich sowieso nichts beißen. Kaffee genügt.«

Rose ging zum Schrank. Wenig später stellte sie Untertasse und Tasse vor Benedikt, dann die Zuckerschüssel und frische Milch. Der Kaffee roch stark. Als Benedikt daran nippte, merkte er, wie sehr sein Mund schmerzte. Er konnte nur in ganz kleinen Schlucken trinken. Wie gut, dass er den Kuchen abgelehnt hatte.

Lydia und Rose gingen mit dem kleinen Johann hinaus.

»Ich lass euch lieber allein«, sagte Lydia. »Eure Gespräche langweilen mich und die Themen interessieren mich sowieso nicht.«

Ludwig stopfte sich umständlich eine Pfeife, während Jakob zum Fenster hinausschaute und so tat, als sehe er nach seinen Knechten. Er hatte viele Fremde auf dem Hof beschäftigt, da tat es sich gut, sie jederzeit im Auge zu behalten.

»Ich bin mit Bruno aneinandergeraten«, sagte Benedikt.

Die beiden anderen sahen ihn perplex an. »Er hat dich geschlagen?«, fragte Jakob.

»Ja. Vor zig anderen Beiliegern und Tagelöhnern.«

»Du musst ihn anzeigen. Du hast Zeugen.«

Benedikt machte eine abwehrende Handbewegung. »Bringt nichts. Das wisst ihr so gut wie ich. Bruno macht mich für eine Verordnung verantwortlich, von der ich nichts weiß.« Er sah ganz bewusst seinen Onkel an und nicht Jakob.

Ludwig zog mehrmals hastig an seiner Pfeife. Er fühlte sich sichtlich unwohl, wie Benedikt bemerkte.

»Sag es ihm, Jakob«, forderte Ludwig seinen Sohn auf.

Jakob holte tief Luft. »Es geht um unsere Wälder. Du weißt, dass seit Jahren die Beilieger unsere Bäume fällen, um Brennholz im Winter zu haben. Wir haben das bisher immer schweigend hingenommen, aber jetzt bin ich der Meinung, dass die Leute dafür bezahlen sollen. Drei Reichstaler für einen Klafter Brennholz.«

Benedikt warf seinem Onkel einen raschen Blick zu. »Was sagst du dazu, Onkel Ludwig? Du bist der Bürgermeister.«

Ludwig winkte ab. »Nicht mehr lange.« Er stieß den Qualm aus. »Nur bis zur nächsten Gemeinderatssitzung. Ich bin zu alt, Benedikt. Ich habe mich lange genug um das Dorf gekümmert. Nun sollen andere ran.«

»Hast du schon jemanden im Auge?«

»Nein. Nicht direkt. Es bieten sich nicht viele an. Die meisten, die Bürgermeister werden wollen, sind jedoch untauglich. Es sind Solstätter zweiter Klasse, wenn ich mal so sagen darf. Im Grund genommen gibt es nur zwei, die es machen können und denen ich vertrauen würde.«

Benedikt verzog den Mund. »Jakob und mich.«

»Genau.« Ludwig nickte heftig.

»Wir sind zu jung.«

»Das Alter spielt keine Rolle. Vielleicht macht es Georg Auer. Ich habe schon mit ihm gesprochen.«

»Das wäre der geeignete Bürgermeister.«

»Versuch du, ihn zu überreden«, schlug Ludwig vor.

»Aber nur, wenn Jakob nicht will.«

Sie sahen Jakob an. Der schüttelte langsam aber energisch den Kopf. »Ich möchte es nicht werden.«

»Also gut«, sagte Benedikt. »Was sagst du zu dem Vorschlag

deines Sohnes?«

Ludwig nahm die Pfeife aus dem Mund, klopfte damit umständlich auf den Tisch und legte sie dann ab. »Ich bin seiner Meinung. Ich habe bereits mit einigen der Solstätter gesprochen. Sie werden dafür stimmen, wenn der Antrag gestellt wird.«

Benedikt nickte. »Gut.« Er stand auf. »Ich werde euch unterstützen. Wann ist die Gemeindeversammlung?«

»Nach Arnold Grahms´ Beisetzung.«

Benedikt wollte gehen.

»Da ist noch etwas«, hielt ihn Jakob zurück.

»Ja?«

Jakob warf einen unsicheren Blick zu seinem Vater. »Es geht um deine Äcker.«

»Was ist damit?«

»Ich habe sie in deiner Abwesenheit bestellt, und deshalb bin ich der Meinung, ... ich denke ... also, ich möchte die meiste Ernte für mich haben.«

Jakob hielt die Luft an. Benedikt sah zu Onkel Ludwig, aber der wich seinem Blick aus. Benedikt schluckte. Er brauchte das Geld zwar dringend, aber Jakob hatte Recht. Schließlich war die ganze Arbeit von ihm erledigt worden. »Also gut«, sagte er zögernd. »Aber mehr als die Hälfte kannst du nicht bekommen. Ist das in Ordnung?«

»Ja.« Jakob atmete auf.

»Du hast es dir verdient.«

Benedikt nickte ihm noch einmal zu und ging hinaus.

46

Zu den Solstättern, deren Land zwar nicht weit vom Dorf entfernt, aber an der unwirtschaftlichsten Stelle lag, gehörten auch Harkort und Ortken. Ihre Häuser waren nicht so groß wie Benedikts und Jakobs. Da ihre Väter und Großväter Teile ihres Landes verkauft hatten, waren sie ärmere Solstätter.

Die Harkorts bewirtschafteten außer den Feldern am steilen Hackelberg noch drei Äcker im Flachengrund. Den Ortkens gehörten sogar noch vier Wiesen, die aber hinter dem Hackelberg lagen und somit fast immer brachlagen, weil sich kein Pflug, kein Zugtier und kein Wagen auf der schiefen Ebene halten konnte. Sie klagten zwar nicht, aber sie konnten das Land nur ungenügend bestellen.

Peter Harkort, der zweiundvierzigjährige Familienvater, saß vor seinem Haus auf einer selbst gezimmerten Bank. Über die Straße kam Theodor Ortken. Er setzte sich neben Harkort. Als der ihm Pfeife und Tabak anbot, lehnte er ab.

»Ich bin nicht in der Stimmung, zu rauchen«, sagte Ortken. Er war müde, seine Knochen schmerzten von der harten Arbeit.

»Denkst du an dasselbe wie ich? Was hältst du von Jakob Halbachs Vorschlag?«

»Mir geht nichts anderes mehr durch den Kopf«, sagte Harkort langsam und leise.

Ortken nickte kurz. Sie saßen oft vor ihren Häusern, rauchten, tranken ab und zu einen Schnaps und sprachen über ihre Arbeit und über das Wetter. Die meiste Zeit jedoch schwiegen sie und schauten einfach nur in die Gegend. Sie waren keine großen Redner, die sich über andere Themen als den üblichen Dorfklatsch unterhalten konnten. Auch jetzt vergingen wieder etliche Minuten, bis Theodor Ortken den Mund öffnete.

»Benedikt ist seit gestern zurück.«

»Ja.«

»Ob er schon weiß, was Jakob vorhat?«

»Bestimmt.«

»Er lässt sich gar nicht sehen.«

»Das liegt an dem Streit mit Seibert. Es ist doch wie ein Lauffeuer durchs Dorf gegangen, dass ein Beilieger einen Solstätter tätlich angegriffen hat. Manch einer sagt sogar, Seibert habe Benedikt geschlagen.«

»Das stimmt«, nickte Ortken. »Das habe ich auch gehört. Deshalb bin ich sicher, dass er dem Vorschlag seines Cousins zustimmt.«

»Ich auch«, antwortete Harkort. »Ich auch.«

Eine Weile blieb es wieder still zwischen ihnen. In den Häusern ringsum wurden die ersten Kerzen angezündet.

»Gib mir doch eine Pfeife«, sagte Ortken.

Harkort griff neben sich, wo noch vier andere Pfeifen lagen.

Er reichte Ortken die größte davon. Noch bevor er sie gestopft und angesteckt hatte, erhielt er einen Stoß in die Rippen. Harkort streckte seinen Arm aus und deutete nach vorn.

Ortken vergaß seine Pfeife. Durch die einbrechende Dunkelheit kam jemand näher. Bald erkannten sie ihn. Es war Benedikt Halbach.

Benedikt verlangsamte seine Schritte. Er betrachtete Peter Harkorts Haus, und er fragte sich auf einmal, wie so viele Menschen auf so engem Raum wohnen konnten. Peter Harkort hatte fünf Kinder, dazu hausten noch seine Schwester mit ihrem Mann und zwei Kindern in dem Haus.

Benedikt ließ seinen Blick über die Fenster und Vorhänge schweifen und in den Hof dahinter. Er sah den Weg, der zu ihrem Außenklo führte und dann weiter in die Scheune. Von Harkorts Familie war niemand zu sehen.

»Hallo«, sagte er.

»Abend«, erwiderte Ortken, Harkort nickte nur.

»Was macht eure Arbeit?«

»Es geht.« Wieder antwortete Ortken.

Benedikt setzte sich neben ihn.

»Ich hatte vor, schon heute Morgen zu euch zu kommen, aber die Arbeit frisst einen auf. Wenn man sich längere Zeit nicht um sein Anwesen kümmert, dann vergammelt alles.«

»Du hast doch in Jakob einen guten Verwalter gehabt.«

»Das ist richtig«, bestätigte Benedikt. »Ich bin auch sehr zufrieden mit ihm, dennoch … Es ist immer noch mein Land, das bewirtschaftet werden muss.« Er hielt einen Moment lang inne. »Ihr wisst, was Jakob vorhat?«

Ortken und Harkort wechselten einen raschen Blick. »Wir sind von ihm informiert worden«, sagte Ortken.

»Und? Wie ist eure Meinung?«

Ortken lachte leicht auf. »Haben wir eine andere Wahl, Benedikt? Wir sind froh über jeden Pfennig, den wir kriegen können.«

Mehrere Minuten saßen sie schweigend nebeneinander. Ortken und Harkort rauchten vor sich hin. Niemand der beiden erwähnte den Streit zwischen Benedikt und Bruno, obwohl sich die Spuren deutlich in Benedikts Gesicht abzeichneten.

Er machte sich Sorgen um das Dorf, um den Frieden, der plötzlich gefährdet schien. Sicher hatten Ortken und Harkort recht, wenn sie sagten, dass es vielen Solstättern schlecht ging, aber fast alle Beilieger waren noch ärmer dran. Es war geradezu grausam, mitanzusehen, unter welchen Bedingungen sie zum Teil leben mussten. Manche besaßen nicht mal Schuhe. Ihre Kleidung war so alt, dass sie sich schämten, des Sonntags in die Kirche zu gehen.

Benedikt warf einen verstohlenen Blick auf Ortkens und Harkorts Kleidung. Ihre schwarzen Hosen waren an den Knien bereits dünn. An einigen Stellen schimmerten kleine Löcher. Bestimmt waren sie seit Wochen nicht mehr gewaschen worden, obwohl ihre Frauen sorgfältig und sehr ordentlich waren. Auch ihre Westen zeigten speckige Stellen und Schmutzflecke auf der Brust.

Es wurde wirklich Zeit, sagte sich Benedikt, dass etwas geändert würde.

47

Paul Halbach hielt mit seiner Arbeit inne. In der Tür stand Isolde Grahms. Sie trug ein langes Kleid, einen bunten Schal und einen Hut, unter dem sich ihr langes, blondes Haar in sanften Wellen ausbreitete. Eine leichte Röte bedeckte ihre Wangen, aber ihre Augen leuchteten wie immer. Sie waren es, die Paul am meisten faszinierten, und in die er sich sofort verliebt hatte.

»Hallo«, sagte er rau.

»Hallo.«

Er deutete hinter sich zur Hobelbank. »Ich bin gerade dabei, die Figur für euch zu hobeln. Ein paar Stunden wird es noch dauern.«

»Ich bin nicht deswegen gekommen«, antwortete Isolde. Sie hatte eine angenehme Stimme.

»Nein?«

Sie schüttelte den Kopf. »Mama ist bei deiner Schwester oben. Sie will das neue Kleid anprobieren, das Helene ihr für die Beerdigung näht. Sie hat mir erlaubt, zu dir zu gehen.«

Er lächelte flüchtig.

»Vielleicht werde ich auch Schneiderin«, sprach Isolde weiter. »Mama will Helene fragen, ob ich bei ihr lernen kann.«

»Meine Schwester ist aber keine Meisterin«, warf Paul ein.

»Ich weiß. Aber sie ist gut. Ich möchte es nur lernen. Dann kann ich vielleicht später damit Geld verdienen.«

»Musst du das denn?«, fragte Paul überrascht. »Deine Eltern sind doch …«

Sie unterbrach ihn mit einer hastigen Handbewegung.

»Sie haben Geld, ja, aber das geht alles in die Landwirtschaft. Ich habe drei Brüder, Paul. Einer von ihnen wird den Hof übernehmen, die anderen beiden werden entweder Beilieger oder gehen fort. Ich bekomme nur eine kleine Mitgift. Das ist auf Dauer zu wenig. Deshalb will ich mal auf eigenen Füßen stehen. Schneiderinnen werden immer gebraucht. Sieh dir nur mal die vielen Stoffe an, die es gibt. Es muss herrlich sein, darin herumzuwühlen.«

»Schneidern und Schnitzen«, murmelte Paul und dachte amüsiert: ob das gut geht?

»Was hast du gesagt?«

»Ach, nichts.« Er drehte sich zur Hobelbank um. »Willst du sie sehen? Eure Figur?«

»Gern.«

Isolde kam näher und stellte sich neben ihn. Aber sie behielt gebührend Abstand. Sie wollte ihm nicht zu nahekommen, aus Angst, dass er sie einfach in den Arm nehmen würde. Obwohl sie nichts mehr als das wünschte.

»Sehr schön.«

»Gefällt sie dir?«

»Ja.«

Eine Weile blieb es still zwischen ihnen. Die Spannung war förmlich zu spüren.

»Kommst du zur Beerdigung?«

Das war die falscheste aller Fragen. Sie zerstörte den unsichtbaren Faden, der sie miteinander verbunden hatte. Paul war verwirrt. Er schüttelte sich automatisch. Sie deutete es falsch.

»Du kommst nicht?« In ihrer Stimme klang überraschte Betroffenheit. In einem Dorf kam jeder zur Beisetzung, es sei denn, er war krank oder beruflich verhindert. Das Letzte aber kam äußerst selten vor.

»Natürlich komme ich«, antwortete er rasch. »Wenn es nicht gerade in meine Arbeitszeit fällt.«

»Es ist am Samstag. Mama hat es hinausgeschoben, damit das Kreuz und die Figur rechtzeitig fertig werden.«

»Ja, ich komme«, nickte Paul.

»Das ist gut.«

Sie wollte noch etwas sagen, aber dann entdeckte sie ihre Mutter am Eingang. Sie musste schon eine ganze Weile dort gestanden und ihnen zugehört haben. Isolde wurde verlegen, ihr Herz klopfte laut. Wie gut, dass wir uns nicht an der Hand gehalten haben, dachte sie erleichtert.

Mathilde Grahms kam näher. Nachdenklich betrachtete sie das Kreuz und die Figur. An ihrem Gesicht konnte Paul ablesen, dass sie sehr zufrieden war. Aber dennoch stand noch etwas anderes in ihren Augen, etwas Trauriges und auch Trotziges.

»Du kannst nur das Kreuz am Sarg befestigen, Paul«, sagte sie. Dabei zitterten ihre Lippen vor Wut. »Der Pfarrer erlaubt nicht, dass wir diese, … wie hat er sich ausgedrückt? … diese ketzerische Figur am Sarg befestigen. Er verweigert uns dann die kirchliche Beerdigung.«

Isolde stieß einen heiseren Schrei aus und schlug entsetzt die Hand vor den Mund. Paul stand wie erstarrt.

»Er hat es mir ganz unmissverständlich gesagt. Er ist der Pfarrer. Ich kann mich nicht gegen seinen Willen stellen, und ich möchte Arnold nicht ohne den kirchlichen Segen in die Erde lassen.«

Die ganz schöne Arbeit umsonst, dachte Paul enttäuscht. Dieser Adam Fricke! Man sollte ihn aus dem Dorf jagen.

Ich versündige mich, sagte er sich. Ich bin zu jung, um irgendein Urteil zu fällen.

Er nahm die Figur in die Hand und streichelte sie zärtlich.

Mathilde versuchte, ein Lächeln auf ihre Lippen zu zaubern. »Du hast sie nicht vergebens gemacht, Paul. Ich nehme sie dir ab. Sie kommt bei uns in die gute Stube auf ein Bord. Auch das gebe ich dir noch in Auftrag. Zuhause kann ich machen, was ich will. Da kann mir keiner reinreden. Wärst du damit einverstan den? Ich meine, dass deine gute Arbeit für jedermann sichtbar bei uns ausgestellt wird?«

Paul konnte sein Glück kaum fassen. Er nickte heftig und mit rotem Gesicht.

Mathilde gab ihm die Hand und ging zur Tür. Mit einem gütigen und aufmunternden Lächeln in Pauls Richtung zog sie ihre Tochter mit hinaus. Paul stellte sich ans Fenster. Er sah ihnen nach. Sie überquerten die Hauptstraße, ohne sich nur einmal umzusehen. Sie gingen zügig, aber nicht zu schnell. Seine Augen hafteten auf Isoldes Rücken, und mehr denn je spürte er, wie unendlich er sie liebte.

48

Eine unerwartete Hitzeglocke lag über dem Dorf. Die Menschen litten in ihrer dunklen Kleidung. Fast alle hatten ihre schwarze Garderobe angelegt oder zumindest ein dunkles Jackett oder eine dünne schwarze Jacke übergeworfen. Zu einer Beerdigung ging man nicht anders angezogen. Die Männer trugen ihre Zylinder in den Händen, ein Vorzug bei diesen Temperaturen. Den Frauen war es nicht gestattet, ihre Hüte abzunehmen. Was zuerst Empörung hervorrief, hatte sich nun in Erleichterung gewandelt. Die Hüte schützten ein wenig vor der Sonne.

Pfarrer Adam Fricke hatte den Wunsch von Mathilde Grahms, die Beisetzung in die frühen Morgenstunden zu legen oder in die späten Abend zu verschieben, rigoros abgelehnt. Für ihn galt die Reihenfolge als oberste Pflicht: Totenmesse um neun Uhr, danach der Gang zum Friedhof. Natürlich war es ungewöhnlich, dass im Sauerland schon um halb elf eine Hitze herrschte wie selten. Aber es wäre vorauszusehen gewesen, wenn er doch nur etwas auf die Älteren gehört hätte, die ihm prophezeit hatten, dass es noch einige Tage ungewöhnlich heiß bleiben würde.

Nun ging Fricke hinter dem Kreuz als Erster der langen Prozession. Unter seinem schwarzen Birett schwitzte er wie ein Schwerarbeiter. Obwohl ihm der Schweiß über Stirn und Wangen rann, wischte er ihn nicht fort.

Die beiden Messdiener an seiner Seite bewegten sich im Gleichklang mit ihm. Sie schwenkten den Weihrauchkessel und die dreiteilige Klingel.

Sechs schwarzgekleidete Männer trugen den Sarg, dem die Familie des Verstorbenen und danach die restliche Gemeinde folgte.

Der Weg war nicht weit von der Kirche zum Friedhof, dennoch waren alle froh, als sie die Stelle erreichten, an der Arnold Grahms bestattet werden sollte. Sie versammelten sich im Kreis, Mathilde Grahms und ihre Kinder stellten sich direkt vor dem dunklen Grab auf. Die Sargträger ließen den Sarg vorsichtig in die Grube hinab und zogen sich diskret zurück.

»Im Namen des Vaters und des Sohnes ...«, begann Pfarrer Fricke. Er sprach ein paar Gebete, nein, er leierte sie einfach herunter, und die Gemeinde antwortete im gleichen eintönigen Singsang, ohne darauf zu achten, was sie sagten.

Die Zeremonie war bei einer Beerdigung stets gleich. Jeder wusste, was als Nächstes kam. Deshalb achtete niemand auf Isolde Grahms, die sich an ihren Brüdern vorbei nach vorn drängte. Unter ihrer schwarzen Jacke, die sie auf Anraten ihrer Mutter über dem Kleid trug, holte sie langsam einen Gegenstand hervor. Mit ausgestreckten Armen hielt sie ihn über das offene Grab. Jeder konnte die kleine Holzfigur sehen, die eine Familie mit vier Kindern darstellte.

Abrupt hielt Adam Fricke in seiner Andacht inne. Sein Gesicht verlor alle Farbe, seine Lippen zitterten plötzlich. Er schien zu schwanken, aber er fing sich wieder. Sein Blick bohrte sich auf Isolde und auf die Holzfigur. Dann klappte er laut sein Gebetbuch zu, drehte sich auf dem Absatz um und verließ fast fluchtartig den Friedhof. Die beiden Messdiener sahen sich ratlos an, bis ihnen jemand zu verstehen gab, dem Pfarrer zu folgen.

Arnold Grahms junior nahm nun selbst die Holzfigur und hielt sie mit ausgestreckten Armen über das Grab.

Mathilde Grahms riss Isolde zu sich heran, beugte sich herab und flüsterte ihr etwas ins Ohr.

Paul, der zwischen seinem Bruder und seiner Schwester

Magdalena stand, ahnte wohl als Einziger, warum Isolde in Tränen ausbrach: Sie hatte die Figur zu früh über das Grab gehalten. Sie hätte warten müssen, bis Pfarrer Fricke den Segen gesprochen und die Beisetzungszeremonie beendet hatte. So aber würde Arnold Grahms ohne den kirchlichen Segen beerdigt werden.

In der zweiten Reihe, verdeckt von den Trauergästen, entstand mit einem Mal Bewegung. Georg Auer drängte sich nach vorn. Er stellte sich nahe ans Grab, faltete die Hände zum Gebet und sprach laut das Glaubensbekenntnis. Schon nach wenigen Worten fiel die Gemeinde mit ein und dann hallten ihre Stimmen laut über den Friedhof bis ins Dorf hinunter.

»Liebe Familie Grahms«, sagte Georg Auer danach mit seiner sonoren Stimme. »Ihr habt mit Arnold einen liebevollen Ehemann und fürsorglichen Familienvater verloren. Auch wir Züschener kennen ihn nur als hilfsbereiten Mann, der sich um die Probleme anderer genauso sorgte wie um seine eigenen, dem das Wohl der Bürger über alles ging. Viel zu früh ist er von uns gegangen. Er wird nicht nur bei euch, sondern auch im Dorf eine große Lücke hinterlassen.« Er blickte auf die Holzfigur. »Zum Zeichen eurer Verbundenheit habt ihr diese Figur anfertigen lassen. Es ist nicht schicklich, sie mit ins Grab zu legen. Aber ihr könnt sie auf das Grab stellen, sodass sie jeder sehen kann, der hier vorbeikommt. Wir alle verstehen das als ein Zeichen der Zusammengehörigkeit, kein Affront gegen unseren Pfarrer oder gegen die katholische Lehre. Ihr wollt damit zeigen, wie sehr ihr euren Mann und euren Vater geliebt habt, und dass er niemals aus eurer Familie verschwinden wird. Liebe Mathilde, wir wünschen dir von ganzem Herzen Kraft für die Zukunft, und dass du deinen Lebensmut nicht verlierst. Deine Kinder werden dir beistehen. Da bin ich mir sicher.«

Er verneigte sich leicht und trat dann vom Grab zurück. Lange blieb es still. Nur langsam setzten sich die Trauernden wieder in Bewegung und gingen zum Grab, wo sie kurz verharrten, um dem Toten die letzte Ehre zu erweisen. Eine halbe Stunde später hatten alle den Friedhof verlassen. Benedikt stand auf dem Kirchplatz mit Jakob und seinem Vater beisammen. Georg Auer und zwei weitere Solstätter gesellten sich zu ihnen.

»Wir müssen mit Pfarrer Fricke sprechen«, sagte Auer. »Niemand wollte ihn oder den Glauben beleidigen. Ich bin sicher, dass er das einsieht.«

»Wird er das?«, fragte Jakob zweifelnd.

»Ja«, nickte Georg Auer. »Er ist nur vor den Kopf geschlagen, weil jemand seine Anweisung nicht befolgt hat.«

»Er wird es Blasphemie nennen«, meinte Ludwig.

Georg sah ihn an. »Du bist noch immer der Bürgermeister, Ludwig. Geh zu ihm. Rede mit ihm. Er wird dich nicht fortschicken, er wird dir zuhören. Danach können wir uns ein Urteil bilden.«

»Gut«, sagte Ludwig nach einigen Minuten des Überlegens. »Ich möchte, dass jemand mit mir geht. Nicht mein Sohn, auch nicht Benedikt.«

»Ich unterstütze dich«, sagte Georg Auer.

Sie gingen beide davon, von Benedikts und Jakobs Blicken verfolgt, bis sie hinter einer Buschgruppe verschwunden waren.

Pfarrer Fricke hatte Ludwig Halbach und Georg Auer schweigend zugehört. Er hatte kein Wort gesprochen, sondern stumm, mit gefalteten Händen und geschlossenen Augen in seinem Sessel gesessen. Etwa zehn Minuten hatte Georg Auer auf ihn eingeredet, alle Aspekte, alle Gründe der Familie Grahms ausgeführt und schließlich, als der Pfarrer sich nicht rührte, sich in ihrem Namen entschuldigt. Erst da hatte Fricke die Augen geöffnet und ihn angesehen.

»Ich nehme Ihre Entschuldigung an«, hatte er mit zitternder Stimme geantwortet, »weil Sie ehrlich sind, Herr Auer. Mehr möchte ich dazu nicht sagen. Ich danke Ihnen für Ihren Besuch, meine Herren.«

Damit waren die beiden verabschiedet gewesen. Ludwig Halbach und Georg Auer waren über sechzig Jahre alt. Ihr ganzes Leben lang hatten sie Schwerarbeit verrichtet und nach den Lehren der katholischen Kirche gelebt. Aber sie waren noch nie von jemandem wie kleine Kinder behandelt und derart abgekanzelt worden wie an diesem Tag. Ludwig kochte noch innerlich vor Wut, als er bereits zu Hause war. Georg hatte einen etwas weiteren Heimweg. Er war ebenfalls aufgewühlt, als er heimkam, und zum ersten Mal fragte er sich, ob Pfarrer Adam Fricke wirklich ein frommer Mann war und geeignet, ihrer Kirche zu dienen.

49

Die Gemeindeversammlung fand wie immer im großen Saal bei August Grafenau statt. Alle neununddreißig Solstätter waren anwesend. Die Plätze neben Ludwig Halbach blieben leer, ein Zeichen seiner Bürgermeisterstellung. Er genoss es noch einmal, im Mittelpunkt zu stehen. Am Ende des Abends wäre er, wenn alles normal verlaufen würde, kein Bürgermeister mehr.

Mit zehnminütiger Verspätung eröffnete Ludwig die Sitzung. Nach Vorstellung der zwei Tagesordnungspunkte und einer kurzen einleitenden Rede übergab er das Wort seinem Sohn.

Jakob hatte den Platz neben Benedikt eingenommen. Es gab eigentlich keine festen Plätze, und Jakob saß meistens neben Auer oder Harkort, aber diesmal hatte er sich zu Benedikt gesetzt. Jakob war kein großer Redner, und deshalb suchte er auch zunächst nach Worten. Schließlich hatte er sich eingeredet.

»Ich habe schon mit den meisten von euch gesprochen, und die anderen sind inzwischen gut informiert. Ihr wisst also, worum es geht. Ich will die Situation noch einmal kurz erklären: Es geht um die Nutzungsrechte unserer Wälder. Seit Jahren kämpfen wir darum, das Gewohnheitsrecht der Beilieger einzuschränken. Bis vor einigen Jahren verlief unser Leben immer nach dem gleichen Schema: Arbeiten, Ernten, Verkaufen. Wir konnten natürlich nicht alle Länder bestellen. Also blieb das meiste brachliegen. Was lag also näher, als es den Beiliegern zu überlassen. Aber habt ihr einmal nachgezählt, wie viele Beilieger es heute gibt?«

Er hielt kurz inne, sah sich um und stellte befriedigt fest, dass fast alle den Kopf gesenkt hatten und im Stillen nachrechneten.

»Jeder soll ein Anrecht auf die Nutzung der Ländereien haben, klar. Dieser Meinung bin ich immer noch. Solange die Beilieger zahlenmäßig unbedeutend waren, haben wir ihnen das gestattet. Immerhin sind die meisten die zweitgeborenen oder drittgeborenen Bauernsöhne, die keinen eigenen Hof zum Bewirtschaften besitzen.«

Er hielt abermals inne und wartete auf eine Reaktion seines Cousins, aber Benedikt schwieg.

»Inzwischen benehmen sich die Beilieger, als gehöre ihnen der Wald, die Wiesen, die Weiden. Findet ihr das normal?«

Fast alle schüttelten automatisch den Kopf.

»Wir Solstätter sind die eigentlichen Eigentümer. Deshalb verlange ich eine Nutzungsentschädigung.«

»Die Beilieger zahlen doch schon eine vereinbarte Summe«, warf Arnold Grahms junior ein. Er hatte den Platz seines Vaters automatisch übernommen. »Wir haben erst vor über zehn Jahren den Pachtzins für sie erhöht.«

Jakob nickte. »Das stimmt. Die Beilieger zahlen jährlich zwei Reichstaler an die Gemeinde und einen Reichstaler pro Hornvieh, das zur Hude getrieben wird, an den Verpächter. Daran will ich auch nicht rütteln. Das will ich nicht erhöhen. Ich weiß auch noch, welche Unruhe die damalige Pachterhöhung ins Dorf gebracht hat.«

»Was schlägst du vor?«, fragte Georg Auer.

»Ich will, dass die Beilieger pro Klafter Brennholz drei Reichstaler zahlen.«

Unvermittelt setzte unter den Anwesenden ein Gemurmel ein, das immer lauter wurde. Erst nach fast einer Viertelstunde war die Ruhe wiederhergestellt. Jakob stand immer noch.

»Männer, ich bin noch nicht fertig«, rief er laut. »Wisst ihr eigentlich, was das Merkwürdige ist? Wir Solstätter bemühen uns um unsere Landwirtschaft, viele können aber kaum davon leben. Aber die Beilieger sind mit ihren anderen Tätigkeiten wie Schmied, Sattler, Schuster, Zimmermann, Maurer, Schneider und was weiß ich noch alles wirtschaftlich erfolgreicher als wir, die wir mit der Landwirtschaft unseren Lebensunterhalt erarbeiten. Vor vielen Jahren hat schon der Medebacher Amtsrichter bei der Regierung in Bonn einen Antrag gestellt, dass auch die Beilieger ihren allgemeinen Beitrag zu den Abgaben zahlen sollen. Leider wurde er damals abgelehnt. Nun muss die Regierung den aktuellen Zustand akzeptieren. Es gibt eben zu viele Beiliegerstellen, als dass man sie wieder streichen könnte. Nun, wie sieht es aus? Was haltet ihr von meinem Vorschlag?«

Als hätten sie nur auf dieses letzte Wort gehört, riefen alle durcheinander:

»Ich bin dafür.«

»Ich auch.«

»Wir sollten ihn noch erhöhen.«

»Stimmen wir doch endlich ab.«

Jakob sah auf seinen Vater, worauf sich Ludwig Halbach erhob, zur Glocke griff und laut und energisch klingelnd um Ruhe bat.

»Ihr habt den Antrag gehört. Ich formuliere ihn noch einmal: Die Gemeinde möge beschließen, dass die Beilieger ab dem kommenden Jahr drei Reichstaler pro Klafter Brennholz an die Solstätter zahlen müssen. Wer dafür ist, möge die Hand heben.«

Niemand war dagegen, keiner enthielt sich. Mit einem zufriedenen Lächeln drehte sich Jakob zu Benedikt um.

»Das war gut, Jakob. Du hast gut gesprochen. Warum willst du nicht Bürgermeister werden? Du hättest das Zeug dazu.«

»Meinst du wirklich? Nee, nee. Vielleicht in ein paar Jahren. Jetzt bin ich noch zu jung.«

Benedikt schmunzelte. Es machte ihm Spaß, Jakob aufzuziehen. Natürlich wäre er nicht nur wegen seines Alters niemals gewählt worden. Man mochte ihn in Züschen unter den Solstättern nicht besonders. Er war zu arrogant und egoistisch. Sein Antrag von eben betraf alle Solstätter. Nur deshalb hatten sie dafür gestimmt.

Es war die letzte Amtshandlung seines Vaters Ludwig Halbach. Er setzte seinen Namen unter das Protokoll, das seit Jahren Knutsche schrieb, weil er die schönste Handschrift hatte. Danach ging es nur noch um die Wahl des neuen Bürgermeisters. Zu aller Freude stellte sich Georg Auer als Kandidat zur Verfügung. Er wurde einstimmig gewählt.

Im Dorf brodelte es. Die Beilieger rotteten sich zusammen, um zu beraten, was gegen die neue Verordnung gemacht werden konnte. Sie trafen sich bei Lamers, nur knapp fünfzig Meter von der Gemeindeversammlung der Solstätter entfernt. Bruno Seibert sprach laut von einer Verteufelung der Solstätter. Das Wort Unfairness war noch das Harmloseste, was ihm einfiel. Aber nach fast einer Stunde stellten sie fest, dass sie keine Handhabe gegen die Solstätter besaßen. Es blieb ihnen nichts anderes übrig, als zu zahlen.

Das Bauernrecht, wie es salopp genannt wurde, machte schnell die Runde im Sauerland. In allen anderen Dörfern wurde nach kurzer Beratung der gleiche Beschluss gefasst.

In den nächsten Wochen besuchte Benedikt, wenn er sich nicht gerade um seine Ländereien kümmerte, sehr oft seine Schwester Helene. Lutz hatte ihm beteuert, dass er Helene keine Schuld an Moritz` Zustand gab. Dass es eine Krankheit war, stand für sie alle fest.

Benedikt reiste nach Winterberg zu Doktor Kluse, der völlig ratlos schien, ihm aber einen Spezialisten in Kassel empfahl. Der habe sich mit auffälligen Kindern beschäftigt und könne wohl als Einziger etwas sagen.

Benedikt fuhr allein nach Kassel. Aber auch Doktor Andrach hatte nach Benedikts ausführlicher Beschreibung der Krankheit keine fundierten Ratschläge parat. Doktor Andrach diagnostizierte aus der Ferne, dass wohl eine Fehlfunktion des Hör- und Sprechmuskels vorlag, hervorgerufen durch die zu geringe Luftzufuhr während der Geburt.

Helene, die sich offenbar ohnehin wenig Hoffnung auf Besserung gemacht hatte, nahm das alles mit stoischem Gleichmut auf. Sie hatte sich damit abgefunden, Moritz ihr Leben lang zu pflegen.

Ende des Monats kam ein Brief von Luise. Benedikt war ganz aufgeregt, als er ihn öffnete. Doch dann wechselte seine Begeisterung rasch in Enttäuschung. Luise schrieb, dass sie noch länger bei ihrem Ministerialdirektor bleiben müsse. Die Nachbarin sei überraschend gestorben, und Gustav Waldheim habe nun niemanden, der sich um ihn kümmern könne.

Benedikt war mehrere Tage lang nicht ansprechbar.

50

Paul Halbach hatte Isolde Grahms seit der Beerdigung ihres Vaters nicht mehr gesehen. Paul ahnte, dass sie Hausarrest bekommen hatte. Ihre Mutter hatte handeln müssen, obwohl sie im Stillen wohl Isoldes Verhalten auf dem Friedhof guthieß.

Paul wagte auch nicht, zu ihr zu gehen. Es schickte sich nicht. Aber er hatte Sehnsucht nach Isolde.

Um sich abzulenken, widmete er sich intensiv seiner Arbeit. Aufträge hatten sie genug, die Schreinerei florierte. Manchmal kamen seine gleichaltrigen Freunde, um ihm zuzuschauen. Die meisten hatten keine geregelte Arbeit und oft viel Zeit.

Der Jüngste des Solstätters Zellner hieß Leo. Er war zwar fast drei Jahre älter als Paul, aber da Leo zwei Schuljahre wiederholen musste, war er schließlich in Pauls Klasse gelandet. Leo war zwar ein bisschen dumm, aber lieb. Es gab nie Streit mit ihm, und stets war er hilfsbereit. Paul und viele andere Gleichaltrige hatten während der Schulzeit mit Leo auf den Straßen Fangen gespielt und waren in den Wäldern umhergestreift.

Wieder einmal schaute Leo bei Paul in der Schreinerei vorbei. Wie immer hatte er dieses dümmliche Lächeln um seinen Mund, mit dem er Paul begrüßte.

»Ich muss dir was ganz Wichtiges sagen«, begann Leo mit vor Aufregung heiser Stimme. Er schwang sich auf einen Tisch und ließ die Beine baumeln. »Meine Eltern sind der Meinung, dass ich heiraten sollte.«

Paul hob nur kurz den Kopf. »Du bist alt genug, Leo. Was ist daran so ungewöhnlich?«

»Ja, ja, ich weiß. Aber ich bin noch nie mit einem Mädchen in Berührung gekommen. Ich habe sie zwar von weitem gesehen und mir so meine Gedanken gemacht, aber angesprochen habe ich noch kein Mädchen.«

»Das tut man auch nicht.«

»Aber man muss doch irgendwie Kontakt mit den Mädchen bekommen. Wie machst du das denn?«

Paul hielt in einer Arbeit inne. Er schaute an die gegenüberliegende Wand und dachte an Isolde Grahms. Fast wäre ihm ein

Seufzer entschlüpft, aber er atmete nur einmal tief ein und aus. Zum Glück sprach Leo einfach weiter.

»Vater hat mir vor drei Wochen gesagt, wenn ich mich nicht um eine Braut kümmern würde, dann würde er mir eine aussuchen.«

Paul musste grinsen. »Hast du ein Mädchen gefunden?«

»Nee.« Leo schüttelte den Kopf. »Ich nicht, aber Papa.«

»Aha«, nickte Paul. »Wer ist es?«

»Isolde. Isolde Grahms.«

Paul fiel der Hobel aus der Hand. Es schien ihm, als habe ein Pferd gegen seine Brust getreten. Mit einem Mal war er aschfahl im Gesicht.

»Papa meint, dass Isolde genau die richtige für mich sei. Sie wäre das jüngste Kind der Grahms und ich wäre auch das jüngste Kind der Zellners. Das würde doch gut zusammenpassen.«

Paul nahm das Holzstück wieder fester in die Hand. Er zitterte am ganzen Körper.

»Papa macht ein großes Geheimnis aus der Sache. Er will mich wohl überraschen.«

Paul musste schlucken, bevor er ein Wort herausbekam. »Überraschen? Wie denn?«

Doch darauf wusste Leo auch keine Antwort.

Als Leo bald darauf ging, setzte sich Paul auf die Fensterbank. Lange wusste er nicht, was er tun sollte. Seine Gedanken rasten zickzack. Mathilde Grahms hatte bei ihren Besuchen in der Schreinerei davon gesprochen, dass Isolde ihn mag. War das nur eine Ausrede gewesen? Wollte sie ihre Tochter nicht einem einfachen Schreiner geben? Das sah ihr zwar nicht ähnlich, aber Paul hatte schon Schlimmeres gehört. Einige Mädchen aus dem Dorf waren in Jungs verliebt, die sie niemals heiraten durften.

Nach über einer halben Stunde hatte er einen Entschluss gefasst. Auch wenn er sich bis auf die Knochen blamieren sollte, er würde morgen Nachmittag zu den Grahms gehen und ganz offiziell um Isoldes Hand anhalten. Mit diesem Vorsatz schloss er die Schreinerei und ging nach Hause. Dort verzog er sich gleich auf sein Zimmer und ließ sich auch nicht von Magdalena oder Benedikt dazu bewegen, zum Abendessen in die Küche zu kommen.

Der nächste Tag schleppte sich dahin. Zum Glück war Lutz Saalfeld die ganze Zeit in Hallenberg beschäftigt.

Paul machte eine halbe Stunde eher Feierabend. Von seinem kargen Lohn kaufte er einen Strauß Blumen beim Gärtner. Der sah ihn schief an. »Willst du auf Brautschau oder hat jemand in eurer Familie Geburtstag?«

Paul blieb die Antwort schuldig.

Er achtete darauf, dass ihm niemand folgte, nahm mehrere Umwege und gelangte bald zum Haus der Grahms. Im Inneren brannte eine Petroleumlampe und in einem weiteren Zimmer eine Kerze.

Paul zögerte. Er fühlte sein Herz bis zum Hals schlagen. Endlich besaß er genug Mut und setzte sich in Bewegung. Im selben Moment öffnete sich die Haustür.

Paul stockte der Atem. Aus dem Haus trat Leo Zellner. Mit allem hatte er gerechnet, nicht aber damit, dass Leo Isolde vor ihm seine Aufwartung machte. Paul duckte sich hinter einen Busch und sah Leo nach, der mit schnellen Schritten davon ging.

Unschlüssig blieb Paul Halbach einige Minuten hinter dem Busch stehen, dann drehte er sich um und wollte so schnell wie möglich verschwinden. Da hörte er plötzlich eine Stimme in seinem Rücken.

»Paul ...?«

Noch einmal: »Paul ... bist du das?«

Isolde hatte ihn entdeckt. Er blieb stehen, traute sich aber nicht, sich umzudrehen. Hinter sich hörte er schnelle Schritte, und schon stand Isolde Grahms neben ihm. Die offenen Haare flatterten um ein verstörtes Gesicht. »Warum willst du wieder gehen, Paul?«

»Aber ...« Er brach ab.

»Magst du mich nicht mehr?« Tränen schossen unvermittelt aus ihren Augen.

Paul wusste nicht, was er tun sollte. In solch einer Situation war er noch nie gewesen. Minutenlang standen sie regungslos voreinander. Dann sah Isolde die Blumen in seiner Hand. »Sind die für mich?«

Paul nickte schwach.

»Ach, Paul. Wie lange habe ich darauf gewartet.«

»Aber du …« Er blickte in die Richtung, in die Leo Zellner verschwunden war. »Leo … er war doch bei dir …«

Isolde war einen Moment lang verwirrt, dann lachte sie auf. »Ja, Leo war bei mir. Er hat sogar um meine Hand angehalten. Wir waren total perplex. Niemand hatte damit gerechnet. Mama war so erstaunt, dass sie sich setzen musste und lange nichts sagen konnte. Aber dann … dann hat sie Leo ganz höflich behandelt und ihm gesagt, dass sie seinen Antrag würdigen würde, dass ich aber jemand anderem versprochen sei. Dabei hat sie an dich gedacht, Paul. Dich hat sie gemeint, und … ich meine es auch so.«

Isolde ergriff seine Hand und zog ihn einfach mit zum Haus. Er wehrte sich nicht, er setzte wie in Trance einen Fuß vor den anderen.

Isoldes Mutter Mathilde und auch ihre Brüder waren in der Stube versammelt. Schließlich trat Arnold als der Älteste vor und reichte Paul die Hand. »Willkommen in unserer Familie, Paul Halbach. Als Familienoberhaupt nehme ich deinen Antrag, Isolde zu ehelichen, an.«

»Aber … ich habe doch noch gar nichts gesagt«, stotterte Paul.

»So?« Arnold Grahms hob die Augenbrauen. »Dann muss ich wohl etwas missverstanden haben. Du willst Isolde also gar nicht heiraten? Ja, dann … dann müssen wir uns doch mit Leo Zellner einverstanden erklären.«

»Nein!«, entfuhr es Paul. Er glaubte zu schreien, aber es war nur ein Krächzen.

Über das Gesicht der Brüder glitt ein Grinsen, dann brachen sie alle in lautes Lachen aus, in das auch Isolde und ihre Mutter mit einfielen.

»Ihr … ihr …« Paul brachte die Worte, die er sagen wollte, nicht über seine Lippen.

Mathilde Grahms trat zu ihm, nahm ihn in die Arme und drückte ihn ganz fest. Danach folgten Isoldes Brüder.

Paul musste sich setzen. Er war völlig zerschlagen. Später besprachen sie den Hochzeitstermin und berieten, wo er und Isolde einmal wohnen würden. Sie waren sich schnell einig. Bald schon sollte die Hochzeit sein, und danach würden sie die kleine Dachgeschosswohnung oberhalb der Schreinerei beziehen, bis sie etwas Besseres und Größeres gefunden hatten.

51

Das Büro dünstete den Geruch von arbeitenden Menschen aus.

Matthäus Roth befasste sich mit einem Bericht der Regierung, der vor Tagen hereingekommen war und nun überarbeitet und anschließend veröffentlicht werden musste. Matthäus war überrascht über den Inhalt. Das hatte er nicht erwartet, lenkte ihn aber ein wenig von den Ereignissen der letzten Tage ab.

Dabei war es wieder um den Konflikt zwischen Otto von Bismarck und der katholischen Kirche gegangen. Bereits vor sieben Jahren, 1878, endete die erste Phase des Kulturkampfes. Als Papst Pius IX. starb und durch Papst Leo XIII. ersetzt wurde, glaubte Reichskanzler Otto von Bismarck an eine Verständigung. Bismarck war sehr daran gelegen. Er beabsichtigte nämlich immer noch, die katholische Zentrumspartei auszuschalten.

Bismarck war überhaupt sehr unzufrieden mit dem, was er bisher erreicht hatte. Die katholische Basis ließ sich nicht spalten. Noch immer weigerten sich Gemeinden, die Zivilehe der kirchlichen Ehe voranzustellen. Zudem unterstützte die katholische Presse die Partei. Das Zentrum gewann immer mehr Mandate im Reichstag. Erst neulich hatte Oberamtsrichter Claudius von Bergheim Matthäus auf dieses Dilemma aufmerksam gemacht. Von Bergheim war sein Vorgesetzter.

»Herr Roth, Sie waren lange in Ihrer Heimat unterwegs. Aber wenn ich mir die Berichte aus dieser Gegend ansehe, dann haben erst weniger als ein Prozent der Heiratswilligen die Zivilehe geleistet. Was sagen Sie dazu?«

Matthäus wusste erst gar nicht, was er antworten sollte. Schließlich raffte er sich zu einer Erwiderung auf: »Ich kann die Menschen nicht dazu zwingen. Sie haben eine eigene, zugegeben, eine verbohrte Meinung. So etwas dauert seine Zeit. Aber wenn Sie es wünschen, verfasse ich einen Brief an jede Gemeinde mit dem dringenden Hinweis auf das Gesetz.«

Von Bergheim sah ihn einen Moment nachdenklich an. »Das ist keine schlechte Idee. Tun Sie das, Herr Roth.«

Der Oberamtsrichter grüßte knapp und ging wieder hinaus.«

Da hatte er sich etwas Schönes eingebrockt. Zuerst musste er aber noch den Bericht fertigmachen. Nach etwa einer Stunde war sein Werk beendet. Matthäus schaute auf die Uhr. Normalerweise weilte er jetzt schon lange bei seiner Frau und den drei Kindern.

Er lächelte. Mit Anita hatte er wahrhaftig einen Glücksgriff getan. Auch seine Jungs machten ihm große Freude. Sönke war schon dreizehn und ein guter Schüler. Er hatte ganz genaue Vorstellungen von seinem Beruf. »Ich werde Beamter wie du, Papa«, pflegte er oft zu sagen. Thorsten war zehn und noch sehr verspielt. Am liebsten hörte er den Geschichten seines Großvaters, Major Ebersbach, zu. Anfangs hatte Anita dagegen protestiert, aber als ihr Vater ihr einmal zuraunte, dass er keine gruseligen Geschichten erzählen würde, war sie beruhigt. Außerdem meinte er, Thorsten würde sowieso kaum zuhören. Das Nesthäkchen Knut war fünf und ein wahres Muttersöhnchen. Stundenlang konnte er auf Mamas Schoß sitzen und in einem Bilderbuch blättern. Anita hatte eine Vorliebe für nordische Vornamen, und so hatte Matthäus nichts dagegen gehabt, als sie ihren Söhnen norwegische Namen gab.

Matthäus riss sich von seinen Gedanken los. Er hatte noch eine wichtige Aufgabe zu erledigen.

Er begann, den Text für seine Sekretärin vorzuschreiben. Der Brief an die für ihn fremden Gemeinden ging ihm flott aus der Feder, aber der Brief nach Züschen wollte ihm nicht so recht gelingen. Mit leichter Wehmut dachte er daran, dass es bereits fast fünf Jahre her war, seit er seinen Heimatort besucht hatte.

Fünf Jahre!

Wie die Zeit verging.

In all den Jahren hatte er ganz selten an Züschen gedacht, die Gedanken daran immer weit zurückgeschoben, weil er merkte, dass ihn doch das Heimweh plagte.

Anita sah ihn dann immer mitfühlend an, sagte aber nichts. Sie ahnte, woran er gerade dachte.

Matthäus fragte sich, was sein Freund Benedikt Halbach

wohl machte, und ob er wirklich noch sein Freund war. Er hatte nichts mehr von Benedikt gehört, auch von seinem eigenen Vater kam kein Brief. Das war schon erdrückend. Matthäus nahm sich vor, neben dem Brief an den Bürgermeister auch einen Brief an Benedikt Halbach zu schreiben. Schaden konnte es nicht. Er war bereit, den ersten Schritt zu tun.

Als Matthäus auf die Uhr schaute, erschrak er. So spät war er noch nie aus dem Büro gekommen. Er packte die Briefe in seine braune Aktentasche und klemmte sie sich unter den Arm. Danach ließ er noch seinen Blick durch den Raum schweifen, um sich zu vergewissern, dass alles aufgeräumt und verschlossen war. Schließlich verließ Matthäus zufrieden das Gebäude. Wie immer ging er zu Fuß nach Hause.

Trotz der späten Stunde schien die ganze Stadt auf den Beinen zu sein. Pferdefuhrwerke, Droschken, Zweispänner und einzelne Reiter bevölkerten die Straße. Matthäus musste höllisch aufpassen, dass er nicht von einem Rad überrollt oder von einem Pferd zu Boden gerissen wurde.

Aber er mochte Berlin. Er hatte sich an den Trubel der Großstadt längst gewöhnt und wollte ihn auch nicht mehr missen. Matthäus passierte das Berliner Rathaus, das erst 1869 fertiggestellt worden war. In der Dirksenstraße plante der Rat das neue Polizeipräsidium. Weitere Großprojekte wie ein Neubau für die Gaswerke oder eine Reichsdruckerei waren bereits von der Regierung in Auftrag gegeben.

Die Stadt Berlin pulsierte.

Zehn Minuten später erreichte Matthäus sein Haus. Er nannte es in Gedanken immer sein Haus, obwohl es seinem Schwiegervater gehörte. Aber Major Ebersbach hatte ihm von vornherein eingeschärft, dass dieses Haus auch sein Haus sein würde. Matthäus hatte mit seinem Schwiegervater großes Glück gehabt. Ihr Verhältnis könnte nicht besser sein.

Im Flur empfing ihn ein wunderbarer Duft, der ihm das Wasser im Mund zusammenlaufen ließ. Anita hatte das Essen wie immer warmgehalten. Wie sie es schaffte, dass es nicht zäh und abgestanden schmeckte, war Matthäus ein Rätsel.

Sie sah großartig aus. Matthäus hätte schreien können vor Freude.

»Mein Schatz, du bist spät«, sagte sie und gab ihm einen Kuss.

Er seufzte, legte den Hut auf die Garderobe und hing den Mantel an den Haken. »Wo sind die Kinder?«

»Sie schlafen schon.«

Er legte seinen Arm um ihre Schulter und ging mit Anita in die Küche. »Ich habe kurz vor Büroschluss noch einen Auftrag erhalten. Ich konnte ihn nicht ablehnen.«

»Was sehr Wichtiges?«

»Kann man so sagen. Ich muss einen Brief an sämtliche Gemeinden im Sauerland schreiben. Der Reichskanzler braucht Erfolge. Daher setzt er ganz verstärkt auf das Gesetz der Zivilehe. Aber im Sauerland geschieht in dieser Hinsicht nichts oder besser gesagt wenig. Also muss ich Druck ausüben.«

»Glaubst du, dass das etwas nützt?«

Matthäus zuckte die Schultern. »Vermutlich kaum, aber Befehl ist Befehl.« Er setzte sich. »Weißt du, an die mir fremden Gemeinden ist der Brief kein Problem, aber ...«

Er stockte.

»Nach Züschen schon, nicht?«, vollendete Anita seinen Satz.

Matthäus nickte.

»Ich kenne den Bürgermeister noch persönlich. Es ist nicht mehr Benedikts Onkel, sondern Georg Auer. Mit seinen Söhnen habe ich früher oft zusammengespielt. Ich kann ihn jetzt doch nicht so beamtenförmlich anreden.«

»Aber der Brief kommt doch von deiner Behörde. Musst du ihn unterschreiben?«

»Ich glaube schon.« Matthäus seufzte erneut. Dann ließ er sich jedoch erst einmal das Essen schmecken. Bei einem Glas Wein saß er später mit Anita auf der Couch. Sie hatte ihren Kopf an seine Schulter gelehnt und träumte mit offenen Augen.

Anita hatte ihren Berufswunsch, Ärztin zu werden, mit der Geburt Sönkes nicht aufgegeben, aber zunächst zurückgestellt. Sie las viele Bücher über Medizin und wollte, sobald die Söhne aus dem Gröbsten herauswaren, wieder einmal versuchen, einen Studienplatz zu bekommen. Die ersten beiden Anträge waren kurz nach ihrer Hochzeit mit Matthäus abgelehnt worden.

Eine Frau? Nein, so etwas hatten sie noch nie, und eine Frau eigne sich nicht als Arzt.

Diese Ignoranten! Anita war wochenlang nicht ansprechbar gewesen. Erst als sie schwanger geworden war, fand sie sich ein wenig mit der Situation ab. Inzwischen aber waren vierzehn Jahre vergangen, und die Entwicklungen gerade im medizinischen Bereich weiter vorangeschritten. Es gab mehrere Universitäten, die weibliche Studentinnen aufgenommen hatten.

»Ich habe gehört, Bismarcks politische Laufbahn neigt sich dem Ende zu«, sagte Anita.

»Das sind Gerüchte. Man sollte nicht darüber reden, sonst kann es passieren, dass man seine Arbeit verliert. Bismarck wird dem Alten zu mächtig.« Mit dem »Alten« meinte er Kaiser Wilhelm I.

»Aber hat Bismarck nicht viel erreicht?«, fragte Anita.

»Doch, das hat er in der Tat«, bestätigte Matthäus. »Jeder Mensch in Deutschland hat Anspruch auf eine Krankenversorgung, Unfallversicherung und sogar eine Alterssicherung. Jetzt hat Bismarck noch eine andere Form der Politik gefunden.«

»Welche?«

»Die Außenpolitik.«

Anita sah ihren Mann groß an. »Aber er hat Deutschland doch nach allen Seiten abgesichert. Wir haben mit all unseren Nachbarn eine Vereinbarung, dass jeder jedem im Falle eines Konflikts hilft.«

Matthäus lächelte und nahm einen kleinen Schluck Wein. »Das muss man ihm zugutehalten. Das ist richtig gut. Was ich meine, ist die Kolonialpolitik.«

»Ha«, machte Anita. »Jetzt willst du mich auf den Arm nehmen. Bismarck hat immer betont, dass er keine Kolonien will.«

Matthäus stand auf und holte seine braune Aktentasche. Er öffnete sie und nahm ein paar eng beschriebene Seiten heraus. »Das ist eine Gesetzesvorlage, die ich heute bearbeitet habe. Es geht dabei um Bismarcks Kurswechsel in der Kolonialpolitik. Fast jedes europäische Land wie England, die Niederlande, Frankreich hat Kolonien in Afrika, ja sogar Russland ist neuerdings daran interessiert. Glaubst du im Ernst, Bismarck würde sich das vermasseln lassen und den anderen den Vortritt lassen? Nie im Leben. Er braucht unbedingt Erfolge. Was kommt da günstiger als Afrika?«

»Wo dort?«

»Togo, Kamerun, Südwestafrika sind zum Beispiel interessante Länder. Aber auch Ostafrika und Neuguinea möchte Bismarck zu eigenen Schutzgebieten erklären. Die Überseehandelshäuser und Reedereien sind ganz begeistert von dieser Idee.«

Anita sah einige Minuten auf die Tischplatte. »Kann es da nicht wieder neue Spannungen geben?«, fragte sie dann leise.

Matthäus nickte schwer. »Genau das ist das Problem. Europa wird wieder miteinander konkurrieren. Afrika wird der neue Zankapfel der Politik. Ich will noch mal kurz den Brief an Benedikt überarbeiten. Ich möchte mich nur vergewissern, dass ich nichts geschrieben habe, was geheim bleiben sollte.«

»Dann würde ich von den neuen Entwicklungen in der Deutschen Außenpolitik gar nichts erwähnen.«

»Naja, Bismarck hat bereits im letzten Jahr verschiedene Staaten nach Berlin zu einer Konferenz über die Aufteilung Afrikas eingeladen. Davon haben die meisten Zeitungen berichtet. Ich schreibe ihm nur, was alle wissen.«

52

Mit fast einjähriger Verspätung kam Luise Redlich mit der Postkutsche in Züschen an. Aber sie war nicht allein. In ihrer Begleitung befanden sich Jonathan und Eva Thoma mit ihren Zwillingen. Benedikt und Magdalena, die an der Haltestelle gewartet hatten, staunten nicht schlecht. Niemand hatte sie informiert, der letzte Brief von Luise war vor drei Wochen angekommen und hatte ihnen nur das Datum für ihre Rückkehr angekündigt.

Magdalena freute sich riesig. Sie umarmte Eva stürmisch und konnte gar nicht genug von den Zwillingen bekommen. Sie drückte die beiden einjährigen Mädchen so fest, dass die anfingen zu weinen und sich aus der Umklammerung lösten. Sie liefen ein wenig tollpatschig zu ihrer Mutter. Beide hatten erst vor wenigen Wochen Laufen gelernt.

»Das ist die größte Freude, die ihr mir machen konntet«, rief Magdalena. »Wie lange bleibt ihr?«

»Wir sind doch gerade erst angekommen«, wich Eva aus. »Meine Güte, Magdalena, man könnte meinen, es seien deine Kinder. Hast du denn nicht genug mit Benedikts Töchtern zu tun?«

»Schon, natürlich. Aber die beiden hier sind zu allerliebst …« Sie verstummte und sah ihren Bruder verlegen an. »Natürlich sind Franzi und Berta auch lieb, aber …«

Benedikt hob schmunzelnd eine Hand. »Brich dir keine Verzierungen ab. Ich habe schon verstanden. Evas Kinder sind dir wichtiger.«

Magdalena stutzte, dann merkte sie, dass Benedikt sie nur aufziehen wollte, nahm die Zwillinge einfach an die Hand und ging los.

Benedikt hatte inzwischen Luise zärtlich am Arm gefasst. »Wie geht es dir? Du siehst verstört aus.«

»Ja.« Sie nickte und deutete in die Runde. »Das ganze hier … weißt du, ich habe Züschen doch mehr vermisst als ich gedacht hatte. Alles ist wieder so vertraut, als wäre ich niemals fortgewesen.«

»Willst du zu deinen Eltern?«

»Später. Ich bin ziemlich müde von der langen Reise. Ich möchte ausgeruht bei ihnen auftauchen.«

»Gut. Dazu hast du ja von jetzt an auch viel Zeit.«

Benedikt sah sich nach Jonathan um. Er war ein paar Schritte zurückgeblieben. Jon trug eine dunkle Hose, einen Gehrock und einen Zylinder. Er sah vornehm aus, aber sein Gesicht wirkte eingefallen und verhärmt. Die beiden Koffer schienen ihm sehr schwer zu werden. Benedikt nahm ihm einen ab.

»Dich hat die Reise aber sehr mitgenommen, wie man sieht«, meinte Benedikt. »Wie kommt es, dass du hier bist, Jon? Musst du nicht arbeiten?«

»Ich … ich habe gekündigt«, presste Jon zwischen den Lippen hindurch.

»Gekündigt?« Benedikt stutzte, warf ihm einen knappen Blick zu, ging aber weiter. »Du hattest doch eine gute Arbeit bei Krupp. Warum gibt man so etwas auf? Du musst mir alles in Ruhe erzählen. Morgen haben wir viel Zeit, um über alles zu reden.«

Da sie müde von der langen Reise waren, gingen Jonathan und Eva früh zu Bett. Auch Luise hielt sich nicht lange in der Küche auf. Magdalena hatte ihr das Sofa in ihrem Zimmer als Bett angeboten. Luise war noch nie anspruchsvoll gewesen, eine kleine Liege hatte ihr oft genügt, und ein Sofa war mehr als sie erwartet hatte.

Jonathan und Eva hatten ihr Nachtlager im Stübchen, dem Wohnzimmer, aufgeschlagen. Es war der größte Raum im Haus und gerade recht für eine vierköpfige Familie.

53

Am nächsten Morgen wurden alle vom Lärm der Zwillinge geweckt. Eva war das peinlich. »Es sind doch eben Kinder«, meinte Magdalena. »Ich möchte denjenigen sehen, der sich über Kindergeschrei in diesem Haus aufregt. Der kriegt es mit mir zu tun.«

Nach dem Frühstück nahm Benedikt seinen Schwager Jonathan zur Seite. »Lass uns ein bisschen durch das Dorf gehen. Ich will dir neue Häuser und den Eisenhammer zeigen. Der steht seit einem Jahr leer.«

Jonathan sah erstaunt auf. Benedikt nickte. »Wir alle müssen nach Silbach oder Siedlinghausen, um neue Geräte anfertigen zu lassen. Es wäre nicht schlecht, wenn jemand den Eisenhammer übernehmen würde.«

Sie gingen langsam mit gemächlichen Schritten durch das Dorf. Jonathan kannte viele, die ihnen entgegenkamen und sie grüßten. Man wusste längst, dass er und Eva zurückwaren und die Gerüchte, dass er bleiben und auf Benedikts Hof arbeiten würde, machten schnell die Runde.

»Erzähl mir, warum du gekündigt hast, Jon. Wie ich schon sagte, gibt man eine solch gute Arbeit nicht ohne Weiteres auf. Was ist passiert?«

Jonathan holte tief Luft. »Ich habe ihn unterschätzt. Krupp meine ich. Ihn und die Neider, diejenigen, die keine Arbeit haben und von der Hand in den Mund leben. Vor dreizehn Jahren, 1872 schon, veröffentlichte Alfred Krupp sein Generalregulativ.

Es war die Reaktion auf den Generalstreik, der von der SDAP organisiert wurde. Um es einfach zu sagen: Die SDAP rief damals alle Arbeiter auf, sich nicht von ihren Arbeitgebern unterdrücken zu lassen. Krupp stellte 72 Paragraphen auf. In ihnen wurden die Rechte und Pflichten der >Kruppianer<, wie wir genannt werden, penibel beschrieben. Zum Beispiel werden Untreue und Verrat unbarmherzig bestraft.«

»Du hast mir doch erzählt, dass ihr billige Wohnungen nutzen könnt und Krankenschutz erhaltet. Etwas Besseres kann es doch gar nicht geben«, meinte Benedikt.

Jon nickte. »Aber dafür muss man eben loyal zu Krupp stehen. Er betrachtet seine Arbeiter auch als sein Eigentum. Er gibt ihnen unaufhörlich Vorschriften.«

»Das erstaunt mich allerdings.«

»Vor jeder Reichstagswahl werden wir Arbeiter aufgefordert, nicht die SDAP zu wählen.«

Benedikt stieß entrüstet die Luft aus.

»Es gibt sogar eine schwarze Liste derjenigen Arbeiter, die an Demonstrationen teilnehmen. Tja, und wer darauf notiert ist, wird entlassen.«

Benedikt blieb stehen. Er hielt Jonathan am Rockzipfel fest. »Du stehst darauf?«, fragte er leise mit schmalen Lippen.

Jonathan fuhr sich mit der Hand über die Stirn. Er schwitzte leicht. »Als ich noch in der Schmiede arbeitete, hatten wir die schlechtesten Bedingungen, Benedikt. Wir haben wenig verdient und von morgens bis abends geschuftet. Wir alle hatten uns von der SDAP Besserung versprochen. Ihre Propaganda lief auf Hochtouren. Ich habe ihnen geglaubt.«

»Jetzt nicht mehr?«

Jonathan zuckte die Achseln. »Ich weiß im Moment überhaupt nicht, was ich glauben soll. Reichskanzler von Bismarck bekämpft die SDAP mit allen Mitteln, und die scheinen zu schwach zu sein, um sich dagegen wehren zu können. Vermutlich wird es die Partei bald nicht mehr geben, was weiß ich. Ich stehe jedenfalls auf der Straße, habe eine Frau und zwei Kinder, aber keine Arbeit und kein Geld. Benedikt, ich will keine Almosen, ich will dir nicht auf der Tasche liegen, und ich will vor allen Dingen nicht von dir abhängig sein. Ich will …«

Benedikt schnitt ihm mit einer harten Handbewegung das Wort ab. Ohne sich um Jonathan zu kümmern, schritt er mit einem Mal zügig voran. Erst als sie den Eisenhammer fast erreicht hatten, ging er langsamer und wartete, bis Jonathan auf seiner Höhe war. Benedikt streckte den Arm aus und zeigte auf das Gebäude.

»Onkel Lettmann hat mir den Eisenhammer vermacht, nachdem der letzte Pächter Züschen verlassen hatte. Bis vor einem Jahr hatte ich zwei Mann, die mehr schlecht als recht Werkzeuge herstellten. Dann starb der eine, und der andere ging nach Marburg. Seitdem steht der Eisenhammer leer. Er ist gut in Schuss, Jon. Sieh ihn dir an. Lass dir Zeit. Überstürze nichts. Du kannst die Entscheidung heute, morgen oder in ein paar Wochen treffen. Ich werde dir jetzt nach unserem Gespräch weder zu- noch abraten.«

Sie blieben noch eine Weile bei dem Eisenhammer. Jonathan ging mehrmals um das Gebäude herum, betrachtete das Wasser und das große Holzrad, das aufgrund des geringen Wasserstandes der Nuhne heute stillstand. Mehrmals glaubte Benedikt, ihn nicken zu sehen, aber es konnte auch nur Einbildung sein, weil er es sich sehr wünschte.

Luise Redlich hatte in der Zwischenzeit ihre Eltern besucht und erwartete nun Benedikt ganz aufgeregt. Ihr Gesicht war immer noch gerötet vor innerer Unruhe, die sie bei dem Gang in ihr Elternhaus befallen hatte. Sie war sich sehr unsicher gewesen bei dem Gedanken, wie man sie empfangen würde. Aber als sie ein kurzes Aufleuchten in den Augen ihres Vaters gesehen und ihre Mutter sie unter Tränen in den Arm genommen hatte, war der Bann gebrochen. Siegfried war etwas zurückhaltender gewesen. Er hatte sich nur widerstrebend von Luise in den Arm nehmen lassen.

»Papa hat gefragt, ob wir schon einen Termin für die Hochzeit festgelegt hätten«, sagte sie immer noch aufgewühlt. »Er will mir unbedingt ein weißes Kleid schenken.« Sie lachte auf. »Weißes Kleid! Wegen der Unschuld. Wenn der wüsste … Er hat mir mit Hausverbot gedroht, wenn er das nicht darf. Dabei hat er kaum genug Geld, um sich, Mama und Siegfried über die Runden zu bringen.« Plötzlich stiegen ihr die Tränen in die Augen. »Hätte nie gedacht, dass sie mich so vermisst haben.«

»Ich werde in den nächsten Tagen mit dem Pfarrer sprechen«, sagte Benedikt leise. Am Morgen war der Brief von Matthäus Roth aus Berlin gekommen. Benedikt hatte ihn ganz allein in der Küche gelesen. Immer und immer wieder. Die neue Außenpolitik Bismarcks interessierte ihn wirklich. Afrika!, dachte er ehrfürchtig. Das ist ein großer Erdteil. Was wissen wir denn schon davon? So gut wie nichts. Ob es sich lohnt, einmal dorthin zu fahren?

Die letzten Zeilen des Briefes machten ihn nachdenklich. Matthäus schrieb, dass er sich große Sorgen mache, weil kaum einer die Zivilehe der kirchlichen Ehe voranstellte. Der Reichskanzler Otto von Bismarck würde keine Ehe anerkennen, die nur in der Kirche geschlossen worden war. Benedikt machte sich auf eine weitere Auseinandersetzung mit Pfarrer Adam Fricke gefasst.

54

Gegen Ende des Monats August 1885 ließ die Hitze nach. Nachts wurde es bereits empfindlich kühl, aber am Tag schien die Sonne immer mal wieder durch Wolkenlücken. Am 30. August traf die offizielle Bestätigung des sogenannten »Bauernrechts« von der Regierung Arnsberg in den Gemeinden des Sauerlandes ein. Mehr als ein Jahr hatte es gedauert, bis die Beamten die Entscheidung gefällt hatten. Solange holzten die Beilieger weiterhin erbarmungslos die Bäume ab, um für den Winter mit Brennholz gerüstet zu sein. Endlich konnten die Solstätter aufatmen. Die Beilieger akzeptierten wohl oder übel das neue Gesetz.

Bruno Seibert hatte geheiratet. Nicht nur Benedikt Halbach, auch andere Solstätter hofften, dass er nun zur Besinnung kommen und seinen Tatendrang gegen sie zumindest einschränken würde.

Benedikt kümmerte sich um seine bevorstehende Hochzeit. Er hatte vor, alle neununddreißig Solstätter und einige Beilieger, die ihm besonders am Herzen lagen, einzuladen. Ihm war bewusst, dass er damit wiederum den Zorn anderer Beilieger heraufbeschwören würde, obwohl diese mit keiner Einladung rechneten.

Luise war jeden Tag mehrere Stunden bei ihren Eltern. Sie half so gut es ging im Haus mit, sodass ihr Vater und Siegfried sich ausschließlich um die Landwirtschaft kümmern konnten. Max hatte bei Helene das Hochzeitskleid für Luise in Auftrag gegeben. Es bestand aus dem teuersten Stoff, der aufzutreiben gewesen war, und die Näharbeit kostete viel Geduld und Fingerfertigkeit. Helene arbeitete daran stets bis spät abends. Luise hatte ihr heimlich Geld zugesteckt, damit sie ihrem Vater nicht zu viel berechnete.

Drei Wochen vor dem Hochzeitstermin empfing Pfarrer Fricke Benedikt und Luise zum ersten Traugespräch. Fricke verhielt sich höflich, aber sehr reserviert. Er leierte die Standarttexte einfach herunter.

Anschließend taxierte er Luise. Ihr Leben als Jugendliche in Züschen hatte er zwar nicht unmittelbar miterlebt, es war ihm aber durch seine Haushälterin Walburga heimlich zugesteckt worden. Als katholischer Pfarrer verurteilte er sie, ja, er spielte sogar mit dem Gedanken, Luise von den kirchlichen Sakramenten auszuschließen. Aber letztlich verwarf er das wieder. Eine weitere Konfrontation mit Benedikt Halbach wollte er vermeiden.

»Habt ihr schon das Datum für eure Hochzeit festgelegt?«

Benedikt nickte. »Am 28. September. Das ist ein Samstag.«

Donnerstags und samstags waren Hochzeiten normalerweise vorgesehen.

»Nach einer anstrengenden Woche müssen die Menschen Zeit zum Entspannen und zum Feiern haben. Am Sonntag, nach der Heiligen Messe, können sich dann alle ausruhen«

»Das klingt vernünftig«, sagte Fricke.

»Ich werde Georg Auer bitten, an dem Tag das Gemeindeamt zu öffnen.«

Fricke sah Benedikt verständnislos an. »Was meinst du damit?«

Benedikt zögerte. »Wir werden vor der kirchlichen Heirat

zuerst die standesamtliche Trauung vornehmen«, sagte er laut und klar. »So wie es vom Reichskanzler Otto von Bismarck beschlossen worden ist.«

Wenn Pfarrer Fricke erstaunt oder entsetzt war, so ließ er es sich nicht anmerken. Er hatte sich überhaupt erstaunlich gut in der Gewalt. Überraschungen von Seiten Benedikt Halbachs war er gewohnt.

»Ich kann es dir nicht verbieten.«

»Nein, das können Sie nicht.«

»Ich kann euch nur den kirchlichen Segen verwehren.«

»Ja«, nickte Benedikt. »Das ist richtig.«

Fricke hob die Augenbrauen. »Es würde euch nichts ausmachen?«

»Doch. Sehr. Wir würden uns dann gezwungen sehen, nach Winterberg zu gehen oder Hallenberg oder Medebach. Ich bin sicher, dort gibt es einen Pfarrer, der uns trauen wird.«

Pfarrer Fricke verzog grimmig den Mund. Er stieß die Luft aus, raffte die Papiere vor sich auf dem Tisch zusammen und stand unerwartet auf. »Ich werde euch trauen. Den Termin habe ich mir notiert.«

Luise war bestürzt. »Du hättest mich zumindest informieren können«, schimpfte sie, während er die Peitsche auf den Rücken der beiden Pferde klatschen ließ.

»Hättest du denn zugestimmt?«, fragte Benedikt. »Eigentlich wollte ich es auch nicht, aber als ich Frickes teilnahmsloses und gleichgültiges Gesicht sah, erfasste mich Zorn über sein Verhalten. Ich musste etwas tun, was ihn ärgerte. Auer weiß noch gar nichts von seinem Glück. Ich hoffe nur, er macht mir keinen Strich durch die Rechnung.«

In rasanter Fahrt erreichten sie ihr Haus. Benedikt sprang ab, half Luise vom Bock und überließ die Pferde und den Zweispänner einem Knecht. Während Luise ins Haus ging, setzte sich Benedikt in Richtung des Gemeindeamtes in Bewegung. Er durfte keine Zeit verlieren. Es wäre ihm nicht recht gewesen, wenn Georg Auer von der Haushälterin des Pfarrers oder gar von Fricke selbst von der neuesten Entwicklung erfahren hätte. Walburga konnte ihren Mund nicht halten, und dass der Pfarrer sich stillschweigend verhielt, war abwegig. Er musste ein Ventil für seinen Zorn haben.

Auf dem Weg begegneten Benedikt einige Solstätter und Beilieger. Sie alle kamen offenbar von ihren Feldern. Sie waren müde und beachteten ihn kaum. Die Beilieger würdigten ihn sowieso keines Blickes seit der letzten Gemeindeversammlung.

Wenn sie erst gewusst hätten, dass das Land, das sie bearbeiteten und von der Gemeinde gepachtet hatte, ihm gehörte …? Benedikt wagte nicht, daran zu denken. Aber er musste unbedingt mit Auer sprechen. Georg war nicht so naiv wie Onkel Ludwig, er würde seine Aufgabe als Bürgermeister ernst nehmen und sich in die Unterlagen einlesen. Es wunderte Benedikt, dass Auer ihn nicht längst darauf angesprochen hatte.

Georg Auer saß hinter einem Berg von Akten. Er schaute überrascht auf, als Benedikt eintrat. Sein Klopfen hatte er nicht gehört.

»Entschuldige, dass ich ohne deine Aufforderung eintrete«, sagte Benedikt. Er deutete mit einem Kopfnicken auf den Stapel. »Du bist beschäftigt?«

Auer wies auf einen Stuhl. »Setz dich. Es ist gut, dass du kommst. Denn dann kannst du mir gleich ein paar Fragen beantworten.«

Benedikt biss sich auf die Unterlippe. Seinen Worten nach zu schließen, war Auer auf die brisanten Seiten gestoßen.

»Ich bin seit über einem Jahr Bürgermeister, aber ich komme erst jetzt dazu, wichtige Unterlagen einzusehen.« Auer klopfte auf die Papiere. »Die meisten sind stinklangweilig. Gesetze, Reglementierungen, Erlasse, einfach alles, was sich Beamte so ausdenken können. Manches musste ich drei- bis viermal lesen, um es zu verstehen. Nur bei einer Sache, da war ich hellwach.« Er ergriff einen zerschlissenen, mattgrauen Pappordner und schlug ihn auf. »Auf den ersten Blick erscheint der Text nichtssagend wie alle anderen. Aber beim Weiterlesen wird die Sache sehr interessant.«

»Ich weiß«, antwortete Benedikt.

»Du kennst den Inhalt also«, stellte Auer fest.

»Ich besitze eine Kopie davon.«

Georg Auer lehnte sich zurück. Erst jetzt sah Benedikt, wie erschöpft er war.

»Was hat dein Onkel dazu gesagt?«

»Nichts.«

Auer kniff die Augen zusammen.

»Onkel Ludwig weiß es nicht, oder er gibt sich ahnungslos«, sagte Benedikt. »Er hat in all den Jahren, in denen er Bürgermeister war, nie eine einzige Zeile dieser Unterlagen gelesen. Er hat neue Anordnungen überflogen, und sie dann gewissenhaft ausgeführt. Mein Vater hat dafür gesorgt, dass nichts, aber auch gar nichts an die Öffentlichkeit gelangte. Wie er das genau gemacht hat, weiß ich nicht. Er hat Onkel Ludwig erklärt, wie und wann er handeln musste. Und die Bürgermeister davor …?« Benedikt zuckte die Achseln. »Ich weiß nicht, wie es mein Großvater geschafft hat, die Angelegenheit geheim zu halten.«

Auer räusperte sich, beugte sich wieder nach vorn und ergriff die Akten. »Wie soll ich jetzt deiner Meinung nach damit umgehen?«

Benedikt holte tief Luft. Es fiel ihm schwer, seinen Vorschlag zu äußern. Er mochte Georg. Dieser war fast doppelt so alt, aber dennoch ein Freund. Benedikt hasste es, einen Freund in etwas hineinzuziehen, das nicht ganz legal war.

»Ich möchte dich bitten, alles so zu belassen wie es ist. Du weißt, wie die Beilieger uns Solstättern gegenüber eingestellt sind. Wir haben mit ihnen schon Schwierigkeiten genug. Denk nur an das neue Bauernrecht. Wenn sie erfahren, dass das Land nicht der Gemeinde, sondern mir gehört, gibt es einen Aufstand. Dabei ist es völlig egal, ob ich der Eigentümer bin oder du oder ein anderer. Ich habe mir unter den Beiliegern genügend Feinde gemacht. Ich möchte nicht noch mehr Unruhe stiften.«

Georg Auer versank in ein nachdenkliches Schweigen. Schließlich nickte er, zog eine Schublade auf und legte die Akte hinein.

»Ich glaube, du hast recht, Benedikt. Es fällt mir zwar schwer, dir den Gefallen zu tun, aber wem ist schon damit geholfen, dass er erfährt, dass dir das Land gehört, auf dem er arbeitet? Nur eines solltest du beachten.«

»Nämlich?«

Auer lächelte unglücklich. »Ich bin nicht ewig Bürgermeister. Überlege dir, was du tust, wenn meine Zeit abgelaufen ist.«

»Das wird hoffentlich noch lange nicht der Fall sein«, antwortete Benedikt, während er mit Schrecken an diese Szenerie dachte.

Georg Auer verschloss auch die anderen Ordner und wollte aufstehen.

»Ich habe noch etwas«, sagte Benedikt rasch. »Wie du weißt, wollen Luise und ich bald heiraten. Wir haben uns für den 28. September entschieden. Das ist ein Samstag.«

Auer warf einen raschen Blick auf seinen Kalender. »Das ist gut.«

»Ich möchte, dass du vor der kirchlichen Trauung die standesamtliche Trauung vornimmst. So, wie es von Reichskanzler Bismarck in dem neuen Gesetz vorgeschrieben wird.«

Georg Auer starrte ihn mit offenem Mund an. »Ist das dein Ernst?«

»Ja.«

»Und Luise ist einverstanden?«

»Auch das«, nickte Benedikt.

»Was hat denn Pfarrer Fricke dazu gesagt?«

»Er wollte uns den Segen verweigern.«

»Aha.«

»Dann würden wir nach Winterberg, Hallenberg oder Medebach gehen, habe ich zu ihm gesagt.«

»Das hat ihn umgehauen?«

»In der Tat. Er hat klein beigegeben.«

Nun huschte ein Lächeln um die Lippen Georg Auers. »Wenn du meine Meinung hören willst, Benedikt: Du machst es zwar richtig, aber du hast auch die seltene Begabung, es dir mit allen zu verderben. Ich stehe auf deiner Seite und werde die standesamtliche Trauung vornehmen. Ihr seid die ersten, die das tun. Bin gespannt, wer und wie viele folgen werden.«

Ich auch, dachte Benedikt. Im Inneren fühlte er sich gar nicht wohl. Aber nun gab es kein Zurück mehr. Eine Änderung seines Plans würde wie eine Niederlage aussehen, und die Genugtuung wollte er einigen Solstättern, fast allen Beiliegern sowie dem Pfarrer nicht gönnen.

55

Am 28. September öffnete Georg Auer das Standesamt. Benedikt und Luise hatten gemeinsam entschieden, dass nur die Trauzeugen anwesend sein sollten. Pfarrer Fricke hatte auf weitere Traugespräche verzichtet mit dem Hinweis, dass Benedikt bereits eine Ehe hinter sich hatte und somit keine Vorbereitung mehr benötigte. Über Luise hatte er kein Wort verloren.

Benedikt hatte sich für Peter Harkort als Trauzeugen entschieden, Luise für Eva. Da die Zeremonie für alle neu war, wusste so recht niemand, ob alles nach Gesetz und Ordnung vor sich ging. In weniger als zehn Minuten war alles vorbei. Benedikt und Luise unterschrieben ein Papier, und danach waren sie nach dem neuen Gesetz Mann und Frau.

Die kirchliche Trauung war für zehn Uhr vorgesehen. Während Luise auf dem Standesamt ein dunkles Kleid getragen hatte, strahlte sie nun in einem weißen, aus dickem Stoff maßgerecht geschneiderten Brautkleid. Sie sah bezaubernd aus, und die bewundernden Blicke der Menschen sagten alles. Es gab niemanden, der Luise nicht beneidete.

Die Kirche war bis auf den letzten Platz besetzt, eine Hochzeit wollte sich niemand entgehen lassen. Die Hochzeitsfeier fand bei schönem Wetter auf dem Hofplatz vor Benedikts Haus statt.

Der penetrante Geruch kam ganz unvermittelt. Er war nicht sofort zu orten, aber er war eindeutig.

Magdalena war die erste, die ihn sah. Sie streckte die Hand aus, und alle folgten wie an der Schnur gezogen ihrem Blick. Auf der Hauptstraße gegenüber der Gaststätte Lamers fuhr im Schritttempo ein Ochsenkarren. Auf der Ladefläche befand sich ein großes Fass mit Gülle, dessen Ende mit einem Verschluss gesichert war. So sollte es jedenfalls sein. Aber bei diesem Fass floss unaufhörlich braune Flüssigkeit auf die Straße. Es stank entsetzlich.

»Bruno Seibert«, flüsterte jemand.

Jetzt sahen alle den Mann, der auf dem Bock saß und genüsslich eine Peitsche schwang.

Benedikt wollte schon losgehen, aber Luise hielt ihn zurück.

»Bleib. Du machst es nur noch schlimmer. Was willst du ihm sagen? Es ist Samstag, da kann jeder Gülle ausfahren.«

Benedikt war weiß vor Wut. Er kniff die Lippen zusammen, warf noch einen kurzen Blick zur Straße hin, drehte sich dann abrupt um und verschwand im Haus.

»Du hast recht, Luise«, sagte Peter Harkort leise. »Aber Gülle wird nicht auf der Straße ausgefahren. Das ist Absicht, pure Absicht.«

Luise nickte leicht. »Das weiß ich, Peter. Hast du nicht auch schon mal ein Loch in deinem Fass gehabt? Bruno wird sagen, dass er auf dem Weg nach Hause ist, dass er das lecke Fass nur heimbringen wollte. Du kannst ihm nichts anderes beweisen.«

Der Geruch war inzwischen unerträglich. Luise schaute sich nach ihren Gästen um. Manche hielten ein Glas in der Hand, andere starrten auf ihre gefüllten Teller. Aber niemand aß oder trank.

»Er hat es für heute geschafft, uns die Feier zu verderben«, sagte Peter Harkort, »aber über eines sollte sich Bruno klar sein: Es sind nicht nur Solstätter unter den Gästen eurer Hochzeit, auch Beilieger sind gekommen. Sie haben sich bisher amüsiert. Doch jetzt ist aus ihrer Freude Abscheu und bei manchen sogar Hass geworden. Bruno hat sich in wenigen Minuten mehr Feinde gemacht als in den vergangenen Jahren.«

Luise antwortete nicht. Sie drehte sich um und ging ebenfalls wie Benedikt ins Haus.

Zurück blieb eine Gesellschaft, denen die Lust auf Essen und Trinken vergangen war. Ludwig Halbach schob als erster seinen Stuhl zurück und stand auf. »Wir sollten ins Haus gehen«, sagte er. »Benedikt hat genug Platz. Dort können wir weiterfeiern.«

Aber dahin wollte niemand. Bei dem warmen Wetter waren alle Fenster geöffnet, und der Gestank der Gülle hatte sich bereits in jedem Zimmer festgesetzt.

Die ersten Gäste waren im Begriff, das Gelände zu verlassen. Die Stimmung, weiter zu feiern, war allen vergrault worden. Manch einer warf einen wehmütigen Blick auf das schöne Essen und auf die Getränke, die fast unberührt auf den Tischen standen.

Plötzlich erhob sich Max Redlich. Bisher hatte er wie alle

216

anderen fassungslos hinter Bruno Seibert her gestarrt. Nun kam Leben in seine Gestalt.

»Warum wollt ihr gehen? Was ist in euch gefahren? Ist nicht vor jedem Haus ein Misthaufen, steht nicht auf jedem Vorplatz ein Jauchefass? Es stinkt, wenn wir durch das Dorf gehen nach harter Arbeit und Vieh. Überall auf der Straße liegen Kuhscheiße und Pferdeäpfel. Haben wir uns jemals daran gestört? Warum sind wir auf einmal pingelig geworden? Leute, wenn wir jetzt diese Hochzeit verlassen, dann hat Bruno gewonnen. Aber wenn wir hierbleiben und uns weiter amüsieren, dann ist er der Blamierte. Also? Worauf wartet ihr? Lasst uns trinken und essen. Es ist genug da.«

Sekunden vergingen, dann stand Jonathan Thoma auf und stellte sich neben Max. Er griff zu einer Bierflasche auf dem Tisch, öffnete sie und trank einen großen Schluck. Damit war der Bann gebrochen. Die meisten, die sich schon entfernt hatten, kamen mit schnellen Schritten zurück. Sie setzten sich an den Tisch, nahmen einen Teller und füllten sich das Essen auf. Jonathan stellte vor jeden Mann ein Schnapsglas, die Frauen erhielten Weingläser oder kleine Wassergläser, je nachdem, was sie verlangten. Und nach wenigen Minuten redete alles durcheinander.

Benedikt und Luise ließen sich nicht mehr sehen. Aber das störte niemanden. Die Kinder spielten am Wasser, die Jugendlichen rauchten ihre ersten Pfeifen und tranken Bier, und die Erwachsenen waren bald in angeregte Gespräche vertieft. Niemand schien der Geruch von Gülle zu stören, ja, die meisten registrierten ihn gar nicht mehr. Der Alkohol und die Süßspeisen hatten die Oberhand gewonnen. Es wurde ein langer Tag, der erst in den späten Abendstunden endete.

56

Ein plötzliches Gefühl der Verlorenheit machte Benedikt zu schaffen. Er hatte immer versucht, in Frieden und Eintracht in Züschen zu leben. Benedikt genoss Privilegien, um die ihn andere beneideten. Aber er gab nichts darum. Obwohl ihn das Fernweh manchmal noch packte, hatte er beschlossen, ein ganz gewöhnlicher Bauer zu bleiben, mit einer Frau und mit vielen Kindern.

Tage nach der Hochzeit kamen einige Beilieger und äußerten ihr Bedauern über Bruno Seiberts Entgleisung. Sie baten Benedikt, nicht alle über einen Kamm zu scheren, und dieser versprach es ihnen.

Seit der Hochzeit mit Benedikt blühte Luises Vater Max Redlich förmlich auf. Mit erhobener Brust stolzierte er durch das Dorf, ganz in dem Bewusstsein, dass seine fast verloren geglaubte Tochter den reichsten Mann des Ortes bekommen hatte.

Max Redlich und Siegfried bestellten ihre Felder mit neuem Elan. Der Rückhalt durch Benedikt Halbach ließ sie auch zu Experimenten verleiten. Sie pflanzten Kartoffeln und Gemüse auf Äcker, die bisher brachgelegen hatten und nur wenig Sonne bekamen. Benedikt bemerkte es mit Erstaunen, äußerte sich jedoch nicht dazu. Er wollte seinem Schwiegervater keine Vorschriften machen. Das Verhältnis zu Siegfried war gut. Der Junge, der früher Benedikt angehimmelt hatte, war selbst ein erwachsener Mann geworden, den nun viele Mädchen heimlich verehrten.

Luise hatte nicht vor, wie die meisten der verheirateten Frauen im Dorf die Tage in dunklen, unansehnlichen Kleidern zu verbringen. Durch ihr Leben in Hannover und Hagen war sie viel weltoffener als alle anderen in Züschen. Sie wusste aber, dass sie das nicht offen zeigen konnte und schon gar nicht als etwas Besseres auftreten durfte. Denn genau das wäre ihr als hochnäsig und eingebildet nachgesagt worden. So balancierte sie auf einem dünnen Seil. In der ersten Zeit nach der Hochzeit kleidete sie sich dezent. Sie trug einen langen dunklen Rock, Schnürschuhe, eine rot bestickte Bluse und eine dunkle Jacke. Nur ihre Hüte waren von Anfang an ausgefallener als die der anderen Frauen. Aber das nahm ihr zu aller Überraschung kaum jemand übel. Vor allem die jüngeren Frauen in Züschen machten es ihr nach, und deren Ehemänner, die anfangs noch dagegen wetterten, waren plötzlich stolz auf ihre Frauen. Nur die Alten im Dorf rümpften die Nase und wechselten die Straßenseite, wenn

Luise ihnen entgegenkam. Ihr war klar, dass sie das in erster Linie Walburga, der Haushälterin des Pfarrers, zu verdanken hatte. Die alte Hexe, wie sie hinter der Hand genannt wurde, hatte viele Anhänger.

Luise ließ sich davon nicht beirren. Bald schon zog sie bunte Röcke an und Kleider in Blauweiß oder Grün. Wenn sie sich im Dorf sehen ließ, zog sie die Blicke der anderen Frauen und vieler Männer auf sich, und sie genoss es, im Mittelpunkt zu stehen.

Luise kümmerte sich viel um Helene und ihren behinderten Sohn Moritz. Nach außen hin zeigte Helene keine Emotionen, aber Luise war ein feinfühliger Mensch. Sie merkte sofort, was in ihrer Schwägerin vor sich ging. Mit kranken Menschen hatte sie seit der Pflege des Ministerialdirektors genug Erfahrung.

»Ich hätte es wissen müssen«, klagte Helene.

»Was meinst du?«

»Dass mir ein Unglück passiert. Walburga hat es mir prophezeit.«

Luise sah sie bestürzt an.

»Was genau geschehen würde, konnte Walburga nicht sagen. Als ich sie fragte, wie sie darauf käme, sagte sie nur: Denk an die Zigeuner.«

»Und dann?«

»Als Moritz geboren wurde und klar war, dass er nicht gesund ist, sah sie sich bestätigt. Walburga meint, dass auch Sophia nur wegen eines Fluchs der Zigeuner gestorben sei.«

»So ein Unsinn!«, brauste Luise auf. »Sie macht das ganze Dorf verrückt.«

»Oh ja«, nickte Helene. »Aber hatten wir nicht alle Angst vor ihr? Warst du denn mal in ihrem Haus?«

Luise schüttelte den Kopf. Sie hatten sich als Kinder vor dem Gebäude gefürchtet und immer einen großen Bogen darum gemacht. Nur ja nicht zu nahe an dieses Haus kommen, dachten sie. Hier geht der Teufel um.

»Walburga ist die Wirtschafterin des Pfarrers«, warf Luise ein.

Helene lachte auf. »Meinst du, das würde an unserer Meinung etwas ändern? Wir hatten ja gehofft, dass sie ins Pfarrhaus ziehen würde, aber selbst dem Pfarrer ist die Frau unheimlich. Nur weil er niemanden fand, der ihm zur Hand gehen wollte, nahm er Walburga.«

Ich werde mit ihr reden, nahm sich Luise vor. Solch einen Aberglauben muss man bekämpfen. In Hannover wäre man ausgelacht worden. Auch aus eigenem Interesse fand sie, dass ein Gespräch notwendig war.

57

An einem trockenen Frühlingstag im Jahre 1886 wagte sich Luise auf den Weg zu dem unseligen Haus der Haushälterin des Pfarrers. Luise musste sich eingestehen, dass sie dafür ihren ganzen Mut benötigte. Unter ihrem langen Kleid hatte sie einen Knüppel versteckt. Nur für den Fall! Wenn etwas Unvorhergesehenes geschah, wollte sie nicht wehrlos sein.

Das Haus befand sich am Ortseingang des Dorfes in Richtung Winterberg. Es war ein altes Fachwerkgebäude mit einem strohgedeckten Dach. Im Obergeschoss lugte trockenes Heu aus einem unverschlossenen Fenster. Es gab nur zwei Häuser in dieser Gegend. Das nächste war über zweihundert Meter entfernt und wurde von einem ehemaligen Waldarbeiter mit seiner Frau bewohnt.

Je näher Luise kam, desto mehr fröstelte sie. Sie verspürte sogar eine leichte Gänsehaut auf ihrem Rücken, aber dennoch nahm sie ihren ganzen Mut zusammen. Es wäre doch gelacht, wenn sie Angst vor Walburga haben würde.

Ihr Herz schlug hart gegen ihre Brust, als sie an die Tür klopfte und auf die Klinke drückte. Zu ihrer Überraschung gab die Tür nach und schwang nach innen auf.

Luise blieb im Türrahmen stehen, um sich an das diffuse Licht im Inneren zu gewöhnen.

»Hallo?«, rief sie dann. »Sind Sie – bist du da, Walburga?«

Es hätte banal geklungen, wenn sie die alte Frau gesiezt hätte. Alle in Züschen benutzten das vertrauliche »du«. Es kam keine Antwort.

Sie setzte einen Fuß in den Raum. Es roch nach verbrauchter Luft und Tieren. Im Hintergrund miaute eine Katze. Das Tier kam auf Luise zugeschossen und schnurrte um ihre Beine.

»Geh weg. Wo ist deine Herrin?«

Luise öffnete die erste Tür. Es war die Stube. Leer. Auch im Schlafraum direkt neben der Stube befand sich niemand. Sie stieß die Küchentür auf und blieb wie angewurzelt stehen. Auf dem Boden vor dem Herd lag Walburga.

Mit schnellen Sprüngen war Luise bei ihr und beugte sich über die Regungslose. Das Gesicht war aufgedunsen und seltsam bleich, ihre Lippen dick wie eine Speckschwarte. Luise klatschte leicht in Walburgas Gesicht und rief ihren Namen. Nichts.

»Verdammt.«

Sie sah sich um. Auf dem Tisch stand eine Kanne. Das Wasser darin roch modrig. Luise rannte hinaus zum Brunnen und holte frisches Wasser. Mit der halbvollen Kanne lief sie ins Haus zurück. Sie befeuchtete ein altes Tuch, das auf dem Tisch lag, legte es auf Walburgas Gesicht und rieb damit so fest sie konnte. Schon nach wenigen Augenblicken röchelte die Bewusstlose, schluckte und riss die Augen auf.

»Walburga. Kannst du mich hören?«

Die alte Frau starrte mit verschleiertem Blick auf Luise. Sie erkannte sie nicht. Luise befeuchtete erneut den Lappen und schlug ihr damit leicht auf die Wangen.

»Luise …?«, kam es kaum hörbar über ihre Lippen.

»Was ist passiert?«

Walburga öffnete ihren Mund, aber kein Wort kam heraus. Jetzt bemerkte Luise die geschwollene Zunge. Ganz vorsichtig trichterte ihr Luise Wasser in den Mund. Walburga durfte nicht zu schnell trinken, da sonst Flüssigkeit in die Lungen gelangen konnte. Nach den ersten Schlucken kehrte bereits wieder etwas Farbe in das Gesicht der alten Frau. Noch einmal fragte Luise, was denn passiert war.

»Mein Bein …«, konnte Walburga nur jammern.

Luises Blick hastete an Walburgas Körper hinunter. Das rechte Bein der alten Frau war unterhalb des Knies unnatürlich abgewinkelt.

»Mein Gott«, stöhnte Luise auf.

»Es … es ist gebrochen.« Walburga sprach langsam und rang immer wieder nach Luft.

Luise war vor Entsetzen wie gelähmt. »Wann ist das passiert?«

»Welchen Tag haben wir heute?«

»Montag.«

»Gestern Nachmittag, nach der Andacht.«

Luise konnte es nicht fassen. Das waren fast zwanzig Stunden. »Seitdem liegst du hier?«

Die alte Frau schloss die Augen, und Luise befürchtete, dass sie gleich wieder bewusstlos werden würde.

»Hast du Schmerzen?«

Walburga nickte mit zusammengepressten Lippen. »Ich bin ausgerutscht«, flüsterte sie stockend. »Dann lag ich hier. Ich habe gerufen und geschrien, aber niemand hat mich gehört.«

»Was ist denn mit dem Pfarrer? Hat er dich nicht vermisst?«

»Nein. Es ist doch erst morgen wieder Heilige Messe, und ich koche immer für mehrere Tage, damit ich nicht so häufig bei ihm sein muss.«

Luise tastete mit den Fingern vorsichtig an dem Bein entlang. Sie war kein Arzt, aber sie hatte zweimal erlebt, wie ein Bruch behandelt wurde. Dabei lag der Verletzte aber in einem Krankenhaus. Hier war sie allein auf sich gestellt. In das Krankenhaus bis Brilon konnte sie Walburga unmöglich bringen, nicht mal zum Arzt nach Winterberg. Hastig sah sie nach draußen. Das Haus des ehemaligen Waldarbeiters konnte sie nur erahnen.

»Bleib ganz ruhig«, sagte sie zu Walburga. »Ich bin gleich wieder zurück.«

»Lass mich nicht allein.«

»Das tue ich auch nicht. Ich hole nur Hilfe.«

»Wen denn?«

»Deine Nachbarn.«

»Aber die sind doch gar nicht zu Hause. Schon seit Wochen steht das Haus leer. Ich glaube, sie sind zu ihrer Tochter nach Köln gereist.«

Ach du lieber Himmel, dachte Luise. Wieder warf sie einen verzweifelten Blick auf das verletzte Bein. Sie konnte Walburga nicht noch länger in dieser Stellung liegen lassen. Was sie jetzt tun musste, würde ihre und Walburgas Kraft übersteigen. Aber sie hatte keine andere Wahl.

Noch einmal holte Luise tief Luft, dann griff sie das verletzte Bein, und mit einem Ruck hatte sie es gestreckt. Walburga schrie wie am Spieß, bevor sie wieder ohnmächtig wurde. Luise verlor keine Zeit. Neben dem Herd lagen mehrere Holzstöcke von fast einem halben Meter Länge. Sie suchte vier davon aus, die ziemlich gerade gewachsen waren. Auf dem Stuhl und am Herd hingen Handtücher. Sie waren schmutzig, aber sie taten ihre Zwecke. Die Stöcke legte sie an Walburgas Bein, dann wickelte sie die Handtücher so eng wie möglich darum. Als sie fertig war, blieb Luise erschöpft mit dem Rücken an den Herd gelehnt sitzen. Ihr Herz raste, sie wagte nicht, nach Walburga zu sehen. Minuten verrannen.

Plötzlich hörte Luise ein keuchendes Atmen. Sie drehte den Kopf. Walburga tastete vorsichtig zu ihrem Bein. »Danke«, krächzte sie.

»Ich gehe jetzt ins Dorf und hole einen Wagen«, sagte Luise. »Der bringt dich nach Winterberg zum Arzt und von dort aus kannst du ins Krankenhaus nach Brilon. Bleib ganz ruhig, es wird alles gut.«

Walburga nickte mit geschlossenen Augen.

Luise stand auf. Ihre Beine waren ganz schwach, und einen Moment musste sie sich am Tisch festhalten. Dann ging sie hinaus und lief so schnell sie konnte ins Dorf.

Warum sie eigentlich gekommen war, erwähnte Luise nie, und Walburga fragte auch nicht danach. Es war das Schicksal, das Luise in ihr Haus geführt hatte. Die Wahrheit brauchte niemand zu wissen. Walburga wurde von Peter Harkort nach Winterberg gebracht. Doktor Kluse war über die Erste Hilfe Luises sehr angetan. Besser hätte es ein Arzt auch nicht machen können, was natürlich übertrieben war.

Die Rettung Walburgas ging wie ein Lauffeuer durch das Dorf, und jeder lobte Luise in den höchsten Tönen. »Man habe gleich gewusst, dass sie eine gute Frau sei.« »Sie war niemals verdorben.« »Das waren Tagelöhner, die das Gerücht in die Welt gesetzt haben.« »Wir Züschener mögen sie, mochten sie immer.« »Sie hätte gleich hierbleiben sollen.«

Luise und Benedikt hassten diese Parolen. Sie wussten, dass man ihnen nur nach dem Mund redete.

Da sich Luise in Pflege ein wenig auskannte, kümmerte sie sich von nun an auch um die anderen alten Leute im Dorf. Mit Rita Auer wechselte sie sich regelmäßig ab, um die Kranken und Alten zu besuchen. Es war eine Aufgabe, die sie sehr zufrieden stellte. Auch, weil Pfarrer Fricke sich immer mehr aus der Öffentlichkeit zurückzog.

58

Jonathan Thoma schwitzte. Mit nacktem Oberkörper stand er am Amboss und bearbeitete ein glühendes Stück Eisen. Der Schweiß rann ihm über die gestählten Muskeln, aber er wurde nicht müde. Er musste den Auftrag noch diese Woche erledigen. Fünf Äxte, drei Achsen und mehrere Pflugscharen hatten die Landwirte bei ihm bestellt.

Seit fast vier Jahren wohnte er mit Eva und den Kindern schon in den Räumen über dem Eisenhammer. Vor einem Jahr hatte Eva einen Jungen bekommen. Sie nannten ihn Daniel, Daniel aus der Löwengrube. Es sei auch eine richtige Löwengrube, wo sie wohnten, meinte Eva augenzwinkernd. Mit viel Liebe hatte sie die Zimmer eingerichtet. Dabei wurde sie von ihrem Bruder Paul und ihrem Schwager Lutz unterstützt. Paul zimmerte neue Möbel und neue Betten für die Kinder. Jonathan hatte in den letzten Monaten, nachdem die Auftraggeber ihre Rechnungen beglichen hatten, alle Schulden bezahlen können. Nun ging es ihm und seiner Familie gut. Ihm gefiel die Selbstständigkeit, obwohl die Arbeit viel körperliche Kraft erforderte.

Wieder hieb er mit ungeheurer Wucht auf das Eisen. Jonathan war kompakter geworden, stämmiger. Sein Körper schien nur aus Muskeln zu bestehen.

Auf der Treppe erklangen Schritte. Wenig später betrat Eva den Raum. Sie bewegte sich langsam. Jon runzelte besorgt die Stirn.

»Was ist?«, fragte er. »Geht es dir nicht gut? Macht das Baby Schwierigkeiten?«

Eva rieb sich über den bereits sichtbar dicker gewordenen Bauch und lächelte. »Nein, ganz und gar nicht. Ich möchte nur

verhindern, dass es wieder so arg wird wie bei den Zwillingen.«
Die Geburt Daniels war sehr einfach gewesen.

Jon ließ den Hammer fallen und kam auf sie zu. Obwohl seine Hände schmutzig waren, legte er die Arme um Evas Oberkörper und zog sie an sich. Sie schmiegte sich gegen seine verschmierte Brust und lachte, als er mit dem Finger über ihre Nase strich und auf ihrer Haut einen dunklen Strich verursachte.

Sie liebten sich wie am ersten Tag und freuten sich sehr auf ihr viertes Baby.

Sie löste sich von ihm, gab ihm einen Kuss auf die schmutzigen Wangen und ging zur Tür. »Wir können essen. Das wollte ich dir sagen.«

»Danke. Ich bin gleich oben.«

Jonathan hieb noch einige Male auf das Eisenstück, wischte sich dann über die Stirn und schloss den Ofen. Das Feuer würde während der Mittagspause nur unwesentlich herunterbrennen. Mit ein paar Holzscheiten war die Hitze gleich wieder auf Hochtouren.

Inzwischen arbeiteten fünf Männer für Jonathan: drei Gesellen und zwei Lehrlinge. Der Eisenhammer war von Jonathan Thoma völlig umgebaut worden. Nichts erinnerte mehr an die alten, muffig riechenden Räume. Es gab einen Abort im Hof und zwei weitere Räume. Einer war als Ruhestätte für die Arbeiter gedacht, der andere als Essraum. Ein stabiler Tisch mit fünf Stühlen stand an der Wand und ein Schrank, in dem sich Kleidung zum Wechseln befand.

Immer öfter kamen Eisenhammer aus den benachbarten Orten, um sich bei Jonathan umzusehen. Viele Handlungsreisende konnten berichten, dass auch in anderen Dörfern die Eisenhammer ähnlich umgebaut worden waren.

Vor einem halben Jahr war Michels gestorben. Ein Handlungsreisender war extra nach Züschen gekommen, um Benedikt Halbach die traurige Nachricht zu übermitteln.

»Michels hat mich schwören lassen, dass ich bei Ihnen vorbeikomme«, berichtete der Mann. »Er wusste, dass es mit ihm zu Ende geht. Ich soll Ihnen sagen, dass er ein schönes Leben gehabt hat und nichts bereut. Ganz besonders dankt er Ihnen für alles, was Sie für ihn getan haben.«

Benedikt musste sich sehr bemühen, seine Betroffenheit nicht zu zeigen. Jonathan gelang das nicht. Der starke Mann konnte seine Tränen nicht zurückhalten.

Im Laufe der nächsten Wochen breitete sich eine Krankheitswelle mit hohem Fieber im Dorf aus, die besonders kleine Kinder betraf. Eva und Jonathan hatten große Angst um Josephine, Emma und Daniel, denn bei vielen Kleinkinder war die Krankheit bereits zur Lungenentzündung ausgeartet. Eva und Jonathan ließen ihre Kinder nicht mehr aus dem Haus, auch nicht zu Benedikts Mädchen oder zu Helene. Gerade Moritz vermisste die beiden sehr, aber Eva und Jonathan blieben in ihrer Entscheidung hart.

Helene hatte vor vier Monaten ein gesundes Mädchen bekommen. Sie nannte sie Sophia.

»Sei mir nicht böse, Luise, dass ich unsere Tochter nach Benedikts erster Frau nennen möchte. Aber ich finde den Namen wunderschön.«

»Mach dir keine unnötigen Gedanken«, sagte Luise lächelnd. »Es gibt viele Sophias in Züschen. Warum sollte deine Tochter nicht so heißen, wenn dir der Name gefällt. Ich sehe darin keine Verbindung zu Benedikt.«

»Danke.«

Im Jahr 1890 gab es einen regelrechten Kinderzuwachs in Züschen. Bei allen Geburten standen Luise und Rita Auer bereit, um zu helfen, wenn es nötig war.

Luises Glück war fast vollkommen, wenn sich auch bei ihr eine Schwangerschaft eingestellt hätte. Sie ahnte, dass ihre Fehlgeburt, die sie in Hannover erlitten hatte, daran schuld war, und sie befürchtete, dass sie nie Kinder haben würde. Benedikt machte ihr keine Vorhaltungen, aber sie wusste, wie sehr er sich einen Sohn wünschte. Es tröstete sie, dass Benedikts Töchter sie liebten. Als Berta eines Morgens ganz selbstverständlich Mama zu ihr sagte, weinte Luise vor Freude.

Eva und Jonathans viertes Kind hieß Anita. Die beiden konnten ihr Glück kaum fassen, und sie freuten sich, dass auch Helene glücklich war, obwohl sie in Moritz immer noch ein Sorgenkind besaß. Helene hatte längst bemerkt, dass andere Kinder Moritz stets mit verwirrten Blicken ansahen, wenn er sich tollpatschig fortbewegte oder unzusammenhängende Sätze lallte. Helene fürchtete sich vor den Fragen der Kinder, die unweigerlich irgendwann kommen würden.

59

Es war schlimm, mitansehen zu müssen, wie sich Walburga nach ihrem Beinbruch bemühte, dem Pfarrer Adam Fricke weiterhin eine gute Haushälterin zu sein. Sie konnte sich nur hinkend fortbewegen, und bei jedem Tritt hatte sie große Schmerzen. Aber sie klagte nicht. Die Haushaltsführung war ihre einzige Betätigung. Sie erhielt dadurch so etwas wie Anerkennung im Dorf. Manchmal halfen Frieda Bruhner oder Karla Redlich im Pfarrhaus mit aus. Immer dann, wenn es galt, ein Fest vorzubereiten, waren sie zur Stelle, um Walburga zu entlasten.

»Wir müssten längst ein Krankenhaus in der Nähe haben«, meinte Frieda Bruhner, als sie Kuchen für ein Gemeindefest zubereiteten. »Bis Brilon ist es doch viel zu weit.«

»In Winterberg ist eins geplant«, antwortete Karla.

»Wirklich?«

»Ja. Georg Auer hat berichtet, dass die Genehmigung für ein Krankenhaus in Winterberg von der Bezirksregierung Arnsberg erteilt worden ist. Schon bald wolle man mit den Ausschreibungen und weiteren Vorbereitungen beginnen. Der Name des neuen Krankenhauses steht auch schon fest: Sankt Franziskus-Hospital.«

»Na, das ist doch mal eine gute Nachricht«, meinte Frieda Bruhner.

»Ein Krankenhaus hätte mein Bein auch nicht gerettet«, sagte Walburga mürrisch. Seit sie Schmerzen hatte, war auch ihre Laune auf den Tiefpunkt gesunken. »Ich wäre elendig gestorben, wenn Luise nicht gekommen wäre. Ich weiß heute noch nicht, was sie zu mir führte.«

»Wenn man sie fragt«, warf Karla ein, »dann schweigt sie oder sie sagt, dass sie auf einem Spaziergang gewesen sei und alles so verdächtig ruhig bei dir gewesen ist.«

»Glaubst du das?«, fragte Frieda mit gerunzelter Stirn.

Karla Redlich zuckte nur die Achseln.

Walburga sah auf die Uhr. »Wo bleibt denn der Pfarrer? Es ist nach sechs. Er müsste längst hier sein. Er verlangt immer pünktlich sein Essen, wenn ich frisch gekocht habe.«

Sie humpelte in die erste Etage. Aber dort war keine Spur vom Pfarrer.

»Ich werde in der Kirche nachsehen«, sagte Walburga, nachdem sie zurück war.

»Soll das nicht lieber einer von uns machen?«, fragte Karla.

Walburga schüttelte den Kopf. »Lass nur. Ich muss mich bewegen. Außerdem wäre Pfarrer Fricke nicht erfreut, euch in dieser Aufmachung in der Kirche anzutreffen.«

Da hatte sie in der Tat recht. Karla und Frieda sahen an sich hinab. Sie hatten einen dunklen Kittel an, der mit Pudding und Gemüseresten beschmutzt war. Darunter trugen sie nur ihre Alltagskleidung, in denen kaum jemand wagte, in die Kirche zu gehen. Walburga konnte sich schnell ein anderes Kleid überstreifen.

Wenig später ging sie schleppend den kleinen Weg hinauf, der zur Kirche führte. Sie steuerte die Sakristei an. Die vier Stufen nahm sie, indem sie sich am Geländer festhielt. Die Tür war unverschlossen. Im Inneren roch es nach Weihrauch und süßem Wein. Walburga runzelte die Stirn. Hatte der Pfarrer wieder heimlich Alkohol getrunken? Adam Fricke war dem Alkohol nicht verfallen, aber dass er ab und zu ein Gläschen zu sich nahm, war Walburga nicht entgangen.

Sie humpelte weiter und öffnete die Tür, die direkt zum Altar führte.

Pfarrer Adam Fricke kniete auf den Stufen. Er hatte die Stirn so tief gesenkt, dass er mit seinem Gesicht fast die oberste Treppenstufe berührte. So leise wie möglich ging Walburga näher.

»Hochwürden?«

Sie sagte immer Hochwürden zu ihm. Das gefiel dem Pfarrer, denn sonst redete ihn niemand aus dem Dorf mit diesem Titel an. Er reagierte nicht.

»Hochwürden, Sie sollten zum Essen kommen.« Sie war jetzt neben ihm und tippte ihm leicht auf die Schulter. Im selben Moment fiel sein Körper zur Seite. Es gab einen fiesen Krach, als er aufschlug. Walburga schrie auf. Zitternd beugte sie sich über Pfarrer Fricke und fuhr entsetzt zurück. Aus leblosen Augen starrte er sie an. Walburga brauchte keine Sekunde, um zu wissen, dass Adam Fricke tot war. Sie drehte sich hastig zum Hochaltar um, bekreuzigte sich und humpelte so schnell es ihr möglich war, aus der Kirche hinaus.

Pfarrer Adam Fricke war an einem Herzinfarkt gestorben. Das Gemeindefest wurde sofort abgesagt. Die Gemeindeväter berieten nur kurz über eine angemessene Beisetzung. Man wollte Pfarrer Fricke mit aller Würde begraben. Der Pastor aus Winterberg war bereit, die Totenmesse zu lesen und die Beerdigung vorzunehmen. Aber es gab ein Problem.

Am selben Tag starb Walter Bertram, Benedikts erster Schwiegervater.

»Der Pastor aus Winterberg hat betont, dass er nicht zweimal zu einer Beisetzung nach Züschen kommen könne«, sagte Georg Auer in einer kleineren, eilig einberufenen Runde. »Deshalb schlage ich vor, dass wir beide, Pfarrer Adam Fricke und Walter Bertram, am selben Tag bestatten.«

Nach einer kurzen Diskussion schauten alle zu Benedikt Halbach hin. Erst als dieser sich einverstanden erklärte, war die Sache beschlossen.

Bei der Beisetzung der beiden Verstorbenen war fast ganz Züschen versammelt. Niemand wusste, wer wem die letzte Ehre gab.

Anna Bertram zog zu ihrer Tochter Doris, die den Sattler aus Züschen geheiratet hatte. Ihre Drillingsschwestern Josefa und Beate hatten in die Nachbarorte Niedersfeld beziehungsweise Neuastenberg geheiratet. Benedikt übernahm ganz selbstverständlich das Land seines ehemaligen Schwiegervaters.

Zwei Monate gab es keine Heiligen Messen am Sonntag. Erst dann zog ein neuer Pfarrer in das Pfarrhaus ein. Er hieß Josef Schmale, war über fünfzig Jahre alt und lächelte viel. Immer wenn er mit den Menschen sprach oder auf der Kanzel seine

Predigten hielt, hatte er einen freundlichen Zug um seinen Mund, der ihn sympathisch machte und Vertrauen ausstrahlte.

Inzwischen waren neue Jungen und Mädchen zu Erwachsenen herangereift, hatten untereinander geheiratet und die Höfe ihrer Eltern übernommen, sofern sie die Erstgeborenen waren. Die Beilieger hatten sich mit ihrer Zweitrolle abgefunden und zahlten brav den Betrag für Brennholz. Fast allen Menschen in Züschen und in den Nachbarorten ging es nun erheblich besser als in den Jahren zuvor, wenn auch mancher Schatten auf das Dorf fiel.

Der vierjährige Karl Padberg, der Enkel eines bescheidenen Solstätters, ertrank beim Spielen in der Ahre. Lehrer Oberhof starb völlig einsam in seinem vernachlässigten Haus; niemand hatte sich um ihn gekümmert. Man vermisste ihn zwar, aber da er ein Einzelgänger gewesen war, glaubte man, er habe sich nur zurückgezogen, um seine letzten Jahre in Ruhe genießen zu können. Lehrerin Anneliese Graf zog aus Züschen fort. Aber schon bald gab es zwei neue Lehrer, die versuchten, den Kindern Lesen, Schreiben, Rechnen und Disziplin beizubringen. Lorenz Seibert stolperte eines Nachts betrunken von Lamers nach Hause und stürzte so unglücklich, dass er mit dem Schädel gegen eine Mauer schlug. Man fand ihn am nächsten Morgen. Da war er schon Stunden tot. Bruno, der sich bis dahin zurückgezogen hatte, veranstaltete für seinen Vater eine pompöse Beerdigung. Anschließend lud er alle Beilieger zu Lamers ein; sie betranken sich bis zum frühen Morgen des nächsten Tages.

Bald darauf kam ein Brief von Johannes. Der Tag seiner Priesterweihe stand unmittelbar bevor, und er wünschte sich sehr, dass seine Familie daran teilnehmen würde.

60

»Credo in unum Deum. Patrem Omnipotentem … Ich glaube an Gott, den allmächtigen Vater …«

Johannes schloss die Augen, während er mit all den anderen Priesteranwärtern das Glaubensbekenntnis sprach. Er war mit Inbrunst bei der Sache. Seit fast einer halben Stunde schon knieten sie auf dem eiskalten Boden in dem kühlen und düster wirkenden Raum. Die bloßen Füße schmerzten, aber kaum einer nahm Notiz davon. All die Strapazen, Entbehrungen der vergangenen Jahre waren vergessen. Das Glaubensbekenntnis, das innere Bekenntnis zu Gott und der Kirche, gehörte zu ihren täglichen Gebeten.

Nach dem Glaubensbekenntnis folgte eine Zeit der Ruhe, der Muße, wie es ihnen Engelbert Fuchs, der Privatsekretär des Bischofs, eingetrichtert hatte. Alle Priesteranwärter vertrauten ihm und waren noch nie enttäuscht worden.

Johannes Halbachs Gedanken schweiften zurück. Das Leben in der Gemeinschaft hatte keinen Gedanken an jemand anderen zugelassen. Schon bald fanden sie ihren Rhythmus. Engelbert Fuchs begleitete sie stets dabei. Er war immer da, wenn er gebraucht wurde, wenn er Trost spenden musste, weil jemand die Ausbildung hinwerfen wollte oder wenn jemand zu sehr Heimweh hatte. Aber er war auch ein unerbittlicher Lehrer, der den Priesteranwärtern alles abverlangte.

Durch Meditation wurden sie immer besser mit dem Gotteswort vertraut. Diese Stunden genoss Johannes, dann war er allein mit seinen Gedanken, die in der ersten Zeit sehr oft zu seiner Familie nach Züschen abschweiften. Aber er ließ sich nicht beirren.

Am schwersten war es für die Mehrheit der Kandidaten gewesen, die Sprachen Latein, Griechisch und Hebräisch zu lernen. Die Kirche war der Meinung, dass jeder Priester einen gewissen Zugang zur Information aus erster Hand haben sollte, aus den biblischen und kirchlichen Quellen also. Das würde bei den Gläubigen besonderen Eindruck hinterlassen, deshalb hatte Johannes Latein im Laufe der letzten Jahre wie ein Besessener gelernt.

Engelbert Fuchs` Seminare waren für die meisten Anwärter faszinierend. Wenn seine sonore Stimme durch den Raum hallte, war es so still, dass man eine Stecknadel hätte fallen hören können. Nervös fieberten die meisten Priesteranwärter dem Tag ihrer Priesterweihe entgegen.

Den Kopf in den Nacken gelegt und mit leuchtenden Augen standen sie ehrfurchtsvoll vor dem Dom. Eva drückte Magdalenas Hand, und Luise hatte sich bei Benedikt untergehakt. Vor einer halben Stunde waren sie müde in Paderborn angekommen. Nach kurzem Suchen hatten sie in einer kleinen Pension eine Unterkunft gefunden. Der Preis war ziemlich erhöht, aber das war kein Wunder, denn die Stadt quoll über von einem Menschenstrom.

Jonathan hatte ebenso wenig mitkommen können wie Paul und Lutz. Helene musste sich nach wie vor um Moritz und um ihre Tochter kümmern. Sie war aber bereit, auch auf Evas Kinder und Franziska und Berta aufzupassen. Dabei wurde sie von Tante Lydia und Jakobs Frau Rose stark unterstützt. So blieben nur Eva, Magdalena, Luise und Benedikt übrig.

Sie standen auf dem Vorplatz und hatten sich einer Gruppe angeschlossen, die von einem Vikar über den gewaltigen Dom informiert wurden.

»Der erste Patron der Stadt Paderborn und des Bistums ist der Heilige Liborius«, erklärte er gerade. »Nach ihm wurde der Dom benannt, der aus dem 13. Jahrhundert stammt.« Er hob seinen Arm und deutete zur Spitze. »Der Westturm überragt mit seinen dreiundneunzig Metern die Innenstadt. Er ist das charakteristische Wahrzeichen der Stadt. Der Turm ist im romanischen Stil erbaut worden. Die Länge des Domes beträgt einhundertvier Meter, die Breite zweiundfünfzig Meter. Wenn Sie mir bitte folgen wollen.«

Sie betraten das Kirchenschiff. Wie in einem gigantischen Zelt aus Stein, das einen großen Raum umhüllte, so fühlte sich Benedikt. Luise an seiner Seite schauderte ein wenig. Sie drängte sich enger an ihn.

»Die Vorhalle«, flüsterte der Vikar, »wird auch als Aufenthaltsraum für Pilger genutzt, die von hier aus in alle Heiligen Städte wandern.« Er zeigte auf vier wuchtige Pfeiler. »Dort stehen vier Figuren der zwölf Apostel. Dabei handelt es sich um Petrus, Paulus, Martinus d. Ä. und um den Lieblingsapostel unseres Heilands, Johannes.« Er deutete auf eine weitere Statue. »Das ist die Muttergottes.« Seine Stimme klang sehr feierlich und ehrfürchtig. Während er sprach, leuchteten seine Augen vor

Begeisterung und Leidenschaft. »Es ist eine ganz besondere Darstellung. Sehen Sie nur, wie sich das Kind Jesus seiner Mutter zuwendet. Wirkt die Geste nicht einfühlsam?« Er verharrte einen Moment. Niemand rührte sich. Schließlich reckte sich der Vikar wieder und zeigte zurück zu den Eingangstüren. »Rechts und links stehen die älteren Figuren Liborius und Kilian. Sie stammen aus dem 12. Jahrhundert.«

Er führte sie zum Altar. Der Hochaltar stand wie in jeder Kirche im Osten. Er war aus Basaltlava erbaut worden. An der Stirnseite wurde eine Kreuzigungsszene mit Jesus, Maria und Johannes gezeigt, auf der Gegenseite befand sich der Heilige Geist in Gestalt einer Taube.

Der Vikar kniete nieder und faltete die Hände. Zögernd taten es ihm alle nach. Fünf Minuten später erhob er sich wieder und drehte sich zu ihnen um.

»In diesem Dom«, sagte er, »vereinigen sich Himmel und Erde, Gott und die Menschen. Alles hat seinen festen Platz. Sehen Sie dort oben?« Er deutete zur Decke der mächtigen Kuppel. Ein heller Glanz schien von dort auszugehen. »Dort tritt Gottvater aus den Wolken, um uns alle zu segnen. Ihm zur Seite thronen Jesus Christus und die Heilige Gottesmutter Maria. Sie alle beschützen uns und haben ein wachsames Auge über die Menschen und über die neu erwählten Priester, die morgen in diesem Dom geweiht werden. Möge Gott sie schützen und ihnen immer den richtigen Weg weisen.«

Luise, Eva und Magdalena konnten ihre Blicke gar nicht abwenden von allem, was sie hier sahen. Es war für sie wie ein Fest, wie ein Rausch. Benedikt führte sie schließlich wieder hinaus, wo sie die klare Luft des späten Tages wie ein Keulenschlag traf.

»Wir sollten uns ein Gasthaus suchen und etwas essen«, schlug er vor. »Auch Jesus speiste mit seinen Jüngern. Ohne Essen und Trinken können wir nun mal nicht leben.«

»Ich bin auch sehr hungrig und müde«, sagte Luise. »Die lange Reise fordert jetzt doch ihren Tribut. Ich denke, wir sollten früh zu Bett gehen, damit wir morgen bei den Feierlichkeiten nicht einschlafen.«

61

Eine halbe Stunde vor Beginn der Heiligen Messe war das Kirchenschiff bis auf den letzten Platz gefüllt. Benedikt, Luise, Magdalena und Eva waren früh in den Dom gegangen. Im Seitentrakt, direkt neben dem breiten Gang, fanden sie geeignete Plätze. Von hier aus konnten sie nicht nur das Geschehen gut verfolgen, sondern auch die in den Dom einziehenden Priesteranwärter aus der Nähe sehen. Der Dom war geschmückt mit Fahnen, Blumen und kleinen Ästen mit dunkelgrünen Blättern, die in großen Tonkrügen steckten. Die kirchlichen Helfer und Messdiener hatten ihre feierlichsten Gewänder übergestreift und wuselten eifrig umher.

Benedikt hatte bisher noch keine Gelegenheit gehabt, mit Johannes zu sprechen, aber die Gerüchte machten ihren Umlauf. Von ursprünglich vierundzwanzig Anwärtern waren vierzehn übriggeblieben. Die jungen Männer hatten das Studium vermutlich wegen der harten Ausbildung abgebrochen oder den Bitten ihrer Verwandtschaft, dem Priesterberuf abzuschwören, nachgegeben.

Sie hatten Magdalena den Platz am Gang überlassen, neben ihr saßen Eva, Benedikt und Luise. Evas Gesicht war gerötet. Unaufhörlich knetete sie ihre Hände ineinander. Magdalena legte eine Hand auf Evas Arm und nickte ihr beruhigend zu.

Neben Luise hatte eine junge Frau Platz genommen. Benedikt schätzte sie auf höchstens zwanzig Jahre. Sie war offenbar allein, denn das Ehepaar, das direkt im Anschluss saß, beachtete sie nach einem kurzen Gruß nicht weiter. Die junge Frau setzte sich auf die harte Holzbank. Dort blieb sie bis zum Beginn der Messe regungslos sitzen.

Die Orgel setzte ein, und ein Chor begann zu singen. Messdiener mit schwenkenden Weihrauchkesseln und junge Priester in wallenden Gewändern betraten den Dom. In einer feierlichen Prozession gingen sie betend mit gefalteten Händen durch den Mittelgang zum Altar. Dort nahmen sie ihre reservierten Plätze ein und warteten, bis der Chor sein Lied beendet hatte.

Auf ein unsichtbares Zeichen begannen die Glocken zu läuten. Dann kamen die Priesteranwärter herein. Zu zweit nebeneinander, den Blick unverwandt nach vorn gerichtet, gingen sie hinter einem Kreuz her. Ihnen folgten die Pfarrer ihrer Heimatgemeinde und von weiteren Männern im Priestergewand eingerahmt, schritt der Erzbischof.

Benedikt vernahm leises Weinen. Als er den Kopf drehte, bemerkte er, dass der jungen Frau neben Luise Tränen über Wange und Kinn liefen. Er verzog mitfühlend den Mund. Dort saß offenbar jemand, der von den Feierlichkeiten noch mehr ergriffen war als er.

Die Handlungen vorn am Altar hatten bald ihren Höhepunkt erreicht. Der Erzbischof legte jedem Kandidaten die Hand auf den Kopf und weihte ihn.

»... durch das Weihesakrament sind Sie nun in die Gemeinschaft der Priester im Erzbistum Paderborn aufgenommen. Als Diener Gottes sind Sie berufen, die Liebe Christi zu den Menschen durch Wort und Sakrament an sie weiterzugeben und in seinem Namen und in seinem Auftrag zu handeln. Jesus Christus war selbst Priester. Er nimmt Sie in seinen Dienst auf und bevollmächtigt Sie, seine Mission weiterzuführen. Sie haben sich bereit erklärt, das Priesteramt als Mitarbeiter des Bischofs auszuüben und den Dienst am Wort Gottes treu und gewissenhaft zu erfüllen. Sie werden bald einer Gemeinde anvertraut, für die Sie beten und deren Armen, Kranken, und Notleidenden Sie beistehen sollen, um so zum Heil der Menschen für Gott zu leben ...«

Das Schluchzen neben Luise wurde stärker. Automatisch reichte Luise der jungen Frau ein Taschentuch. Sie nahm es nach langem Zögern und tupfte sich die Augen.

Am Altar wurde den neuen Priestern von ihren Heimatpfarrern das priesterliche Gewand, Stola und Messgewand angelegt. Pfarrer Josef Schmale war einer der Ersten. Als Johannes vor ihm niederkniete, begann Magdalena zu schniefen. Der Erzbischof salbte die Neugeweihten mit Heiligem Chrisam-Öl zum Zeichen der Verbindung mit Jesus Christus. Anschließend wurde mit allen vierzehn neuen Priestern die Heilige Messe gefeiert.

Die Frau neben Luise drehte sich unvermittelt um und ging zur anderen Seite hinaus. Dabei drängte sie sich ein wenig rücksichtslos an dem Ehepaar vorbei, das in der Bankreihe kauerte.

Luise wartete, bis die Zeremonie der Weihe vorbei war, dann bat sie die Personen neben sich höflich, vorbei gehen zu dürfen.

Sie fand die junge Frau draußen auf dem Vorplatz auf einer Bank sitzen.

»Entschuldigen Sie, dass ich Sie so einfach anspreche«, sagte Luise. »Darf ich mich einen Moment zu Ihnen setzen?«

Fast gleichgültig nickte die junge Frau. Luise nahm Platz und betrachtete sie. Ihr Gesicht war schmal und blass. Die Farbe ihrer Augen konnte Luise nicht ausmachen, denn die Tränen darin verdrängten jeden Blick darauf. Die Lippen hatte sie zusammenpresst.

Luise stellte sich vor.

»Viktoria von ...«, antwortete die junge Frau langsam. »Viktoria Roche.«

»Ich möchte nicht indiskret sein, aber haben Sie eine Verbindung zu einem der neuen Priester?«

Viktoria nahm das Taschentuch und wischte sich abermals durch die Augen. »Er heißt Martin«, sagte sie leise. »Wir ... wir waren so gut wie verlobt. Aber er hat seine Liebe zu Gott vorgezogen, wie er sagte.« Sie schürzte dabei fast ärgerlich den Mund. »Kann so etwas überhaupt möglich sein? Unsere Eltern, das heißt mein Vater und Martins Eltern hatten schon den Tag unserer Hochzeit festgelegt, als Martin sich entschloss, ins Priesterseminar zu ziehen.«

Luise wunderte sich ein wenig über den Dialekt Viktorias. So etwas hatte sie bisher noch nie gehört, dabei war sie ja bereits viel herumgekommen.

»Sie sind nicht aus dieser Gegend?«

Viktoria schüttelte den Kopf. »Ich stamme aus Schlesien.«

»Wie, um Himmelswillen, sind Sie dann hier gelandet?«

»Das ist eine lange Geschichte.«

Luise hatte den Eindruck, dass Viktoria Roche nicht so recht darüber sprechen wollte.

»Martin ist der jüngste Sohn des Grafen von Seesen«, sagte sie stattdessen. »Mein Vater ist dort Verwalter.«

»Das heißt, dass Sie bereits über sieben Jahre auf ihn warten, in der Hoffnung, dass er sich anders entscheiden würde?«

Viktoria nickte. »Ich war sechzehn, als Martin ins Seminar

ging. Sein Vater meinte, dass es nur eine Jugendflausel sei. Er würde sich schon anders besinnen.«

»Sie sind trotzdem hierhergekommen, um seine Priesterweihe mitzuerleben? Warum haben Sie sich das angetan?«

»Weil ich nicht glauben wollte, dass er Ernst macht.«

»Dann weinen Sie nicht aus Liebeskummer, sondern weil Sie sich verraten fühlen?«

»Genau.« Viktoria nickte heftig. »Verraten. Das ist das richtige Wort.«

Luise legte ihr eine Hand auf den Arm. »Sie sind verbittert, Viktoria ... Ich darf doch Viktoria zu Ihnen sagen ...?«

Sie nickte.

»Aber das ganze Leben liegt noch vor Ihnen. Sie sind doch noch jung.«

»Dreiundzwanzig.«

»Wie herrlich. Die Jugend ist so schnell vorbei. Genießen Sie die Zeit. Eine Ehe ist mit vielen Pflichten verbunden.«

»Ich weiß nicht ...«

»Wissen Sie was? Wir laden Sie zum Kaffee ein. Dann erzählen Sie uns von sich, von Ihrer Familie, und wenn Sie wollen, auch etwas von der Familie Ihres Martin. Sie werden sehen, wie gut das tut.«

»Meinen Sie wirklich?«, fragte Viktoria immer noch zweifelnd.

»Aber ja.« Luise hob den Arm und winkte Benedikt zu, der gerade aus der Kirche trat. »Das ist mein Mann, die beiden Frauen sind seine Schwestern, also meine Schwägerinnen. Kommen Sie, Viktoria.«

Luise stand so entschlossen auf, dass Viktoria Roche automatisch folgte. Luise ergriff ihren Arm und führte sie zu den dreien. Dort stellte sie alle der Reihe nach vor. Viktorias anfängliche Unsicherheit wich rasch, als sie merkte, wie natürlich sie von Magdalena und Eva behandelt wurde. Dass Benedikt sich etwas reservierter verhielt, wurde ihr nicht bewusst. Aber er war ja schließlich auch ein Mann, der einer fremden Dame höflich und distanziert gegenübertrat.

62

Sie fanden ein Café, das noch einige Tische freihatte. Erst als sie zusammensaßen, füllte sich der Raum nach und nach, und bald war ein aufgeregtes Schnattern und Lachen zu vernehmen. Benedikt hielt sich zurück. Er hörte nur zu und beobachtete die junge Frau. Sie hatte sich wieder beruhigt und sprach nun mit Luise und seinen Schwestern ganz unbefangen.

Sie erfuhren, dass Viktoria Roche eine behütete Zeit auf dem Landgut des Grafen von Seesen verbracht hatte. Schon nach einem Jahr durfte sie zusammen mit Martin am Unterricht einer Privatlehrerin teilnehmen. Das war ein bedeutender Fortschritt, da bisher Frauen kaum Bildung genießen konnten. Die Lehrerin war sehr tüchtig, denn Viktoria drückte sich sprachgewandt aus und wusste auch sonst sehr viel von der Welt. Sie war allerdings noch nie auf einem Fest außerhalb des von-Seesen-Anwesens gewesen. Nur an den Empfängen, die der Graf mehrmals im Jahr auf seinem Gut gab, konnte sie teilnehmen. Dabei seien sich Martin und sie auch ein wenig nähergekommen, aber nur platonisch, wie Viktoria mit geröteten Wangen eilig versicherte.

Benedikt schmunzelte.

Kochen könne sie auch, sagte Viktoria. Naja, jedenfalls ein bisschen.

Als Eva die Kochkünste ihrer Schwester Magdalena über alle Maßen lobte, hörte Viktoria mit großen Augen staunend zu und äußerte den Wunsch, dass sie das gerne lernen würde.

»Ich kann es Ihnen beibringen«, sagte Magdalena, immer noch etwas verlegen wegen der zu protzigen Worte ihrer Schwester. »Aber dann müssten Sie mit nach Züschen fahren.«

»Züschen?« Viktoria kicherte. »Welch komischer Name.«

»Ein alter, ehrwürdiger Name«, ließ sich nun Benedikt zum ersten Mal vernehmen. Viktoria sah ihn an. Sie hatte ihn bisher nur am Rande registriert. Rasch schaute sie wieder fort.

Sie würde gerne mitkommen, sagte sie, aber sie könne ihren Vater nicht allein lassen. Sie sei heimlich davongeschlichen, um Martin zu sehen.

»Haben Sie denn mit ihm sprechen können?«, wollte Luise wissen.

Viktoria schüttelte den Kopf. »Er hatte nur Augen für seinen Gott.«

»Sie sind wohl nicht sehr gläubig, oder?«, fragte Eva etwas reserviert.

»Doch, sehr«, widersprach Viktoria. »Aber wenn man doch schon so gut wie verlobt ist ...«

Sie sprach nicht weiter, und die drei Frauen griffen das Thema nicht mehr auf.

»Was wollen Sie denn jetzt machen?«, fragte Luise nach einigen Minuten.

»Ich fahre zurück. Mein Vater wird mich schon vermisst haben.«

Sie bestellten noch einen zweiten Kaffee und kleine Kuchenstücke. Während sie tranken und aßen, schauten sie immer wieder hinüber zum Dom. In den letzten Minuten war der Domplatz weiterhin von Schaulustigen bevölkert worden. Die meisten warteten auf den Auszug der neuen Priester. Aber niemand erschien. Ganz offensichtlich hatten sie einen anderen Ausgang genommen.

»Es war nett, Sie getroffen zu haben«, sagte Viktoria und stand auf. Auch Benedikt erhob sich. Viktoria reichte ihm zuerst die Hand, und er deutete vollendet einen Handkuss an. Als sie Luises Hand ergriff, hielt diese Viktorias fest.

»Darf ich Ihnen einen Rat geben, Viktoria? Lernen Sie die Welt kennen, die Stadt in Ihrer Nähe, und dann wird eines Tages ein Mann aufkreuzen, der Sie liebt und den Sie auch lieben werden.«

»Danke. Ich werde darüber nachdenken.«

Viktoria nickte noch einmal, dann drehte sie sich rasch um und ging. Bald war sie im Gewühl der Menschen verschwunden.

Benedikt holte seinen Geldbeutel heraus und zahlte ihre Zeche. Er hätte noch gern mit seinem Bruder Johannes gesprochen, aber sie wurden zu den neuen Priestern nicht vorgelassen. Der Nachmittag und der Abend gehörten dem gemeinsamen Besinnen mit dem Erzbischof. Vielleicht ergäbe sich am nächsten Tag noch eine Gelegenheit zu einem Gespräch mit ihm.

Aber der nächste Tag brach an, ohne dass sie Johannes zu Gesicht bekamen. Gegen Mittag brachen sie nach Züschen auf.

Von Johannes kam bald ein langer Brief. Er bedauerte sehr, dass sie sich bei seiner Priesterweihe überhaupt nicht hatten sprechen können, aber der Erzbischof hatte alle Neugeweihten mit unzähligen Hinweisen, Aufträgen und neuen Verordnungen des Papstes bombardiert, dass niemand auch nur wagte, sich von der Versammlung zu entfernen. Aber Johannes hoffte sehr, dass sie sich bald in den Armen liegen und längere Zeit miteinander verbringen könnten. Er sei zunächst einmal als Vertretung in eine kleine Pfarrei abkommandiert worden. Wie lange dieser Zustand andauern würde, könnte niemand sagen, doch er habe sich um eine Anstellung im Sauerland beworben. Dorthin wolle niemand so gern, deshalb seien seine Chancen nicht so schlecht.

Die Familie freute sich.

Der Alltag hatte Benedikt bald wieder eingeholt. Man lebte und arbeitete zusammen und war eine große Gemeinschaft. Dies konnte aber nur durch Regeln und Gesetze funktionieren, dieses System sicherte das Überleben auf dem Land. Die Arbeitsabläufe waren eng miteinander verknüpft und verbanden die Bewohner des Dorfes.

Die Solstätter Brauhoff, Ortken und Harkort hatten sich zusammengetan. Wenn einer von ihnen mit seinem Pferdefuhrwerk oder seinem Ochsenkarren hinausfuhr, lud er so viel Kuhmist auf, dass er die Äcker der anderen mit düngen konnte. So sparten sie viel Zeit, die wiederum für andere Arbeiten genutzt werden konnte. Ortken und Harkort besaßen nur Ochsen, Brauhoff zwei stämmige Ackergäule. Nach anfänglichen Hindernissen, weil sie sich gegenseitig in die Quere kamen, lief das Projekt. Die Beilieger machten es ihnen bald nach, wenn auch mit kleineren Mengen.

Die Erfüllung gemeinsamer Pflichten wie zum Beispiel die Errichtung oder Instandsetzung eines Gebäudes war ein unausgesprochenes Gesetz.

Sonntags trafen sich die Männer zum regelmäßigen Gedankenaustausch entweder bei August Grafenau oder bei Lamers. Oft wurden diese Trinkgelage bis in die frühen Abendstunden ausgedehnt, was nicht selten den Ärger der Ehefrauen hervorrief und bis zum handfesten Streit eskalierte.

Benedikt war einer der wenigen, die an diesen Treffen nie teilnahmen. Jakob dagegen schon. Er war trinkfest und redselig geworden. Immerhin war er nun nach Benedikt der größte Landwirt Züschens. Rose hatte ihm als einziges Kind ihrer Eltern mehrere Ländereien mit in die Ehe gebracht. Es war schon ein großer Zufall, dass nach seinem Vater Ludwig auch Jakob durch Heirat an Ansehen und Vermögen gewonnen hatte.

Benedikt beriet sich fast jeden Tag mit Jakob über den Beginn des Säens, über den Verkauf der Erzeugnisse und über die allgemeine Entwicklung innerhalb des Dorfes. Sie kamen bald überein, dass man die Erträge steigern müsste. Immer mehr Fremde heirateten nach Züschen, der Ort wuchs, und die Ernährung konnte knapp werden. Aber sie hatten noch keine Lösung für ihr zukünftiges Problem gefunden.

Manche Familien arbeiteten auch am Sonntag. Aber so heimlich, dass es der neue Pastor nicht merkte. Peter Harkort hatte dafür eine Methode entwickelt, die fast alle übernahmen. Samstags ließen sie ihre Pferde oder Ochsen auf den Weiden. Damit die Tiere nicht ausbüchsten, wurden Tagelöhner engagiert, die auf sie aufpassten. Am Sonntag dann, nach der Heiligen Messe, gingen die Bauern hinaus. Angeblich, um nach ihren Tieren zu sehen und sie zurück in den Stall zu holen. Dass sie dafür mehrere Stunden benötigten, nahm ihnen niemand übel. In dieser Zeit aber wurden die Äcker gepflügt und die Wiesen gewässert.

Einmal wurden sie von Pastor Schmale dabei überrascht. Josef Schmale ließ sich gerne mit »Pastor« anreden. Er legte keinen Wert auf andere Anredeformen. Als Schmale an einem Nachmittag von einem Krankenbesuch des ehemaligen Sattlers Ahrhaus kam, traute er seinen Augen nicht. War dort doch tatsächlich ein Bauer dabei, seine Wiesen mit stinkender Gülle zu tränken. Fast eine Viertelstunde schaute der Pastor diesem Spektakel zu. Er stellte sich so hin, dass der Bauer ihn sehen musste. Erst dann setzte er seinen Weg ins Dorf zurück fort.

Jeder im Ort erwartete am folgenden Sonntag von der Kanzel eine Strafpredigt. Aber Pastor Schmale erwähnte den Vorgang mit keiner Silbe. In seiner Predigt kam lediglich der Satz »Selig sind die, die säen und ernten und dabei den lieben Gott nicht vergessen haben« vor.

Wochenlang wagte niemand, an einem Sonntag auf den Feldern zu arbeiten. Aber bald war das Ereignis wieder vergessen und Solstätter und Beilieger säten, pflügten, düngten und ernteten sonntags nach der Heiligen Messe.

64

Luise Halbach ging oft mit ihrem Neffen Moritz und seiner Mutter Helene durch die Wälder Züschens spazieren. So auch an diesem sonnigen Tag. Eva war zu Hause geblieben und hütete ihre Kinder und Helenes Tochter Sophia. Das machte Eva großen Spaß. Sie bastelte gern, so dass alle Kinder die Zeit vergaßen und gern zu ihr in den Eisenhammer kamen.

Luise und Helene hatten Moritz in ihre Mitte genommen.

Schon bald machten sie eine Pause. Helene und Luise setzten sich ins Gras. Moritz löste sich von ihnen und lief ein paar Schritte weiter. An einem Busch blieb er stehen, pflückte die letzten Beeren ab und steckte sie in den Mund. Helene ließ ihn gewähren.

Luise runzelte die Stirn. »Du hast nichts dagegen, dass Moritz die Beeren isst?«

»Er steckt alles in den Mund. Ich kann nicht immer und überall aufpassen.«

Moritz streckte die Hand aus und hielt seiner Mutter ein paar schrumpelige Beeren hin. Helene nahm sie lächelnd entgegen und tat, als würde sie sie essen. Moritz lachte juchzend und setzte sich neben sie.

In diesem Moment sah Luise, dass eine kleine Schlange, etwa fünfzig Zentimeter lang, aus dem Dickicht direkt auf Helene und Moritz zukroch. Die beiden bemerkten sie nicht. Luise blieb ganz ruhig.

»Bleibt sitzen und rührt euch nicht. Da ist eine Schlange.«

Helene reagierte völlig hysterisch.

Sie stieß einen Schrei aus, der einem das Blut in den Adern gefrieren ließ.

»Eine Schlange!«, schrie sie immer wieder und sprang auf.

Dabei riss sie Moritz vom Boden hoch, machte einen Schritt zur Seite und stolperte. Luise sprang ebenfalls auf, bekam Helene zu fassen und konnte sie gerade noch auffangen.

»Das war knapp«, stöhnte Helene erleichtert. Sie warf einen raschen Blick zu Boden. Von der Schlange war nichts mehr zu sehen.

»Was war das für eine Schlange?«

»Eine Kreuzotter«, antwortete Luise. »Ich habe sie auch erst im letzten Moment erkannt. Ich dachte an eine Ringelnatter oder Blindschleiche, aber es war eine Kreuzotter.«

»Sind die nicht giftig?«, fragte Helene entsetzt.

»Ich glaube ja.«

»Mein Gott. Gut, dass du sie rechtzeitig gesehen hast. Wir sollten nach Hause gehen. Hier halten mich keine zehn Pferde mehr.«

Sie ging zügig los. Luise folgte ihr schnell.

»Ich habe große Angst vor diesen Viechern.«

»Ich wusste gar nicht, dass es hier wieder Kreuzottern gibt«, sagte Luise. »Wir sollten den anderen Bescheid geben. Sie müssen diese Gegend meiden oder auf jeden Fall auf der Hut sein.« Sie rieb sich den rechten Knöchel.

Es dämmerte, als sie bei der Schreinerei ankamen. Luise verabschiedete sich von Helene und schritt über die Hauptstraße weiter bis zur Sonneborn. Magdalena hatte bereits die Petroleumlampen im Haus angezündet. Da noch kein Fuhrwerk vor dem Haus stand, war Benedikt wohl noch nicht von den Feldern zurück. Er arbeitete von morgens bis abends. Seit Tagen fiel er todmüde ins Bett. Ihr Liebesleben litt darunter. Luise fragte sich, wann sie das letzte Mal miteinander geschlafen hatten und stellte betroffen fest, dass es bereits vier Wochen her war.

Sie nahm zusammen mit Magdalena ein kleines Abendessen ein und ging dann in ihre Kammer.

»Ich bin müde«, sagte sie zu ihrer Schwägerin. »Wenn Benedikt kommt, soll er nicht so laut sein.«

»Er kann auch auf dem Sofa schlafen, wenn du dich nicht wohlfühlst«, meinte Magdalena.

»Nein, nein«, winkte diese ab. »Es ist schon in Ordnung.«

In ihrer Kammer entkleidete sie sich, wusch sich und zog das Nachtgewand an. Sie war so müde, dass sie schnell einschlief.

Das Herzrasen kam einige Tage später mitten in der Nacht. Luise wurde wach, weil sie kaum Luft bekam. Ihr ganzer Körper fing an zu zittern. Regungslos blieb sie liegen, schloss die Augen und versuchte, langsam und gleichmäßig zu atmen. Sie tastete zur Seite, aber der Platz neben ihr war leer.

Luise fühlte ihre Stirn. Sie war heiß, sie hatte Fieber. Ich habe mich erkältet, dachte sie. Eine Grippe ist im Anmarsch. Ich hätte mich nicht zu Helene ins Gras setzen dürfen.

Sie versuchte, wieder einzuschlafen, aber ihr Herzschlag raste immer noch. Irgendwie schaffte sie es, bis zum Morgengrauen im Bett zu bleiben. Als sie wenig später in der Küche war, bat sie Magdalena, ihr eine Fleischbrühe aufzuwärmen.

»Geht es dir nicht gut?«, fragte Magdalena mit besorgtem Gesicht.

»Ich glaube, ich kriege eine Grippe. Dem will ich nur vorbeugen.«

Den gesamten Vormittag schleppte sich Luise dahin. Alles, was sie anfing, fiel ihr unendlich schwer. Zu Mittag aß sie nur ein Häppchen Gemüse, und noch ehe Benedikt von der Feldarbeit zurück war, lag Luise schon wieder im Bett. Sie schlief noch nicht, als er zu ihr kam, sich über sie beugte und ihre Stirn anfasste. Sie war glühend heiß.

»Leg dich in die Stube, Benedikt. Ich möchte nicht, dass du dich ansteckst. Du musst gerade jetzt gesund bleiben.«

»Was ist das für eine Schwellung?« Benedikt zeigte auf ihren Knöchel.

»Ich muss mich gestoßen haben.«

»Magdalena macht dir kalte Umschläge.«

»Danke.«

Magdalena kümmerte sich rührend um Luise, deren Krankheitsverlauf gar nicht einer typischen Grippe entsprach. Mal hatte sie leichtes Fieber, dann ging es ihr wieder so gut, dass sie im Haushalt ohne Mühe mithelfen konnte.

Am Abend sackte Luise ganz plötzlich am Küchentisch zusammen. Franziska, die neben ihr saß, ergriff geistesgegenwärtig

Luises Arm und konnte sie so von einem Sturz auf den harten Boden aufhalten. Benedikt sprang auf, rannte um den Tisch herum und zog Luise zu sich heran.

»Was ist los? Luise, nun sag doch was.«

Berta, mit ihren neun Jahren schon verständnisvoll, holte einen nassen Lappen und legte ihn Luise auf die Stirn.

»Danke«, sagte Magdalena, die bisher völlig starr die Situation betrachtet hatte. Sie rückte den Lappen zurecht.

Luises Atem ging schwer und unregelmäßig.

»Wir müssen den Arzt holen«, rief Benedikt.

»Es ist doch nur eine Grippe«, wehrte Luise mit schwacher Stimme ab.

»Trotzdem. Ich schicke sofort einen Knecht nach Winterberg.«

»Das kann Linus machen«, sagte Franziska schnell.

»Linus? Wer ist das?«

»Ein Tagelöhner.«

»Ihr Freund«, warf Berta ein.

Benedikt registrierte den amüsanten Unterton in Bertas Stimme ebenso wenig, wie er Franziskas drohende Geste in Richtung ihrer Schwester bemerkte. Er war viel zu sehr mit sich selbst und Luise beschäftigt.

»Gut. Er soll sich beeilen.«

Franziska lief hinaus.

Luise schien es gleich besser zu gehen, seit Benedikt jemanden nach dem Arzt geschickt hatte. Zusammen mit Magdalena führte er sie ins Schlafzimmer. Dort klappte Luise ein zweites Mal zusammen.

»Mach doch was, Magdalena«, raunzte er seine Schwester an.

»Was denn?«

»Irgendetwas. Du hast doch sonst immer alles im Griff. Kalte Umschläge oder so was.« In seinen Augen stand die blanke Angst. »Was ist das?« Benedikt deutete auf einen roten Strich an Luises Bein.

»Das hat sie seit gestern«, sagte Berta.

»Es stammt von der Wunde am Knöchel«, ergänzte Magdalena. »Könnte eine Blutvergiftung sein.«

»Mein Gott«, stöhnte Benedikt verzweifelt auf. »Wo bleibt

denn der Arzt?«

»Linus ist doch gerade erst abgefahren«, antwortete seine Schwester. Sie verstand zwar Benedikts Ungeduld, aber zaubern konnte der Tagelöhner auch nicht. Magdalena holte eine Schüssel mit Wasser und mehrere Handtücher. Von Luises Stirn nahm sie das inzwischen warm gewordene Handtuch und legte ein neues auf. Das schien ihr gutzutun.

Benedikt schob einen Stuhl ans Bett und setzte sich. Er drückte Luises Hand so fest, dass ihre Finger weiß wurden, und er ließ sie auch nicht los, als sie in einen dämmerungsähnlichen Schlummer sank.

Franziska betrachtete ihren Vater sorgenvoll. So kannte sie ihn nicht, aber es war auch zum Verrücktwerden, dass Luise ganz plötzlich so krank werden musste.

Franziska war fünfzehn Jahre alt und unsterblich in Linus Hartung, den jungen Tagelöhner aus Korbach verliebt. Sie durfte es niemandem sagen, schon gar nicht ihrem Vater. Aber sie brauchte jemanden. Tante Magdalena war für ihr Geheimnis nicht geeignet. Wenn Franziska es ihr anvertrauen würde, dann wüsste es die ganze Nachbarschaft in weniger als zwei Tagen. Mit Luise hatte sich Franziska immer gut verstanden. Sie war da, wenn sie Sorgen hatte. Erst heute hatte sie sich vorgenommen, mit Luise über Linus zu sprechen.

Als Franziska und Linus sich zum ersten Mal begegneten, hatte es sofort zwischen ihnen geknistert. Wenn sie es auch vor Magdalena und ihrem Vater geheim halten konnte, vor ihrer Schwester Berta nicht.

»Du bist verliebt in Linus. Wenn du willst, dass ich es niemandem sage, dann musst du alles tun, was ich will.«

»Und was willst du?«

»Weiß ich noch nicht. Aber mir wird schon was einfallen.«

»Du bist gemein.«

Darauf hatte Berta nur die Achseln gezuckt und war aus dem Zimmer gegangen.

Seitdem war Franziska noch vorsichtiger. Wenn Linus von der Arbeit auf den Feldern kam, wartete Franziska wie ganz zufällig auf dem Hof. Sie tauschten nur glühend heiße Blicke aus, aber Franziska war glücklich.

Im selben Jahr heiratete ihre Schulfreundin Käthe. Sie war sechzehn Jahre alt. Käthe hatte sich den ältesten Sohn eines Solstätters geangelt und bevor ihn eine andere bekam, willigten ihre Eltern in die Hochzeit ein.

Wenn ich sechzehn bin, werde ich es Papa sagen, nahm sich Franziska vor.

Aber dieser Vorsatz schien heute in weite Ferner gerückt zu sein. Zuerst musste Luise wieder gesund werden.

Benedikt hatte seinen Kopf auf Luises Bett gelegt und die Augen geschlossen. Er atmete ganz ruhig. Franziska stand auf und verließ so leise wie möglich das Schlafzimmer. In der Küche warteten schon Magdalena und Berta ungeduldig auf den Arzt.

65

Doktor Kluse traf zwei Stunden später auf dem Hof von Benedikt Halbach ein. Magdalena nahm ihn in Empfang. Ihr Gesicht war tränenüberströmt, und sie zitterte am ganzen Körper.

»Kommen Sie …«, stammelte Magdalena. »Luise rührt sich nicht mehr.«

Der Arzt schob sich schnell an ihr vorbei. Ihm bot sich ein grausiges Bild. Benedikt lag über Luise gekrümmt halb auf dem Bett, die Mädchen standen ratlos neben ihm. Franziska weinte, Berta wirkte völlig verstört.

Doktor Kluse griff nach Luises Handgelenk. Er fühlte keinen Puls, auch konnte er keinen Herzschlag mehr feststellen. Luise Halbach war tot.

»Eine Infektion«, sagte der Arzt leise. »Sehen Sie hier die Rötung? Und dort die Wunde?« Dabei begleitete er seine Worte mit hastigen Fingerzeigen. »Sie muss sich gestoßen haben, und dann ist Dreck in die Wunde geraten. Eine Blutvergiftung.«

»Aber davon stirbt man doch nicht!«, schrie Benedikt auf. Er sah grässlich aus. Das Haar hing ihm wirr um den Kopf, das Gesicht war bleich und seine Augen blickten leer und glanzlos.

Doktor Kluse wusste keine plausible Erklärung, er war sich nur sicher, dass Luise an einer Blutvergiftung gestorben war.

Das bestätigte auch der dunkelrote Strich, der ihr Bein hinauf-
lief.

Das Dorf trauerte mit Benedikt Halbach. Jeder hatte Luise ge-
mocht und ihre Hilfsbereitschaft und Fürsorge geschätzt. Man
würde sie sehr vermissen, das war allen klar.

Die Solstätter, allen voran Peter Harkort und Theodor Ortken, säumten den Weg von der Kirche bis zum Grab. Sie alle
hatten ihre besten Anzüge angezogen. Sogar die meisten Beilieger hatten es sich nicht nehmen lassen, an der Beisetzung teilzu-
nehmen. So wie bei der Hochzeit mit Luise lud Benedikt alle
zum Traueressen ein. Man unterhielt sich im Flüsterton, als
könne man die Tote durch lautes Reden stören.

Benedikt saß neben seinen Schwestern. Berta und die anderen Kinder spielten bald an der Sonneborn. Sie waren halt Kinder, die das Ganze zum Glück noch nicht realisieren konnten.
Nur Franziska wusste, was der Tod bedeutete, und dass Luise
niemals wiederkommen würde.

Helene litt am Meisten. »Ich glaube, ich weiß, woran Luise
gestorben ist«, sagte sie zu Benedikt. »Sie muss gebissen worden
sein, am Hackelberg, in der Nähe des Tälers. Moritz wäre beinahe auf eine Schlange gefallen, und Luise hat ihn gerade noch
auffangen können. Es war eine Kreuzotter.«

»Eine Kreuzotter?«, wiederholte Benedikt verblüfft.

»Ja. Sie war sich da ganz sicher.«

»Eine Kreuzotter«, nickte Benedikt. »Aber warum hat sie mir
denn nichts davon gesagt?«, fragte er verzweifelt.

»Sie wusste es vermutlich selbst nicht, Benedikt«, murmelte
Helene traurig. »Es tut mir so leid …« Ihre Stimme versagte.

Vierzig Minuten später verabschiedeten sich die letzten Trau-
ergäste. Der Abend brach herein. Es wurde dunkel. So dunkel,
dass Benedikt glaubte, die Sonne nie mehr sehen zu können.

66

Benedikt wusste nicht mehr, was er tat. Nach schlaflosen Nach-
ten irrte er ziellos in den Wäldern rings um Züschen herum. Er

aß kaum etwas, trank neuerdings viel zu viel Alkohol und vernachlässigte seine Landwirtschaft dermaßen, dass Magdalena sich große Sorgen machte. Sie bat Jakob, sich um Benedikt zu kümmern. Aber auch der Cousin kam nicht an ihn heran. Benedikt blockte jedes Gespräch ab.

Er suchte Trost und Hilfe bei Gott, aber der antwortete nicht. »Er« hatte auch damals nicht geantwortet, als Benedikt nach der Geburt Pauls am Fenster gestanden und Gott dafür gedankt hatte, dass seine Mutter mit zweiundvierzig Jahren die Geburt überstanden hatte. Wenn es Gott gibt, dachte Benedikt, dann soll er mir ein Zeichen schicken. Zweimal schon hat er mir die Frau genommen. Was will er mir noch antun?

Er ging abends immer häufiger weg. Ziellos schlenderte er stundenlang durch das Dorf. Manchmal war es stockdunkel, so dass er kaum die Hand vor Augen sah. Aus Redlichs Haus leuchtete bis spät in die Nacht die Petroleumlampe in der Stube. Die konnten sich gegenseitig trösten, er hatte niemanden, nicht mal Magdalena. Seine Schwester versank plötzlich im täglichen Gebet. Andauernd rannte sie in die Kirche, um Gott für Luises Seelenheil zu bitten. Helene hatte Moritz und Sophia und Eva vier Kinder, um die sie sich kümmern musste. Da blieb kein Platz für Trost.

Wochen vergingen, der Winter kam mit milden Temperaturen und das Frühjahr setzte unverhofft schon Ende Februar ein. Benedikt bestellte seine Felder gleichgültig. Er machte dabei Fehler, die seine Knechte wortlos ausbügelten. Mehrmals half Jakob aus, ohne dass Benedikt es zu merken schien. Ende März starb Anna Bertram. Mechanisch wohnte Benedikt den Trauerfeierlichkeiten bei, stoisch nahm er als ehemaliger Schwiegersohn die Beileidskundgebungen entgegen. Dabei dachte er unentwegt an Luise. Der Tod von Anna ließ alles wieder in ihm hochkommen.

Im Juni kam ein Brief von Johannes.

»Lieber Benedikt. Es ist schon lange her, dass deine geliebte Frau Luise verstorben ist, und ich bedaure sehr, dass ich dir dabei keine Hilfe anbieten konnte. Gott der Herr hat in seiner Güte alles geplant. Auch wenn dein Herz schwer ist, so musst du doch immer an ihn glauben. Irgendwann wirst du Luise wiedersehen.«

Benedikt ließ das Papier sinken. Er hatte seiner Schwester den Brief laut vorgelesen. Jetzt wurde sein Gesicht zornig. Er kniff die Lippen zusammen. Magdalena legte ihm eine Hand auf den Arm.

»Du musst Johannes verstehen, Benedikt. Er ist Priester und das ist seine Überzeugung. Er kann nichts dagegen tun.«

Benedikt antwortete nicht. Er las weiter.

»Mir ist in der Nähe von Oelde, der Ort heißt Renningdorf, eine Priesterstelle zugeteilt worden. Bisher war ich nur in einer Diözese als Aushilfspfarrer tätig. Es ist eine große Freude, selbstständig entscheiden zu können. Leider ist das Dorf sehr arm. Wir werden auch nicht von Paderborn unterstützt. Es gibt so viel Elend auf der Welt, sagt der Erzbischof. Er müsse Prioritäten setzen. Ich weiß nicht, wie ich die Gemeinde über die Runden bringen soll. Aber ich will euch nicht mit meinen Sorgen belasten. Wie geht es Magdalena und Helene? Was machen Eva und alle anderen? Ich würde mich sehr über eine Nachricht von euch freuen. Es grüßt euch Euer Johannes.«

Benedikt reichte seiner Schwester den Brief. Magdalena setzte sich. Einige Zeit war es still.

»Hast du verstanden, was Johannes sagen will?«, vernahm er leise Magdalenas Stimme.

»Wie?«, fragte Benedikt irritiert.

Sie wedelte mit dem Brief. »Das ist ein Hilferuf. Johannes ist zu stolz, um uns … um dich um Geld zu bitten, aber um nichts anderes geht es ihm.«

»Daran habe ich gar nicht gedacht.«

»Er hat sein Erbe nicht angerührt und nichts verlangt, Benedikt. Gib es ihm! Damit tust du ihm den größten Gefallen.«

»Ich kann ihm doch kein Geld mit der Postkutsche schicken.«

»Dann … dann bring es ihm persönlich. Ich sehe doch, dass du mit deinen Gedanken nicht bei der Arbeit bist. Hast du eigentlich bemerkt, dass Jakob dir hilft? Nein, hast du nicht. Oder hörst du das Tuscheln der Knechte hinter deinem Rücken, wenn sie wieder einmal einen Fehler von dir ausbügeln müssen? Sie sagen nichts. Nein, dazu sind sie zu höflich. Aber es vergeht keine Woche, in der du nicht eine Unachtsamkeit begehst.«

Benedikt sah sie bestürzt an. Er setzte sich und stützte seinen

Kopf in beide Hände. Schließlich blickte er auf. »Ich werde darüber nachdenken.«

Er erhob sich und ging mit müden Schritten zur Treppe.

»Ich fahre zu ihm«, sagte Benedikt wenige Tage später. »Ich besuche Johannes und nehme gleich zehn Särge mit.«

Magdalena fiel der Löffel aus der Hand. Ihr Gesicht wurde kreidebleich. »Was hast du gesagt?«

»Hast du mal in der Werkstatt von Lutz nachgesehen? Ich glaube, dort stehen fast zwanzig Stück. Ich nehme einige mit und versuche, sie unterwegs zu verkaufen. Gestorben wird überall. In manchen Orten mehr, in manchen weniger. Ich werde ihnen einen guten Preis machen.«

»Du bist verrückt, Benedikt.«

»Vielleicht. Würdest du mit den beiden Kindern zurechtkommen?«

Magdalena überlegte nicht lange. »Franziska ist eine junge Dame. Sie ist sehr selbstständig. Außerdem kommen jeden Tag Helene und Eva vorbei. Ich werde mich nicht langweilen.«

»So meinte ich es auch nicht«, sagte Benedikt leise. »Ich werde Jakob bitten, sich wieder um meine Felder zu kümmern und euch mit Lebensmitteln zu versorgen. Ich bin sicher, es wird euch an nichts fehlen.«

Tags darauf ging Benedikt zu Jakob. Zu seiner großen Überraschung saß Bruno Seibert am Küchentisch. Als er Benedikt sah, stand er auf und wollte gehen.

»Bleib«, sagte Jakob. »Ich glaube nicht, dass Benedikt nachtragend ist, oder?«

Benedikt nickte leicht. Aber dennoch wollte er Bruno jetzt am allerwenigsten sehen.

»Bruno ist hier, weil er meinen Rat möchte«, erklärte Jakob. »Die Forststelle ist seit ein paar Wochen unbesetzt.«

Gottfried, der Förster, hatte in der Eifel eine neue Stelle annehmen können, die ihm mehr Lohn einbrachte. Der Gemeinderat hatte schmerzlich zugestimmt.

»Wir haben im Rat besprochen, dass es jemand aus dem Dorf sein soll, und Bruno hat sich beworben«, sagte Jakob weiter. »Du warst ja seit Monaten nicht mehr bei den Versammlungen,

Benedikt, und deshalb weißt du davon nichts.«

Das stimmte. Seit Luises Tod hatte er keine Gemeinderatsversammlung mehr besucht.

Bruno setzte sich wieder.

»Was hältst du von Brunos Idee? Ich habe ihm gesagt, was auf ihn zukommen würde.«

Benedikt hatte keine große Lust, sich jetzt mit diesem Problem zu befassen.

»Er muss sich ja auch nicht Förster nennen, sondern Hilfsförster oder wie früher Unterförster«, meinte Jakob.

»Das will ich nicht«, rief Bruno.

»Dann musst du eine Ausbildung machen, und die kostet«, sagte Benedikt.

»Ich werde es schaffen. Ganz bestimmt, wenn ihr mich nur lasst. Ich will endlich einen vernünftigen Beruf haben.«

Benedikt sah Bruno an. Der Beilieger meinte es tatsächlich ernst.

Ein Förster musste Wald und Tiere vor Dieben und Wilderern schützen, sowie entscheiden, welche Bäume gefällt werden durften. Außerdem war er dafür zuständig, dass das gefällte Holz käufergerecht aufgearbeitet, sortiert und termingerecht verkauft wurde. Förster war somit ein verantwortungsvoller Beruf.

Ob das Bruno Seibert schaffen würde? Ausgerechnet Bruno?

Aber Benedikt war es im Moment gleichgültig, wer die Försterstelle bekam. Vielleicht war Bruno sogar der richtige Mann dafür. Seit Jahren arbeitete er als Gehilfe des Försters.

»Ich werde mich eurer Entscheidung fügen«, sagte Benedikt.

Er bemerkte, dass Bruno Seibert aufatmete. »Danke. Ich werde euch nicht enttäuschen.«

Halbherzig streckte er seine Hand aus, aber nur Jakob ergriff sie.

»Ich habe noch etwas auf dem Herzen«, sagte Benedikt zu Jakob, nachdem Bruno gegangen war. Jakob hatte eine Flasche Schnaps hervorgeholt und eingeschenkt.

»Wir haben einen Brief von Johannes erhalten. Er will, dass ich ihn besuche.«

»Oh«, machte Jakob und trank aus.

»Ich möchte dich deshalb bitten, wieder meine Felder und Äcker zu verwalten.«

Jakob kniff die Augen zusammen. »Du meinst, ich soll sie abernten und womöglich noch neu roden?«

Benedikt winkte ab. »So lange bleibe ich nicht.«

»Wer weiß das schon.«

»Also? Was ist? Machst du es?«

Jakob stand auf und ging im Raum langsam hin und her. »Ich übernehme gern deine Arbeit, aber es muss was für mich herausspringen. Du lässt mich arbeiten, kommst dann zurück und übernimmst wieder deine Felder. Das geht so nicht.«

»An was hast du gedacht?«

Jakob zögerte. »Überschreib mir etwas Land. Gib mir das, was du am wenigsten brauchst. Es muss kein fruchtbares Land sein, vielleicht etwas, auf dem nur Klee und Rüben gedeihen können. Aber gib mir eine Gegenleistung für meine Arbeit.«

Benedikt schwieg. Eine ganze Weile blieb es still zwischen ihnen.

»Du hast doch beim letzten Mal schon die Hälfte der Ernte bekommen. Genügt das nicht?«

Jakob schwitzte. Schon glaubte er, sich zu weit nach vorn gewagt zu haben, als Benedikt sagte: »Ich bin einverstanden. Ich überschreibe dir drei Felder in der Sunge.«

»Was ist mit den Wiesen an der Nuhne?«

Benedikt schüttelte den Kopf. »Die habe ich Max versprochen. Mein Schwiegervater treibt seit Jahren seine Kühe auf die Weiden an der Nuhne.«

»Gut. Wann machen wir den Vertrag?«

»Wenn du willst, in zwei Tagen.«

Benedikt reichte Jakob die Hand, und damit war die Sache beschlossen.

Zwei Tage später fuhren Benedikt und Jakob nach Medebach zum Amtsgericht. Sie nahmen Max Redlich und Siegfried mit. Benedikt war der Auffassung, dass er auch gleich die Wiesen an der Nuhne an Max überschreiben könnte.

Es dauerte keine halbe Stunde, dann war Jakob um drei Parzellen und Max Redlich um vier Wiesen reicher und Benedikt um dieselbe Anzahl ärmer. Aber es machte ihm nichts aus. Er war sogar froh über die Abmachung. Sein Land war ihm viel zu groß geworden.

67

Renningdorf hatte vierhundertzweiundneunzig Einwohner. Das Dorf lag in Ostwestfalen, umgeben von den Wäldern des Teutoburger Waldes. Es gab nur eine Hauptstraße und drei weitere Wege zu Häusern, die klein und schmächtig wirkten. Sie alle besaßen keinen Keller, teils aus Kostengründen oder weil der Boden darunter zu felsig war.

Benedikt brauchte zwei Tage, um Renningdorf zu erreichen. Unterwegs hatte er gerade mal einen Sarg verkaufen können. Seine Fahrt mit dem Leiterwagen und zwei Pferden wurde von den Einwohnern Renningdorfs mit Argwohn beäugt. Die neun restlichen Särge waren unter der dünnen Plane deutlich zu erkennen. Die Menschen blieben an der Straßenseite stehen. Manche knieten nieder, einige bekreuzigten sich.

Benedikt betrachtete das mit Schuldgefühlen. Er wollte den Menschen nicht wie eine drohende Verheißung vorkommen, deshalb beeilte er sich und trieb die beiden Pferde zu einer schnelleren Gangart an.

Die Kirche überragte das Dorf. Sie war komplett aus Steinen errichtet, mit riesigen gotischen Fenstern. Daneben wirkte das Pfarrhaus unscheinbar. Aus dem Haus trat ein schlanker Mann in einem schwarzen Talar. Stirnrunzelnd sah er zu Benedikt und den Särgen.

»Wer sind Sie? Wie kommen Sie dazu, mit den Särgen hier aufzutauchen. Wissen Sie denn nicht, dass Sie damit die Bevölkerung nur in Angst und Schrecken versetzen? Ich ...«

»Johannes!«, rief Benedikt und sprang vom Bock. »Ich bin es doch. Dein Bruder. Erkennst du mich nicht mehr?«

Johannes kniff die Augen zusammen, um sie im nächsten Augenblick weit aufzureißen. Ein Strahlen ging über sein Gesicht. »Benedikt!«, rief er laut. Dann rannte er soweit es sein Talar zuließ die wenigen Schritte bis zum Pferdewagen. Ehe

Benedikt sich versah, wurde er in den Arm genommen und so fest gedrückt, dass ihm beinahe die Luft wegblieb. Nur langsam beruhigte sich Johannes.

»Benedikt, Benedikt, Benedikt, dass ich das noch erlebe. Du bist gekommen?« Sein Gesicht glühte vor Freude. »Komm rein, nun komm schon. Martha wird sich freuen.«

»Martha?«, fragte Benedikt, während er sich willig von Johannes ins Haus ziehen ließ.

»Meine Haushälterin. Sie ist eine Perle. Ich weiß nur nicht, wo sie im Moment steckt.« Johannes sah sich suchend um. Benedikt betrachtete seinen Bruder. In dem schwarzen Talar sah Johannes gut aus. Seine schlanke Gestalt wurde noch ein wenig durch den langen Rock betont. Das Gesicht war braun gebrannt, was Benedikt ein wenig wunderte. Die meisten Geistlichen hatten ein bleiches Gesicht, weil sie sich fast ausschließlich im Haus aufhielten.

»Da ist sie ja«, wurde er in seinen Gedanken unterbrochen.

Aus dem Nachbarzimmer trat eine dunkelhaarige Frau. Sie mochte um die fünfzig Jahre alt sein, mit einem rundlichen Gesicht, aus dem zwei gütige Augen hervorstachen. Ihr Mund lächelte, ihr Brustkorb hob und senkte sich über einem gewaltigen Leib. Wenn er es nicht besser wüsste, dann würde Benedikt sie als eine Schwester von Tante Lydia bezeichnen. Er reichte ihr die Hand. Sie ergriff sie zögerlich, drückte sie aber warm und fest.

»Ich freue mich, Sie kennenzulernen«, sagte sie mit einer hellen Stimme. »Ich war schon ganz gespannt. Es verging kein Tag, an dem Johannes nicht von Ihnen gesprochen hat.«

Benedikt zog die Augenbrauen zusammen und sah seinen Bruder an. Johannes lachte.

»Ich habe Martha gleich gesagt, dass sie mich nur Johannes nennen soll, wenn niemand dabei ist. Nun ja, du bist mein Bruder. Wenn wir in der Öffentlichkeit sind, sagt sie natürlich Pfarrer oder Pastor zu mit. Niemals Hochwürden.«

Benedikt wusste warum.

»Ich habe etwas zu essen vorbereitet«, sagte Martha. »Kommen Sie in die Küche.«

Die beiden Männer folgten ihr. Die Räume waren schlicht

ausgestattet. Nur ein paar Sessel, ein Tisch und ein kleiner Schrank. Selbst die Küche sah spartanisch aus. Johannes bemerkte Benedikts Blick.

»Wir können uns keine besseren Möbel leisten. Die Pfarrgemeinde ist bettelarm. Wir haben eine Gemeindeschwester, die sich kostenlos um Alte und Kranke kümmert. Manchmal stecke ich ihr ein bisschen von der Kollekte zu. Es gibt auch keine Gemeindevertreter, nur drei Männer, die im Kirchenvorstand tätig sind und sich auch sonst um die Gemeinde kümmern. Die wissen über die Kollekte Bescheid und haben nichts dagegen.«

Martha brachte eine dampfende Schüssel. »Ich habe einen Eintopf gekocht.« Sie lächelte verlegen, als wollte sie sich entschuldigen. Benedikt aß zwei Portionen. »Hervorragend. Sie können wirklich gut kochen.«

Martha räumte den Tisch ab.

»So, mein großer Bruder«, sagte Johannes und lehnte sich zurück. »Was machst du mit den Särgen auf deinem Wagen?«

»Verkaufen«, antwortete Benedikt. »Aber kaum jemand nimmt sie mir ab.«

Johannes schmunzelte. »Das glaube ich dir gerne.«

Benedikt wurde ernst. »Wir haben deinen Brief aufmerksam gelesen, und Magdalena meinte, dass du Sorgen hast, große Sorgen. Dass dein Brief ein einziger Hilferuf sei.«

Johannes´ Gesicht wurde dunkel. »So sollte er nicht klingen.«

Benedikt winkte ab. »Wir haben uns immer die Wahrheit gesagt, Bruder. Du kannst mir auch jetzt nichts vormachen. Ich sehe dir deine Sorgen im Gesicht an.«

Johannes atmete einige Male kräftig ein und aus. »Du hast recht.« Er hob in einer resignierenden Geste beide Arme. »Ich tue, was ich kann, aber das ist oft zu wenig. Die Menschen hier sind arm. Der Boden ist zwar fruchtbar, aber kaum einer kann sich Samen, geschweige denn Maschinen leisten. Wir alle leben von der Hand in den Mund. So sieht es aus.« Er schwieg und schaute auf die Tischplatte.

Benedikt griff in seinen Rucksack und holte einen Umschlag hervor. Er schob ihn Johannes hin.

»Was ist das?«

»Schau nach.«

Johannes zögerte. Schließlich öffnete er den Umschlag und warf einen kurzen Blick hinein. Rasch verschloss er ihn wieder. Sein Gesicht war blass geworden, seine Lippen zitterten. »Das ist nicht dein Ernst, Benedikt«, brach es über seine Lippen.

»Doch.« Benedikt legte ihm eine Hand auf den Arm. »Es ist nicht die feine Art, jemandem einen Umschlag mit Geld zuzuschieben, aber es ist dein Erbe, Johannes. Du hast nie etwas haben wollen, jetzt kannst du es gebrauchen, und es ist dein gutes Recht, es zu nehmen.«

»Niemals.«

»Warum nicht?«

»Weil ... weil ... es gehört sich nicht.«

»Ich habe gewusst, dass du so reagieren würdest.« Benedikt schob den Umschlag noch weiter zu Johannes hinüber. »Nimm es! Steck es einen sicheren Ort. Dann schlaf ein paar Tage darüber, bevor du dich entscheidest.«

»Was wirst du solange tun?«

Benedikt zuckte die Achseln. »Ich werde versuchen, meine Ware loszuwerden. Es gibt so viele kleine Dörfer, die sich keinen Schreiner leisten können. Auch dort wird gestorben. Das ist der Lauf der Welt. Ich werde in einer Woche wieder hier vorbeikommen.«

»Was ist mit deinem Land?«

»Das bestellt Jakob. Ich soll dich übrigens ganz herzlich von ihm grüßen.«

»Danke.«

Benedikt sah sich um. »Kann ich heute Nacht hierbleiben? Es ist schon spät. Eine andere Unterkunft jetzt noch zu finden, würde schwierig werden.«

»Du kannst in der Kammer schlafen. Aber sie ist klein und das Bett ist nicht sehr bequem.«

»Das macht nichts.«

Klein war noch untertrieben. Benedikt konnte sich in der Kammer kaum drehen, aber es war warm. Da er müde von der langen Reise war, schlief er fest und traumlos.

Am nächsten Morgen war er früh auf. Johannes sei schon in der Kirche, sagte ihm Martha. Wenn er auf ihn warten wolle?

Benedikt wehrte ab. Es war besser, seinem Bruder nicht zu begegnen. Eine halbe Stunde später reiste er mit seinen beiden Pferden und dem Leiterwagen aus Renningdorf ab.

68

Es war nicht einfach, mit neun Särgen durch die Gegend zu reisen. Überall, wo Benedikt erschien, wurde er nicht nur mit Argwohn betrachtet, sondern auch mit Angst.

Benedikt sah Orte, die sich kaum voneinander unterschieden. Er kam durch Gegenden, die flach waren und wo ihm die Berge und Hügel fehlten. Aber er sah auch dunkelgrüne Wiesen und Äcker, die mit Weizen und anderen Getreidesorten bedeckt waren.

Nach sechs Tagen erreichte er eine Stadt von etwa viertausend Einwohnern. In einem Gasthaus kehrte er ein und bestellte sich eine Mahlzeit. Wenig später bewunderte er das deftige Gericht, das vor ihm auf dem Tisch dampfte.

Benedikt war noch nicht mit dem Essen fertig, als sich der Wirt näherte. Sein Gesichtsausdruck war zornig.

»Gehört Ihnen der Pferdewagen vor meiner Gastwirtschaft?« Der Wirt deutete mit ausgestrecktem Arm durchs Fenster. Benedikt folgte seinem Blick und erschrak.

Neben seinem Leiterwagen hatte sich eine Menschenmenge versammelt. Die Leute diskutierten heftig, manche schrien geradezu. Benedikt konnte jedoch kein Wort verstehen.

»Was hat das zu bedeuten?«, fragte er bestürzt. »Was machen die Menschen dort?«

»Sie regen sich auf«, sagte der Wirt grimmig. »Sie kommen hierher mit Särgen auf dem Wagen und wundern sich? Das ist ja, als wäre die Pest wieder ausgebrochen. Deshalb sind die Leute so aufgebracht.«

»Aber ich habe sie doch zugedeckt. Ich ...« Benedikt brach ab. Jetzt erst konnte er sehen, dass der Wind die Plane fast vollständig vom Wagen geweht hatte. »Mein Gott ...«, stöhnte er auf.

Er ließ das Essen stehen und lief hinaus. Unter der Menge

waren auch einige Frauen, die sich wie schützend die Hände vor den Mund hielten.

Ein Mann in Jackett und Stehkragen sagte: »Was soll das? Wissen Sie nicht, dass das Unglück bringt?«

Benedikt murmelte eine Entschuldigung. Rasch zurrte er die Plane wieder fest. Als er vom Wagen sprang, hatten sich die Männer und Frauen beruhigt. Er betonte noch einmal, wie leid es ihm tue, sie in Angst und Schrecken versetzt zu haben. Er erklärte, warum er mit den Särgen umherzog. Das schien sie zu besänftigen, einige lächelten sogar schüchtern. Benedikt atmete auf. Er wollte ins Gasthaus zurück, als ihn eine leise Stimme aufhielt.

»Guten Tag, Herr Halbach.«

Benedikt drehte sich um. Die junge Frau, die sich aus der Menschenmenge löste, kam zögernd näher. Ein sanftes Lächeln umspielte ihren Mund. Sie hatte eine hohe Stirn und tiefliegende Augen, die für seinen Geschmack ein wenig zu weit auseinanderlagen. Ihre Nase war etwas breit mit weiten Nasenflügel, ihre Lippen dick. Über dem ovalen Gesicht lugte dunkelbraunes Haar unter einem neumodischen Hut hervor. Sie maß vielleicht einen Meter fünfundsechzig. Die Frau kam ihm bekannt vor, aber er wusste nicht, wo er sie schon einmal gesehen hatte.

»Sie erinnern sich nicht an mich?«

Benedikt schüttelte den Kopf.

»Ich bin Viktoria Roche.«

Er runzelte die Stirn.

»Wir haben uns bei der Priesterweihe Ihres Bruders und meines …« Sie zögerte. Ein leichter Schatten huschte über ihr apartes Gesicht. »Bei der Weihe Ihres Bruders und meines Freundes in Paderborn getroffen.«

»Richtig. Wie konnte ich nur so dumm sein.« Benedikt schlug sich an die Stirn. Er war recht verlegen geworden.

Sie deutete zu seinen Pferden. »Da haben Sie sich ja was Schönes eingebrockt.«

»Das kann man wohl sagen.« Benedikt sah zum Gasthaus. »Darf ich Sie zum Essen einladen oder zu einem Glas Wein?«, fragte er spontan.

Viktoria Roche errötete leicht. »Das … das schickt sich doch nicht für eine Dame.«

»Warum nicht? Vor mir brauchen Sie keine Hemmungen zu haben.«

Sie zögerte. »Gut. Ich nehme Ihre Einladung an, aber nur zu einem Glas Wasser.«

Benedikt öffnete ihr die Tür. Sein Essen stand noch auf dem Tisch. Der Wirt wollte ihm etwas Neues bringen, aber Benedikt wehrte ab. »Lassen Sie nur. Ich habe keinen Hunger mehr. Ein Bier und ein Glas Wasser für die Dame genügen.«

Sie setzte sich ihm gegenüber. Leichte Verlegenheit lag plötzlich zwischen ihnen. Viktoria hatte die Fingerspitzen zusammengelegt.

»Was ist mit Ihrem Hof?«, fragte sie. »Sind Sie kein Landwirt mehr oder wie sagt man bei Ihnen: Bauer?«

»Doch, natürlich bin ich das immer noch.«

»Dann haben Sie Ihr Gut verlassen?«

»Nur für kurze Zeit. Ich habe es meinem Cousin überlassen. Er verwaltet es, solange ich fort bin.«

»Und Ihre … Frau ist allein?«

Benedikt senkte den Kopf. In den letzten Tagen hatte er kaum an Luise gedacht. Er hatte sie nicht vergessen, nein, aber er wollte nicht dauernd an sie denken. »Sie … ist gestorben.«

»Oh.« Viktoria schlug eine Hand vor den Mund. Sie war blass geworden. »Entschuldigen Sie, ich wollte keine alten Wunden aufreißen.«

»Schon gut. Sie müssen sich keine Gedanken machen. Vielleicht ist es gut, mal mit jemanden darüber zu sprechen.« Er erzählte ihr alles.

Danach war es lange still.

»Tja«, machte Benedikt schließlich. »Lassen Sie uns die schmerzlichen Gedanken vergessen. Was hat Sie denn in diese Gegend getrieben? Sagen Sie nicht, dass Sie immer noch hinter Ihrem … wie hieß er noch gleich? … ach ja, Martin herreisen?«

Er hätte sich ohrfeigen können, als er sah, dass er ins Schwarze getroffen hatte. »Sie müssen ihn sehr lieben.«

»Nein!«, kam es hart aus ihrem Mund. »Nein. Ich habe erkannt, dass ich ihn schon lange nicht mehr gernhabe.«

Viktoria hob den Arm und deutete nach draußen. »Sehen Sie

den Kirchturm in der Ferne?«

Benedikt musste sich recken, um über den Häusern eine kleine Spitze erkennen zu können.

»Dort ist Martin Priester. Er hat es mir nicht geschrieben, es kam nur eine kurze Mitteilung an seine Mutter. Sie hat mich informiert, und nun bin ich hier.« Sie zuckte kurz mit den Schultern. »Ich weiß selbst nicht, warum ich hierhergefahren bin. Seit zwei Tagen stecke ich schon in dieser Kleinstadt. Ich habe mir hier ein Zimmer gemietet. Martin hat sich verändert. Äußerlich meine ich. Er trägt sein Haar kurz, der Nacken ist total frei. Früher war er stolz auf seine Locken. Er ist schmal geworden, und er sieht seine Umwelt nicht. Ich habe ihn ein paar Mal auf der Straße gesehen. Er geht stets mit gefalteten Händen, den Kopf gesenkt. Ist das normal, frage ich Sie? Nein«, gab Viktoria sich selbst die Antwort. »Das ist nicht normal. Ich kann nicht in sein Inneres blicken, aber ich befürchte, dass er sich auch innerlich sehr geändert hat. Das ist nicht mehr der Martin, den ich kannte.«

Benedikt wusste nicht, was er darauf sagen sollte, und um seine Unsicherheit zu verbergen, fragte er: »Möchten Sie vielleicht doch etwas essen?«

Sie schüttelte den Kopf.

»Ich erinnere mich, dass Sie meiner Frau damals gesagt haben, dass Sie aus Schlesien stammen.«

»Ja, das stimmt.« Viktoria war erleichtert, dass er das Thema wechselte.

Ihre Gesichtszüge wurden mit einem Mal traurig. »Mein Vater besaß einen Reiterhof. Man nannte ihn Baron.« Sie verzog das Gesicht. »Ob wir adelig sind, weiß ich nicht. Vater spricht nie davon. Wir hatten achtzehn Reitpferde. Schöne Pferde.«

»Sie können reiten?«

»Ein bisschen. Ich hatte ein Pony, mit dem ich manchmal ausreiten durfte. Aber nur in Begleitung. Tja, dann starb meine Mutter, und Vater fiel in ein großes Loch. Plötzlich war unser Reiterhof bis über die Ohren verschuldet. Wir konnten die Hypotheken nicht mehr bezahlen und verloren alles. Unser Reitlehrer war auch unser Buchhalter. Ich wette, er hat alles in die eigene Tasche gesteckt und nur darauf gewartet, dass Papa Pleite ging. Ich weiß allerdings nicht, wie er es geschafft hatte, ich war noch zu klein.«

Sie verstummte. Die Erinnerung übermannte sie. Benedikt ließ ihr Zeit. Er drängte nicht, obwohl er neugierig geworden war. Leise fuhr sie fort:

»Wir wurden regelrecht von unserem Land gejagt. Später hörten wir, dass unser ehemaliger Reitlehrer den Reiterhof übernommen hatte.«

»So ein Schuft«, entfuhr es Benedikt.

Viktoria nickte. »Er hat Vater ausgetrickst. Oh, ich habe ihn abends, wenn ich nicht schlafen konnte, verflucht. Aber es hat offenbar nichts genutzt.«

Wieder zögerte sie.

»Wir sind durch halb Deutschland gepilgert. Schließlich befanden wir uns in der Nähe von einem großen Gehöft. Es heißt FORST TANNENHOF und gehört dem Grafen von Seesen. Wir hatten keinen Pfennig mehr und waren hungrig. Vater setzte sich einfach vor das Tor. Es war ihm gleichgültig, ob gleich Hunde kommen und ihn zerreißen würden. Vater war am Ende. Aber der Graf gab uns zu essen und trinken.« Sie schaute einen Moment zum Fenster hinaus.

»Der Graf fragte uns, woher wir kamen und was Vater bisher gemacht hatte. Als er von unserem Reiterhof hörte, bot er Vater die Stelle eines Verwalters an. Das war unser Glück. Dadurch fand Vater zu sich selbst zurück. Vielleicht bekam er die Stelle auch nur, weil er ein Baron war. Das imponierte dem Grafen. Vater und von Seesen mochten sich von Anfang an, so dass er auch nichts gegen die Verbindung seines Sohnes mit mir hatte.«

»Sie haben in Ihren jungen Jahren ja schon so viel erlebt. Wenn ich etwas für Sie tun kann, dann sagen Sie es einfach.«

Viktoria verzog kurz die Lippen. »Was könnten Sie denn für mich tun? Es ist nett, dass Sie mir helfen wollen, aber ich werde schon alleine fertig. Vielleicht bleibe ich eine alte Jungfer und ziehe mich in ein Schneckenhaus zurück. Es gibt Millionen von Männern. Warum gerate ausgerechnet ich an den falschen?« Sie lachte auf. Es war kein natürliches Lachen. Sie merkte es, senkte den Kopf und sah zu Boden.

Benedikt wollte sie so gerne trösten, sie aufmuntern, aber er wusste nicht wie. Schließlich sprach er über Pferde, Ländereien und die weite Welt, und das war gut so, denn Viktoria Roche wurde wieder etwas fröhlicher.

Die Zeit verging schnell. Bald verabschiedete sich Viktoria.

»Ich habe Ihre Zeit schon viel zu lange in Anspruch genommen, Herr Halbach. Ich …«

»Sagen Sie Benedikt.«

Sie errötete. »Gut. Aber nur, wenn Sie Viktoria zu mir sagen.«

»Gern. Viktoria ist ein sehr schöner Name und selten.«

»In Schlesien gibt es ihn häufig.« Sie sah auf ihre Uhr. »Morgen Nachmittag fährt die nächste Postkutsche in Richtung FORST TANNENHOF. Ich muss noch einiges kaufen. Ich möchte meinem Vater ein Geschenk mitbringen, damit er nicht böse auf mich ist.« Sie stand auf und reichte Benedikt die Hand. »Ich habe mich sehr gefreut, Sie wiederzusehen, Herr … eh, Benedikt.«

Benedikt erhob sich ebenfalls. »Die Freude war ganz auf meiner Seite, Viktoria.«

Er sah ihr nach, bis sie durch die Tür verschwunden war. Dann bezahlte er die Zeche.

Der Wirt war froh, dass er mit seiner makabren Ladung abreiste. Er blieb in der Tür seines Gasthauses stehen und sah Benedikt nach, bis dieser in der Ferne verschwunden war.

69

Bis nach Renningdorf zurück war es für Benedikt zu spät, also suchte er sich ein Quartier für die Nacht. In einer gemütlichen Pension fand er ein preiswertes Zimmer. Das Frühstück am nächsten Morgen war reichhaltig, so dass sich Benedikt satt für den ganzen Tag fühlte.

Er hatte in der Nacht viel von Viktoria geträumt. Sie hatte einen solch starken Eindruck bei ihm hinterlassen, dass er sie unbedingt wiedersehen wollte. Benedikt ärgerte sich, dass er sie nicht nach ihrer Unterkunft gefragt hatte.

Da kam ihm eine Idee.

Er würde zur Poststation fahren, um sie dort abzufangen.

Benedikt hatte sich nicht getäuscht. Schon eine Stunde vor der planmäßigen Abfahrt stand Viktoria an der Station. Sie bemerkte ihn sofort, sein Pferdewagen mit den Särgen auf der Ladefläche war auch nicht zu übersehen.

Mit ungläubigem Kopfschütteln sah sie ihm entgegen. Benedikt sprang vom Bock und blieb ein paar Schritte vor ihr stehen.

»Was machen Sie hier, Benedikt? Ich dachte, Sie wären längst zurück bei Ihrem Bruder.«

»Das hatte ich auch vor«, nickte er, »aber ich wollte nicht mitten in der Nacht bei Johannes ankommen. Zudem hatte ich Angst, dass die Pferde in ein Loch treten und sich möglicherweise ein Bein brechen.«

Er verschwieg, dass er nur geblieben war, um sie wiederzusehen. Er deutete mit dem Kopf auf die Station. »Die Postkutsche ist noch nicht da?«

»Sie hat über zwei Stunden Verspätung. Aber ich kann mein Gepäck nicht unbeaufsichtigt lassen. Deshalb muss ich hier warten.«

»Dann haben Sie ja Zeit für einen Spaziergang durch die Stadt. Wir stellen Ihr Gepäck auf meinen Pferdewagen. Da ist es sicher. Niemand wird Gepäck neben Särgen anpacken. Außerdem werde ich die Laken darüberlegen.«

Viktoria hatte einen größeren Koffer und ein kleines Handstück. Sie kicherte. »Das ist eine gute Idee.«

Sie wartete, bis Benedikt die Sachen verstaut hatte. Dann sah sie sich unschlüssig um. Auch er kratzte sich am Hinterkopf. »Hier gibt es so viele Geschäfte, die Sie sicher interessieren.«

Viktoria schaute ihn amüsiert an. Er bemühte sich sehr, sie bei guter Laune zu halten, und das gefiel ihr. Überhaupt genoss sie Benedikts Nähe. Sie fühlte sich wohl dabei, sogar sehr wohl.

Die Straße, an der die Poststation lag, war die Hauptgeschäftsstraße. Unzählige kleine Geschäfte reihten sich aneinander. Vor einem Laden, der Tonwaren verkaufte, blieb sie stehen. Sie tat so, als würde sie einen Krug betrachten und nahm ihn in die Hand. Als der Inhaber nach draußen kam, stellte sie ihn rasch wieder hin.

»Lassen Sie uns dort langgehen«, sagte Benedikt und deutete auf die Kirche, die sie ihm gestern gezeigt hatte.

Sie riss überrascht die Augen auf. »Zu Martin?«, rief sie entgeistert.

Benedikt antwortete nicht sofort. Er zog sie sanft mit sich.

»Nein«, raunte er, als sie ein paar Schritte gegangen waren. »Ich wollte Sie nur von dem Verkäufer fortlocken.«

Viktoria schaute über die Schulter. Der Mann stand immer noch neben seinen Tonwaren. Sein Gesichtsausdruck war nicht gerade freundlich. Er hatte offenbar mit einem Geschäft gerechnet, weil Viktoria den Krug so intensiv betrachtet hatte.

Benedikt trat an einen anderen Stand und kaufte eine Flasche Wasser. Er reichte sie Viktoria. Sie tat einen kräftigen Schluck. »Danke. Ich hatte wirklich Durst.«

Er lächelte geschmeichelt. In Benedikts Kopf schien sich alles zu drehen. Er fragte sich, wieso er Luise bei Viktorias Anblick so schnell vergessen konnte. Er hatte Luise doch geliebt.

Sie schlenderten langsam weiter, bis sie das Stadttor erreichten.

»Meine Füße tun mir weh«, sagte Viktoria plötzlich. Benedikt schaute an ihr hinab. Kein Wunder bei den dünnen Schuhen, dachte er. Sie waren nicht zum Wandern geeignet.

Sie setzte sich auf die kniehohe Mauer. Benedikt nahm neben ihr Platz. Dabei berührte sein kleiner Finger den ihren. Es wäre leicht gewesen, die Hand zurückzuziehen, aber weder Benedikt noch Viktoria taten es. Benedikts Herz schlug schneller. Es klang in seinen Ohren wie das Hämmern auf einen Amboss.

Sie saßen einfach nur da, hielten sich an den Händen und beobachteten die vorbeigehenden Leute. Benedikt kam sich nicht einmal albern vor, obwohl er die Vierzig bereits erreicht hatte und sich nun wie ein verliebter junger Mann benahm. Luise, dachte er plötzlich. Was würdest du mir raten? Gib mir einen Hinweis, was ich tun soll. Ich bin doch noch nicht zu alt, um allein leben zu müssen. Ich fühle mich gesund und stark. Also? Was soll ich tun?

Schließlich war es Viktoria, die ihre Hand aus Benedikts löste und von der Mauer sprang.

»Ich muss gehen. Die Postkutsche wartet nicht auf mich.«

Schweigend gingen sie zurück. Benedikt nahm Viktorias Gepäck vom Wagen und stellte es an den Rand der Fahrbahn, wo die Kutsche stand.

»Tja, dann auf Wiedersehen«, sagte sie leise.

»Auf Wiedersehen.«

Viktoria wollte noch etwas sagen, aber dann stieg sie ein. Durch die trüben Scheiben konnte Benedikt ihr Gesicht sehen. Sie schaute ihn unverwandt an, auch noch, als der Kutscher die Pferde antrieb.

Endlich stieg auch Benedikt auf seinen Bock. In langsamen Trott trieb er seine Pferde zurück in Richtung Renningdorf.

70

Johannes Halbach erwartete seinen Bruder ungeduldig. Benedikt hatte ihm versprochen, nach einer Woche wiederzukommen. Die Zeit war längst vorüber.

»Hast du dir überlegt, ob du dein Erbe annehmen willst?«, fragte Benedikt.

Sein Bruder nickte leicht. »Ich nehme das Geld, auch wenn es mir schwerfällt. Aber ich kann damit so viel Gutes hier in der Gemeinde tun. Es wäre falsch, es abzulehnen.«

»Das ist eine gute Entscheidung. Du brauchst kein schlechtes Gewissen zu haben, Johannes. Es hat alles seine Richtigkeit.«

Benedikt sah förmlich, wie Johannes erleichtert aufatmete. Aber noch etwas schien ihn zu bedrücken.

»Nun los«, ermunterte ihn Benedikt. »Was hast du noch auf dem Herzen?«

Johannes sah zum Fenster. »Was willst du mit deiner Ladung machen?«

Darüber hatte Benedikt noch nicht nachgedacht. Es war schon seltsam. Mit dem Handel seiner Öfen im Raum Essen war er reingefallen, und nun geschah ihm hier das gleiche.

»Ich habe keine Ahnung«, sagte er. »Am besten ist es, wenn ich sie Lutz und Paul zurückgebe.«

»Ich würde sie nehmen«, sagte Johannes.

Benedikt kniff die Augen zusammen. »Wie bitte?«

»Wir haben im Anbau einen Raum, der die meiste Zeit leer steht. Dort könnte ich sie hinstellen. Weißt du, Benedikt, wenn

266

in Renningdorf jemand stirbt, dann haben die Angehörigen oft kein Geld, ihn ordentlich zu begraben. Für einen Sarg reicht es schon gar nicht. Ich könnte ihnen über den größten Schmerz hinweghelfen. Das würde die Trauer nur unwesentlich mildern, aber es wäre ein Trost. Ich kann dir allerdings nichts dafür bezahlen.«

»Das macht nichts, Bruder. Du kannst die Ladung haben. Sieh es als einen weiteren Teil deines Erbes an ...« Er brach erschrocken ab. Särge zu vererben war wohl das Letzte, was einem passieren konnte. Aber Johannes winkte ab.

»Ich weiß doch, wie du das meinst. Ich habe dich schon richtig verstanden. Du wolltest sagen, dass ich das Geld von meinem Erbteil nicht gleich auszugeben brauche.«

Sie brachten die Särge in den Anbau.

»Manchmal, wenn in den Häusern zu wenig Platz ist, werden die Toten hier aufgebahrt«, erklärte Johannes. »Aber die Menschen sind abergläubisch und gottesfürchtig. Kaum jemand betritt diesen Raum. Sie bleiben draußen stehen und warten, bis ich mit meinen Messdienern komme. So ist die Welt. Wir können sie nicht ändern. Komm, Benedikt, lass uns zurück ins Haus gehen.«

Benedikt ging in die Kammer, in der er die erste Nacht im Pfarrhaus verbracht hatte. Er wusch sich und zog andere Kleidung an, die in seinem Reisekoffer lag. Danach fühlte er sich schon viel frischer.

Die Haushälterin hatte inzwischen eine kleine Mahlzeit zubereitet.

»Setz dich«, forderte Johannes seinen Bruder auf. »Deine Pferde müssen sich ausruhen, und auch du siehst aus, als hättest du in letzter Zeit nicht viel geschlafen. Bleib, solange du willst, Benedikt. Die Kammer steht sowieso leer.«

»Danke.« Benedikt fühlte sich wirklich ausgebrannt und müde. Einige Tage konnte er die Gastfreundschaft seines Bruders sicher annehmen.

Benedikt war unruhig. Er hatte in der Nacht wieder von Viktoria Roche geträumt, und auch jetzt ging sie ihm nicht aus dem Kopf. Am dritten Tag ging er nach einer kurzen Morgentoilette und einem schnellen Frühstück in den Ort. Benedikt fragte mehrere Einwohner, ob sie schon einmal vom FORST TANNENHOF gehört hatten. Niemand konnte ihm Auskunft geben. Erst ein Händler, den er abends im einzigen Gasthaus antraf, konnte ihm den Weg beschreiben.

»FORST TANNENHOF? Das liegt im Aachener Land, glaube ich«, sagte der Mann. »Zu Fuß können Sie da nicht hin. Ich würde Ihnen raten, die Postkutsche zu nehmen und dann von Essen den Zug.«

Benedikt bedankte sich und ging nachdenklich zurück. Aus seinen Gesprächen mit Pfarrer Fricke meinte er, herausgehört zu haben, dass die Priesteranwärter in ihrer Heimatdiözese studieren mussten. Martin von Seesen kam aber aus dem Aachener Raum. Dort gab es ein Priesterseminar, in Essen und in Köln auch. Diese Schulen wären viel näher gewesen.

Er fragte seinen Bruder.

»Wenn man einen triftigen Grund angibt, kann man sich das Priesterseminar aussuchen«, sagte Johannes. »Martin hat Atembeschwerden, er kriegt manchmal nur schwer Luft. Das Klima im Rheinland ist zwar nicht schlecht, aber durch die fortschreitende Industrie im Raum Essen und Duisburg ist die Luft nicht mehr das, was sie mal war. Da die katholische Kirche gesunde Priester bevorzugt, konnte er in Paderborn studieren. Das Sauerland wäre für Martin das Richtige gewesen. Bei euch ist die Luft noch klar und rein. Warum fragst du? Kennst du Martin von Seesen?«

»Nein, nein«, antwortete Benedikt schnell. »Ich ... äh ... habe nur jemanden getroffen, der ihn kannte. Ist nicht so wichtig.«

Johannes gab sich mit dieser Antwort zufrieden.

Am nächsten Morgen verabschiedete sich Benedikt von Johannes und seiner Haushälterin Martha.

»Grüß mir Züschen«, gab Johannes ihm mit auf den Weg. In seinen Augen schimmerte es feucht.

»Hast du dich schon um eine Stelle im Sauerland beworben?«, fragte Benedikt.

Johannes nickte. »Aber die Entscheidung darüber dauert lange. Erst wenn sich jemand für Renningdorf interessiert, könnte ich gehen.« Er sah verdutzt zu seiner Haushälterin. Martha hatte sich unverhofft geschnäuzt. »Sie würden natürlich mitkommen, Martha. Ich lasse Sie doch nicht hier allein zurück.«

Sie lächelte beglückt.

Der Abschied fiel spärlich aus. Benedikt setzte sich auf den Bock und trieb sofort die Pferde an. Er drehte er sich noch einmal kurz um und winkte den beiden zu. Dann hatte er die erste Kurve erreicht.

Eine Zeitlang trotteten die Pferde die staubige Straße entlang. Nach einer halben Stunde hielt Benedikt an. Er öffnete seine Wasserflasche und nahm einen riesigen Schluck. Dann gab er den Tieren zu trinken. Er schaute nachdenklich auf die Weggabelung. Bisher war die Strecke nach Züschen und zum FORST TANNENHOF die gleiche gewesen. Nun aber musste er sich entscheiden, welche Richtung er einschlagen wollte. Nach weiteren zehn Minuten hob er die Peitsche und trieb die Pferde an.

Er würde Viktoria Roche aufzusuchen.

Als Benedikt in Essen ankam, peitschte ihm der Regen ins Gesicht. Vor mehr als einer Stunde hatte es angefangen zu gießen und auf dem Bock war Benedikt im Nu durchnässt. Er musste sich dringend eine Unterkunft suchen. In der Stadt fühlte er sich fast heimisch. Viele Straßen und Häuser waren ihm bekannt und auch mehrere Gasthäuser. In einem übernachtete er. Am nächsten Morgen überließ er dem Wirt den Leiterwagen und die beiden Pferde als Gegenleistung für seine Übernachtung. Dann trottete er zum Bahnhof. Es regnete noch immer, aber nicht mehr so stark wie am Vortag.

Auf dem Gelände trieben sich allerlei Männer in zerschlissener Arbeitskleidung herum. Benedikt fragte einen Uniformierten:

»Was sind das für Männer, die sich vor dem Bahnhofsgelände aufhalten? Man bekommt es ja mit der Angst zu tun.«

Der Uniformierte lachte. »Das sind Abenteurer.«

»Abenteurer?«

»Ja, sie wollen nach Südafrika. Man munkelt, dass dort Gold in riesigen Mengen gefunden wurde.«

»Wie wollen die Männer denn da hinkommen?«

»Mit dem Schiff. Von Bremerhaven aus fährt einmal im Monat ein Schiff nach Südafrika.«

»Dann haben sie sich ja viel vorgenommen.«

Der Uniformierte zuckte die Schultern. Er deutete mit einer Kopfbewegung zu den Männern hin. »Mehr als die Hälfte der Kerle bleiben auf der Strecke. Nur die Gauner schaffen es. Die wissen, wie man es machen muss. Außerdem hat die Firma Krupp vor, in Südafrika eine Eisenbahnstrecke zu bauen. Wenn die Männer kein Gold finden, dann heuern sie eben bei Krupp an. Sagen sie jedenfalls.«

Er wandte sich ab und ging auf einen anderen Reisegast zu, der ungeduldig gewartet hatte.

Benedikt dachte an den Brief von Matthäus. Hatte dieser nicht auch von Südafrika geschrieben? Otto von Bismarck hatte dort Kolonialambitionen. Wenn man vielleicht …? Nein! Das war unmöglich …

Von dem Bahnhofsvorsteher erfuhr Benedikt, dass FORST TANNENHOF am Rande des Ruhrgebietes nahe der Grenze zu den Niederlanden lag.

Bald kam der Zug und Benedikt stieg ein. Während der Fahrt schaute er aus dem Fenster. In jedem Vorgarten, an dem sie vorbeifuhren, blühten Blumen in allen nur erdenklichen Farben. Es war eine wahre Pracht, die an ihm vorbeirauschte.

Die letzten eineinhalb Kilometer musste Benedikt zu Fuß gehen. Zum Glück regnete es nicht mehr. Die Luft war schwül und zum Schneiden dick. Er atmete schwer, und als er sein Ziel erreichte, blieb er wie angewurzelt stehen.

71

Eine Villa tat sich vor Benedikt Halbach auf. Die Eingangstür war beinahe drei Meter hoch, flankiert von zwei Säulen, deren Spitzen steinerne Löwenköpfe zierten. Der Weg zum Haus war mit feinem Kies bedeckt und wurde immer breiter, so dass sich bequem zwei Pferdewagen begegnen konnten. Eine fast zwei Meter hohe Mauer umzog das Gelände.

Benedikt hatte das Gesicht an die dicken Stäbe des Gitters gepresst, das in die Mauer eingelassen war und unbefugten Gästen den Weg versperrte. Ein wenig fassungslos schaute er auf das Haus. Er selbst war nicht arm, aber was er hier sah, überstieg seine Vorstellungskraft.

Die Architektur der Villa beeindruckte ihn so sehr, dass er mehrere Minuten nur dastand und das Bauwerk anstarrte.

Es bestand aus einem Vorderhaus und einem sogenannten Bürgerhaus. Das Vorderhaus war höher als der Seitenflügel des Haupthauses. Das hatte zur Folge, dass diese Zimmer viel besser von der Sonne beschienen werden konnten. Nur sozial höhere Schichten konnten sich eine derartige Bauweise leisten. Die Fassade war mit Stuck verziert. Hier war ein wahrer Künstler am Werk gewesen.

An der rechten Seite der pompösen Eingangstür war ein breites Fenster. Die Scheiben ragten bis auf den Boden, links befand sich ein nur unwesentlich kleineres Fenster. Daneben führte am Haus vorbei ein schmaler Weg zu einem Anbau. Die Tür dort stand offen. Benedikt glaubte, daraus Geräusche zu hören. Da er nicht rufen wollte, suchte er am Gittertor nach einer Klopfgelegenheit.

»Wer sind Sie?«

Er erschrak und wich automatisch einen Schritt zurück. Auf der anderen Seite des Gitters stand ein Mann. Benedikt hatte ihn gar nicht kommen sehen. Er musste seitlich hinter der Mauer gestanden haben. Er war etwa so groß wie Benedikt, trug eine robuste Cordhose und ein kragenloses Hemd, über das er eine Lederweste angezogen hatte. Sein Gesicht war braungebrannt und von zahlreichen Falten übersäht. Die Nase hing etwas schief im Gesicht, wahrscheinlich war sie einmal gebrochen gewesen und nicht fachmännisch gerichtet worden. Seine Augen waren schmal. Aber das lag vermutlich daran, dass er Benedikt misstrauisch betrachtete. Sein ergrautes Haar quoll dicht und in Locken unter einer speckigen Kappe hervor.

»Herr von Seesen?«, fragte Benedikt leise.

Der Mann lachte. Es war ein sympathisches Lachen. Er schob seine Kappe in den Nacken. »Schön wär's. Nein, ich bin der Verwalter. Von Roche. Ich …«

»Der Verwalter?«, rief Benedikt erfreut. »Viktorias Vater?«

Roche kniff die Augen noch mehr zusammen. »Sie kennen

meine Tochter?«

»Ja. Ich heiße Benedikt Halbach. Ihre Tochter und ich sind uns vor Jahren in Paderborn begegnet und vor ein paar Tagen wieder.«

Das Misstrauen blieb in Roches Miene. »Was wollen Sie von ihr?«

Tja, was sollte Benedikt darauf sagen? Er suchte einen Moment nach den richtigen Worten. »Kann … ich sie sprechen? Es wäre sehr wichtig für mich.«

»So?«

Benedikt nickte eifrig. »Ich möchte Viktoria etwas fragen.«

»Was denn?«

Benedikt musste grinsen. »Das würde ich ihr gern selbst sagen.«

»Ich bin ihr Vater. Ich muss alles wissen, was meine Tochter angeht. Ich …«

»Papa!«

Die laute Frauenstimme ließ Roche herumfahren. Auf der Treppe vor der großen Eingangstür stand Viktoria. Sie kam rasch näher. Ihr Gesicht glühte, als sie das Gitter erreichte.

»Benedikt Halbach«, brachte sie halb belustigend, halb argwöhnisch hervor. »Wie haben Sie mich gefunden?«

Benedikt zuckte verlegen die Achseln. »Sie haben von einem FORST TANNENHOF gesprochen. Es war nicht schwer, herauszufinden, wo dieser Forst liegt.« Er verschwieg, dass es ihn schon Mühe gekostet hatte.

»Was wollen Sie?«

Ein merkwürdiger Unterton lag in ihrer Stimme.

Benedikt schaute sich um. Das Anwesen lag weit entfernt von jeder weiteren Ansiedlung. Er hätte Viktoria liebend gern in ein Café eingeladen. Aber es gab nur Wiesen, Wälder und ausgefahrene Wege in der Nähe.

»Würden Sie mich auf einen kleinen Spaziergang begleiten, Viktoria?«

Sie warf einen schnellen Blick zu ihrem Vater. Dieser hatte die Unterhaltung aufmerksam verfolgt, und war offenbar zu dem Ergebnis gekommen, dass Benedikt Halbach keine Gefahr für seine Tochter darstellte. Roche nickte kaum merklich und öffnete das Gittertor, indem er an einer Kurbel in der Mauer drehte. Viktoria schlüpfte hinaus. Fast hätte sie sich bei Benedikt eingehakt, aber im letzten Moment zuckte sie zurück.

Sie gingen eine Weile schweigend. Benedikt warf einen raschen Blick über die Schulter. Er wollte sich vergewissern, dass Viktorias Vater außer Hörweite war.

Er blieb stehen.

»Viktoria ...«, begann er zögernd. »Ich musste Sie unbedingt wiedersehen.« Er schluckte, weil unverhofft ein Kloß in seinem Hals zu stecken schien. »Ich bin aus einem ganz bestimmten Grund zu Ihnen gekommen ... Wollen ... möchten Sie mit mir kommen?«

Sie sah ihn fragend an. »Wie meinen Sie das?«

Benedikt schluckte. Seine Stimme war rau, fast krächzend und leicht zitternd.

»Ich ... ich möchte ... Sie heiraten.«

Jetzt war es heraus. Benedikt hielt den Atem an. Er wartete. Worauf? Auf eine Ohrfeige? Ein höhnisches Grinsen? Einen Ausruf des Entsetzens? Oder Viktorias Flucht zurück zur Villa?

Als nichts dergleichen geschah, wurde er ruhiger. Mit fast normaler Stimme wiederholte er: »Wollen Sie mich heiraten?« Rasch fügte er hinzu: »Ich bin zwar viel älter als Sie, Viktoria, aber ich kann Ihnen alles bieten, was Sie seit Ihrer Abreise aus Schlesien vermissen.«

Jetzt hob sie ihren Kopf, den sie nach seiner ersten Frage gesenkt hatte. Ihre Augen sahen ihn aus einer Mischung von Zuneigung und Ratlosigkeit an. »Ist das alles?«, fragte sie leise. »Wollen Sie mich aus Mitleid heiraten? Sie haben Ihre Frau verloren, und ich meine Hoffnung. Sollen wir wirklich nur aus Vernunft in eine gemeinsame Zukunft gehen? Ist es das, was Sie wollen?«

»Nein.« Benedikt ahnte, dass er Viktoria beleidigt hatte. Dabei lag ihm nichts ferner als das. »Nein. Wenn es so etwas wie Liebe auf den ersten Blick gibt, dann ist es bei mir geschehen. Seit unserer letzten Begegnung habe ich unentwegt an Sie denken müssen. Ich mag Sie, Viktoria. Das ist keine leere Phrase. Ich habe mich seit ...« er zögerte kurz und suchte nach den richtigen Worten, »... seit Luise mit keiner Frau mehr so gut unterhalten wie mit Ihnen. Wenn Sie nur etwas für mich empfinden, dann wäre ich schon glücklich. Wie gesagt, ich mag Sie, mehr als das. Sagen Sie ja. Sie werden es nicht bereuen.«

Viktoria Roche sah den nicht enden wollenden Weg entlang. Sie warf keinen Blick zurück zu ihrem Vater, der sie ganz sicher beobachtete.

Benedikt bereute seine Worte nicht, aber er fragte sich, ob er nicht zu forsch vorgegangen war. Er fürchtete sich vor ihrer Antwort, vor ihrem Nein. Dabei mochte er sie sehr. Sie würde wieder Licht nicht nur in sein trübes Herz sondern auch ins Haus nach Züschen bringen.

Die Minuten verrannen. Benedikt begann zu schwitzen. Dann sah er Viktoria lächeln. Es war ein fröhliches Lachen, dabei strahlten ihre Augen so sehr, wie er es bisher noch nie gesehen hatte.

»Ja«, sagte sie kaum hörbar. »Ja, ich nehme Ihren Antrag an. Ich möchte Sie auch heiraten.«

Benedikt machte eine Bewegung, als wolle er gehen, doch dann beugte er sich zu ihr hinüber, nahm ihr Gesicht in die Hände und küsste sie. Es war ein zärtlicher und warmer Kuss, den Viktoria in der gleichen Weise erwiderte.

Plötzlich wurden Rufe laut. Sie fuhren erschrocken auseinander. Vom Haus her kamen drei Männer und zwei Frauen angelaufen. Darunter war auch Viktorias Vater.

Er machte ein grimmiges Gesicht, als er die beiden erreichte. »Was machen Sie mit meiner Tochter, Sie Bandit?«

»Papa! Lass es gut sein. Herr Halbach hat mich gefragt, ob ich ihn heiraten würde. Ich habe ja gesagt.«

»Du hast was …?« Roche starrte sie mit offenem Mund an.

Viktoria nahm seinen Arm in beide Hände. »Ja, Papa. Ich werde Benedikt Halbach heiraten.«

»Aber …«

»Herr Roche?« Benedikt trat näher. »Ich möchte Sie ganz formell um die Hand Ihrer Tochter bitten. Sagen Sie jetzt nichts. Denken Sie in Ruhe darüber nach, und machen Sie sich um Himmels Willen keine Gedanken, weil ich so viel älter bin als Viktoria. Dessen bin ich mir bewusst. Aber ich kann Ihnen versichern, dass ich Ihre Tochter glücklich machen werde.«

Benedikt war nervös. Es war das erste Mal, dass er ganz offiziell um die Hand einer Frau anhielt. Die Mühe hatte er sich bei seinen ersten Ehen nicht einmal gemacht.

Die Personen um sie herum hatten alles mitangehört. Sie standen sprachlos auf dem Weg. Benedikt sah eine Frau mit weißer Schürze und einem Kopftuch. Offenbar war sie die Köchin. Neben ihr stand ein junges Mädchen, fast noch ein Kind, ebenfalls mit einer weißen Schürze. Die Männer hielten Sensen und Schaufeln in ihren Händen, wie Benedikt jetzt entsetzt bemerkte. Er streckte abwehrend die Arme aus. »Nicht. Bitte nicht.«

Die Männer ließen die Geräte sinken.

»Papa«, sagte Viktoria. »Es ist lieb von dir, dass du mich beschützen wolltest. Du hast sogar Hilfe herbeigerufen, aber das ist nicht nötig. Wirklich nicht.« Sie warf Benedikt einen flüchtigen Blick zu, wandte sich dann wieder ihrem Vater und seinem Gefolge zu und sagte leise, fast beschämt: »Ich liebe ihn. Mein Gott, ich liebe ihn wirklich.«

Als Benedikt das hörte, vergaß er seine Vorsicht. Er zog Viktoria an sich und küsste sie, ohne sich um die anderen Personen zu scheren.

Schweratmend löste sich Viktoria von ihm. Sie schnaufte. Die Personen um sie herum lächelten, nur ihr Vater wusste nicht, ob er mitlachen oder weiterhin zornig sein sollte. Schließlich meinte er: »Sie sollten aber auf jeden Fall noch den Grafen von Seesen fragen. Wir sind zwar nicht seine Leibeigenen, aber wir haben ihm so viel zu verdanken, dass ich Viktoria ungern ohne seinen Segen gehen lassen möchte.«

»Das ist überhaupt kein Problem«, rief Benedikt erleichtert. »Führen Sie mich bitte zu ihm.«

72

Benedikt Halbach stand in der Eingangshalle und wartete. Man habe den Grafen benachrichtigt, er möge sich bitte gedulden.

Benedikt sah sich um. Allein die Halle, in der er sich befand, war größer als irgendein Raum in seinem Haus. Rechts führten zwei Türen zu anderen Zimmern und geradeaus war eine Flügeltür mit einem Rundbogen. Durch die, so hatte man ihm gesagt, würde der Graf kommen, sobald er es für richtig hielt.

Benedikt fand das unhöflich. Was bildete sich dieser Mann bloß ein? So konnte er mit seinen Angestellten und seiner Dienerschaft umgehen, aber nicht mit ihm. Er nahm sich vor, ihm gehörig die Meinung zu sagen.

Doch als der Mann plötzlich in der Flügeltür auftauchte, starrte Benedikt ihn nur fassungslos an. Er war ein wenig größer als Benedikt. Sein Kopf war kahl, sein Gesicht rundlich, fast birnenförmig. Er trug ein Wams und eine Hose, wie sie sonst nur Schwerarbeiter anhatten. Benedikt vergaß, ihn weiter zu betrachten, denn er war von dem Mann einen Augenblick lang wie hypnotisiert. Dieser Blick! Solch hellblitzende Augen hatte Benedikt noch nie gesehen. Der Ausdruck darin verwirrte ihn zusätzlich. Es lag keine Missbilligung darin, keine Hochnäsigkeit, keine Verachtung, sondern so etwas wie, Benedikt musste einen Wimpernschlag lang überlegen, Herzlichkeit, ja genau, das war es. Diesem Mann war Benedikt willkommen. Er kam zügig auf ihn zu, streckte seinen Arm zum Gruß aus und drückte Benedikts Hand, die dieser ganz automatisch gehoben hatte.

»Alexander von Seesen«, sagte der Graf mit einer dunklen, etwas rauchigen Stimme. »Das >von< können Sie weglassen. Sie sind also derjenige, der die Braut meines Sohnes heiraten möchte.«

Braut?

Der Graf lachte. »Stören Sie sich nicht an dem Begriff Braut. Ich sage das stets, wenn ich von Martins Freundin rede.« Wieder blitzten seine Augen auf. Dabei hüpfte sein Adamsapfel auf und ab. »Ich befürworte den Beruf meines Sohnes Martin nicht, aber ich konnte es nicht ändern, also muss ich mich damit abfinden, und das tue ich, sehr zum Missfallen meiner Frau.« Er drehte kurz den Kopf und schaute über die Schulter zur Flügeltür, als würde dort seine Frau auftauchen. »Ich habe Viktoria wie eine Tochter aufgezogen. Sie hat mir alles über Sie, Herr Halbach, berichtet. Ich weiß Bescheid.«

Nun war Benedikt klar, warum der Graf ihn hatte warten lassen.

»Kommen Sie!«, sagte von Seesen. »Ich zeige Ihnen mein bescheidenes Heim.«

Während der Graf losging, bedachte Benedikt ihn mit einem prüfenden Seitenblick. Machte er sich etwa lustig über ihn? Aber es sah nicht danach aus. Vermutlich war das die burschikose Art des Grafen. Er folgte Alexander von Seesen die Treppe hinab.

Die Villa hatte im Untergeschoss einen Raum für Holz. Es lag in gleichmäßigen Größen sorgfältig gestapelt, als hätte jemand ein Bandmaß darangehalten. Ein weiterer Raum war die Waschküche. In einem großen Bottich wurde die Wäsche von zwei etwas rundlichen Frauen in einer Lauge unentwegt hin und her geschoben.

»Mir ist bekannt, dass Sie im Sauerland ein Gut besitzen. Viktoria hat mir davon berichtet. Ich war zwar noch nie im Sauerland, aber ich weiß, dass Sie dort mit Wäldern gesegnet sind. Wir bauen Getreide und Gemüse an, daneben Obst, vor allem Äpfel, aber wir haben wenig Wald und ergo wenig Holz. Was Sie hier sehen, haben wir in harter Arbeit herbeigeschafft und dafür teuer bezahlt. Ich möchte mit Ihnen ein Geschäft abschließen, natürlich nur, wenn Sie mögen. Sie liefern uns Holz und wir Ihnen, was Sie nicht haben. Wäre das eine Abmachung?«

Benedikt fühlte sich wie vom Donner gerührt. Der Graf fasste Benedikt an die Schulter und führte ihn wieder die Treppe hinauf.

»Meinen Verwalter kann ich nicht abgeben. Roche ist mein wichtigster Mann. Aber durch die Heirat mit seiner Tochter bleiben wir in Verbindung. Überlegen Sie es sich. Ich stelle mir vor, dass Sie einmal im Jahr, vielleicht im Herbst, mit einer riesigen Wagenladung Holz zu mir kommen und dann für den Rückweg aufladen, was Ihnen im Sauerland fehlt.«

Alexander von Seesen ließ Benedikt keine Zeit zur Antwort. Sie hatten das Erdgeschoss erreicht.

Benedikt maß den Wohnraum mit den Augen ab und kam auf mindestens vierzig Quadratmeter. Zur Südseite schloss sich ein Wintergarten an, zur linken Seite entdeckte er ein Kaminzimmer. Es gab sogar eine Toilette im Haus, nahe dem Treppenaufgang.

Im Obergeschoss befanden sich vier Schlafräume für Gäste, das Schlafgemach des Grafen und ein Arbeitszimmer.

Der Graf zeigte durch ein Fenster auf den Anbau. »Dort wohnen meine Angestellten. Ich lege großen Wert auf ordentliche Unterkunft und Verpflegung. Ich glaube, niemand beschwert sich. Kommen Sie! Gehen wir wieder hinunter.«

Im Wintergarten saßen zu Benedikts Überraschung Viktoria mit ihrem Vater und eine weitere Frau. Sie war sehr hübsch und sah von Weitem jünger aus, als sie beim Näherkommen war. Ihr Haar trug sie offen, mit leichtem Grauschleier an den Schläfen. Das schmale Gesicht war mit Puder überzogen, die Lippen glänzten von einer Creme.

»Meine Frau Caroline«, stellte sie der Graf vor.

Benedikt nahm die dargebotene Hand und deutete einen Kuss darauf an.

»Ich freue mich, Sie kennenzulernen«, sagte Caroline von Seesen. Sie hatte eine klare Stimme.

Eine Hausdame brachte Kaffee und Kuchen. Caroline von Seesen betrachtete Benedikt ungeniert. Sie bemerkte natürlich seinen indignierten Blick. »Entschuldigen Sie, wenn ich Sie so anstarre«, sagte Caroline leise. »Aber ich möchte mir schon ein genaues Bild von dem Mann machen, der Viktorias Herz im Sturm erobert hat.«

Benedikt wurde verlegen und senkte den Kopf. Zum Glück ergriff der Graf wieder das Wort: »Jetzt genug der Rederei. Ich habe Herrn Halbach eben ein Geschäft vorgeschlagen, von dem ich hoffe, dass er einwilligt. Fahren Sie in Ihr Dorf zurück, nehmen Sie Viktoria mit, machen Sie sie glücklich und überlegen Sie sich in aller Ruhe meinen Vorschlag. Die Postkutsche kommt dreimal in der Woche zu mir. Wenn Sie sich entschieden haben, dann schreiben Sie mir. So, und nun wollen wir den Kaffee und den Kuchen genießen.«

Es wurden kurzweilige Stunden. Die meiste Zeit redete Alexander von Seesen. Er war ein interessanter Unterhalter und erzählte viele Possen von seiner Jagd.

Die Nacht verbrachte Benedikt in einem der geräumigen Gästezimmer. Nach dem Frühstück am nächsten Morgen brachen er und Viktoria auf. Der Abschied von ihrem Vater dauerte ewig. Beide wussten, dass sie nun für lange Zeit getrennt waren.

»Ich komme dich oft besuchen«, versprach Viktoria, wohlwissend, dass sie das kaum einhalten konnte. »Oder besser noch: Du kommst zu uns. Dann kannst du dich gleich überzeugen, dass es mir gutgeht.«

Sie verabschiedeten sich unter Tränen, bis der Graf endlich seinem Kutscher das Zeichen zum Losfahren gab. Er sollte sie zum nächsten Bahnhof bringen. Über Essen und Hagen ging es dann weiter bis Bestwig, und von dort würden sie die Postkutsche nach Züschen nehmen.

Im Zug beobachtete Benedikt Viktoria. Sie machte einen traurigen Eindruck, was er gut verstehen konnte. Ein wenig machte er sich den Vorwurf, Viktoria überrumpelt und aus einem geordneten und sicheren Heim weggelockt zu haben. Aber dann sagte er sich, dass es ihre freie Entscheidung gewesen war, mit ihm zu gehen.

Sie wurden in Züschen zurückhaltend empfangen. Die Nachbarn vermuteten zunächst, Viktoria sei ein neues Hausmädchen. Magdalena war vollkommen perplex, als Benedikt Viktoria als seine zukünftige Frau vorstellte. Seine Töchter empfingen Viktoria sehr freudig. Vielleicht lag es daran, dass Viktoria nur zehn Jahre älter als Franziska war. Auf jeden Fall verstanden sie sich auf Anhieb gut.

»Wirst du unsere neue Mama?«, fragte Berta.

Viktoria beugte sich zu ihr hinab und drückte sie. »Ja, wenn du nichts dagegen hast.«

»Nee, habe ich nicht. Dann ist Papa endlich nicht mehr so lange weg.«

Benedikt verzog betreten den Mund.

»Du sollst doch nicht immer so einen Unsinn reden«, tadelte Franziska ihre Schwester. Sie ging mit Viktoria durch das Haus und zeigte ihr alle Zimmer.

73

Benedikt und Viktoria heirateten wie es das Deutsche Kaiserreich verlangte. Zuerst auf dem Standesamt und dann in der
Kirche. Pastor Josef Schmale hatte nichts dagegen einzuwenden.

Benedikt hatte den Saal bei August Grafenau reserviert. Er
wollte eine große Hochzeit mit allem was dazu gehörte. Aus
Winterberg holte er einen jungen Mann, der Akkordeon spielen
konnte und für die Musik sorgte.

Es war der schönste Abend, den Viktoria je erlebt hatte. Sie
ließ keinen Tanz aus. Bald schwitzte sie so sehr, dass sie den
Schleier ablegte.

»Geht's dir gut, Liebes?«, fragte Benedikt ein um das andere
Mal.

»Es geht mir ausgezeichnet. Du hast alles wunderbar arrangiert. Sieh dir doch mal deine Tochter Franziska an. Sie ist in
blendender Laune. Man könnte fast meinen, es sei ihre Hochzeit.«

Benedikt schaute zur Tanzfläche. Franziska tanzte mit einem
jungen, gutaussehenden Mann, der etwas älter war als sie. Benedikt kniff die Augen zusammen. Das Petroleumlicht warf lange
Schatten in den Raum, und es war nicht mehr so hell wie noch
zu Beginn der Veranstaltung.

Dann erkannte er den Mann.

»Das gibt es doch nicht«, entfuhr es ihm.

»Was ist?«, fragte Viktoria.

»Das ist jemand, den ich fast täglich als Tagelöhner beschäftige.«

»Was gibt es daran auszusetzen?«

»Sie sollte sich nicht mit ihm einlassen. Ich weiß gar nicht,
wie der Bursche überhaupt hier hereingekommen ist.«

»Wurde er nicht eingeladen?«

»Nein. Bestimmt nicht.«

»Aber hast du nicht gesagt, jeder sei willkommen?«

Benedikt verzog grimmig den Mund. Das stimmte. Das hatte
er in der Tat im Übermut geäußert.

Er wollte aufstehen, doch Viktoria legte ihre Hand auf sein
Knie. »Bitte nicht. Was ist denn dabei, wenn sie mit ihm feiert.

Es ist nur ein Tanz, nichts weiter.«

»Na hoffentlich.«

Franziska war in einem Alter, in dem sich Mädchen für Jungen interessierten. Benedikt spürte einen quälenden Stich in der Brust. Er wusste, dass seine Tochter sehr begehrt war, und dass viele Söhne der Solstätter um sie warben.

Während der nächsten Zeit ließ er Franziska nicht aus den Augen. Sein Cousin Jakob Halbach setzte sich plötzlich neben ihn. Jakob hielt ein Bier in der Hand und seine Augen glänzten. Vermutlich hatte er schon reichlich dem Alkohol zugesprochen.

Er beugte sich zu Benedikt hinüber und raunte: »Das ist jetzt schon deine dritte Ehe, Benedikt. Ich weiß nicht, ob ich dich beneiden oder bedauern soll. Wie viele Frauen willst du in deinem Leben denn noch heiraten?«

»Wenn der Herrgott nicht das Nehmen lässt, dann lasse ich es auch nicht«, antwortete Benedikt.

Er schaute wieder zur Tanzfläche. Franziska war fort. So sehr er seine Augen auch anstrengte, sie war im Saal nicht zu entdecken.

Benedikt stand auf. Er müsse mal zur Toilette, sagte er und ging hinaus. Draußen war es stockdunkel. Das diffuse Licht, das aus einigen Nachbarhäusern flimmerte, reichte kaum aus, um die Straße zu beleuchten. Benedikt wandte sich nach links. Das Grundstück dort fiel etwas ab, der Weg war mit Sand bedeckt. Plötzlich hörte er von unten leises Kichern. Er kniff die Lippen zusammen und ging vorsichtig den sandigen Weg hinab.

Im Dunkeln machte er zwei Gestalten aus. Seine Tochter und diesen Tagelöhner. Sie hielten sich eng umschlungen. Benedikt musste an sich halten, und als er sah, dass der Tagelöhner seinen Mund auf die Lippen Franziskas presste, blieb ihm fast das Herz stehen. Er räusperte sich.

Sie fuhren erschrocken auseinander.

»Papa ...« Franziska wollte fortrennen, aber Benedikt hielt sie fest.

»Langsam, junges Mädchen. Nicht so stürmisch.« Er wandte sich an den Mann.

»Was fällt Ihnen ein, meine Tochter zu küssen?«

Der Tagelöhner war größer als Benedikt, aber unter seinen

Worten duckte er sich.

»Es kam einfach über mich ...«

»Über uns«, ergänzte Franziska. Sie hatte sich aus dem Griff ihres Vaters gelöst, war aber stehengeblieben. In der Dunkelheit konnte Benedikt ihr trotziges Gesicht nicht erkennen.

»Es ist nichts passiert. Wir ...«

»Nichts passiert? Ihr habt euch geküsst.«

»Ja, wir ... wir mögen uns eben. Hast du bei Eva und Jonathan auch so reagiert?«

Er wunderte sich über seine Tochter. So hatte sie noch nie mit ihm gesprochen.

»Das war etwas anderes ...« Er verstummte.

Franziska hatte gar nicht so Unrecht. Benedikt erinnerte sich noch gut daran, wie entsetzt sein Vater Robert damals gewesen war, als Eva sagte, sie liebe Jonathan. »Einen einfachen Handlungsreisenden?«, hatte sein Vater gefragt. Er selbst wollte für seine Tochter einen eingesessenen Bauernsohn haben, willigte aber schließlich in die Hochzeit ein.

Benedikt betrachtete den Tagelöhner. Der junge Mann stand einfach auf der Stelle und wartete ab. Viele andere hätten sich schleunigst davongemacht. Benedikt konnte sein Gesicht nur schemenhaft sehen. Was er aber entdeckte, gefiel ihm. Die Miene des Tagelöhners zeigte keinen Übermut oder Schadenfreude oder sonst irgendeine Einfältigkeit. Dieser Mann musste Franziska wirklich gernhaben.

Aber seine Tochter war noch viel zu jung für eine Beziehung. Außerdem musste Benedikt sein Gesicht wahren.

»Wie lange geht das schon mit euch?«

Da der Tagelöhner zögerte, trat Franziska vor ihren Vater. »Seit ein paar Monaten. Linus liebt mich. Ich ... ich mag ihn auch. Er hat doch schon so oft auf unserem Hof gearbeitet. Hast du ihn denn nie richtig bemerkt?«

»Linus heißt du also. Ich stelle jeden Tag neue Tagelöhner ein, da kann ich mir nicht alle Namen merken. Aber ich erinnere mich, dass du ein fleißiger Arbeiter bist.«

»Das macht er doch nur mir zu liebe«, entfuhr es Franziska.

»Nein.« Linus schüttete den Kopf. »Ich arbeite gerne für Sie, Herr Halbach. Ich bin stets einer der ersten morgens früh, nur damit Sie mich nehmen.«

»Wie heißt du weiter?«

»Hartung. Linus Hartung. Ich komme aus Korbach.«

»Oh, und dann bist du noch so spät hier? Wo schläfst du denn heute Nacht?«

Franziska und Linus schwiegen verlegen.

»Aha, verstehe. Du lässt ihn in meiner Scheune schlafen, damit er am Morgen rechtzeitig zur Stelle ist.« Benedikt nickte ein paar Mal zu sich selbst. Das nenne ich Mut, dachte er. Dann runzelte er die Stirn. Hoffentlich war noch nichts Ernstes zwischen den beiden passiert. Nein, so dumm würde seine Tochter nicht sein.

»Kommt mit.«

»Wohin?«

»Zurück in den Saal. Ihr setzt euch an unseren Tisch. Jeder soll sehen, dass du einen Freund hast.«

Benedikt drehte sich nicht um, aber er wusste, dass Franziska und Linus sich bei der Hand gefasst hatten und ihm folgten.

Im Saal war er schon vermisst worden.

Als er mit Franziska und Linus den Raum betrat, blieb Viktoria vor Staunen der Mund offenstehen. Auch Eva und Jonathan, die gerade von einem Tanz zurückkehrten, blickten fragend zu Benedikt.

»Das ist Linus Hartung«, sagte Benedikt, während er Platz nahm. »Franziska und Linus ... nun ja, sie sind befreundet.«

»Was?«, platzte Eva heraus. Dann umarmte sie Franziska und drückte ihr einen dicken Kuss auf die Wange. Auch Linus wurde von ihr herzlich begrüßt.

Jonathan gab ihm die Hand. Auf der anderen Seite von Viktoria saßen Magdalena und Helene mit ihrem Mann Lutz, ihnen gegenüber Paul mit Isolde. Sie konnten aufgrund der lauten Musik nicht hören, was Benedikt gesagt hatte. Aber dass es etwas Wichtiges war, konnte man sehen.

Magdalena beugte sich vor und rief laut: »Was ist passiert?«

Benedikt schüttelte den Kopf, aber Viktoria erklärte es ihr.

»Nein. Das gibt es nicht. Unser Küken ist verliebt?«

»Und wie«, ergänzte Berta im Brustton der Überzeugung. Sie hockte neben Lutz und vertilgte gerade ein riesiges Stück Kuchen.

»Woher weißt du das denn?«, fragte Helene.

»Das pfeifen doch die Spatzen von den Dächern.«

Franziska, die das mitbekam, hob drohend die Faust, aber Berta lachte nur. Sie wusste, dass ihre Schwester es nicht so ernst meinte.

Benedikt unterhielt sich mit Linus. Der junge Mann stammte aus einer Arbeiterfamilie aus Korbach. Sein älterer Bruder hatte die kleine Landwirtschaft übernommen, und seine fünf jüngeren Geschwister gingen noch zur Schule oder verdienten sich bei den einheimischen Bauern ein bisschen Geld. Linus selbst gab fast alles, was er verdiente, seiner Mutter. Sein Vater war vor einem Jahr gestorben.

Bei einem weiteren Tanz raunte Viktoria Benedikt zu: »Linus ist ein fleißiger, lieber Kerl. Kannst du ihn nicht bei uns einstellen?«

Darauf war Benedikt noch gar nicht gekommen. Aber konnte er denn den Freund seiner Tochter als Knecht halten? Er musste sich etwas anderes einfallen lassen.

Im Laufe des Abends wurde Linus Hartung von allen Familienmitgliedern Halbachs gelöchert.

»Wie lange seid ihr schon befreundet?«

»Wo und wie habt ihr euch kennengelernt?«

»Was macht deine Familie?«

Besonders Magdalena wollte alles über Linus Hartung wissen, und der junge Mann gab bereitwillig Auskunft.

Jakob Halbach kam mit seiner Frau Rose an den Tisch. Er hatte mitbekommen, dass bei Benedikt irgendetwas vor sich ging. Jakob war neugierig. Zunächst wurde er enttäuscht, niemand weihte ihn ein. Aber Berta konnte ihren Mund nicht halten.

»Franziska ist verliebt«, plapperte sie los. »Das ist er.« Sie zeigte ungeniert auf Linus. Sie kicherte, als sie Jakobs verwirrtes Gesicht sah. »Da staunst du, was? Ich wusste es schon lange. Aber mir hört ja niemand zu.«

»Das wird sich ab sofort ändern«, warf Magdalena ein.

»Ich kann Franziskas Hochzeit gar nicht erwarten. Dann gibt es wieder so schönen Kuchen.«

»Schmeckt dir mein Kuchen zu Hause etwa nicht?«, fragte Magdalena gespielt ernst.

»Doch«, beeilte sich Berta zu sagen. »Doch, doch, er ist genauso gut.« Und leiser fügte sie hinzu, so dass nur sie es hören konnte: »Fast.«

Der Abend wurde lang. Bis auf die Frauen verließ kaum jemand nüchtern den Saal. Aber jeder war am nächsten Tag wieder pünktlich zur Stelle, wenn es hieß das Vieh zu versorgen oder die Felder zu bearbeiten. Wer trinken konnte, musste auch arbeiten!

Linus Hartung war der erste am frühen Morgen. Er sah verschlafen aus, aber er war guter Dinge. Natürlich würde Benedikt Linus wieder als Tagelöhner einstellen. Franziska hätte ihm sonst die Hölle heiß gemacht.

Linus wartete wie immer mit den anderen Männern darauf, bis Benedikt seine Anweisungen gegeben hatte. Diesmal sollten einige von ihnen den Hof säubern, während der Rest mit Jakob auf die Ebenau fuhr, um dort die Felder zu bearbeiten.

Linus war unter denjenigen, die auf dem Hof blieben. Benedikt wollte ihn den ganzen Tag über im Auge behalten.

Der junge Mann war fleißig. Er befolgte wortlos den Anweisungen und packte mit an, wenn jemandem ein Sack Kartoffeln oder Hafer zu schwer geworden war. Franziska ließ sich nicht blicken. Die ganze Nacht über hatte sie kaum ein Auge zugetan. Sie bereute sehr, dass sie ihrem Vater gegenüber so aufmüpfig gewesen war. Wenn er jetzt böse war und seinen Zorn an Linus ausließ, das wäre für sie das größte Unglück.

Zu später Stunde nahm Benedikt Linus zur Seite.

»Was hältst du davon, wenn ich dir eine dauerhafte Arbeit anbiete, Linus? Du hättest ein regelmäßiges Einkommen, von dem du einen Teil deiner Familie geben kannst.«

Wenn der junge Mann überrascht war, so ließ er es sich nicht anmerken. »Als ... als Tagelöhner oder Knecht?«

»Nein. Ich denke da an die Stelle eines Verwalters.«

»Wo ist der Unterschied?«

»Da gibt es einen großen Unterschied. Ein Knecht macht nur Handlangerarbeiten. Ein Verwalter aber übernimmt Tätigkeiten des Hausherrn. Er sorgt für einen regelmäßigen Verkauf der Erzeugnisse, bereitet mit Käufern Verträge vor und zahlt den Knechten und Tagelöhnern ihren Lohn. Darüber hinaus ist er für einen reibungslosen Ablauf der gesamten Arbeit verantwortlich.«

»Das würden Sie mir zutrauen?«, fragte Linus ungläubig.

»Ja«, antwortete Benedikt einfach.

Der junge Mann wusste nicht, wie ihm geschah. Noch gestern musste er jeden Pfennig sparen, konnte sich selbst kaum etwas leisten, und heute wurde ihm ein Angebot unterbreitet, von dem er nicht zu träumen gewagt hätte.

»Na?«, machte Benedikt ein wenig ungeduldig.

Linus holte tief Luft. »Das wäre toll. Das würde ich Ihnen nie vergessen.« Es hätte nicht viel gefehlt, und Linus wäre Benedikt um den Hals gefallen.

Benedikt gab ihm die Hand, und damit war der Vertrag besiegelt.

»Ab sofort schläfst du in der Kammer, die früher meinem Knecht Karl gehörte. Ich …«

»Nein, bitte nicht«, unterbrach ihn Linus. »Das ist sehr nett, aber ich möchte keine Bevorzugung gegenüber den anderen Tagelöhnern. Lassen Sie mich noch einige Zeit in der Scheune übernachten. Solange, bis auch der letzte gemerkt hat, dass ich der Verwalter bin.«

»Gut. Abgemacht.« Benedikt schlug Linus auf die Schulter, drehte sich um und ging ins Haus. Zurück ließ er einen verwirrten jungen Mann, der immer noch nicht glauben konnte, was gerade geschehen war.

74

Benedikt Halbach war mit seinem Leben zufrieden. Er hatte eine liebe Frau, eine fürsorgliche Schwester Magdalena, die sich mit Viktoria blendend verstand und zwei Schwager, deren Berufe im Ort anerkannt und respektiert wurden. Darüber hinaus war sein Bruder Paul ein fleißiger Arbeiter und Künstler, der im Winter Eisskulpturen baute und im Sommer verzierte Vitrinen und Schränke herstellte.

Auch mit seinem neuen Verwalter Linus Hartung hatte Benedikt einen Glücksgriff gemacht. Linus kümmerte sich um alles. Er war von früh bis spät auf den Beinen, hatte seine Augen überall und schien nicht müde zu werden. Benedikt sah ihn niemals mit Franziska zusammen. Offenbar trafen sie sich heimlich, was Benedikt Sorgen bereitete. In Franziskas Alter konnte man leicht Dummheiten machen.

Benedikt umrundete fast täglich seine Ländereien. Dazu benötigte er mehrere Stunden. Meist wurde er von Simka und Rex begleitet, zwei Schäferhunden, die sich Paul zugelegt hatte. Aber seit er mit Isolde Grahms verheiratet war und in der kleinen Dachgeschosswohnung oberhalb der Schreinerei wohnte, hatte er keinen Platz mehr für die Hunde. Deshalb schliefen sie weiterhin in einer Hütte im Hof von Benedikt. Isolde war ganz vernarrt in die beiden Rüden. Fast täglich schaute sie bei den Halbachs vorbei, spielte mit den Hunden oder ging mit ihnen Gassi. Paul und Isolde hatten Aussicht auf eine größere Wohnung. Bisher hatten sie aufgepasst, dass Isolde nicht schwanger wurde, aber sobald sie umgezogen waren, wollte sie unbedingt ein Kind.

Sehr oft blieb Benedikt bei seinen Rundgängen auf der Anhöhe des Hackelberges stehen. Während Simka und Rex umhertollten, schaute er nachdenklich auf die weiten Hügel und Wälder des Ikesberges, die sich auf der anderen Seite des Dorfes befanden. Auf der Kuppe sah Benedikt Felder, die seit Jahren brachlagen, obwohl sie gut erreichbar waren. Weiter unten andere, die abgeerntet waren und nun ebenfalls ungenutzt liegen blieben, weil die Erde sich erholen musste.

Nach gut einer Stunde gelangte er an die Grenze zum Nachbardorf Mollseifen. Der steile Abhang im Hintergrund war ihm noch gut im Gedächtnis. Hier hatte er als Zwölfjähriger mit seinem Vater den Arbeitern zugeschaut, wie sie fünfzehn Meter hohe Fichten abholzten und mit Pferden den Hang hinabzogen. Dabei mussten sie höllisch aufpassen, nicht von einem Stamm getroffen zu werden. Auch jetzt war der ganze Abhang mit Fichten bewachsen.

Als er den Hohlen Graben erreichte und das brachliegende

Gelände erblickte, dachte Benedikt an die fruchtbaren Felder im Münsterland und am Rande des Ruhrgebietes. Warum baute man nicht auch hier im Hohlen Graben Getreide an? Die Sonne prallte mit ihrer ganzen Kraft auf die Landschaft, und an vielen Stellen sprudelten kleine Quellen zutage, die allerdings nur wenige Meter sichtbar blieben, weil sie dann wieder in der Erde verschwanden. Es war eine Schande, dieses Gebiet ungenutzt liegen zu lassen. Dabei wäre hier eine gute Ertragswirtschaft zu erzielen. Natürlich musste man dafür etwas Entscheidendes ändern, aber warum sollte man damit nicht anfangen?

An einem der Sonntage nahm Benedikt seinen Cousin Jakob zur Seite.

»Nächste Woche fangen wir an, die Felder in der Ahre umzupflügen«, sagte Benedikt.

Jakob nickte. Mit dieser Gegend begannen sie immer zuerst. »Warum erwähnst du das?«

»Weil ich mir noch etwas anderes überlegt habe, Jakob. Wir haben mit der Ebenau, dem Hellenkopf, dem unteren Teil des Ikesberges und natürlich der Ahre ein fruchtbares Gebiet, ein sehr fruchtbares wohlgemerkt. Was hältst du davon, wenn wir den Hohlen Graben roden und dort Getreide anbauen?«

Jakob sah ihn erstaunt an. »Du willst das Land beackern?«, fragte er verblüfft.

»Ja.«

»Wie stellst du dir das vor? Unsere Väter haben vor Jahrzehnten dasselbe versucht und sind gescheitert.«

»Ich weiß«, nickte Benedikt. »Das gesamte Land im Hohlen Graben liegt brach, weil der Boden zu trocken und zu hart ist. Aber wir lassen dadurch Land, das für jeden leicht zu erreichen ist, ungenutzt. Also müssen wir etwas ändern. Wir werden die gesamte Anbaufläche stückeln. Schon im Mittelalter hat man begonnen, die Felder in drei Teile zu teilen. Auf einem wuchs im ersten Jahr Wintergetreide, also Weizen, Roggen oder Dinkel, auf dem zweiten wuchs Sommergetreide wie Hafer, Gerste oder Gemüse. Das dritte Feld lag brach. Es wurde erst im Herbst gepflügt und dann dort das Wintergetreide für das kommende Jahr gesät. Jedes Teil liegt also ein Jahr brach. So kann sich stets ein Feld erholen. Man nennt das die Dreifelderwirtschaft.«

»Woher weißt du das?«

»Ich habe einige Landwirte entlang der Ruhr gesprochen. Sie sind fortschrittlicher als wir. Wir können viel mehr Hafer anbauen. Dadurch wird unsere Pferdehaltung sehr erleichtert. Pferde können schwerere Pflüge ziehen als Ochsen.«

Jakob nickte langsam. »Das hört sich gut an«, meinte er. »Aber eines hast du vergessen, Benedikt. Für die Bepflanzung benötigen wir Wasser. Du kannst doch nicht ernsthaft annehmen, dass unsere Knechte und Tagelöhner mit Eimern das Wasser aus der Sonneborn oder Ahre zum Hohlen Graben tragen.«

Benedikt lachte. »Nein, natürlich nicht. Aber auch darüber habe ich mir Gedanken gemacht.«

Jakob runzelte die Stirn. »Auch so eine Neuheit aus dem Ruhrgebiet?«

»Genau«, nickte Benedikt. »Kommst du morgen mit mir zum Hohlen Graben? Ich will es dir an Ort und Stelle erklären.«

Benedikt hatte Linus mitgebracht, Jakob war allein gekommen. Die beiden Hunde beschnüffelten Jakob kurz, um sich dann der Umgebung zu widmen.

Benedikt führte die beiden Männer in die Mitte der wildbewachsenen Fläche. Zur Rechten und Linken standen verdorrte Bäume, gelbe Gräser und verkrüppelte, abgerissene Baumstämme.

Benedikt ging den kleinen Hang hinauf. In den winzigen Schluchten zwischen den kahlen Pflanzen versank ein kleines Rinnsal nach kaum zwei Metern unter der Erde, etwa zwanzig Meter davon entfernt wieder eines. Manchmal waren es nur wenige Zentimeter, in denen etwas Wasser zu sehen war.

»Diese Quellen versickern alle in sogenannten Schwalglöchern«, erklärte Benedikt. »Niemand weiß, wo sie wieder auftauchen.«

Jakob nickte mit zusammengepresstem Mund. Es zeigte seine Anspannung. Linus war von Benedikt bereits vorher informiert worden. Der junge Verwalter stieg noch etwas höher.

»Hier ist es sehr feucht«, rief er den beiden zu. »Es sieht ganz so aus, als würden mehrere Quellen irgendwo entspringen.«

»Das vermute ich auch«, bestätigte Benedikt. »Im Grunde

haben wir hier im Sauerland durch die hohen Niederschläge ausreichend Wasser zur Verfügung. Nur wird es nicht hinreichend genutzt. Selbst im Frühjahr, bei der Schneeschmelze, versickert das Wasser innerhalb kurzer Zeit, und der Boden hier im Hohlen Graben ist wieder so trocken wie in einem heißen Sommer. Ich vermute, dass unter dem Boden Kalkablagerungen liegen, die das Wasser aufsaugen.«

»Was willst du also machen?«, fragte Jakob.

Benedikt zeigte auf eine Quelle. »Wir bauen aus dicken Bohlenbrettern Flussfelder. Wir legen sie so tief wie nötig, damit das Quellwasser auf den Brettern ins Tal fließen kann. Nach einigen Metern werden immer wieder Abläufe gelegt, damit das Wasser in die Felder rinnt. Wir müssen dabei nur darauf achten, dass es nicht wieder sofort versickert. Dafür legen wir seitlich etwa drei bis fünf Meter dünne Bleche, die Löcher haben, durch die das Wasser nach und nach auf die Wiesen fließen kann. So haben wir eine kontrollierte Überschwemmung nachgeahmt.«

Jakob war beeindruckt.

»Es gibt natürlich verschiedene Bewässerungssysteme«, sprach Benedikt weiter. »Das wäre die einfachste Form. Später können wir das Wasser stufenförmig ins Tal fließen lassen.«

»Wann sollen wir damit beginnen?«

»Ich denke, dass das gut vorbereitet werden muss. Vielleicht im nächsten Jahr oder im Jahr darauf.«

Linus sprang den Abhang hinunter. »Im Taunus haben sie so etwas Ähnliches auch gemacht. Es hat funktioniert. Die Bauern haben eine Fläche von mehreren Hektar fruchtbar machen können. Auf jeden Fall sollten wir es versuchen.«

»Gut«, nickte Jakob. »Wir werden deinen Vorschlag im Gemeinderat beraten. Dies ist schließlich Gemeindeeigentum. Alle Solstätter sollen davon profitieren, vielleicht auch die Beilieger.«

»So habe ich mir das vorgestellt«, sagte Benedikt.

Wenig später gingen sie zurück zum Dorf. Auf dem Weg erläuterte Benedikt noch einmal seinen Plan. Bald verstand Jakob mehr davon. Er war sich sicher, dass alle Solstätter Benedikts Vorschlag annehmen würden.

Aber Benedikt hatte die Rechnung ohne Bruno Seibert gemacht.

75

Nur die zum Vorstand gehörenden Personen befanden sich im Gasthof von August Grafenau. Sie tagten alle vier Wochen in kleiner Runde. Benedikt hatte den Männern seine Vorschläge für die Dreifelderwirtschaft und Bewässerung erläutert. Der Bürgermeister Georg Auer räusperte sich als erster.

»Das wäre eine Revolution in der Landwirtschaft, jedenfalls hier in Züschen. Ich gebe zu, dass wir unser Anbaugebiet vergrößern sollten, aber muss es ausgerechnet eine aufwändige Bewässerung sein? Gibt es nichts Anderes, Einfacheres?«

»Nach meinen Erkenntnissen kaum«, erwiderte Benedikt.

Das verhaltene Lachen neben ihm ließ ihn stocken. Es war Bruno Seibert. Seit er Hilfsförster in Züschen war, wurde er zu den Versammlungen hinzugezogen. Bruno hatte zwar kein Mitspracherecht, aber er durfte Ratschläge geben. Das tat er auch ausgiebig, sehr zum Ärger Benedikts. Erst vor ein paar Wochen hatte Bruno sein Veto gegen die Lichtung eines Waldbestandes eingelegt. Dabei sah es so aus, als wären die Bäume vom Borkenkäfer befallen. Sie würden langsam aber sicher verfaulen, wenn man die kranken Bäume nicht abholzte. Die gesunden brauchten dringend Luft, aber Bruno blieb stur. Er sei für den Bestand des Waldes verantwortlich. Niemand habe die Borkenkäfer gesehen und auf eine bloße Vermutung hin könne man keine Bäume fällen. Dabei musste doch jeder vernünftige Mann erkennen, dass eine Ausdünnung dringend nötig war. Bruno Seibert kostete seine Stellung als sogenannter Hilfsförster aus, und die Mehrheit der Solstätter hatte sich letztendlich auf seine Seite geschlagen.

Benedikt stieß verächtlich die Luft aus, als er daran dachte. So wichtig war Bruno nicht. Benedikt bereute wiederum, dass er nichts gegen Bruno Seiberts Aufstieg zum Hilfsförster getan hatte. Dieser Mann wurde niemals schlau. Brunos Verfehlung bei Luises und Benedikts Hochzeit schien von allen vergessen zu sein. Dabei wurmte es Benedikt immer noch, wenn er daran dachte.

»Du hast etwas dagegen?«, fragte er mit verhaltenem Zorn.

Bruno nickte. »Dein Vorschlag bedeutet einen Eingriff in die

Vegetation.«

Die Anwesenden blickten erstaunt auf. Wo hatte Bruno denn plötzlich das Vokabular her?

»Es stimmt doch, dass wir bei der Bewässerung kleine Bäume, Sträucher und Büsche abhauen müssen, oder?«

»Das lässt sich nicht vermeiden«, gab Benedikt zu.

»Der Hohle Graben ist Gemeindeeigentum. Du kannst nicht so mir nichts dir nichts darüber bestimmen. Was ist mit deinem eigenen Land? Da kannst du machen, was du willst.«

»Ich habe nichts, was brachliegt«, presste Benedikt durch die Zähne.

Bruno lachte. »Das hast du dir schön ausgedacht. So nach dem Motto: versuchen wir doch mal was Neues, aber nicht auf meinem Grund und Boden. Es könnte ja schiefgehen. Nein, ich bin dagegen.«

Benedikt warf einen Blick in die Runde. Die fünf Solstätter waren nachdenklich geworden. Bei manchen zeigten sich rote Flecken auf den Wangen. Es war augenscheinlich, dass sie sich nicht von Bruno Seibert bevormunden lassen wollten, aber andererseits hatten seine Einwände schon etwas für sich. Auch sein Cousin Jakob Halbach und Arnold Grahms, die fast immer auf Benedikts Seite waren, schauten ihn nicht an.

»Es gibt Argumente für und gegen eine Bewässerung«, sagte schließlich Georg Auer. »Wir dürfen dabei nicht vergessen, dass ohnehin schon Raubbau mit den Wäldern geschieht.«

»Eben«, nickte Bruno.

Auer sah Benedikt an. »Möchtest du noch etwas dazu sagen?«

Benedikt schüttelte den Kopf. Es hatte keinen Sinn. Der Fortschritt machte hier in Züschen Halt.

Georg Auer kam noch zu zwei weiteren Punkten, die Benedikt aber nicht interessierten, so dass er nicht zuhörte. Sein Cousin Jakob und Arnold Grahms holten neues Bier. Sie stellten ein Glas vor Benedikt, doch er schüttelte den Kopf.

»Trink!«, forderte Jakob ihn auf. »Dann kommst du auf andere Gedanken. Deine Ideen sind nicht schlecht. Vielleicht kommen sie einfach zu früh für uns. Warten wir doch einfach ab, was die nächsten Jahre bringen.«

Arnold hob sein Glas. »Prost.«

Benedikt verzog nur die Mundwinkel, ließ das volle Glas stehen und ging. Jakob und Arnold sahen ihm mit gefurchter Stirn nach.

76

Das plötzliche Kindergeschrei löste Benedikt aus seiner Erstarrung. Mehrere Stunden hatte er sich kaum gerührt, war in der Stube in seinem Lehnsessel wie eine Statue sitzen geblieben. Er hatte Angst. Große Angst. Bei der letzten Geburt in seinem Haus war Sophia gestorben. Damals hatte er ihr nicht beistehen können. Jetzt war er da, fühlte sich aber hilfloser als jemals zuvor in seinem Leben.

Auf dem Flur hörte er Schritte. Schon wurde die Tür aufgestoßen und Magdalena erschien. Sie kam so rasch ins Zimmer, dass sie fast gestolpert wäre.

Benedikt fuhr aus dem Sessel hoch. Mit weit aufgerissenen Augen fixierte er seine Schwester. »Ist alles in Ordnung …?« Er konnte kaum sprechen. Dann bemerkte er Magdalenas freudigen Blick und ihr glühendes Gesicht.

»Ja. Jaja, Benedikt. Es ist alles in Ordnung. Du hast einen Sohn bekommen.«

»Einen Jungen …?«, stammelte Benedikt.

Seine Schwester nickte. »Ein Prachtkerl. Und Viktoria geht es auch gut. Wie soll er denn heißen? Hast du dir überhaupt schon einen Namen ausgedacht?«

Benedikt nickte. Das hatte er längst.

»Karl«, sagte er leise.

Magdalena verzog enttäuscht das Gesicht. »Karl? Hast du keinen schöneren Namen parat?«

»Nein. Er soll nach unserem Knecht heißen.« Wenn es ein Mädchen geworden wäre, hätte er ihr den Namen Anna gegeben, nach seiner ersten Schwiegermutter, bei einem Jungen stand für ihn sofort fest, dass er nur Karl heißen konnte nach dem Knecht, der seinem Vater und ihm immer treu gewesen war.

Daran hatte Magdalena nicht gedacht. Sie nickte. »Das ist gut.

Das ist sogar sehr gut. Dann werden wir immer an ihn erinnert. Du kannst zu Viktoria.«

Mit wackeligen Knien folgte Benedikt ihr. In der Tür zum Schlafzimmer zögerte er, sah Magdalena an, und erst als diese auffordernd nickte, trat er ein.

Benedikt konnte Viktoria nicht sehen. Seine Töchter Franziska und Berta raubten ihm die Sicht. Franziska beugte sich über das Bett, wackelte mit dem Kopf und fuchtelte mit den Händen. Dabei murmelte sie unverständliche Worte. Berta versuchte auch, einen Blick auf das Bett zu erhaschen.

Magdalena ging resolut auf die beiden zu. »Nun macht mal Platz für den Papa.«

Franziska wich mit rotem Kopf zurück. »Es ist ein so schönes Kind«, sagte sie in Benedikts Richtung.

Dieser hatte nur Augen für Viktoria. Noch niemals zuvor hatte er jemanden so glücklich gesehen. In ihrem Arm lag ein kleines Bündel in ein großes Handtuch eingewickelt.

»Das ist dein Sohn, Benedikt«, flüsterte Viktoria.

Benedikt war sprachlos. Er zog einen Stuhl herbei und setzte sich. Dann nahm er Viktorias freie Hand, hielt sie ganz fest und starrte nur auf das Kind.

»Nun sag doch was, Papa«, sagte Franziska ungeduldig.

Benedikt räusperte sich. »Nun ... ja ... was soll ich denn sagen? Er ist wunderschön.«

»Ach Papa«, murrte Franziska. »Du benimmst dich ja wie die Jungen aus unserem Dorf. Die sind auch immer ganz nervös, wenn sie mit Mädchen sprechen.«

»So? Na schön, dann bin ich heute mal wie die Jungen. Das ist ja anscheinend nichts Neues für dich, Franziska.«

Das junge Mädchen wurde rot und lief rasch hinaus.

Berta lachte schadenfroh und huschte hinter ihrer Schwester durch die Tür.

Benedikt nahm das alles kaum wahr. Er wollte Viktoria so vieles sagen, vor allem, dass er sie über alles liebe, aber dann merkte er, dass sie vor Erschöpfung eingeschlafen war. Leise erhob er sich und ging hinaus.

In der Küche warteten Magdalena und Rita Auer auf ihn. An Rita hatte er gar nicht mehr gedacht, aber natürlich war sie als

Gemeindeschwester bei der Geburt helfend dabei gewesen. Allein hätten es Magdalena und Viktoria offenbar nicht geschafft.

»Danke, Rita«, sagte Benedikt.

Rita winkte ab. »Dafür bin ich da. Es war eine leichte Geburt. So wünsche ich mir jede.«

Sie wirkte doch etwas erschöpft, denn als sie die Tasse mit dem Tee anhob, den Magdalena zubereitet hatte, zitterte ihre Hand ganz gewaltig. Magdalena bat Rita, sich hinzusetzen. Dann gab es eine kräftige Suppe zur Stärkung. Benedikt aß kaum etwas. Sein Magen war immer noch wie zugeschnürt.

Es wurde kein großes Tauffest veranstaltet. Benedikt und Viktoria wünschten es sich so. Kurz nach der Zeremonie gingen alle wieder friedlich auseinander. Nur die engste Familie saß noch einige Zeit bei Kaffee und Kuchen. Dabei stellte Benedikt fest, dass Onkel Ludwig alt geworden war. Auch Tante Lydia konnte sich nicht mehr auf eine Unterhaltung konzentrieren. Dauernd fragte sie nach, was mit der Zeit sehr lästig wurde.

Am Montag darauf ging wieder alles seinen normalen Gang. Benedikt war stets darauf bedacht, sein Geld im Ort zu lassen. So war er Stammkunde beim Stellmacher, Schmied, dem einzigen Geschäft, das Lebensmittel, Gewürze und Kurzwaren wie Hanf, Seile, Schrauben und vieles andere anbot. Zu Eduard, dem Eisenwarenhändler in Winterberg, fuhr er selten. Mit Eduard hatte Benedikts Vater intensive Geschäfte getätigt. Nur wenn Benedikt nach Silbach oder Siedlinghausen fuhr, weil er dort seine Waren verkaufen wollte, schaute er auf dem Rückweg auch mal bei Eduard vorbei. Dieser freute sich stets.

»Hast du schon gehört, dass im Sauerland eine Eisenbahn geplant ist?«, sagte ihm Eduard eines Tages.

»Wirklich?«

»Ja. Das wird für uns Einzelhändler großartig. Aber noch ist es nicht soweit. Die Planungen haben gerade erst begonnen und man weiß ja, wie lange so was dauert. Fünf oder noch mehr Jahre müssen wir uns schon noch gedulden.«

»Wie soll das gehen?«, fragte Benedikt. »Wie will man die Schienen über die Berge bekommen?«

Eduard zuckte die Schultern. »Keine Ahnung. Das haben wir

uns auch gefragt. Aber einige Mitglieder des Stadtrates sind fel-senfest davon überzeugt, dass es gelingen wird.«

»Na ja, wir werden sehen«, sagte Benedikt.

Die Idee mit der Eisenbahn faszinierte ihn. Das würde be-deuten, dass er seine Erzeugnisse viel einfacher an die Kund-schaft bringen konnte.

Auch Jonathan Thoma, sein Schwager und Eisenhammerbe-sitzer, war begeistert. »Das würde mir noch mehr Aufträge ein-bringen.«

»Du denkst auch immer nur ans Geschäft, wie?«, meinte Be-nedikt spöttisch.

»Du nicht?«

»Doch, natürlich«, nickte Benedikt.

Er blieb noch eine halbe Stunde bei Jonathan im Eisenham-mer, sah den Gehilfen zu und hielt ein Schwätzchen mit ihnen. Danach ging er die Treppe hinauf zu Eva. Das Kindergeplapper störte ihn jetzt weniger als sonst, schließlich hatte er selbst einen Säugling im Haus.

77

Der kleine Karl entwickelte sich prächtig. Schon bald schlief er nachts durch. Tagsüber lag er meistens in seinem Körbchen und lächelte, sobald sich jemand über ihn beugte. Franziska war ganz vernarrt in ihn. Benedikt beobachtete das mit Freunde, aber auch mit gewisser Skepsis. Nicht auszudenken, wenn Franziska Spaß an einem eigenen Kind bekäme.

Als er seine Überlegungen Viktoria gegenüber erwähnte, lachte sie ihn aus. »Für ein Mädchen ist es ganz normal, sich für Kleinkinder zu interessieren. Du brauchst dir keine Gedanken zu machen. Franziska hat noch keinen sexuellen Kontakt mit Linus.«

»Woher willst du das wissen?«

Viktoria wurde verlegen. »Wir Frauen unterhalten uns halt über solche Themen.«

Benedikt war zufrieden. Sorgen bereiteten ihm vielmehr die Nachrichten über neue Kreuzottern, die am Fuße des Hackelberges, im Täler, gesichtet worden waren. Manche Erzählungen von jungen Burschen konnte man als Angabe bezeichnen, aber als auch alteingesessene Solstätter mit diesen Beobachtungen kamen, wurden die Gemeinderatsmitglieder vorsichtig.

Das Gebiet, das die Züschener Täler nannten, war eigentlich kein Tal im Sinne des Wortes. Da man aber vermutlich keinen passenden Namen für diesen Abschnitt gefunden hatte, wurde er einfach Täler genannt. Der Bereich lag am südöstlichen Ausläufer des Hackelberges, war etwa fünfhundert mal dreihundert Meter groß und flach wie eine Flunder. Jedermann konnte den Ort bequem mit einem Pferde- oder Ochsenwagen erreichen. So hatte sich das Gelände schnell zu einer Müllhalde entwickelt. Verfaulte Obstreste, die man nicht mehr den Schweinen zu fressen geben konnte, verschmutzte Laken mit Kot übersät, verschimmeltes Gemüse, ja sogar Alteisen und Wagenräder wurden wahllos dort hingeworfen. Im Laufe der letzten Jahre hatte sich der ganze Unrat auf geheimnisvolle Weise verschmolzen, war mit Moos überzogen und mit Pflanzenteilen zugewachsen. Kein Wunder, dass sich dort Schlangen aufhielten. Die Stelle, an der Luise von einer Kreuzotter gebissen worden war, lag nur knapp hundert Meter entfernt von der Müllhalde.

Benedikt hatte schon zu Beginn seiner Mitgliedschaft im Gemeinderat darauf hingewiesen, dass die Region verkommen würde, wenn nicht das unkontrollierte Müllabladen verboten würde.

Die Solstätter sahen jedoch keinen Grund, den einmal zur Gewohnheit gewordenen Ritus zu ändern. Benedikt war noch zu jung, um sich durchsetzen zu können. Sein Wort hatte nicht genug Gewicht. Er war ja erst gerade zum Nachfolger seines Vaters ernannt worden.

Nun aber wollte Benedikt die Sache beschleunigen. Kurz nach den letzten Nachrichten über Schlangen begab sich eine Abordnung zum Täler.

Es sah verheerend aus, und es stank entsetzlich.

»Großer Gott«, stöhnte Georg Auer. »Ich war zuletzt vor über einem Jahr hier. Damals sah es noch nicht so schlimm aus. Was ist in der Zeit nur passiert?«

Die fünf Männer näherten sich bis auf zehn Schritte an den Unrat heran.

»Wie sollen wir den Müll loswerden?«, fragte Arnold Grahms leise.

»Mit Schotter aus dem Steinbruch«, sagte Benedikt. Der Steinbruch lag an der Straße in Richtung Hallenberg. »Der Schotter wird einfach über die gesamte Müllhalde verteilt. Die kleinen Steine werden sich mit dem Untergrund verbinden, und der Boden wird hart. Dadurch kommen die Schlangen ans Tageslicht, und wir können sie fangen oder gleich töten.«

»Nicht nur die Schlangen«, warf Peter Harkort ein. »Glaubt ihr etwa, kein anderes Ungeziefer hat sich hier breitgemacht? Ich wette, der Untergrund wimmelt von Mäusen und Ratten, ein Schlaraffenland für Schlangen.«

»Eine Kreuzotter kann keine Ratten verschlingen«, sagte Benedikt. »Aber Mäuse schon. Auf jeden Fall muss etwas geschehen.«

»Du bist sicher, dass damit das Problem gelöst ist?«, wollte Jakob wissen.

»Vermutlich. Sicher kann man nie sein. Aber gibt es eine Alternative?«

Etwa eine halbe Stunde blieben die Männer in der Nähe der Müllhalde. Alles was für oder gegen den Müll sprach, wurde rege diskutiert. Georg Auer rief schon für den nächsten Tag eine außerplanmäßige Ratsversammlung ein.

Auer trug alles vor, was sie gestern besprochen hatten. Danach gab er Benedikt das Wort.

Dieser stand auf. »Meine Herren«, begann er gemächlich und gelassen, »Georg hat gar nicht alles gesagt, was wir gestern festgestellt haben. Der Täler stinkt zum Gotterbarmen. Manchmal können wir es sogar im Dorf riechen. Nur weil die Misthaufen noch stärker stinken, merken wir nichts oder wollen nichts merken. Selbst Gülle ist nicht so schlimm wie der Unrat im Täler.«

Bei dem Wort Gülle zuckte Bruno Seibert zusammen. War das eine heimliche Anspielung auf seine Missetat?

Bruno schaute schräg nach oben. Benedikts Gesicht verriet nichts. Es war unergründlich wie eh und je. Bruno reckte sich. Er brauchte sich nicht mehr zu verstecken, er war der Förster des Dorfes, genaugenommen der Hilfsförster, aber sein Wort hatte Gewicht im Rat.

»Ich wiederhole noch einmal meinen Antrag und präzisiere ihn. Man möge die Müllhalde im Täler ein für alle Mal verbieten und die Fläche mit Schotter aus dem Steinbruch zuschütten.«

Benedikt setzte sich.

Bruno hob die Hand. Georg Auer übergab ihm das Wort.

»Es stimmt, was Benedikt gesagt hat. Der Täler stinkt wie der schlimmste Kuhstall. Aber habt ihr daran gedacht, was passieren wird, wenn die Müllhalde verboten wird?«

Er sah sich im Kreis um und entdeckte ratlose Gesichter.

»Ich bin der Meinung, dass man einen Ort haben muss, an dem der Unrat abgeladen werden kann. Immer und überall entsteht Dreck, sei es durch Kuhmist, Schweinekot, Pferdeäpfel oder Küchenabfälle. Man kann nicht alles auf den Feldern verteilen oder den Schweinen zu fressen geben. Wenn die Müllhalde verboten wird, garantiere ich euch, dass weiter heimlich Müll jeder Art in den Täler geschafft wird. Niemand von euch wird es verhindern können. Wohin sonst soll der Müll, frage ich euch? Habt ihr einen Plan? Wie ich sehe, nicht. Sollen zum Beispiel alte Räder, die der Stellmacher nicht mehr reparieren kann, wieder in der Nuhne landen? Ist es nicht besser, man hat eine Stelle dafür? Denkt bei eurer Entscheidung wohlweislich darüber nach. Ich will mir später nicht den Vorwurf gefallen lassen, ich hätte nicht darauf hingewiesen.«

Ein betretenes Schweigen folgte. Brunos Worte hatten Hand und Fuß, aber das Ungeziefer würde nicht nur das Vieh gefährden, sondern auch Menschen, vor allem kleine Kinder.

»Wir müssen den Schlangen den Garaus machen«, wiederholte Benedikt hartnäckig.

»Das sagst du nur, weil Luise von einer Kreuzotter gebissen wurde«, rief Bruno laut. »Wenn es jemand anderen getroffen hätte, würdest du nicht so ein Brimborium daraus machen. Um die Schlangen kann man sich bei gegebener Zeit kümmern. Jeder muss halt selbst aufpassen, jeder weiß von der Gefährlichkeit der Kreuzottern.«

Benedikt lief rot an. Er schäumte vor Wut. Der Mann machte alles, was Benedikt vorschlug, zunichte. Ganz gleich, ob es sinnvoll war oder nicht. Sein Rang als Hilfsförster hatte ihn größenwahnsinnig werden lassen.

»Das lass ich mich nicht gefallen. Nicht von dir, Bruno. Du bist hier nur geduldet. Was macht eigentlich deine Schulung zum Förster, hä? Wir alle warten darauf.«

»Das gehört nicht zur Sache«, rief Bruno.

»Lasst uns nicht streiten«, beschwichtigte Georg Auer rasch. »Du, Benedikt, hast deine Argumente vorgetragen, und du, Bruno, hast Gegenargumente geliefert. Wir sollten über den Antrag Benedikts abstimmen.«

Bruno grinste verschlagen. Seine Absicht, Zwietracht in die Gemeindeversammlung zu streuen, war ihm gelungen.

Auer ließ geheim abstimmen. Harkort nahm seinen Hut und sammelte damit die Abstimmungszettel ein. Dann zählte er zusammen mit Auer die Stimmen aus. Nur knapp fünf Minuten später lag das Ergebnis vor.

Georg Auer stand auf. Sein Gesicht nahm an Würde zu. »Von fünfunddreißig stimmberechtigten Mitgliedern des Gemeinderates sind einunddreißig Stimmen gültig. Für den Antrag von Benedikt Halbach haben achtzehn gestimmt, dagegen dreizehn. Damit ist der Antrag angenommen. Wir beauftragen Benedikt Halbach, sich um das Heranschaffen von Schotter aus dem Steinbruch zu kümmern.«

Auer sah sich in der Runde um. Da es keine weiteren Wortmeldungen mehr gab, schloss er die Gemeinderatsversammlung.

Benedikt war mit dem Ergebnis nur halb zufrieden. Er hatte mit mehr Zustimmung gerechnet, aber dennoch machte er sich umgehend ans Werk. Sein Verwalter Linus half ihm.

Er fragte alle Solstätter, die einen Kastenwagen besaßen, ob sie ihm helfen würden. Niemand weigerte sich. Tage später fuhren vier Pferdegespanne in Richtung Hallenberg. Am Steinbruch hielten sie an, dann ging es an die Arbeit. Sie sammelten zuerst die lose herumliegenden Bruchsteine auf und zerkleinerten sie mit großen Hämmern. Das war nicht besonders schwer. Schon beim ersten Schlag zerfielen die meisten in fingernagelgroße Bröckchen. Danach schlugen fünf Mann aus den Steinbruchmauern weitere Bruchsteine heraus, bis sie schließlich genügend

Material zur Verfügung hatten. Drei andere Männer luden die zu Kies gewordenen sogenannten Schüttgüter auf die Kastenwagen. Sie mussten dabei aufpassen, nicht zu viel aufzuladen. Die Pferde waren zwar stark, aber sie wollten die Tiere nicht überanstrengen.

Gegen Mittag erreichten sie den Täler. Das Abladen ging schnell. Schon bald gab der Untergrund nicht mehr nach.

»Das sieht gut aus«, sagte Linus. Er und die jüngeren Männer hatten am meisten geschuftet. Nun nahm er seine Kappe ab und wischte sich den Schweiß von der Stirn. Noch war die Müllhalde nicht mal zu einem Fünftel gefüllt. Sie würden mehrere Tage brauchen, um überall einen festen Grund zu erreichen. Für heute war jedenfalls Schluss.

Nach einer Woche war die Müllhalde im Täler nicht wiederzuerkennen. Alle waren zufrieden.

Benedikt ließ vorsichtshalber Wachen aufstellen. Die sollten sofort das Auftauchen der Schlangen melden oder sie besser noch gleich totschlagen.

Mehrere junge Männer meldeten sich. In den ersten Nächten tat sich nichts. Die Wachen wurden von älteren Männern abgelöst, auch Tagelöhner wurden genommen.

Am Morgen des fünften Tages wurde Benedikt durch lautes Schreien aufgeweckt. Er schaute durchs Fenster. Vor seinem Haus standen fünf Männer. Benedikt sah, dass Peter Harkort und Siegfried Redlich unter ihnen waren. Die beiden redeten beruhigend auf die anderen drei ein, aber die ließen sich nicht einschüchtern. Benedikt öffnete das Fenster vollständig und beugte sich hinaus.

»Was ist denn los?«

Als haben alle nur auf ihn gewartet, ruckten ihre Köpfe hoch.

»Benedikt«, rief Siegfried. »Diese Männer wollen nicht mehr Wache im Täler schieben. Sie sagen, dass sie mindestens fünf Schlangen gesehen hätten. Otto Reinders ist gebissen worden.«

»Von einer Kreuzotter?«

»Das wissen sie nicht. Aber jetzt haben sie Schiss in der Buchse.«

»Warum ward ihr unvorsichtig?«

»Wir haben alle aufgepasst«, protestierte einer. »Aber die

Schlangen waren zu schnell. Ehe wir uns versahen, waren sie da.«

»Es liegt an dem Fluch«, warf ein anderer ein.

»Welcher Fluch?«

»Über dem Dorf liegt ein Fluch, sagt man. Denken Sie nur an die Zigeuner.«

»Wer hat diesen Unsinn verzapft?«

Benedikts Wut wuchs. Wurde man denn die Geschichte niemals los? Er schlug das Fenster zu, zog sich rasch an und lief hinaus. Die Gemüter hatten sich noch nicht beruhigt. Alle redeten durcheinander. Selbst Benedikt brauchte einige Zeit, um sich Gehör zu verschaffen.

»Wo ist Otto?«

»Bei Rita Auer. Sie versorgt ihn, so gut es geht.«

Linus Hartung erschien aus der Scheune. Er stopfte sich sein Hemd in die Hose. Benedikt erklärte ihm die Situation. Linus lachte lauthals los.

»Seid ihr von allen guten Geistern verlassen? Es gibt keinen Fluch der Zigeuner. Wo leben wir denn? Im Mittelalter? Los kommt, wenn ihr Mut habt.«

»Wohin?«

»Zum Täler. Wir müssen die Schlangen fangen, bevor sie wirklich Ärger machen.«

Linus spannte einen Zweispänner ein und fuhr los, ohne sich um die anderen zu kümmern. Benedikt nahm einen zweiten Wagen und folgte ihm.

Im Täler standen fast zwanzig Mann. Viele hielten lange Stöcke in den Händen, andere Schaufeln oder Forken, wie sie zum Stallausmisten verwendet wurden. Sie drehten sich zu Benedikt und Linus um.

»Drei Schlangen haben wir schon erlegt«, sagte Jakob. »Aber keine davon ist eine Kreuzotter. Eine Ringelnatter und zwei Blindschleichen.«

Benedikt deutete auf die Leute. »Brauchen wir so viele hier?«

»Nee, die meisten sind nur neugierig, weil die Tagelöhner so einen Lärm veranstaltet haben. Otto ist wohlauf. Es war eine Ringelnatter. Die sind in der Regel sehr scheu. Sie beißen nur, wenn sie keine Fluchtwege haben. Aber die Bisse sind für Menschen nicht bedrohlich.«

Benedikt atmete im Stillen auf.

»Was soll denn jetzt geschehen?«, fragte einer der Tagelöhner.

Linus drängte sich nach vorn. »Wir halten weiterhin Wache.«

»Wie lange?«

»Einige Tage. Wenn dann keine Kreuzotter gesichtet wurde, sind sie verschwunden. Es gibt viele Tümpel im Wald oder sie sind in die Nuhne geflohen. Vermutlich aber haben wir sie beim Zuschütten der Müllhalde getötet.«

Das leuchtete fast jedem ein, denn die meisten nickten heftig. Sie wollten es einfach glauben.

»Ich erhöhe den Lohn«, sagte Benedikt laut. »Für jeden Tag hier zahle ich drei Taler.«

Das war mehr, als die meisten in einer Woche verdienten, und so meldeten sich junge Männer, die auch über Nacht dortbleiben wollten.

Die Woche verging ohne Zwischenfall. Lediglich zwei kleine Mäuse verirrten sich in die Nähe der Männer.

Benedikt zog die Wachen ab. Der Täler war wieder rein. Es stank auch nicht mehr. Die Dorfbevölkerung war zufrieden.

Linus Hartung zog in das Zimmer, das der Knecht Karl bewohnt hatte. Die Knechte auf Benedikts Hof und die Tagelöhner akzeptierten Linus ohne Murren als Verwalter. Dass er Franziskas Freund war, wussten sie nicht.

Alles lief nach Plan. Aber Benedikt traute dem Frieden nicht. Es war zu glatt gelaufen.

78

Die Hochzeit von Franziska und Linus Hartung war für den 20. Oktober 1895 angesetzt. Dann würde Franziska neunzehn Jahre alt sein. Benedikt hatte die Familie von Linus besucht und war von ihrer Herzlichkeit beeindruckt. Obwohl sie nicht viel zum Leben hatten, waren die Hartungs zufrieden. Sie bewirteten ihn, als wäre er ein König. Benedikt war das peinlich, aber er wollte sie auch nicht beleidigen und ließ deshalb alles über sich ergehen.

Ende August beschloss Benedikt, auf das Angebot Alexander von Seesens einzugehen und dem Grafen Holz zu liefern. Er unterhielt sich mit seinem Cousin Jakob darüber.

»Das ist eine weite Fahrt, Benedikt. Du bist viele Tage, vielleicht eine Woche unterwegs. Willst du dir das aufbürden?«

»Warum nicht?«, entgegnete Benedikt. »Hier in Züschen läuft doch stets alles so wie immer. Niemand, nicht einmal du, hast offene Ohren für neue Ideen.«

»Das stimmt nicht«, protestierte Jakob. »Ich finde nur, deine Anregungen kommen zu früh. Noch sind wir nicht soweit. In den letzten Jahren sind alle satt geworden, die Ernte war ausreichend und es blieb sogar noch etwas zum Verkaufen. Zugegeben, es ist nicht viel, aber in anderen Dörfern sieht es viel schlechter aus. Ich habe mit Bauern aus Medelon, Medebach, ja sogar mit einigen aus Korbach gesprochen. Sie beneiden uns, Benedikt. Ja, du hörst richtig. Sie sind sogar neidisch auf unsere guten Erträge. Warum also sollen wir etwas ändern? Niemand hat dafür Verständnis.«

»Du auch nicht?«

Jakob wand sich. »Ich habe über deine Vorschläge lange nachgedacht. Lass uns damit noch warten. Lass sie sozusagen reifen. Dann können wir im richtigen Moment zuschlagen.«

Benedikt warf ihm einen heimlichen Seitenblick zu. So etwas hatte sein Cousin noch nie von sich gegeben. Waren das Jakobs eigene Worte, oder wurde er von jemandem beeinflusst? Vielleicht von Georg Auer? Der Bürgermeister war sehr belesen. Bestimmt hatte Auer ebenfalls lange über Benedikts Ideen nachgedacht.

»Was ist?«, fragte Benedikt. »Willst du dich an einer Holzlieferung beteiligen?«

»Nein.« Jakob schüttelte entschlossen den Kopf.

Kurz darauf begann Benedikt, aus einem seiner Mischwälder abzuholzen. Er wählte dabei Bäume, die zu dicht standen und anderen die Luft und das Licht nahmen. Linus Hartung organisierte alles perfekt. Die Knechte und Tagelöhner liebten diese

Arbeit, brachte sie doch endlich einmal Abwechslung in das tägliche Einerlei auf dem Hof und auf den Feldern. Im Nu war eine Wagenladung zusammen. Benedikt wählte seinen zuverlässigsten Knecht aus und zwei Tagelöhner, die unabhängig waren und tagelang unterwegs sein konnten. Linus wollte auch mitfahren, aber einer musste sich um den Hof kümmern.

Sie kamen rasch voran. Nach drei Tagen passierten sie die Ruhrmetropole Essen.

»Was sind denn das für Kerle?«, fragte einer der Tagelöhner und deutete auf eine Schlange ausschließlich junger Männer, die vor dem Bahnhofsgebäude standen. Die Gestalten sahen nicht gerade vertrauensselig aus.

Da Benedikt Bescheid wusste, antwortete er: »Abenteurer, die nach Bremerhaven wollen und von dort auf ein Schiff, das sie nach Südafrika bringt.«

Der Tagelöhner starrte ihn mit offenem Mund. Benedikt lachte.

»Man munkelt, dass dort Gold gefunden wurde. Die Männer haben hier keine Zukunft. Sie würden verhungern oder als Bettler enden. Deshalb versuchen sie ihr Glück in Südafrika.«

»Verhungern werde ich bei Ihnen nicht«, meinte der Tagelöhner. »Aber die Vorstellung nach Südafrika zu reisen, reizt mich.« Er sah Benedikt verlegen grinsend von der Seite an. »Wenn wir zurückkommen, könnte ich doch hierbleiben, oder?«

»Meinetwegen. Wenn du dann immer noch nach Südafrika willst, bitte.«

Der Tagelöhner begann beschwingt zu pfeifen, und Benedikt ärgerte das. Nicht weil der Mann so fröhlich war, sondern weil er nicht an seiner Stelle sein konnte.

Alexander von Seesen staunte nicht schlecht, als Benedikt Halbach bei ihm auftauchte.

»Ich hatte erwartet, dass Sie mir zuerst eine Nachricht zukommen lassen würden. Oder habe ich etwas übersehen?«

»Nein.« Benedikt sprang vom Bock. »Es war eine spontane Entscheidung. Der Brief wäre erst nächste Woche bei Ihnen eingetroffen.«

Von Seesen lachte herzhaft. »Schön. Ich sehe, Sie haben gutes Holz.«

»Ich habe es erst vor Tagen geschlagen. Sie sollten es noch mindestens ein Jahr lagern, eher zwei Jahre, bis Sie es verbrennen.«

»Das ist kein Problem.« Der Graf kniff die Augen zusammen. »Sie machen mir einen niedergeschlagenen Eindruck.«

»So?« Sollte er dem Grafen von seinen Problemen in Züschen erzählen? Nein. Alles was recht war. Aber das ging von Seesen nichts an.

»Ich bin älter geworden und müde von der langen Reise«, antwortete Benedikt deshalb.

Von Seesen sah ihn lange an. Er glaubte ihm offenbar nicht, das sah man förmlich, aber das war Benedikt egal.

Sie luden das Holz ab. Dabei traf Benedikt auch seinen Schwiegervater Ladislav von Roche. Der Verwalter war begierig, zu hören, wie es seiner Tochter Viktoria in Züschen ging. Als Benedikt von seinem Sohn redete, brach von Roche in Tränen aus. Benedikt nahm ihn in den Arm und drückte ihn ganz fest.

»Bei meinem nächsten Besuch hier nehme ich dich mit. Natürlich nur, wenn der Graf nichts dagegen hat.«

Von Seesen winkte großmütig ab. »Das haben wir längst besprochen. Nur kann er nicht schon heute mitkommen. Mehrere Männer sind durch Krankheit ausgefallen, ich brauche ihn dringender denn je.«

»Aufgeschoben ist nicht aufgehoben«, meinte Ladislav.

Sie fuhren am nächsten Morgen zurück. In Essen verabschiedete sich der Tagelöhner. Benedikt verharrte fast eine Viertelstunde vor dem Bahnhof. Dabei beobachtete er aufmerksam die Männer, die sich in eine Liste einschreiben ließen, um nach Bremerhaven zu gelangen. Es waren kräftig aussehende Männer, die meisten nicht älter als dreißig. Aber hin und wieder entdeckte Benedikt auch Senioren, die noch rüstig schienen und sich über die Zusage sichtlich freuten.

In Züschen hatte er das Treiben auf dem Bahnhof in Essen schnell vergessen, denn das Schicksal ruhte sich nicht aus.

Die Nachricht von Max Redlichs Tod traf nicht nur Benedikt völlig unvorbereitet, sondern das ganze Dorf. Max war auf dem

Weg vom Hackelberg gewesen. An der vierten Kreuzwegstation griff er sich plötzlich an die Brust, verdrehte die Augen, und ehe sein Sohn Siegfried begriff, was los war und ihn auffangen konnte, war Max auf den felsigen Boden gestürzt. Siegfried war so geschockt, dass er mehrere Minuten nicht wusste, was zu tun war. Als er wieder einen einigermaßen klaren Gedanken fassen konnte, war es zu spät. Sein Vater Max war tot.

Mit Hilfe einiger Knechte, die Siegfried eilig herbeiholte, wurde Max nach Hause getragen. Seine Frau Karla blieb stumm wie ein Fisch. Mit starrem Blick verfolgte sie regungslos die Frauen um sich herum, die Max zurecht machten und in der Stube aufbahrten.

Karla ging in dieser Nacht nicht ins Bett. Als sie nach Stunden die ersten Worte wieder sprach, sagte sie nur: »Lasst mich hier unten in der Küche. Ich will in Ruhe von Max Abschied nehmen.«

Am nächsten Morgen war sie verschwunden. Mehrere Stunden suchte man vergebens nach ihr, dann gab man auf. Karla würde schon wieder auftauchen. Aber als Max drei Tage später unter großer Anteilnahme beigesetzt wurde, war sie immer noch nicht erschienen.

Nach zehn Tagen fand man Karla Redlich. Sie lag regungslos im Wasser der Ahre. Ihr Körper war aufgeschwemmt, ihr Gesicht fast unkenntlich. Nur an der Kleidung war sie noch zu erkennen. Sie musste schon mehrere Tage tot sein. Siegfried zerschlug vor Verzweiflung einen ganzen Lattenzaun auf einer Länge von fünf Metern. Danach setzte er sich ins Gras und heulte wie ein kleiner Junge.

Wenig später kam er zu Benedikt.

»Ich werde Züschen verlassen. Du kannst alles haben. Sag nichts. Es ist zwecklos, mich zu überreden, hierzubleiben. Ich habe alles verloren.«

»Wo willst du hin?«

Siegfried zuckte die Schultern. »Irgendwohin.«

Benedikt war einen Moment lang versucht, ihn nach Essen zu schicken, damit er sich den Abenteurern anschließen könne, aber er sagte nichts. Er ließ sich von Siegfried auf einem Zettel unterschreiben, dass er seinen ganzen Besitz an Benedikt Halbach verkauft habe. Damit würde Benedikt zu gegebener Zeit zum Amtsgericht nach Medebach fahren, um die neuen Besitzrechte eintragen zu lassen.

79

Benedikts Hof war so gut organisiert wie lange nicht mehr. Was immer er plante, Linus Hartung schien es vorauszuahnen. Benedikt beschloss, sein nächstes Vorhaben anzugehen.

Er plante einen Wochenmarkt in Züschen, oder genauer gesagt, einen Monatsmarkt. Einen Platz hatte er auch schon vorgesehen: Die freie Fläche an der Sonneborn, gegenüber seinem Haus unterhalb der Gaststätte Lamers. Ein geradezu idealer Ort im Zentrum des Dorfes.

Alle interessierten Bauern der umliegenden Dörfer konnten so ihre Waren in Züschen anbieten. Sein Vorschlag wurde von der Gemeindeversammlung mit verhaltener Begeisterung aufgenommen und wie immer vertagt. Am gestrigen Vormittag hatte er das Thema wieder aufgegriffen. Benedikt war der naiven Auffassung, dass die Gemeindeversammlung nach reiflicher Überlegung nun für einen Markt stimmen würde. Aber er hatte sich getäuscht. Er stieß auf erbitterten Widerstand.

»… wir wollen keine Fremden im Ort haben …«

»… eine Schnapsidee, die nur einem kranken Hirn entspringen kann …« Das kam von Bruno Seibert.

»… niemand in Züschen wird sich für die Waren interessieren. Die Bauern aus den Nachbarorten werden völlig umsonst kommen …«

So ging es fast eine halbe Stunde lang. Benedikt war wie vor den Kopf gestoßen. Gut, dass nicht jeder begeistert war, konnte er verstehen, aber diese Geringschätzung nicht. Niedergeschlagen verließ er die Gemeinderatsversammlung. Aber es sollte noch schlimmer kommen.

Jakob Halbach war derjenige, der Benedikt die böse Überraschung mitteilte. Im Täler war über Nacht wieder Müll abgeladen worden. So viel, dass ein Drittel des Schüttgutes nicht mehr zu sehen war.

»Weiß man, wer es war?«

Jakob schüttelte den Kopf. »Das kann nicht nur einer gewesen sein, das war eine ganze Horde. Es ist alles Mögliche, von verschmutzten Laken, Scheiße, Kuhmist, alte Wagenräder, verrostete Äxte und noch mehr.«

Jakobs vulgäre Aussprache überraschte Benedikt nicht. Der Cousin war wütend.

»Was sollen wir tun?«, fragte Jakob.

»Nichts. Wir können nichts unternehmen. Die Leute werden einfach nicht vernünftig.«

»Glaubst du, jemand habe sie angestiftet?«, fragte Jakob leise.

Benedikt lachte auf. »Wie willst du das beweisen, Jakob?«

Dabei war Benedikt sicher, dass nur Bruno Seibert hinter der Attacke stecken konnte, aber sie hatten keine Chance, ihn zu überführen, es sei denn, einer der Beteiligten würde sich verraten. Doch damit war nicht zu rechnen.

Es ist immer dasselbe, dachte Benedikt Halbach, diese halsstarrigen Leute hielten einfach nichts von neuen Ideen. Keine Bewässerung, keine Dreifelderwirtschaft, keinen Monatsmarkt, dafür eine wilde Müllhalde. Sie war noch gewachsen. Da niemand Einspruch gegen das Müllabladen erhob, fuhr man jetzt sogar wieder ganz ungeniert tagsüber zum Täler und lud seinen Unrat ab.

Auch Bürgermeister Georg Auer sah keine Lösung. Die Stimmung im Rat war sowieso umgeschlagen. Bei einer erneuten Abstimmung waren vierundzwanzig Solstätter für die Beibehaltung der Müllhalde im Täler. Bruno Seibert triumphierte. Mit hochgerecktem Kopf schritt er durch das Dorf. Er hatte sich eine grüne Uniform besorgt, die er mit vor Stolz geschwellter Brust trug.

Raus! Raus! Raus! Er musste raus aus diesem Nest. Es war verrückt, er war verrückt. Oder krank? Nein, das ganz gewiss nicht. Er war sogar gut bei Verstand, er hatte alle Sinne beieinander.

Aber er musste raus!

Alle seine Vertrauten waren tot, einfach gestorben. Max Redlich, sein Onkel Ludwig, Viktor Roth der Schäfer und Vater seines besten Freundes Matthäus und auch Georg Auer. Einfach alle, mit denen er sich bisher beraten und mit denen er sich stets gut verstanden hatte.

Onkel Ludwig hatte in den letzten Wochen immer mehr abgebaut. Eines Morgens lag er tot im Bett. Ein Wanderer hatte Viktor Roth in der Nähe des »Freien Stuhls« gefunden. Viktor lag auf dem Boden. Es hatte den Anschein, als ob er schliefe. Seine Hunde hielten die Schafherde in Schach, so wie sie es gelernt hatten.

Am Schlimmsten traf Benedikt jedoch der Tod Georg Auers. Georg hatte sich am Morgen beim Frühstück verschluckt. Zuerst hatte es nicht gefährlich ausgesehen. Wenn jemand zu hastig aß, konnte schon mal etwas in die Luftröhre gelangen. Georg aber war schnell blaurot angelaufen, hatte sich noch an den Hals gefasst und war dann in der Küche zusammengebrochen. Ein Stück Wurst hatte sich in seiner Luftröhre verfangen. Sein Sohn Franz-Josef hatte noch geistesgegenwärtig in den Hals seines Vaters gegriffen, das Stück Wurst jedoch nicht fassen können. Als der Arzt kam, war Georg tot.

Im Gemeinderat hatten sie sich nie darüber ausgelassen, wer einmal nach Auer Bürgermeister werden sollte. Jeder hatte damit gerechnet, dass er noch zehn Jahre Bürgermeister sein würde, mindestens.

Aber nun war er tot. Ein neuer Bürgermeister würde in spätestens sechs Wochen gewählt worden sein, und weitere vier Wochen später würde der Neue die Unterlagen gelesen haben, die Benedikt so gern geheim gehalten hätte. Davor hatte er richtig Angst, davor wollte er fliehen.

Nur wohin sollte er?

Wieder auf eine seiner Reisen?

Zweimal hatte er Schiffbruch erlitten, ein weiteres Mal würde er es nicht dazu kommen lassen.

Schiffbruch!

Die Männer in Essen wollten mit dem Schiff von Bremerhaven nach Südafrika. Sollte er seinen Traum von der Ferne verwirklichen? Ging das überhaupt? Konnte er Viktoria mit zwei Töchtern aus erster Ehe und einem kleinen Jungen allein lassen? Sicher, Magdalena war im Haus, Franziska mit Linus verheiratet und Eva und Helene wohnten im Dorf gleich um die

Ecke. Sie alle würden sich auch um seine Familie kümmern.

Eva und Helene kamen sowieso drei- bis viermal die Woche zu ihnen. Dann war das Haus mit Kindergeplapper wie ein Hornissenschwarm gefüllt. Benedikt verzog sich meist in sein Zimmer, um die Bücher zu studieren.

Würden sie ihn überhaupt vermissen?

Drei Tage war er hin und hergerissen. Dann stand sein Entschluss fest. Er würde Züschen verlassen!

Eine Woche später war es soweit. Viktoria und Magdalena erzählte er, dass er ins Ruhrgebiet reisen wolle, um dort neue Geschäftsbeziehungen zu knüpfen. Wie lange er bliebe, könne er nicht sagen. Auf jeden Fall mehrere Wochen.

Am 5. Juli 1896 stieg Benedikt in die Postkutsche, die ihn über Winterberg bis Bestwig bringen sollte. Er nahm weiter nichts mit als einen kleinen Rucksack, in den er die wichtigste Kleidung eingepackt hatte. Es sollte nämlich nicht so aussehen, als würde er zu lange fortbleiben. Das viele Geld, das er benötigte, steckte er in eine Stofftasche, die er auf der nackten Brust platzierte. So war er sicher, dass ihm die Barschaft nicht gestohlen werden konnte. Aus der Postkutsche heraus warf er noch einen langen Blick auf die Häuser Züschens und die Menschen, die an ihm vorbeihasteten, dann fuhr die Kutsche zum Ortsausgang hinaus.

Benedikt Halbach reiste einer unsicheren Zukunft entgegen.

Nachwort

Während der Entstehung des Buches waren umfangreiche Recherchen notwendig, vor allem sollten die historisch belegten Daten eingebettet werden. Zum Gelingen des Buches musste ich allerdings einige Details, vor allem die machtpolitischen Fakten Otto von Bismarcks, der katholischen Kirche und Ereignisse aus dem Ort Züschen um einige Jahre verschieben.

Der Stoff eines Romans wird beim Schreiben immer umfangreicher, da neue Ideen, die sich aus den Szenen vorangegangener Kapitel ergeben, eingebaut werden müssen. Dadurch wird die Story erst zu dem, was den Roman ausmacht. Ich denke, dass es mir gelungen ist, die Zusammenhänge in eine interessante Romanversion zu bringen.

Ob eine Zigeunersippe 1880 tatsächlich in Züschen gelagert hat, vermag ich nicht zu sagen. Ich weiß aber, dass während meiner Schulzeit mehrmals ein fahrendes Volk in Züschen Halt gemacht hat.

Die Romanfigur Benedikt Halbach hat wirklich gelebt. Ich konnte vor vielen Jahren noch einige Zeitzeugen befragen, die mir bestätigten, dass die Verkaufspleiten mit Öfen und Särgen tatsächlich stattgefunden haben.

Ansonsten habe ich meiner Fantasie wieder freien Lauf gelassen, so dass sich Fiktion und Wirklichkeit vermischen. Selbstverständlich habe ich alle Namen verändert, Ähnlichkeiten mit Züschener Bürgern wären rein zufällig.

Mein ganz besonderer Dank geht an die Korrekturleserin. Ohne ihre konstruktiven Hinweise, ihre Motivation und Aufmunterung zum Weiterschreiben wäre das Werk nicht gelungen.
Ein weiterer Dank gehört den Menschen, die sich mit mir auf die lange Reise der Recherchen gewagt haben.

Phillip Kordes

Wie alles begann!

»Dunkler Rauch am Horizont« ist das 1. Buch einer Trilogie. Es spielt in den Jahren 1864 – 1875.

Benedikt Halbachs Eltern sind reiche Bauern. Als ältester Sohn muss er einmal den Hof übernehmen. Mit zwölf Jahren wird Benedikt in die Pflichten eines Großgrundbesitzers eingewiesen.

Doch Benedikt hat andere Vorstellungen von seinem zukünftigen Leben. Er träumt von einer fernen, fremden Welt.

Aber es kommt völlig anders.

© Phillip Kordes

»Dunkler Rauch am Horizont« ist über den Buchhandel und bei amazon.de als Taschenbuch und ebook erhältlich.

Lesen Sie auch die Kriminalromane
von Phillip Kordes

Phillip Kordes

Mord in acht Tagen

Krimi aus dem Hochsauerland

Ein Mord erschüttert die ruhige Fassade des kleinen Dorfes Züschen bei Winterberg im Hochsauerland. Wer kann die Tat begangen haben, und wo liegt das Motiv?

Hauptkommissar Dorstmann erhält unerwartet Hilfe des ehemaligen Kriminalkommissars Johannes Falke, der hier geboren und aufgewachsen ist. Es gelingt ihm, ein Geflecht aus Neid, Missgunst und Bestechung mit dem Mord in Zusammenhang zu bringen. Doch Falke beschleicht ein furchtbarer Verdacht.

© Phillip Kordes

Phillip Kordes

Windvögel

Krimi aus dem Hochsauerland

Über frühlingsgrünen Wiesen kreist ein Windvogel am Himmel – ein friedlicher Anblick. Doch wie passt der Tote in diese Idylle? Wem stand Kurt Lamberg, der Lagerist der Windvögelfirma Rohloff, im Weg?

Kommissar Johannes Falke ist zurück. Mit Feingefühl und Kombinationsgeschick setzt er sich auf die Spur eines skrupellosen Mörders. Seine Ermittlungen führen ihn quer durch das Sauerland. Doch gerade, als Falke glaubt, den Fall gelöst zu haben, geschieht ein weiterer Mord:

© Phillip Kordes.

Hauptkommissar Gordon Emanuel Rattke ist 43 Jahre alt. Seit einigen Jahren leitet er das Kommissariat 9 der Mordkommission in Dortmund. Zwei Morde halten die Kriminalpolizei von Dortmund in Atem. Rattke muss beide Fälle bearbeiten. Eine Spur führt über das Ruhrgebiet hinaus bis ins tiefste Sauerland. Schon bald muss Rattke erkennen, dass er einem Phantom nachjagt, das sich jahrelang hinter einer Maske versteckt hat.

© Phillip Kordes

Hauptkommissar Rattke spielt mit dem Gedanken, aus dem Polizeidienst auszusteigen. Doch die Arbeit holt ihn wieder ein, als eine junge Frau erdrosselt aufgefunden wird. Bei der Suche nach dem Mörder entspinnt sich ein Netz von Intrigen und unkontrollierter Lust. Rattkes ganze Konzentration ist gefordert, denn der Täter hat sein nächstes Opfer bereits im Visier.

© Phillip Kordes

Alle Thriller sind als ebook und als Taschenbuch bei amazon.de zu beziehen.

Kurzgeschichten von Phillip Kordes

Alle Bücher sind als ebook und als Taschenbuch bei amazon.de zu beziehen.

© Phillip Kordes.

www.ingramcontent.com/pod-product-compliance
Lightning Source LLC
Chambersburg PA
CBHW031201020726
47499CB00002B/435